LA FEMME EN VERT

Arnaldur Indridason est né à Reykjavik en 1961, où il vit actuellement. Diplômé en histoire, il a été journaliste et critique de cinéma. Il est l'auteur de romans noirs, dont plusieurs best-sellers internationaux, parmi lesquels *La Cité des Jarres*, paru en Islande en 2000 et déjà traduit dans plus de vingt langues (prix Clé de verre du roman noir scandinave, prix Mystère de la critique 2006 et prix Cœur noir) et *La Femme en vert* (prix Clé de verre du roman noir scandinave, prix CWA Gold Dagger 2005 et Grand Prix des lectrices de Elle 2007).

Arnaldur Indridason

LA FEMME
EN VERT

ROMAN

Traduit de l'islandais
par Éric Boury

Traduit avec le concours
du Centre national du livre

Métailié

TEXTE INTÉGRAL

TITRE ORIGINAL
Graforpögn
ÉDITEUR ORIGINAL
Edda Publishing, Reykjavik
© Arnaldur Indridason, 2001
ISBN 978-2-7578-0317-2
(ISBN 2-86424-66-3, 1re publication)

© Éditions Métailié, Paris, 2006, pour la traduction française

1

Il remarqua qu'il s'agissait d'un os humain dès qu'il l'enleva des mains de l'enfant qui le mâchouillait, assis par terre.

La fête d'anniversaire venait juste d'atteindre son point culminant dans un bruit assourdissant. Le livreur était venu puis reparti, et les garçons s'étaient goinfrés de pizzas en avalant des boissons gazeuses et en se criant constamment les uns sur les autres. Ensuite, ils avaient quitté la table à toute vitesse comme si quelqu'un leur en avait donné le signal et s'étaient remis à courir de tous côtés, certains armés de mitraillettes, d'autres de revolvers, pendant que d'autres, plus jeunes, brandissaient des voitures ou des dinosaures en plastique. Il ne comprenait pas vraiment en quoi consistait le jeu. A ses yeux, toute cette agitation se résumait à un bruit à vous rendre fou.

La mère de l'enfant dont c'était l'anniversaire avait mis du pop-corn à éclater dans le four à micro-ondes. Elle avait annoncé qu'elle allait essayer de calmer les enfants en allumant la télévision et en mettant une vidéo dans le magnétoscope. Si cela ne suffisait pas, elle les expédierait tous dehors. C'était la troisième fois qu'elle fêtait les huit ans de son fils et elle avait les nerfs à fleur de peau. La troisième fête d'anniversaire à la suite ! Tout d'abord, ils étaient allés manger, en famille, dans un restaurant à hamburgers hors de prix où était diffusée de la musique rock à vous crever les tympans. Ensuite, elle avait organisé une fête réunissant les membres de la famille et les amis, ce qui tenait plus de la communion que d'un anniversaire. Aujourd'hui, elle avait autorisé le petit garçon à inviter ses camarades d'école et ses copains du quartier.

Elle ouvrit le micro-ondes, en sortit le sachet tout gonflé de pop-corn, en enfourna un autre en se disant que la prochaine fois, elle essaierait de faire les choses plus simplement. Qu'elle se contenterait d'une seule fête et que cela suffirait. Comme du temps où elle était petite.

Le fait que le jeune homme assis sur le canapé demeure muet comme une tombe n'était pas pour arranger quoi que ce soit à la situation. Elle avait bien essayé de discuter avec lui mais elle avait fini par y renoncer et sa présence dans le salon ne faisait que la rendre encore plus nerveuse. Les conversations n'étaient pas d'actualité ; le bruit et l'excitation des garçons étaient tels que les bras lui en tombaient. Il n'avait pas proposé de lui venir en aide. Il se contentait de rester assis à regarder droit devant lui en silence. Il est mort de timidité, pensa-t-elle.

C'était la première fois qu'elle le voyait. L'homme devait avoir dans les vingt-cinq ans, c'était le frère d'un des gamins invités à l'anniversaire par son fils. La différence d'âge entre les deux frères devait avoisiner une vingtaine d'années. Il était extrêmement maigre et, à la porte, lui avait serré la main : de longs doigts, une paume moite et une nature très réservée. Il était venu chercher son jeune frère, mais le petit avait refusé catégoriquement, d'ailleurs la fête battait son plein. Lui et la femme décidèrent donc qu'il valait mieux qu'il entre quelques instants. Ce serait bientôt fini, avait-elle dit. Il lui expliqua que leurs parents, qui occupaient une maison située plus bas dans la rue, étaient partis à l'étranger et qu'il s'occupait de son petit frère pendant leur absence, mais qu'à part ça, il louait un appartement dans le centre-ville. Il avait piétiné quelques instants, mal à l'aise, dans l'entrée. Le petit frère avait rejoint la fête.

Et maintenant, voilà qu'assis sur le canapé, il regardait la petite sœur du garçon dont c'était l'anniversaire. Âgée d'un an, celle-ci crapahutait devant le seuil des deux chambres d'enfant. Elle était vêtue d'une robe en dentelle, un ruban lui ornait les cheveux et elle poussait de petits cris. Il en voulait à mort à son frère. Le fait d'être assis dans une maison inconnue lui procurait un sentiment d'inconfort. Il se demandait s'il ne pouvait pas proposer son aide. La femme lui avait confié que le père travaillait jusque tard dans la soirée. Ce à quoi il avait hoché la tête en s'efforçant de sourire. Il avait refusé la pizza et le Coca-Cola qu'on lui avait proposé.

Il avait remarqué que la petite fille tenait fermement un jouet dans sa main et, une fois assise sur les fesses, elle s'était mise à le ronger en bavant abondamment. On aurait dit qu'elle avait mal aux gencives et il se fit la réflexion qu'elle devait être en train de percer des dents.

La petite fille s'approcha de lui avec le jouet à la main et il se demanda ce que cela pouvait bien être. Elle marqua une pause, se glissa sur les fesses et se planta devant lui, immobile, en le regardant la bouche ouverte. Un filet de bave lui coulait sur la poitrine. Elle porta le jouet à ses lèvres, le mordilla avant de s'avancer à nouveau vers le jeune homme avec l'objet enfoncé dans la bouche. Elle fit un mouvement en avant, grimaça, poussa un cri qui eut pour effet de faire tomber le jouet à terre. Elle parvint à s'en saisir à nouveau après quelques efforts et s'approcha du jeune homme avec le jouet à la main, se mit sur ses jambes en prenant appui sur l'accoudoir du canapé, se tint debout, en équilibre instable mais toute fière.

Il lui enleva l'objet des mains pour l'examiner. La fillette le regarda comme si elle n'en croyait pas ses yeux avant de se mettre à hurler de toutes ses forces. Il ne fallut pas longtemps au jeune homme pour s'apercevoir qu'il tenait un os humain, un fragment de côte d'une longueur de dix centimètres. Il était d'un blanc jaunâtre, de forme convexe et poli à l'endroit de la cassure, les arêtes avaient donc perdu leur coupant mais, à l'intérieur de la cassure, on pouvait voir de petites taches brunes qui faisaient penser à de la terre.

Il se dit qu'il devait tenir la partie supérieure de la côte et constata qu'elle ne datait pas d'hier.

La mère s'alarma des pleurs désespérés de la fillette et, en jetant un œil dans le salon, elle vit que celle-ci se tenait à côté du canapé et de l'inconnu. Elle se débarrassa du saladier de pop-corn, se dirigea vers sa fille, la prit dans les bras en dévisageant l'homme qui ne lui accordait pas la moindre attention, pas plus à elle qu'à l'enfant en pleurs.

– Qu'est-ce qui s'est passé? demanda la mère inquiète en s'efforçant de consoler la fillette. Elle parlait fort pour essayer de dominer le bruit que faisaient les garçons.

L'homme les regarda, se leva lentement du canapé et tendit l'os à la mère.

– Où est-ce qu'elle a eu ça? demanda-t-il.

– Quoi donc? demanda la mère.

– Cet os, précisa-t-il. Où est-ce qu'elle a trouvé cet os?

– Quel os? demanda la mère. Les hurlements de l'enfant diminuèrent en intensité à la vue de l'os, elle essaya de l'atteindre en se concentrant au point de loucher, un épais filet de bave lui coulait de la bouche

10

grande ouverte. L'enfant s'en saisit, le rapprocha d'elle et l'examina en le faisant tourner dans ses mains.

– J'ai l'impression qu'il s'agit d'un os, observa l'homme.

L'enfant le remit dans sa bouche et se calma aussitôt.

– Qu'est-ce que c'est, cette histoire d'os ? demanda la mère.

– La chose qu'elle mordille, expliqua l'homme, je crois qu'elle ronge un os humain.

– Je n'ai jamais vu cc truc-là avant. Comment ça, un os humain ?

– Je pense qu'il s'agit d'un fragment de côte humaine, continua-t-il. Je suis étudiant en médecine, ajouta-t-il en guise de justification, en cinquième année.

– Une côte ? Qu'est-ce que c'est, ces sornettes ? C'est vous qui avez apporté ce machin-là ?

– Moi ? Bien sûr que non. Vous ne savez donc pas d'où il vient ?

La mère regarda l'enfant puis, prise d'un sursaut, lui enleva l'os de la bouche avant de le jeter par terre. L'enfant se remit à hurler. L'homme le ramassa et l'examina de plus près.

– Peut-être que son frère le sait…

Il dévisageait la mère qui le fixait d'un air incrédule. Elle regarda sa fille qui pleurait à chaudes larmes. Puis, à son tour, elle examina l'os, jeta un œil au-dehors par la fenêtre du salon d'où on voyait les maisons en construction formant un arc de cercle. Elle regarda à nouveau l'os, puis cet homme inconnu et enfin son fils qui sortait en courant de l'une des deux chambres.

– Toti ! appela-t-elle, mais le garçon ne répondit pas. Elle se mêla à la cohue des enfants dont elle arracha péniblement son Toti avant de l'installer devant l'étudiant en médecine.

– Cette chose-là est à toi ? demanda-t-elle à l'enfant alors que l'homme lui tendait l'os.

– C'est moi qui l'ai trouvé, répondit Toti qui ne voulait pas perdre une miette de sa fête d'anniversaire.

– Où ça ? demanda sa mère. Elle reposa la fillette à terre et celle-ci lui adressa un regard qui indiquait qu'elle ne savait pas trop si elle devait se remettre à hurler ou pas.

– Dehors, précisa l'enfant. C'est un beau caillou. Je l'ai nettoyé.

Le garçon était essoufflé. Une goutte de sueur lui coulait le long de la joue.

– Où ça, dehors ? demanda la mère. Et quand ça ? Tu faisais quoi ?

Le garçon regardait sa mère. Il ne savait pas s'il avait fait une bêtise mais en voyant son expression, il se disait que cela devait être le cas, pourtant il se demandait de quoi il pouvait bien s'agir.

– Hier, je crois, répondit-il. Dans les fondations, par là-bas, au bout de la rue. C'est grave ?

Sa mère et l'inconnu échangèrent un regard.

– Tu peux me montrer l'endroit où tu l'as trouvé exactement ? demanda-t-elle.

– Mais, maman ! C'est mon anniversaire ! protesta-t-il.

– Allez, viens ! ordonna sa mère. Fais-nous voir.

Elle attrapa la fillette à terre et fit sortir le garçon du salon en le poussant jusqu'à la porte d'entrée. L'homme les suivait de près. Le silence s'était fait parmi les enfants au moment où le roi de la fête avait été immobilisé et les garçons observaient la manière dont la maman faisait sortir Toti de la maison en continuant de le pousser devant elle avec une expression dure sur le visage et en tenant sa petite sœur dans les bras. Ils échangèrent des regards et se décidèrent à les suivre.

La scène se passait dans le nouveau quartier qui borde la route en direction du lac de Reynisvatn. Le quartier de Thusöld. On avait construit à flanc de colline sur les pentes de la butte de Grafarholt en haut de laquelle trônaient les réservoirs d'eau chaude de la Compagnie des eaux de Reykjavik, d'immenses bâtiments bruns qui dominaient le nouveau quartier comme une forteresse. De part et d'autre des réservoirs, on avait percé des rues le long desquelles les maisons sortaient de terre les unes après les autres ; certaines d'entre elles étaient même déjà entourées d'un jardin, de bandes de gazon et d'arbres qui allaient pousser et offrir un abri à leurs propriétaires.

Le groupe suivait le roi de la fête d'un pas rapide et se dirigeait vers l'est en longeant la rue la plus proche des réservoirs. A cet endroit, des maisons jumelles tout juste achevées s'étendaient jusque sur les landes herbeuses tandis qu'au nord et à l'est, les territoires où se trouvaient les anciennes maisons d'été des gens de Reykjavik prenaient le relais. Comme c'est le cas dans tous les nouveaux quartiers, les gamins s'amusaient sur les chantiers des maisons en construction, escaladaient les échafaudages, jouaient à cache-cache à l'ombre des murs, se laissaient glisser dans les fondations fraîchement creusées et pataugeaient dans l'eau qui s'y accumulait.

C'est à l'intérieur de l'une de ces fondations que le petit Toti conduisit l'inconnu, sa mère et toute l'équipe des joyeux drilles ; il indiqua l'endroit où il avait trouvé cette drôle de pierre blanche tellement légère et tellement douce qu'il l'avait mise dans sa poche, décidé à la garder. Il se souvenait très précisément de l'endroit où il l'avait découverte et il précéda le groupe en sautant d'un bond dans le trou ; il se dirigea sans hésitation vers l'emplacement, dans la terre sèche. La mère intima au garçon l'ordre de se tenir à distance et descendit dans le trou avec l'aide du jeune homme. Toti vint lui prendre l'os de la main pour aller le placer sur la terre.

– Elle était posée comme ça, dit-il, continuant visiblement à considérer l'os comme une jolie pierre.

La scène se passait en fin d'après-midi, le vendredi, et il n'y avait pas d'ouvriers sur le chantier. On avait creusé les deux côtés des fondations de la maison et les couches du terrain étaient visibles, puisque l'on n'avait pas encore commencé à élever les murs. Le jeune homme s'approcha de la paroi de terre et se mit à fouiller à l'endroit où le garçon affirmait avoir trouvé l'os. Il grattait la terre avec les doigts et ce qu'il vit apparaître n'était rien de moins que la forme d'un bras humain profondément enfoncé dans le sol.

La mère dévisageait le jeune homme et nota qu'il scrutait la paroi de terre, elle suivit son regard jusqu'à ce qu'elle voie l'os. Elle s'approcha un peu plus près et il lui sembla distinguer la forme d'une mâchoire ainsi que celle d'une dent ou deux.

Elle sursauta, regarda à nouveau le jeune homme puis sa fille et lui essuya la bouche comme par automatisme.

Elle ne s'en rendit vraiment compte qu'en ressentant la douleur à la tempe. Il l'avait frappée à la tête à poing fermé sans le moindre préavis et avec une telle rapidité qu'elle ne l'avait même pas vu faire. Ou bien peut-être ne parvenait-elle pas à croire qu'il ait pu lever la main sur elle. C'était le premier coup qu'elle recevait et il lui arriverait souvent de se demander au cours des années à venir si sa vie aurait été différente si elle était partie dès ce moment-là. Est-ce qu'il l'aurait laissée s'en aller ?

Elle ne comprenait pas la raison qui l'avait poussé à la frapper subitement et le regardait, complètement interloquée. Personne ne l'avait jamais frappée de cette façon auparavant. Il n'y avait que trois mois qu'ils étaient mariés.

– Tu m'as frappée ? dit-elle en portant sa main à sa tempe.

– Tu crois que je n'ai pas vu la façon dont tu regardes ce type ? dit-il d'un ton cassant.

– Ce type ? Lequel… Tu veux parler de Snorri ? La façon dont je regarde Snorri ?

– Tu t'imagines que je n'ai pas vu ? Vu ta concupiscence ?

Elle ignorait cette facette de sa personnalité jusqu'alors. Ne l'avait jamais entendu employer ce mot. La concupiscence. De quoi est-ce qu'il parlait ? Elle s'était contentée d'échanger quelques mots avec Snorri dans l'entrée de l'appartement en sous-sol pour le remercier de lui avoir rapporté un petit truc qu'elle avait oublié d'emmener en quittant son ancien foyer ; elle n'avait pas voulu l'inviter à entrer parce que son mari avait été de mauvaise humeur toute la journée et avait prétendu ne pas avoir envie de le voir. Snorri avait raconté une petite blague sur le compte du commerçant chez lequel elle avait été employée, cela les avait fait rire, ils s'étaient dit au revoir.

– Ce n'était que Snorri, dit-elle. Enfin, qu'est-ce qui te prend ? Pourquoi est-ce que tu es de mauvaise humeur depuis ce matin ?

– Tu mettrais mes propos en doute ? demanda-t-il en s'approchant à nouveau d'elle. Je t'ai vue par la fenêtre. J'ai parfaitement vu la façon dont tu lui tournais autour. Comme une putain !

– Enfin, tu ne peux quand même pas…

Il la frappa à nouveau du poing au visage et elle fut projetée contre le vaisselier de la cuisine. Ce fut si rapide qu'elle n'eut pas le temps de se protéger la tête de la main.

– N'essaie pas de me mentir ! cria-t-il. J'ai très bien vu comment tu le regardais. Je l'ai vu de mes yeux. Espèce de sale traînée !

Un autre mot qu'elle l'entendait prononcer pour la première fois.

– Seigneur Dieu, soupira-t-elle. Sa lèvre supérieure s'était ouverte, le sang s'écoulait à l'intérieur de sa bouche et se mêlait au goût salé des larmes qui lui coulaient sur le visage.

– Pourquoi tu as fait ça ? Qu'est-ce que j'ai fait ?

Il se tenait au-dessus d'elle, comme s'il était prêt à lui flanquer une raclée. La fureur se lisait sur son visage empourpré. Il grinça des dents et frappa le sol du pied avant de tourner les talons et de sortir de l'appartement d'un pas rapide. Elle resta là sans rien comprendre à ce qui venait de se produire.

Souvent, elle repensait à ces instants et se disait qu'elle serait peut-être parvenue à changer le cours des événements si elle avait essayé de réagir tout de suite face à cette violence, si elle avait tenté de le quitter, de s'en aller et de ne jamais revenir, au lieu de se contenter de chercher des raisons et de se faire des reproches. Elle avait bien dû faire quelque chose de mal pour provoquer chez lui une telle réaction. Une chose dont elle n'avait pas conscience elle-même mais qu'il avait perçue et dont elle pourrait discuter avec lui quand il reviendrait, une chose à laquelle elle lui promettrait de remédier et alors, tout rentrerait dans l'ordre, comme avant.

Elle ne l'avait jamais vu se comporter de cette façon, ni avec elle, ni avec qui que ce soit. C'était un homme calme et plutôt sérieux. C'était l'une des choses qui l'avaient séduite chez lui lorsqu'ils en étaient encore à faire connaissance. Parfois même un peu mélancolique et sévère. Il travaillait à Kjosin pour le compte du frère du commerçant qui l'employait, elle, et il lui livrait diverses denrées. C'était ainsi qu'ils s'étaient connus, cela faisait bientôt un an et demi. Tous les deux avaient le même âge, il envisageait d'arrêter le métier d'ouvrier et peut-être de prendre la mer. Cela pouvait rapporter beaucoup d'argent. Et puis, il voulait acheter sa boutique à lui. Être son propre maître. Demeurer simple ouvrier vous coupait les jambes, c'était démodé et ça ne rapportait rien.

Elle lui avait confié qu'elle s'ennuyait chez le commerçant pour qui elle travaillait. Que c'était un radin qui réprimandait constamment ses trois employées et que sa femme était une mégère terrifiante qui les menait d'une main de fer. Elle n'avait jamais pensé à l'avenir. N'avait rien connu d'autre que les difficultés et la pauvreté depuis sa plus tendre enfance. La vie ne lui avait pas apporté grand-chose d'autre.

Il devait se rendre de plus en plus souvent chez le commerçant pour y faire des livraisons et devint un hôte habituel de la cuisine de la jeune femme. De fil en aiguille, elle lui parla de l'enfant qu'elle avait. Il reconnut qu'il savait qu'elle avait un enfant, avoua s'être renseigné sur son compte. Pour la première fois, il apparut qu'il avait envie de faire plus ample connaissance. Elle lui expliqua que la fillette avait trois ans et alla la chercher alors qu'elle s'amusait avec les enfants du commerçant derrière la maison.

Il lui demanda de quel dévergondage il s'agissait là quand elle revint avec sa fille et fit un sourire comme s'il ne s'agissait de sa part que d'un trait d'humour bienveillant. Plus tard, il utilisa sans pitié ce qu'il appelait sa lascivité pour la dénigrer. Il ne prononçait jamais le nom de sa fille mais l'affublait de surnoms tels que le rejeton de la putain ou l'éclopée.

Elle ne s'était livrée à aucun «dévergondage». Elle lui parla du père de l'enfant, un marin qui s'était noyé dans le fjord de Kollafjördur. Il n'avait que vingt-quatre ans, il avait été pris par une tempête en mer et les quatre membres de l'équipage avaient péri noyés. C'est à ce moment-là qu'elle s'était rendu compte qu'elle était enceinte. Comme ils ne s'étaient pas mariés, elle pouvait difficilement se prévaloir du titre de veuve. Ils avaient des projets de mariage et puis il était mort en la laissant avec un enfant à naître.

Il se tenait assis dans la cuisine et elle remarqua que la fillette n'allait pas vers lui. En général, elle n'était pas de nature sauvage avec les inconnus, mais elle se cramponnait à la jupe de sa mère et elle refusait de la lâcher quand il l'appelait pour la faire venir. Il tira de sa poche une petite friandise qu'il lui tendit mais elle ne fit que se nicher plus profondément dans les plis de la jupe de sa mère et se mit à pleurer, ensuite elle demanda à rejoindre les enfants à l'extérieur. Et pourtant elle n'aimait rien autant que les friandises.

Deux mois plus tard, il lui fit sa proposition. Cela n'avait rien de romantique, contrairement à ce qu'elle avait pu lire dans les livres. Ils s'étaient vus quelques fois le soir et, en fin de semaine, s'étaient promenés en ville ou étaient allés au cinéma pour y voir Chaplin. Elle riait de bon cœur à la vue du petit vagabond tout en le surveillant du coin de l'œil. Cela ne lui arrachait même pas un sourire. Un soir, en sortant du cinéma, pendant qu'ils attendaient que quelqu'un de Kjosin passe les prendre en voiture, il lui demanda s'ils ne devaient pas tout bêtement se marier. Il la tira vers lui.

– Je veux qu'on se marie, dit-il.

Elle fut tellement décontenancée, malgré tout, que ce n'est que bien plus tard qu'elle se fit la réflexion, en fait seulement une fois qu'il était déjà trop tard, qu'il ne s'agissait pas d'une proposition et que cela n'avait rien à voir avec son désir à elle.

Je veux qu'on se marie.

Elle avait envisagé l'éventualité qu'il la demande en mariage. Leur relation était en effet parvenue à ce stade. La petite fille avait besoin d'un foyer. Elle-même avait envie de diriger sa propre maison. D'avoir d'autres enfants. Il ne s'était pas trouvé beaucoup d'autres hommes pour lui témoigner de l'intérêt. Peut-être à cause de l'enfant. Peut-être n'avait-elle pas beaucoup d'attraits féminins non plus : elle était petite, plutôt grassouillette, des traits grossiers, des dents légèrement en avant ; elle avait de petites mains travailleuses qui semblaient ne jamais tenir en place. Peut-être était-ce là la meilleure proposition qu'on lui ferait jamais.

– Alors, qu'est-ce que tu en dis ? demanda-t-il.

Elle hocha la tête. Il l'embrassa et il la serra dans ses bras. Quelque temps plus tard, on célébra la cérémonie nuptiale dans l'église de Mosfell. Il n'y avait pas foule, eux deux, les amis que le marié avait à Kjosin et deux de ses amies à elle, originaires de Reykjavik. Le pasteur les invita à prendre le café après la cérémonie. Elle lui avait posé des questions sur sa famille mais il ne s'était pas montré très loquace à ce sujet. Il avait déclaré n'avoir ni frères ni sœurs, son père était mort quand il était encore en bas âge, sa mère n'avait pas eu les moyens de l'élever et l'avait donc placé en nourrice. Il avait été trimballé de ferme en ferme avant de trouver une place d'ouvrier à Kjosin. Il n'avait pas manifesté le moindre intérêt à propos de sa famille à elle. Il ne semblait pas s'intéresser beaucoup au passé. Elle lui avait confié que, de son côté, c'était en gros le même cas de figure, qu'elle ne savait même pas qui étaient ses parents. Elle avait été adoptée et ballottée d'une maison à une autre à Reykjavik, avant d'être placée comme domestique chez le commerçant. Il hocha la tête.

– Maintenant, nous allons recommencer à zéro, avait-il promis. Oublions le passé, avait-il dit.

Ils louèrent un petit appartement en sous-sol dans la rue Lindargata, il s'agissait tout juste d'une pièce et d'une cuisine. Les cabinets se trouvaient dans le jardin. Elle arrêta de travailler chez le commerçant. Il lui avait dit qu'elle n'aurait plus à travailler pour subvenir à ses besoins. Qu'il allait s'occuper d'elle. Il avait trouvé un emploi sur le port, pour commencer, en attendant une place sur un bateau. Il rêvait de partir en mer.

Debout à côté de la table de la cuisine, elle se tenait le ventre. Elle ne le lui avait pas encore annoncé mais elle était persuadée qu'elle était enceinte. Elle en était absolument certaine. Ils avaient parlé d'avoir un enfant mais elle n'était pas sûre de son opinion en la matière, il était tellement mystérieux. Elle avait déjà décidé du prénom de l'enfant si c'était un garçon. Elle avait envie d'avoir un garçon. Il s'appellerait Simon.

Elle avait bien entendu dire qu'il y avait des hommes qui battaient leurs femmes. Avait entendu parler d'épouses soumises à la violence de leur mari. Entendu des histoires. Elle ne pouvait pas croire qu'il faisait partie de ces hommes-là. Ne croyait pas qu'il était comme ça. N'imaginait pas qu'il allait recommencer. Il devait s'agir d'un écart de conduite de sa part, se dit-elle. Il a cru que j'essayais de séduire Snorri, pensa-t-elle. Il faut que je fasse attention pour que cela ne se reproduise pas.

Elle se passa la main sur le visage en reniflant. Tout de même, il s'était vraiment emporté. Il était sorti mais allait sûrement bientôt rentrer à la maison et lui présenter ses excuses. Il ne pouvait pas se comporter comme ça avec elle. Il ne le pouvait pas. N'en avait pas le droit. Elle alla, sonnée, jusqu'à la chambre à coucher pour s'occuper de la petite. La fillette s'appelait Mikkelina. Elle s'était réveillée avec de la fièvre le matin, avait passé la journée entière à dormir et dormait encore. Elle prit l'enfant dans ses bras et sentit qu'elle était brûlante de fièvre. Elle s'assit avec l'enfant dans ses bras et commença à fredonner, encore abasourdie et l'esprit absent après l'agression.

Elle s'approche du lit
En socquettes
Blondes sont ses bouclettes
A ma petite blondinette...

La respiration de l'enfant était rapide. La petite poitrine se soulevait et s'affaissait et on entendait un léger sifflement par le nez. Son visage était écarlate. Elle essaya de réveiller Mikkelina mais celle-ci demeurait endormie.

Elle chanta plus bas.

La fillette était au plus mal.

2

Ce fut Elinborg qui rédigea le procès-verbal concernant la découverte des ossements dans le quartier de Thusöld. Elle était restée la dernière au bureau et s'apprêtait à partir au moment où le téléphone avait sonné. Elle avait hésité un instant, regardé la pendule puis, à nouveau, le téléphone. Elle avait prévu un dîner chez elle dans la soirée et passé la journée avec l'image d'un poulet tandoori dans la tête. Elle soupira et décrocha le combiné.

Elinborg était d'un âge indéterminé, quelque part en quarante et cinquante ans, bien en chair sans pour autant être grosse et elle savait apprécier la bonne chère. Divorcée, elle était mère de quatre enfants, dont un beau-fils qui avait quitté le foyer familial. Elle s'était remariée à un mécanicien qui appréciait son amour des bons petits plats et vivait avec lui dans une petite maison jumelée de la banlieue de Grafarvogur. Elle était titulaire d'un diplôme de géologie datant de Mathusalem mais n'avait jamais exercé dans ce domaine. Elle avait débuté sa carrière dans la police de Reykjavik comme remplaçante pendant l'été et y était finalement restée. Elle faisait partie du nombre très restreint de femmes qui travaillaient à la Criminelle.

Sigurdur Oli, quant à lui, se livrait à des ébats frénétiques avec sa compagne, Bergthora, lorsque son bip se mit à sonner. L'appareil était fiché à la ceinture de son pantalon qui gisait sur le sol de la cuisine d'où se faisait entendre l'insupportable bruit. Il savait qu'il ne cesserait pas tant qu'il n'aurait pas quitté le lit. Il avait terminé sa journée de travail assez tôt. Bergthora était rentrée avant lui et l'avait accueilli avec un baiser violent et passionné. De fil en aiguille, il avait abandonné son pantalon dans la cuisine, débranché le téléphone et éteint son portable. Mais il avait oublié le bip.

Sigurdur Oli soupira lourdement et leva les yeux vers Bergthora, assise sur lui à califourchon. Il était tout en sueur et avait le visage rouge écarlate. Il comprit à l'expression de sa compagne qu'elle n'était pas disposée à le lâcher maintenant. Elle referma les yeux, s'allongea à nouveau sur lui et imprima à ses hanches un mouvement rapide jusqu'à ce que les effets de la jouissance se dissipent. Puis, elle laissa se détendre chacun des muscles de son corps.

Sigurdur Oli allait devoir attendre des jours plus propices. C'était le bip qui avait la priorité dans son existence.

Il se libéra de l'étreinte de Bergthora, qui demeura sur l'oreiller comme assommée.

Erlendur était assis à Skulakaffi où il dégustait du petit salé. Il y prenait son repas car c'était le seul endroit de Reykjavik proposant des plats typiquement islandais semblables à ceux qu'Erlendur se serait préparés s'il avait eu le courage de se faire à manger. Le décor aussi convenait à son humeur, le tout était en matière plastique marron patinée : de vieilles chaises de cuisine dont le revêtement de l'assise partait en lambeaux ; le sol était recouvert d'un lino usé par le piétinement des routiers, chauffeurs de taxi, conducteurs d'engin, artisans et ouvriers. Erlendur était assis seul à une table, à l'écart, penché sur son petit salé bien gras, ses pommes vapeur, ses haricots verts et ses navets écumants de sauce blanche sucrée.

Le coup de feu de midi était depuis longtemps passé mais il avait réussi à obtenir du chef qu'il lui serve ce plat. Il se coupa un gros morceau de viande qu'il surmonta d'un morceau de pomme de terre et de navet, ajouta un peu de sauce blanche sur ce délice à l'aide d'un couteau avant d'engloutir le tout.

Erlendur finissait juste de se préparer une autre bouchée de ce festin sur le bout de sa fourchette et commençait à ouvrir la bouche pour l'avaler quand son portable, posé sur la table à côté de son assiette, se mit à sonner. Il resta la fourchette en l'air, regarda un instant le téléphone, passa à l'appétissante fourchette, puis, de nouveau au portable et finit par reposer la fourchette à contrecœur.

– Pourquoi on ne peut pas me fiche la paix ? protesta-t-il avant que Sigurdur Oli ait eu le temps de prononcer le moindre mot.

– On vient de trouver des ossements dans le quartier de Thusöld, annonça Sigurdur Oli. Elinborg et moi sommes en route.

– Quel genre d'ossements ?

– Je n'en sais rien. Elinborg m'a appelé et elle est en route vers les lieux. Elle a prévenu la police scientifique.

– Je suis en train de manger, observa calmement Erlendur.

Il s'en fallut de peu que Sigurdur Oli laisse échapper le genre d'activité à laquelle il venait de se livrer mais il s'arrêta juste à temps.

– Bon, alors, on se retrouve là-haut, conclut-il. Ça se trouve sur la route du lac de Reynisvatn, juste au-dessous des réservoirs d'eau chaude, côté nord. Pas bien loin du boulevard Vesturlandsvegur.

– Qu'est-ce que c'est que ce Thusöld ?

– Hein ? demanda Sigurdur Oli, encore très énervé d'avoir été dérangé dans ses ébats avec Bergthora.

– Est-ce que ça veut dire « mille siècles » ? Ou bien un siècle de mille ans ? Drôle de siècle. Un siècle ne dure-t-il pas que cent ans* ? Qu'est-ce qu'on entend par un mot pareil ? Thusöld ! Enfin, qu'est-ce que c'est que ça ?

– Dieu tout-puissant, soupira Sigurdur Oli en raccrochant.

Trois quarts d'heure plus tard, Erlendur engageait dans la rue son petit véhicule japonais déglingué vieux de douze ans, il le gara à côté des fondations de la maison dans le quartier de Grafarholt. La police était déjà sur les lieux et avait délimité le périmètre à l'aide d'un ruban jaune sous lequel Erlendur se faufila. Sigurdur Oli et Elinborg se trouvaient déjà dans les fondations, à côté de la paroi de terre. L'étudiant en médecine qui avait informé de la découverte des ossements était à leurs côtés. L'organisatrice de la fête d'anniversaire avait rassemblé les garçons et les avait ramenés à la maison. Le médecin-chef du district de Reykjavik, un cinquantenaire bien enveloppé, descendait péniblement l'une des trois échelles qui avaient été mises en place dans les fondations. Erlendur le suivit.

La presse manifestait un intérêt considérable pour la découverte des ossements. Des journalistes de la télévision et de la presse écrite étaient rassemblés dans les fondations et les habitants du voisinage en occupaient les abords. Certains d'entre eux étaient déjà installés dans le quartier alors que d'autres, occupés à travailler dans leurs maisons sans toit, étaient là, munis de leurs marteaux et de leurs masses, étonnés de ce remue-

---

* *Thusöld* est effectivement un néologisme problématique pour tout Islandais qui réfléchit un peu sur sa propre langue, il pourrait signifier « mille siècles » mais le mot *siècle* est au singulier ! (*Toutes les notes sont du traducteur.*)

ménage. Le mois d'avril touchait à sa fin et il faisait un magnifique temps de printemps.

Les policiers de la Scientifique étaient occupés à gratter précautionneusement la terre de la paroi. Ils la récupéraient dans de petites pelles qu'ils vidaient dans des sachets en plastique. La partie supérieure d'un squelette était pour ainsi dire apparue à la surface de la paroi de terre. On distinguait un bras, un morceau de la cage thoracique ainsi que la mâchoire inférieure.

– Alors, voilà donc l'Homme de Thusöld ? demanda Erlendur en se dirigeant vers la paroi.

Elinborg adressa un regard inquisiteur à Sigurdur Oli qui, debout derrière Erlendur, indiqua sa tête à l'aide de son index auquel il fit décrire des cercles.

– J'ai appelé le Musée national des antiquités, annonça Sigurdur Oli qui fit semblant de se gratter la tête en voyant Erlendur lui jeter un regard furtif. Ils nous envoient un archéologue. Il sera peut-être en mesure de nous dire précisément de quoi il s'agit.

– Nous n'avons pas besoin des services d'un géologue, aussi ? suggéra Elinborg. Il pourrait nous renseigner sur la nature du terrain. Sur la position des ossements en fonction de celle-ci. Et sur la datation des couches du terrain.

– Tu ne peux pas nous aider dans ce domaine ? demanda Sigurdur Oli. Ce n'était pas ça que tu étudiais ?

– J'ai tout oublié, expliqua Elinborg. Tout ce que je sais, c'est que cette chose brune, c'est de la terre.

– Il ne repose pas six pieds sous terre, observa Erlendur. La couche est tout au plus épaisse d'un mètre, un mètre cinquante. Il a été enfoui là à la va-vite. Et j'ai bien l'impression qu'il reste même des morceaux de chair. Il n'est pas là depuis très longtemps. Il ne remonte sûrement pas à l'époque de la Colonisation. Ce n'est pas un Ingolfur.

– Un Ingolfur ? demanda Sigurdur Oli.

– Arnarson ! répondit Elinborg en guise d'explication*.

– Qu'est-ce qui vous fait croire que ce soit lui ? demanda le médecin-chef.

– Justement, je crois que ce n'est pas lui, répondit Erlendur.

– Je veux dire, continua le médecin, ça pourrait tout aussi bien être *elle*. Pourquoi croyez-vous qu'il s'agit nécessairement d'un homme ?

– Ou bien d'une femme, répondit Erlendur. Ça m'est parfaitement égal. (Il haussa les épaules.) Vous pouvez nous en dire un peu plus sur ces ossements ?

– Je n'en vois qu'une minuscule partie, répondit le médecin. Je préfère en dire le moins possible tant que vous n'avez pas exhumé l'ensemble.

– Il s'agit d'un homme ou d'une femme ? Son âge ?

– Impossible à dire.

Un homme vêtu d'un pull islandais et d'un jean, grand, barbe hirsute, bouche démesurée avec deux grandes défenses jaunâtres apparaissant sous sa barbe grisonnante, s'avança vers eux et annonça qu'il était archéologue. Il regarda ce que faisaient les hommes de la Scientifique et, sans ambages, leur intima l'ordre d'arrêter leurs idioties. Les deux hommes avec les petites pelles hésitèrent. Ils étaient vêtus de combinaisons blanches, portaient des gants en latex et avaient mis des lunettes de protection. Erlendur se fit la réflexion qu'ils auraient pu travailler dans une centrale nucléaire. Ils lui lancèrent un regard, attendant ses instructions.

– Il faut retirer la terre en commençant par la surface, nom de Dieu, protesta Grandes Défenses en agitant les

---

* Ingolfur Arnarson fut le premier colon de l'Islande, ce que tout Islandais est censé savoir.

mains. Vous croyez que vous allez le faire sortir avec ces pelles ? Qui dirige les opérations ?

Erlendur déclina son identité.

– Cela n'a rien d'une découverte archéologique, dit Grandes Défenses en lui serrant la main. Skarphédinn, enchanté, cependant, il est préférable d'agir comme si c'en était une. Vous comprenez ?

– Je ne vois franchement pas où vous voulez en venir, observa Erlendur.

– Il n'y a pas très longtemps que les ossements reposent dans la terre. Moins de soixante, soixante-dix ans, je dirais. Peut-être encore moins que ça. Et ils portent encore des lambeaux de vêtements.

– Du tissu ?

– Oui, regardez, ici, dit Skarphédinn en indiquant de son doigt grossier l'emplacement. Et probablement à d'autres endroits.

– Je croyais que c'était de la chair, répondit Erlendur d'un ton honteux.

– La chose la plus raisonnable à faire pour vous dans cette situation, afin de ne détruire aucun indice, ce serait de laisser mon équipe l'exhumer en employant nos méthodes. Les policiers de la Scientifique peuvent nous assister. Nous devons délimiter le périmètre à la surface et creuser à partir de ce point pour atteindre le squelette, il faut arrêter de tripatouiller comme ça dans la paroi. Nous n'avons pas l'habitude de perdre des indices. Rien que la disposition des os peut nous fournir un grand nombre de renseignements. Et ce que nous trouverons autour pourra nous apporter un faisceau d'indices.

– Que croyez-vous qu'il soit arrivé ? demanda Erlendur.

– Je n'en sais rien, répondit Skarphédinn. Il est trop tôt pour avancer la moindre hypothèse. Nous devons d'abord exhumer tout ça et ensuite, espérons qu'il en sortira quelque chose d'utile.

– Pourrait-il s'agir de quelqu'un qui se serait perdu ? Et qui serait mort de froid et se serait enfoncé dans la terre ?

– Aucun corps ne peut s'enfoncer aussi profondément de lui-même dans le sol, expliqua Skarphédinn.

– Il s'agit donc d'une tombe.

– Je crois bien, oui, répondit Skarphédinn d'un ton solennel. Ça m'en a tout l'air. Donc, nous sommes d'accord, c'est nous qui l'exhumons.

Erlendur hocha la tête.

Skarphédinn se dirigea à grands pas vers les échelles et sortit des fondations. Erlendur le talonnait. Les deux hommes se tenaient maintenant au-dessus du squelette et l'archéologue expliquait à Erlendur la meilleure méthode pour l'exhumer. L'homme autant que ses propos plaisaient à Erlendur et bientôt Skarphédinn se trouva pendu à son portable pour appeler son équipe. Il avait participé à quelques-uns des chantiers de fouilles les plus importants au cours des dernières décennies et connaissait son affaire. Erlendur lui accordait son entière confiance.

Il en allait tout autrement du chef de la police scientifique. L'idée que l'exhumation soit confiée à une équipe d'archéologues qui ne connaissaient rien aux enquêtes criminelles l'avait mis dans une colère noire. Il aurait été bien plus rapide de retirer le squelette directement depuis la paroi des fondations, solution qui aurait également offert suffisamment d'espace pour observer la disposition des os et repérer de possibles traces de violence. Erlendur écouta son discours quelques instants puis trancha en déclarant que ce seraient Skarphédinn et son équipe qui creuseraient depuis la surface pour atteindre les ossements, même si cela devait prendre plus de temps.

– Il y a au moins un demi-siècle que ces os sont enterrés ici, quelques jours de plus ou de moins ne changeront pas grand-chose, dit-il ; la question était close.

Erlendur regarda le nouveau quartier qui était en train de sortir de terre autour de lui. Il leva les yeux vers les réservoirs d'eau chaude, porta son regard dans la direction où se trouvait le lac de Reynisvatn, se retourna ensuite vers l'est en suivant les landes qui commençaient à l'endroit où s'arrêtaient les habitations.

Trois arbustes attirèrent son attention car ils dépassaient du reste de la végétation à environ trente mètres. Il marcha dans leur direction et constata que c'étaient des groseilliers. Serrés les uns contre les autres, ils dessinaient une ligne droite en direction de l'est et tout en caressant leurs branches tordues et dénudées, il se demanda qui pouvait bien les avoir plantés là, au milieu de ce *no man's land*.

3

Les archéologues arrivèrent, vêtus de pulls en polaire, de combinaisons isolantes ; armés de cuillers et de pelles, ils délimitèrent un périmètre relativement vaste au-dessus de l'endroit où reposait le squelette, en partant des fondations, et ils s'étaient mis à retourner la terre avec précaution à l'heure du dîner. Il faisait encore clair comme en plein jour, le soleil ne se coucherait qu'entre vingt et vingt et une heures. Le groupe était composé de quatre hommes et de deux femmes, ils travaillaient avec calme et sans précipitation en examinant attentivement chaque pelletée retirée. La terre ne portait pas de traces de celui qui l'avait retournée pour creuser la tombe. Le temps et les travaux effectués dans les fondations les avaient effacées.

Elinborg avait mis la main sur un géologue du département de géologie de l'université et celui-ci s'était montré des plus enthousiastes à l'idée d'apporter son concours à la police. Il avait lâché toutes ses activités séance tenante et était arrivé sur le chantier à peine une demi-heure après leur conversation téléphonique. Maigre, il avait la quarantaine, les cheveux bruns, une voix étonnamment profonde et un doctorat d'une université parisienne. Elinborg le conduisit jusqu'à la paroi de terre. La police l'avait recouverte d'une tente, ainsi celle-ci était désormais invisible à l'œil des

31

passants et des curieux. Elle invita le géologue à entrer sous la tente.

Une grosse ampoule au fluor éclairait les lieux, jetant des ombres inquiétantes sur l'endroit où reposait le squelette dans la paroi de terre. Le géologue prenait vraiment tout son temps. Il examina le sol, prit une poignée de terre qu'il écrasa dans sa paume. Il compara la couche de terre située aux abords du squelette avec celles qui se trouvaient au-dessus et en dessous puis examina la densité de celle qui enserrait le squelette. Il déclara avec fierté qu'on avait fait appel à lui, une fois, lors d'une enquête criminelle ; on lui avait demandé d'analyser une motte de terre trouvée sur les lieux du crime et il avait alors mis les policiers sur une piste porteuse. A la suite de quoi, il expliqua qu'il existait des revues spécialisées qui réunissaient la géologie et la criminologie, un genre de géologie légiste, si Elinborg avait bien compris.

Elle écouta ses divagations avant de perdre patience.

– Combien de temps le squelette a-t-il séjourné dans la terre ? demanda-t-elle.

– Pas facile à dire, déclara le géologue d'une voix profonde en adoptant une posture professorale. Pas forcément bien longtemps.

– Ça signifie quoi *pas bien longtemps* à l'échelle géologique ? demanda Elinborg. Mille ans ? Dix ans ?

Le géologue la dévisagea.

– Pas facile à dire, répéta-t-il.

– Pour résumer, il n'est pas facile de dire quoi que ce soit, n'est-ce pas ?

Le géologue regarda Elinborg et afficha un sourire.

– Excusez-moi, j'étais en train de réfléchir. Quelle était votre question ?

– Depuis combien de temps ?

– Quoi ?

– Est-ce qu'il est enterré là ?

– Je dirais entre cinquante et soixante-dix ans. Il faut que je pratique un examen plus précis mais c'est ce qui me vient à l'esprit comme ça, *a priori*. Au vu de la densité de la terre. Il est totalement exclu qu'il s'agisse d'un des premiers colons de l'Islande, ou qu'on soit en présence d'un tertre funéraire.

– Oui, nous le savons déjà, dit Elinborg, nous avons trouvé des morceaux de vêtements…

– Cette ligne verte, là, expliqua le géologue en indiquant la couche située tout en bas, il s'agit de terre datant de l'ère glaciaire. Les lignes qu'on voit juste au-dessus et qui apparaissent à intervalles réguliers, poursuivit-il en pointant son doigt un peu plus haut, sont des couches éruptives. Celle qui se trouve tout en haut date de la fin du XVe siècle. Il s'agit de la couche de cendres la plus épaisse qu'on trouve dans les environs de Reykjavik depuis l'époque de la Colonisation. Et puis, là, vous avez les couches issues des éruptions de Hekla et de Katla. Elles datent de plusieurs milliers d'années. Nous ne sommes pas loin du socle rocheux, comme vous pouvez le constater. C'est le basalte de Reykjavik, qu'on trouve partout autour de la ville.

Il regarda Elinborg.

– Par rapport à toute cette durée historique, il y a seulement un millionième de seconde que cette tombe a été creusée.

Les archéologues cessèrent le travail vers neuf heures et demie, et Skarphédinn informa Erlendur qu'ils reprendraient tôt le lendemain matin. Pour l'instant, ils n'avaient rien trouvé d'intéressant dans le terrain et en étaient juste à retirer la couche d'humus couvrant le sol. Erlendur leur demanda s'il n'était pas possible d'accélérer un peu la cadence mais Skarphédinn lui lança un regard méprisant en lui demandant s'il avait envie qu'ils détruisent des indices. Ils tombèrent à nouveau d'accord sur le fait que l'exhumation des ossements ne pressait pas outre mesure.

On éteignit l'ampoule au fluor sous la tente. Les journalistes avaient tous quitté les lieux. La découverte du squelette fit la une du journal du soir. La télévision diffusa des images d'Erlendur et de son équipe sur le chantier et une chaîne montra même l'un de ses journalistes qui tentait d'obtenir une interview d'Erlendur mais ce dernier l'avait repoussé et s'était éloigné.

Le calme était revenu sur le quartier. Les coups de marteau s'étaient tus. Ceux qui travaillaient sur les chantiers de leurs maisons s'en étaient tous allés. Les gens qui avaient déjà emménagé s'étaient mis au lit. On n'entendait plus les cris des enfants. Deux policiers avaient été placés dans une voiture pour surveiller les lieux. Elinborg et Sigurdur Oli étaient rentrés chez eux. Les membres de la scientifique avaient prêté leur concours aux archéologues avant de quitter les lieux. Erlendur avait interrogé la mère de Toti et le petit garçon lui-même à propos de l'os qu'il avait découvert. Celui-ci n'était pas peu fier de l'intérêt qu'on lui portait. C'est absolument incroyable, avait soupiré la mère. Que son fils trouve le squelette d'un homme en pleine nature. C'est vraiment le meilleur des anniversaires que j'aie jamais eu, confia Toti à Erlendur. *Ever**.

Le jeune étudiant en médecine était également rentré chez lui avec son petit frère. Erlendur et Sigurdur Oli avaient eu une brève discussion avec lui à propos de la découverte. Il décrivit comment, en regardant le bébé, il s'était rendu compte au bout d'un certain temps que celui-ci était occupé à mordiller un os. En y regardant de plus près, il s'était aperçu qu'il s'agissait en fait d'une côte.

* En anglais dans le texte. (L'anglais se fait de plus en plus envahissant dans la langue orale islandaise.)

– Comment se fait-il que vous ayez compris immédiatement qu'il s'agissait d'un os humain ? demanda Erlendur. Il aurait, par exemple, très bien pu provenir de la carcasse d'un mouton.

– Oui, ce n'était pas plus probable qu'il s'agisse d'un os de mouton ? renchérit Sigurdur Oli, l'enfant de la ville, qui ne savait absolument rien des animaux qu'on élevait dans les fermes islandaises.

– Il n'y avait pas le moindre doute là-dessus, expliqua l'étudiant en médecine. J'ai pratiqué des autopsies et la question ne se posait même pas.

– Vous pouvez nous dire combien de temps le squelette a séjourné dans la terre ? demanda Erlendur. Il savait qu'il allait avoir à la fois les conclusions du géologue contacté par Elinborg, celles de l'archéologue et du médecin légiste, mais n'avait rien contre le fait d'entendre l'opinion de l'étudiant.

– J'ai examiné la terre et, en nous basant sur l'état de décomposition, nous pourrions avancer le chiffre de soixante-dix ans. Pas beaucoup plus. Mais bon, je ne suis pas spécialiste.

– Non, exact, observa Erlendur. L'archéologue a avancé le même chiffre mais lui non plus n'est pas spécialiste.

Il se tourna vers Sigurdur Oli.

– Il nous faut des renseignements sur les disparitions datant de cette époque, autour de 1930, 1940. Peut-être même avant. Et voir ce que nous trouvons.

Erlendur se tenait au bord des fondations. Baigné par le soleil vespéral, il regardait en direction de Mosfellsbaer, de Kollafjördur et de la montagne Esja, il voyait les maisons sur la péninsule de Kjalarnes et les voitures en route vers Reykjavik qui passaient en contrebas de la montagne d'Ulfarsfell, sur le boulevard Vesturlandsvegur. Il entendit le moteur d'une voiture monter vers le chantier. Il en sortit un homme grassouillet de l'âge d'Erlendur, la cinquantaine, vêtu d'un blouson bleu avec une casquette de base-ball sur la tête. Il claqua la portière en regardant Erlendur, la voiture de police, le remue-ménage dans les fondations ainsi que la tente qui cachait le squelette.

– C'est le service du recouvrement qui vous envoie ? demanda-t-il d'un ton brutal en s'avançant vers Erlendur.

– Le service du recouvrement ? interrogea Erlendur.

– Pas moyen que vous fichiez la paix aux gens ! grogna l'homme. Vous avez une injonction ?

– Vous êtes le propriétaire de cette parcelle ? demanda Erlendur.

– Vous êtes qui, vous ? Et cette tente, qu'est-ce qu'elle fout là ? Qu'est-ce qui se passe ici ?

Erlendur expliqua ce qui était arrivé à l'homme qui déclara s'appeler Jon. Il apparut que Jon était entrepreneur de travaux publics et propriétaire du terrain, il était pratiquement en faillite et se trouvait étranglé par les créanciers. Il y avait un certain temps que les travaux avaient cessé sur le chantier mais il affirma qu'il y passait régulièrement afin de vérifier si ces saletés de mômes des nouvelles banlieues, qui faisaient des conneries dans les fondations des maisons, n'avaient pas causé de dégâts. Il n'avait ni entendu ni vu les informations sur la découverte du squelette et regardait le chantier d'un œil incrédule pendant qu'Erlendur lui expliquait les travaux entrepris par la police et les archéologues.

– Je ne savais rien de tout ça et les maçons n'ont sûrement même pas vu ces ossements. Donc, il pourrait s'agir d'une tombe du Moyen Âge ? demanda Jon.

– Il est trop tôt pour le dire, répondit Erlendur, peu enclin à dévoiler un surcroît d'éléments. Vous savez quelque chose à propos du terrain qui se trouve là, à l'est ? demanda-t-il en indiquant les groseilliers.

– Tout ce que je sais, c'est que c'est un bon terrain

pour construire, dit Jon. Je ne m'imaginais pas vivre suffisamment longtemps pour voir Reykjavik s'étaler jusque dans ces coins reculés.

– Peut-être que cette ville est atteinte de gigantisme, commenta Erlendur. Vous savez si les groseilliers poussent de façon sauvage en Islande ?

– Les groseilliers ? Pas la moindre idée. J'ai jamais entendu parler de ça.

Ils passèrent quelques instants à discuter, ensuite Jon prit congé et repartit au volant de sa voiture. Erlendur comprit en l'écoutant qu'il se trouvait sur le point de perdre sa parcelle au profit de ses créanciers. Il entrevoyait l'espoir qu'on l'autorise à contracter un emprunt supplémentaire.

Erlendur avait l'intention de rentrer chez lui. Le soleil du soir illuminait le ciel de l'ouest d'un joli rougeoiement qui s'étendait jusqu'à la mer et au-dessus des terres. La fraîcheur avait commencé à tomber.

Il se tenait maintenant sur les lieux des fouilles et scrutait l'humus sombre. Il donnait des coups de pied dans la terre en arpentant calmement les lieux, sans vraiment savoir pourquoi il le faisait. Rien ne l'attendait chez lui, se disait-il tout en donnant des coups de pied dans une motte. Pas de famille pour l'accueillir, aucune épouse qui lui aurait raconté comment s'était passée sa journée. Pas d'enfants qui lui auraient parlé de leurs études. Rien qu'un vieux poste de télévision, un fauteuil, une moquette élimée, des emballages de plats préparés dans la cuisine et des murs couverts de livres, qu'il lisait de temps à autre. Un grand nombre d'entre eux traitaient des disparitions en Islande, des épreuves que devaient affronter les voyageurs d'autrefois dans les immensités désertes et des décès qui survenaient dans les montagnes.

Brusquement, il sentit qu'il rencontrait une résistance dans le sol. Comme si une petite pierre coupante dépassait du terrain. Il donna quelques coups de pied pour la libérer mais elle était solidement fichée. Il se baissa et se mit à gratter la terre qui se trouvait autour avec précaution. Skarphédinn lui avait bien stipulé de ne pas toucher à quoi que ce soit en l'absence des archéologues. D'un coup sec et sans grande conviction, Erlendur tira sur la pierre sans parvenir à l'arracher à la terre.

Il creusa plus profond et avait les mains toutes sales quand il tomba sur une seconde pierre du même genre, puis sur une troisième, une quatrième et enfin une cinquième. Erlendur s'agenouilla et envoya la terre voler dans toutes les directions. L'objet apparaissait de plus en plus distinctement dans le sol et, bientôt, Erlendur regardait ce qui, à sa grande surprise, n'était autre qu'une main. Cinq phalanges et métacarpes dépassaient du sol. Il se releva lentement.

Les cinq doigts étaient écartés les uns des autres comme si celui qui se trouvait là avait tendu la main en l'air pour se saisir de quelque chose, se défendre ou, peut-être, implorer la pitié. Erlendur se sentait complètement déboussolé. Les os dépassaient de la terre et s'étendaient dans sa direction comme s'ils imploraient grâce et un frisson le parcourut dans la brise du soir.

Enterré vivant, pensa Erlendur. Il porta son regard en direction des groseilliers.

– Alors, tu étais vivant ? dit-il en soupirant.

Son téléphone portable se mit à sonner à cet instant. Il lui fallut un certain temps pour réaliser qu'il entendait la sonnerie, profondément plongé qu'il était dans ses pensées en cette calme soirée, mais enfin, il sortit le téléphone de la poche de son imperméable et décrocha. Il n'entendit tout d'abord rien d'autre que des grésillements.

– Aide-moi, lui dit ensuite une voix qu'il reconnut immédiatement. *Please !*

Et la conversation fut interrompue.

4

Son téléphone avait le service de présentation du numéro, mais il ne voyait pas le numéro de l'appelant. Le mot « Anonyme » figurait sur le petit écran. C'était Eva Lind, sa fille. Il regardait le portable avec une expression douloureuse comme s'il avait été un éclat de pierre qui se serait enfoncé dans sa main, mais il ne se remit pas à sonner. Eva Lind avait son numéro et il se souvint que la dernière fois qu'elle l'avait appelé, c'était pour lui dire qu'elle ne voulait plus jamais le voir. Il se tenait immobile, ne sachant que faire, à attendre une seconde sonnerie qui ne vint jamais.

Puis il se mit brusquement en route.

Il n'avait pas eu le moindre contact avec Eva Lind depuis deux mois. Ce qui, en soi, n'avait rien d'anormal. Sa fille menait sa propre vie sans lui donner l'occasion de s'y immiscer. Elle avait la trentaine. Droguée. La dernière fois qu'ils s'étaient vus, ils s'étaient encore une fois violemment disputés. Cela s'était passé dans l'appartement d'Erlendur et elle avait enfoncé la porte en lui disant qu'il n'était qu'un ignoble salaud.

Erlendur avait également un fils, Sindri Snaer, qui n'avait que peu de relations avec son père. Lui et Eva Lind étaient encore petits quand Erlendur avait quitté le foyer familial en les abandonnant à leur mère. Son ex-épouse ne le lui avait jamais pardonné et elle lui avait interdit tout droit de visite. Il l'avait laissée faire mais le regrettait de plus en plus amèrement. Il s'était dit que les enfants le retrouveraient bien quand ils seraient en âge de le faire.

La fraîche soirée de printemps se posait sur Reykjavik au moment où Erlendur quitta à toute vitesse le quartier de Thusöld pour prendre le boulevard Vesturlandsvegur en direction du centre. Il prit garde à ce que son téléphone soit bien allumé et le plaça sur le siège avant. Erlendur ne savait pas grand-chose des conditions de vie actuelles de sa fille et n'avait pas la moindre idée de l'endroit où il devait débuter ses recherches jusqu'au moment où il finit par se souvenir d'un appartement en sous-sol qu'Eva Lind avait occupé dans le quartier de Vogar il y avait environ un an.

Il passa d'abord chez lui pour vérifier mais ne vit aucune trace d'Eva Lind aux alentours de son immeuble. Il fit le tour du bâtiment en courant et entra dans la cage d'escalier. Eva Lind avait la clef de son appartement. Il appela à l'intérieur, mais elle n'était pas là. Il eut l'idée de téléphoner à sa mère, mais il n'en fit rien. Ils s'étaient à peine adressé la parole depuis plus de vingt ans. Il décrocha le combiné et appela son fils. Il savait que ses deux enfants entretenaient des relations, bien qu'irrégulières. Les renseignements lui communiquèrent le numéro du portable de Sindri. Il apparut que Sindri était en déplacement en province et n'avait pas la moindre idée de l'endroit où se trouvait sa sœur.

Erlendur hésita.

– Nom de Dieu, soupira-t-il.

Il appela donc à nouveau les renseignements auxquels il demanda le numéro de son ex-épouse.

– C'est Erlendur, annonça-t-il quand elle répondit. Je crois qu'il est arrivé quelque chose de grave à Eva Lind. Tu sais où elle pourrait se trouver ?

On n'entendait que le silence dans le combiné.

– Elle m'a téléphoné en me demandant de l'aider mais la communication a été coupée et je ne sais pas où elle est. Je crois qu'elle a un gros problème.

Elle ne lui répondait rien.

– Halldora ?

– Et tu me téléphones au bout de vingt ans ?

Il sentait que la haine teintait encore la voix de la femme au bout de toutes ces années et il savait qu'il avait commis des erreurs.

– Eva Lind a besoin d'aide et je ne sais pas où elle est.

– D'aide ?

– Je crois qu'elle a un gros problème.

– Et c'est ma faute ?

– Ta faute ? Non, ce n'est pas...

– Tu crois que moi, je n'avais pas besoin d'aide ? Seule avec deux enfants. Tu ne m'as pas beaucoup aidée.

– Halldo...

– Et maintenant, les enfants font n'importe quoi. Tous les deux ! Tu commences enfin à comprendre ce que tu m'as fait ? Ce que tu nous as fait, à moi et à tes enfants ?

– Tu as refusé de m'accorder le droit de visite...

– Tu crois que je n'ai pas eu besoin de la tirer d'embarras un million de fois ? Tu crois que je n'ai pas dû être toujours là pour elle ? Et toi, où est-ce que tu étais dans ces moments-là ?

– Halldora, je...

– Espèce d'ordure !!! vociféra-t-elle.

Elle lui raccrocha au nez. Erlendur se maudit d'avoir téléphoné. Au volant de sa voiture, il pénétra dans le quartier de Vogar et se gara devant un immeuble décrépit au bas duquel se trouvaient quelques appartements en sous-sol, enfoncés dans le sol jusqu'à mi-hauteur. Il appuya sur une sonnette qui pendait du montant de la porte de l'un des appartements mais ne l'entendit pas retentir à l'intérieur et il frappa. Il attendit avec impatience les bruits derrière la porte qui précéderaient son ouverture mais rien ne se produisit. Il attrapa la poignée. La porte n'était pas fermée à clef et Erlendur entra avec précaution. Il tomba d'abord sur une petite entrée et entendit les sanglots d'un enfant quelque part dans l'appartement. Une forte odeur d'urine et de saleté le prit à la gorge quand il s'approcha du salon.

Une fillette d'environ un an était assise sur le sol, épuisée par les pleurs. L'enfant était secouée de lourds sanglots, les fesses nues, elle ne portait pour tout vêtement qu'un T-shirt sale. Le sol était jonché de canettes de bière vides, de bouteilles de vodka, d'emballages de plats préparés et de produits laitiers qui avaient suri et dont la puanteur se mêlait à celle des déjections de l'enfant. Il n'y avait pas grand-chose d'autre dans le salon qu'un vieux sofa complètement usé sur lequel était allongée une femme qui tournait le dos à Erlendur. L'enfant faisait comme s'il n'était pas là et Erlendur s'avança vers le canapé. Il tâta le poignet de la femme et sentit le pouls. Le bras portait des traces de piqûres.

La cuisine était intégrée au salon et il y avait aussi une petite chambre à coucher où Erlendur attrapa une couverture qu'il étendit sur le corps de la femme. A l'intérieur de la chambre se trouvait une petite salle de bains avec une douche. Il enleva l'enfant du sol pour l'emmener dans la salle de bains, la baigna avec douceur dans l'eau chaude puis l'enveloppa d'une serviette. L'enfant ne pleurait plus. L'intérieur de ses cuisses était tout irrité par l'urine. Il se rendit compte que l'enfant était littéralement affamé mais ne trouva rien de comestible à lui donner à part un petit morceau de chocolat qu'il conservait dans la poche de son imperméable. Il en détacha un petit carré qu'il donna à l'enfant tout en lui parlant calmement. Il remarqua les blessures que la fillette avait sur les bras et sur le dos; il grimaça.

Il vit un petit lit à barreaux, en retira une canette de bière, des emballages de hamburgers et plaça précautionneusement l'enfant dans le lit. Lorsqu'il revint au salon, il bouillait de colère. Il ne savait pas si l'épave allongée sur le canapé était la mère de l'enfant. Ça lui était totalement égal. Il souleva la femme, l'emmena jusqu'à la salle de bains, la plaça dans le bac de la douche et l'aspergea d'eau glacée. Pendant qu'il la portait dans ses bras, on aurait dit que la femme était morte mais elle semblait reprendre vie maintenant que l'eau lui cinglait le corps. Elle se débattait en avalant des gorgées et hurlait de toutes ses forces en essayant de se protéger.

Erlendur l'aspergea pendant un bon moment avant de refermer le robinet, il lui balança ensuite une couverture, la ramena dans le salon et la fit asseoir sur le sofa. Elle était réveillée mais à moitié paumée et regardait Erlendur avec des yeux vagues. Elle regarda ensuite autour d'elle comme s'il lui manquait quelque chose et se rappela tout à coup de quoi il s'agissait.

– Où est Perla? demanda-t-elle en tremblant sous la couverture.

– Perla? demanda Erlendur, en colère. C'est un chiot?

– Où est ma petite fille? répéta la femme. Elle devait avoir dans la trentaine, les cheveux courts, maquillé mais le maquillage avait coulé et s'était étalé sur tout le visage. Sa lèvre supérieure était gonflée, elle avait une grosse bosse sur le front et l'œil droit au beurre noir.

– Tu n'as même pas le droit de demander de ses nouvelles, dit Erlendur.

– Quoi?

– Tu écrases tes cigarettes sur ton enfant!

– Hein? Non! Qui…? Qui êtes-vous?

– C'est ta brute qui te tape dessus ?

– Me tape dessus ? Quoi ? Qui êtes-vous ?

– Je vais m'arranger pour qu'on t'enlève Perla, dit Erlendur. Et je vais mettre la main sur le gars qui lui a fait ça. Et je veux aussi que tu me dises deux choses.

– Qu'on m'enlève Perla ?

– Il y a une fille qui habitait ici il y a quelques mois, peut-être un an, tu sais quelque chose sur elle ? Elle s'appelle Eva Lind. Maigre, cheveux noirs…

– Perla est insupportable, elle pleurniche tout le temps.

– Oui, ma pauvre, je te plains…

– Et ça le met en furie.

– Commençons par Eva Lind. Tu la connais ?

– Ne me l'enlevez pas, *please* !

– Tu sais où se trouve Eva Lind ?

– Eva a déménagé depuis des mois.

– Tu sais où ?

– Non, elle était avec Baddi.

– Baddi ?

– Il est videur. Mon nom sera dans les journaux si vous me l'enlevez. Hein ? Mon nom sera dans les journaux.

– Où est-ce qu'il est videur ?

Elle lui donna le tuyau. Erlendur se leva, appela d'abord une ambulance et ensuite le service de la protection de l'enfance de Reykjavik en décrivant brièvement les conditions.

– Ensuite, deuxième chose, dit Erlendur pendant qu'il attendait l'ambulance. Où se trouve ce salaud qui te tape dessus ?

– Laissez-le tranquille, répondit-elle.

– Non. Alors, il est où ?

– C'est juste que…

– Oui, quoi ? Juste que quoi ?

– Si vous l'arrêtez…

– Oui ?

– Si vous avez l'intention de l'arrêter, il vous faudra aussi le tuer, sinon il me tuera moi, dit-elle en adressant à Erlendur un sourire glacial.

Baddi avait beaucoup de muscles et une tête étonnamment petite, il était videur dans un club de strip-tease, le Comte Rosso, qui se trouvait dans le centre de Reykjavik. Ce n'était pas lui qui était posté à la porte d'entrée quand Erlendur arriva mais une autre montagne de muscles à la constitution comparable qui lui indiqua où il pourrait trouver Baddi.

– Il surveille le show, expliqua le videur mais Erlendur ne comprit pas immédiatement le sens de ses paroles. Il restait debout à regarder la tête de l'homme.

– Le show individuel, précisa le videur. Le spectacle de danse privée.

Il roula des yeux pour signifier son découragement.

Erlendur pénétra dans l'endroit éclairé d'ampoules rouges voilées.

La salle consistait en un bar, quelques tables et chaises ainsi que quelques épaves occupées à regarder une jeune fille se dandiner, le long d'une colonne d'acier sur une piste de danse surélevée, au rythme monotone d'une musique pop. Elle regarda Erlendur et se mit à danser devant lui comme s'il était un client des plus séduisants, tout en se défaisant d'un soutien-gorge minuscule. Erlendur lui accorda un regard tellement plein de pitié qu'elle en fut décontenancée et qu'elle trébucha, puis, parvenue à reprendre son équilibre, elle s'éloigna de lui en laissant nonchalamment tomber le soutien-gorge à terre en s'efforçant de ne pas perdre tout à fait son amour-propre.

Erlendur essaya de trouver le lieu où pouvaient se dérouler les fameux shows individuels, son regard se dirigea vers l'intérieur d'un couloir sombre situé face au bar; il y pénétra. Le couloir était peint en noir et, au fond, se trouvait un escalier qui menait à la cave. Erlendur n'y voyait pas grand-chose mais descendit tout de même lentement les marches, puis il parvint à un second corridor également noir. Une ampoule rouge et solitaire pendait et, tout au bout, on pouvait distinguer une montagne de muscles avec de gros bras croisés sur la poitrine qui fixait Erlendur. Entre les deux hommes se trouvaient six salles, trois de chaque côté. Il entendit le son d'un violon à l'intérieur d'une des salles, des notes discordantes.

La montagne de muscles se dirigea vers Erlendur.

– Vous êtes Baddi? demanda Erlendur.

– Où est votre fille? demanda la montagne de muscles microcéphale, dont la tête dépassait d'un large cou, comme une verrue.

– C'est justement la question que j'allais vous poser, répondit Erlendur, étonné.

– Me poser à moi? Non, je ne me charge pas de fournir les filles. Il faut que vous retourniez là-haut et que vous en rameniez une vous-même.

– Ah oui, j'avais mal compris, expliqua Erlendur dès qu'il se rendit compte du malentendu. En fait, je suis à la recherche d'Eva Lind.

– Eva? Il y a un bail qu'elle a arrêté. Vous étiez l'un de ses clients?

Erlendur dévisagea l'homme.

– Un bail qu'elle a arrêté? Qu'entendez-vous par là?

– Il lui arrivait d'être ici. Comment vous la connaissez?

L'une des portes du couloir s'ouvrit et un jeune homme sortit en remontant sa braguette. Erlendur aperçut une fille dénudée qui se baissait pour ramasser ses vêtements par terre. Le jeune homme se faufila entre Erlendur et Baddi, donna à Baddi une tape amicale sur l'épaule puis disparut dans l'escalier. La jeune fille dans la salle lança un regard à Erlendur puis claqua la porte.

– Vous voulez dire qu'elle était, ici, en bas ? demanda Erlendur, perturbé. Eva travaillait ici, en bas ?

– Il y a longtemps. Mais il y a une fille qui lui ressemble beaucoup là, dans cette pièce, annonça Baddi d'un ton de concessionnaire automobile en indiquant une porte. C'est une étudiante en médecine originaire de Lituanie. C'est elle qui jouait du violon. Vous l'avez entendue, non ? Elle étudie dans une école très réputée en Pologne. Ces filles-là viennent ici pour se faire du fric. Et continuer leurs études.

– Vous savez où je peux trouver Eva Lind ?

– Nous ne dévoilons jamais le domicile des filles, répondit Baddi en affichant une drôle de mine de petit saint.

– Je me fiche de savoir où habitent ces filles, expliqua Erlendur, avec de la lassitude dans la voix. Il s'efforçait de ne pas perdre son contrôle de soi, il savait qu'il devait s'y prendre avec des gants, obtenir ces informations par la douceur, même s'il mourait d'envie de tordre le cou à cette verrue. Je crois qu'Eva Lind a des problèmes et elle m'a demandé de l'aider, dit-il aussi calmement que possible.

– Et vous êtes qui, son père ? demanda Baddi d'un ton railleur en éclatant de rire.

Erlendur le fixa en réfléchissant au type de prise dont il userait pour se saisir de cette tête minuscule. Un rictus se figea sur le visage de Baddi quand il comprit qu'il avait touché juste. Par accident, comme d'habitude. Lentement, il recula d'un pas.

– Vous êtes le flic ? demanda-t-il et Erlendur hocha la tête.

– Cet endroit n'a rien d'illégal.

– Je m'en fiche complètement. Vous savez où se trouve Eva Lind ?

– Elle a disparu ?

– Je n'en sais rien, répondit Erlendur. Elle a disparu

de mon existence. Mais elle m'a appelé tout à l'heure pour me demander de l'aide et je ne sais même pas où elle est. On m'a dit que vous la connaissiez.

– J'ai vécu avec elle pendant quelque temps, elle vous l'a dit ?

Erlendur secoua la tête.

– Mais y a pas moyen d'être avec elle. C'est une cinglée.

– Vous pouvez me dire où elle se trouve ?

– Il y a longtemps que je l'ai pas vue. Elle vous déteste. Vous le savez, non ?

– Quand vous étiez avec elle, qui est-ce qui la fournissait ?

– Vous voulez dire, son dealer ?

– Oui, son dealer.

– Pourquoi ? Vous voulez le coffrer ?

– Je ne vais coffrer personne. Il faut simplement que je trouve Eva Lind. Vous pouvez m'aider, oui ou non ?

Baddi s'accorda un moment de réflexion. Il n'était pas plus obligé d'aider cet homme qu'Eva Lind. Celle-là, elle pouvait bien aller au diable. Cependant, quelque chose dans l'expression et sur le visage du flic lui indiquait qu'il valait mieux être avec lui que contre lui.

– Je ne sais rien sur Eva, dit-il enfin, mais allez voir Alli.

– Alli ?

– Et ne lui dites pas que c'est moi qui vous envoie.

5

Erlendur prit la direction du quartier le plus ancien de la ville, à côté du port, en pensant à Eva Lind et en méditant sur Reykjavik. C'était un provincial et c'est ainsi qu'il se percevait, bien qu'il eût passé la majeure partie de son existence dans cette ville qu'il avait vu s'étendre le long des criques et sur les collines au fur et à mesure que le reste du pays se vidait de sa population. Une ville moderne peuplée de gens qui ne voulaient plus vivre dans les campagnes, dans les ports de pêche, ou bien qui n'en avaient plus la possibilité et avaient déménagé pour commencer une nouvelle vie. Mais ils avaient perdu leurs racines et se trouvaient confrontés à leur absence de passé ainsi qu'à un avenir incertain. Erlendur, quant à lui, ne s'était jamais senti bien dans cette ville.

Il avait toujours eu l'impression d'être un étranger*.

Alli avait une vingtaine d'années, il était rougeaud et son visage décharné était couvert de taches de rousseur, il lui manquait les deux incisives, son visage était marqué, de constitution frêle, il avait une méchante toux. Il se trouvait à l'endroit que Baddi avait indiqué, assis dans Kaffi Austurstræti, seul à une table avec un verre

---

* Le prénom de l'inspecteur, Erlendur, signifie également *étranger* en islandais.

49

de bière vide devant lui. On aurait dit qu'il était endormi, il avait la tête baissée et les mains croisées sur la poitrine. Il portait une doudoune verte et sale avec un col en fourrure. La description que Baddi avait faite de lui concordait parfaitement. Erlendur prit place à la table.

– Vous êtes Alli? demanda-t-il sans obtenir de réponse. Il balaya les lieux du regard. Le bar était dans la pénombre et il y avait peu de clients, répartis à plusieurs tables. Un chanteur de country pitoyable entonnait une chanson douloureuse sur ses amours perdues dans les haut-parleurs au-dessus d'eux. Un serveur d'âge moyen était assis sur un tabouret derrière le comptoir et lisait *Le Peuple des Glaces*.

Il répéta sa question, finit par secouer l'épaule de l'homme qui se réveilla et accorda à Erlendur un regard éteint.

– Une autre bière? demanda Erlendur qui faisait de son mieux pour essayer de sourire. Une grimace se dessina sur son visage.

– Vous êtes qui? demanda Alli en levant un œil glauque. Il n'essayait même pas de cacher qu'il était un pauvre type.

– Je suis à la recherche d'Eva Lind. Je suis son père et je suis pressé. Elle m'a appelé pour me demander de l'aide.

– Vous êtes le flic, alors? demanda Alli.

Alli se redressa sur sa chaise, jeta un coup d'œil furtif alentour.

– Pourquoi vous venez me demander ça à moi?

– Je sais que vous connaissez Eva Lind.

– Comment?

– Vous savez où elle se trouve?

– Tu me paies une bière?

Erlendur le regarda en se demandant s'il usait de la bonne méthode mais s'y résolut tout de même, il était pressé par le temps. Il se leva et alla jusqu'au bar d'un pas rapide. Le serveur leva douloureusement les yeux du *Peuple des Glaces*, reposa le livre à regret et quitta son tabouret. Erlendur commanda une grande bière. Il cherchait son portefeuille à tâtons lorsqu'il s'aperçut qu'Alli avait disparu. Il jeta un regard bref et vif autour de lui et vit que la porte se refermait. Il abandonna le serveur avec le verre plein de bière, partit en courant et vit qu'Alli se dirigeait à toutes jambes dans la direction du quartier de Grjotathorp.

Alli ne courait pas très vite et n'avait pas beaucoup d'endurance non plus. Il regarda en arrière, vit qu'Erlendur était à ses trousses et tenta d'accélérer sa course mais il était à bout de forces. Erlendur le rattrapa rapidement, le bouscula, ce qui le fit tomber à terre, gémissant. Deux étuis remplis de pilules tombèrent de sa poche, Erlendur les ramassa. Il se dit que c'étaient sûrement dcs pilules d'ecstasy. Il arracha la doudoune d'Alli et entendit le tintement d'autres étuis. Une fois qu'il eut fait les poches du vêtement, Erlendur avait en main une armoire à pharmacie plutôt convenable.

– Ils… vont… me tuer, dit Alli à bout de souffle en se relevant. Il n'y avait que quelques passants. Un couple d'âge moyen de l'autre côté de la rue avait suivi le déroulement des opérations mais il s'était vite enfui en voyant Erlendur sortir des poches de la doudoune des étuis à pilules les uns après les autres.

– Je m'en fiche royalement, observa Erlendur.

– Ne m'enlevez pas ces trucs-là. Vous savez comment ils sont…

– Qui ça, ils ?

Alli s'appuyait contre le mur d'une maison et il se mit à pleurnicher.

– Ils m'ont donné une dernière chance, dit-il alors qu'un filet de morve lui coulait du nez.

– Je me fiche que ce soit ta dernière chance. Quand as-tu vu Eva Lind pour la dernière fois ?

Alli renifla et dévisagea tout à coup Erlendur en se concentrant, comme s'il entrevoyait une échappatoire.

– Ok.

– Quoi?

– Si je te parle d'Eva, tu me redonnes les étuis? demanda-t-il.

Erlendur s'accorda un moment de réflexion.

– Si tu sais où se trouve Eva, je te les redonnerai. Mais si tu me mens, je reviendrai pour me servir de toi comme trampoline.

– Ok, ok. Eva est passée me voir aujourd'hui. D'ailleurs, si tu la trouves, elle me doit du fric. Un sacré paquet. J'ai refusé de la fournir. Je deale pas avec les femmes enceintes.

– J'oubliais, dit Erlendur. Un homme de principes de ta trempe!

– Elle est venue me voir, enceinte jusqu'aux yeux, m'a supplié et fait tout un tas d'embrouilles quand j'ai refusé de la fournir, ensuite elle s'est cassée.

– Et tu sais où?

– Pas la moindre idée.

– Elle habite où?

– C'est qu'une pute sans le sou. J'ai besoin de fric, tu piges. Sinon, ils vont me faire la peau.

– Tu sais où elle habite, oui ou non?

– Où elle habite? Nulle part. Elle traînasse en ville. Traînasse et se fait rincer. Elle s'imagine qu'elle peut avoir ça gratos, dit Alli d'un ton cinglant, empli de mépris. Comme si on pouvait se permettre de donner la dope. Comme si ça coûtait rien.

Un *s* chuintant se formait dans l'interstice édenté de sa bouche lorsqu'il parlait, vêtu de sa doudoune sale, il ressemblait tout à coup à un grand môme qui essaierait de se comporter en adulte.

La morve lui coulait à nouveau du nez.

– Où est-ce qu'elle pourrait être? demanda Erlendur.

52

Alli regarda Erlendur en reniflant.

– Tu me rendras tout ça ?

– Où est-elle ?

– Tu me rendras tout si je te le dis ?

– Où ?

– Pour Eva Lind.

– Si tu ne me mens pas, oui. Où est-elle ?

– Il y avait une autre fille avec elle.

– Quelle fille ?

– Je sais où elle habite.

Erlendur s'approcha d'un pas.

– Je te redonnerai tout, déclara-t-il. Qui est cette fille ?

– Ragga. Elle habite juste à côté. Dans la rue Tryggvagata. Tout en haut de l'immeuble en face de la jetée. Alli tendit la main d'un geste hésitant. Ok ? Tu as promis. Rends-moi tout ça. Tu m'as promis.

– Pauvre imbécile, dit Erlendur, il n'est pas question que je te rende ces trucs-là. Absolument pas question. Et si j'en avais le temps, je te conduirais au poste dans la rue Hverfisgata pour te jeter dans une cellule. Tu t'en tires même à bon compte.

– Non ! Ils vont me faire la peau. Pitié ! Rends-moi ça, *please* ! Redonne-moi ça !

Erlendur l'ignora, il s'en alla en abandonnant Alli qui pleurnichait appuyé contre le mur de la maison en se traitant de tous les noms et en se cognant la tête contre le mur, débordant d'une colère impuissante. Erlendur entendit les insultes fuser un bon moment, pourtant, à sa grande surprise, ce n'était pas à lui qu'elles s'adressaient mais à Alli lui-même.

– Espèce de con, espèce de pauvre con, connard, pauvre con, putain de pauvre con…

Il jeta un regard en arrière et vit Alli se donner à lui-même une énorme baffe.

Un petit garçon aux cheveux sales, torse nu, peut-être âgé de quatre ans, vêtu d'un pantalon de pyjama, vint ouvrir la porte et leva les yeux vers Erlendur. Erlendur se baissa vers lui mais, lorsqu'il tendit la main pour caresser la joue de l'enfant, celui-ci recula la tête. Erlendur lui demanda si sa mère était à la maison, mais le petit garçon se contenta de le dévisager d'un regard inquisiteur sans lui répondre.

– Est-ce qu'Eva Lind est chez toi, mon petit ? demanda-t-il à l'enfant.

Erlendur avait l'impression d'être à court de temps. Cela faisait maintenant deux heures qu'Eva Lind l'avait appelé. Il tenta d'écarter la pensée qu'il pourrait arriver trop tard pour l'aider. Il tenta de s'imaginer le genre d'affres dans lesquelles elle pouvait bien se débattre mais cessa bientôt de se torturer pour se concentrer sur les recherches. Il savait maintenant en compagnie de qui elle était au moment où elle avait quitté Alli. Il savait qu'il approchait du but.

Le petit garçon ne répondait rien. Il fila à l'intérieur, où il disparut. Erlendur le suivit, sans voir vers où il était parti. Le noir absolu régnait à l'intérieur et Erlendur parcourut le mur à tâtons pour trouver un interrupteur et allumer la lumière. Il en trouva plusieurs qui ne fonctionnaient pas avant de parvenir à une petite chambre. Enfin une ampoule esseulée qui pendait au plafond s'alluma. Le sol n'avait aucun revêtement, rien que la dalle de béton froide. Des couettes sales gisaient ici et là sur le sol et sur l'une d'entre elles était allongée une femme, un peu plus jeune qu'Eva Lind, vêtue d'un jean usé et d'un débardeur rouge. Une petite boîte en fer-blanc contenant deux seringues était ouverte à côté d'elle. Un fin garrot de plastique s'enroulait à terre. Deux hommes dormaient sur la couette, de part et d'autre de la jeune femme.

Erlendur s'agenouilla à côté d'elle, la secoua doucement sans obtenir aucune réaction. Il lui souleva la tête, la redressa et lui tapota légèrement la joue. Elle émit un gémissement. Il se leva, la mit debout, essaya de lui faire faire quelques pas et, bientôt, elle eut l'air de revenir à elle. Elle ouvrit les yeux. Erlendur distingua une chaise de cuisine dans l'obscurité et la fit asseoir. Elle le regarda et sa tête retomba sur sa poitrine. Il lui donna quelques petites claques sur le visage et elle reprit conscience.

– Où est Eva Lind ? demanda Erlendur.

– Eva, marmonna la jeune femme.

– Vous étiez avec elle aujourd'hui. Où est-elle allée ?

– Eva...

Sa tête retomba à nouveau sur sa poitrine. Erlendur vit le petit garçon debout dans l'embrasure de la porte de la chambre. Il tenait une poupée sous un bras et de l'autre tendait un biberon vide en direction d'Erlendur. Puis il porta le biberon à sa bouche et Erlendur l'entendit aspirer l'air. Il regarda l'enfant et grinça des dents avant d'attraper son téléphone portable pour appeler les secours.

Un médecin se trouvait dans l'ambulance, conformément aux exigences d'Erlendur.

– Je dois vous demander de lui faire une injection, annonça Erlendur.

– Une injection ? demanda le médecin.

– Je crois qu'elle est sous héroïne. Vous avez du Naloxon ou du Narcanti ? Dans votre trousse ?

– Oui, je...

– Il faut que je lui parle. Immédiatement. Ma fille est en danger. Et cette femme sait où elle se trouve.

Le médecin regarda la jeune femme, puis Erlendur. Il hocha la tête.

Erlendur l'avait recouchée sur la couette et il s'écoula quelques instants avant qu'elle ne revienne à elle. Les ambulanciers se tenaient au-dessus d'elle avec une civière. L'enfant était parti se cacher dans la chambre. Les deux hommes étaient toujours allongés sur la couette, comme assommés.

Erlendur s'agenouilla auprès de la jeune femme qui reprenait progressivement conscience. Elle regarda tour à tour Erlendur, le médecin et les hommes qui portaient la civière.

– Qu'est-ce qui se passe ? demanda-t-elle à voix basse comme si elle s'adressait à elle-même.

– Vous savez où se trouve Eva Lind ? demanda Erlendur.

– Eva ?

– Elle était avec vous ce soir. Elle est peut-être en danger. Vous savez où elle est allée ?

– Eva a des ennuis ? demanda-t-elle puis, regardant autour d'elle : où est Kiddi ?

– Il y a un petit garçon, là, dans la chambre, répondit Erlendur. Il vous attend. Dites-moi où je peux trouver Eva Lind.

– Qui êtes-vous ?

– Son père.

– Le flic ?

– Oui.

– Elle ne peut pas vous voir.

– Je sais. Vous savez où elle est ?

– Elle a eu des douleurs. Je lui ai dit d'aller à l'hôpital. Elle a décidé d'y aller à pied.

– Des douleurs ?

– Son ventre lui faisait affreusement mal.

– D'où est-elle partie ? D'ici ?

– Non, on était au terminal de bus de Hlemmur.

– Hlemmur ?

– Elle voulait aller à l'Hosto national. Elle serait pas là-bas ?

Erlendur se releva et obtint le numéro de l'Hôpital

national auprès du médecin. Il appela et on lui répondit qu'aucune Eva Lind n'avait été admise au cours des heures précédentes. Aucune femme de son âge non plus. On lui passa la maternité et il s'efforça de donner de sa fille une description aussi précise que possible, mais cela ne disait rien à la sage-femme de garde.

Il sortit à toutes jambes de l'appartement et démarra en direction de Hlemmur sur les chapeaux de roues. Il n'y avait pas âme qui vive. Le terminal des bus fermait à minuit. Il laissa sa voiture et marcha d'un pas pressé jusqu'au boulevard Snorrabraut, longea en courant les maisons du quartier de Nordurmyri en scrutant les jardins à la recherche de sa fille. Il se mit à crier son nom en approchant de l'Hôpital national, mais n'obtint aucune réponse.

Il la trouva finalement, étendue dans son propre sang sur une plaque d'herbe à l'intérieur d'un buisson à quelque cinquante mètres de la maternité. Il ne lui avait pas fallu bien longtemps pour la localiser. Malgré cela, il arrivait trop tard. L'herbe en dessous de son corps portait des traces de sang et son pantalon en était couvert.

Erlendur se mit à genoux à côté de sa fille, leva les yeux en direction de la Maternité et se revit lui-même, bien des années auparavant, passer ces portes, accompagné de Halldora, par une journée pluvieuse au cours de laquelle Eva Lind était venue au monde. Avait-elle l'intention de mourir en ces mêmes lieux ?

Erlendur caressa le front d'Eva, ne sachant s'il pouvait la déplacer.

Il pensait qu'elle en était au septième mois de grossesse.

Elle avait tenté de s'enfuir mais y avait renoncé depuis longtemps.

Par deux fois, elle l'avait quitté. C'était à l'époque où ils occupaient encore l'appartement en sous-sol dans la rue Lindargata. Il s'était écoulé une année entière entre la première fois qu'il l'avait battue et ce moment où il avait à nouveau perdu son sang-froid comme il disait. A l'époque où il était encore possible de parler avec lui de la violence qu'il lui faisait subir. De son côté, elle n'avait jamais considéré cela comme une perte de sang-froid. Au contraire, elle avait l'impression qu'il en avait encore plus quand il la battait à mort et l'abreuvait d'insultes. Bien qu'il se livrât aux pires choses imaginables, il se montrait froid, réfléchi et parfaitement conscient de ses actes. Toujours.

Avec le temps, elle se rendit compte qu'elle devait également adopter ce type de comportement si elle voulait le vaincre.

La première tentative de fuite était vouée à l'échec. Elle ne s'était pas préparée, ne savait pas ce qui l'attendait, n'avait pas la moindre idée de l'endroit où elle devait s'adresser et se retrouva brusquement seule dans le froid glacial d'un soir de février avec ses deux enfants, Simon qui lui tenait la main et Mikkelina qu'elle portait sur son dos, ne sachant où aller. Tout ce qu'elle savait, c'est qu'elle devait quitter ce sous-sol.

Elle était allée parler avec le pasteur qui lui avait dit qu'une bonne épouse ne divorce pas de son mari. Que les liens du mariage étaient sacrés aux yeux de Dieu et que les gens devaient évidemment consentir à bien des sacrifices afin de les maintenir.

– Pensez à vos enfants, objecta le pasteur.

– C'est justement à mes enfants que je pense, répondit-elle et le prêtre lui adressa un regard condescendant.

Elle n'essaya pas d'aller se plaindre à la police. Deux fois, les voisins avaient appelé le commissariat alors qu'il s'en prenait à elle, et les policiers étaient venus dans l'appartement afin de mettre fin à la dispute conjugale avant de quitter les lieux. Elle s'était alors trouvée face aux policiers avec un œil au beurre noir et la lèvre ouverte, et ils s'étaient contentés de leur ordonner de se calmer. Disant qu'il n'y avait pas moyen d'avoir le calme dans l'immeuble à cause d'eux. La seconde fois, deux ans après, les policiers avaient parlé en particulier à son époux. Ils l'avaient emmené dehors. Elle leur avait alors crié qu'il s'était jeté sur elle avec l'intention de la tuer et que ce n'était pas la première fois. Ils lui avaient demandé si elle avait bu. Elle n'avait pas compris la question. Bu, avaient-ils répété. Elle avait répondu que non. Qu'elle n'avait jamais bu. A la porte, ils avaient parlé avec son mari, avant de le saluer d'une poignée de main.

Après leur départ, il lui avait caressé la joue avec la lame de son rasoir.

Ce soir-là, alors qu'il dormait d'un sommeil profond, elle prit Mikkelina sur son dos et poussa sans bruit le petit Simon devant elle, ils sortirent de l'appartement et gravirent les marches. Elle avait préparé une poussette pour Mikkelina à l'aide de la vieille carcasse d'un landau qu'elle avait trouvé aux ordures, mais il l'avait cassé dans le coup de folie qui l'avait pris dans la soirée, comme s'il avait senti qu'elle avait l'intention de le quitter et qu'il avait voulu l'en empêcher.

Sa fuite n'était en rien préparée. Elle avait fini par se réfugier à l'Armée du Salut qui l'hébergea pour la nuit. Elle n'avait aucune famille, ni à Reykjavik, ni ailleurs en Islande. Dès qu'il se réveilla le lendemain matin, constatant qu'ils étaient partis, il bondit hors de l'appartement et se lança à leur recherche. Dans le froid glacial, il parcourut la ville en chemise et les repéra au moment où ils sortaient de l'Armée du Salut. Elle ne s'en rendit compte qu'une fois qu'il lui eut arraché le petit garçon et qu'il eut pris la fillette dans ses bras. En silence, il reprit le chemin de la maison, sans prononcer une parole. Il ne regardait ni à gauche ni à droite, ne jetait pas un regard en arrière. Les enfants étaient trop terrifiés pour lui opposer la moindre résistance, cependant elle vit Mikkelina tendre les bras vers elle et fondre en larmes silencieuses.

Qu'est-ce qui lui était passé par la tête ?

Ensuite, elle se décida à les suivre.

A la suite de la seconde tentative, il menaça de tuer les enfants et elle abandonna l'idée de s'enfuir sur de simples coups de tête. Elle allait maintenant mieux se préparer. Elle s'imaginait qu'elle pouvait commencer une nouvelle vie. Déménager avec les enfants dans un port de pêche dans le nord du pays, y louer une chambre ou un petit appartement, y trouver du travail dans le poisson et s'arranger pour qu'ils ne manquent de rien. Cette fois-ci, elle consacra un long moment aux préparatifs. Elle décida de partir pour le village de Siglufjördur. Le travail n'y manquait pas, maintenant que les pires années de la crise économique étaient passées, les gens y affluaient de toutes parts et on ne remarquerait pas beaucoup une femme seule accompagnée de ses enfants. Elle pouvait commencer par se faire héberger par son employeur en attendant de trouver une chambre.

Le billet d'autobus pour elle et ses deux enfants n'était pas donné et son mari se cramponnait à chaque couronne qu'il gagnait sur le port en échange de son travail. Elle économisa pendant longtemps, par petites sommes de quelques couronnes, jusqu'à ce qu'elle considère avoir suffisamment pour payer le voyage. Elle rassembla des vêtements pour les enfants et les plaça dans une petite valise, quelques objets personnels et la poussette qu'elle avait transformée et qui pouvait encore lui servir pour Mikkelina. Elle prit le chemin de la Gare centrale des autocars en scrutant constamment les alentours, terrifiée, comme si elle redoutait de le voir surgir au prochain coin de rue.

Il rentra à la maison pour midi, comme toujours, et comprit immédiatement qu'elle l'avait quittée. Elle savait que le repas devait être prêt à son arrivée et ne s'était jamais autorisée à déroger à cette règle. Il constata que la poussette avait disparu. L'armoire à vêtements était grande ouverte. La valise n'était plus là. Immédiatement, se rappelant sa dernière tentative de fuite, il fonça jusqu'à l'Armée du Salut où il fit un scandale quand on lui annonça qu'elle n'était pas là. Il refusa de les croire et courut dans toute la bâtisse, ouvrant les chambres et fouillant jusqu'à la cave. Bredouille, il s'en prit au directeur de l'établissement, un capitaine de l'Armée du Salut, le flanqua à terre en menaçant de le tuer s'il n'avouait pas où se trouvait sa famille.

Il finit par comprendre qu'elle ne s'était pas réfugiée à l'Armée du Salut et se mit à arpenter la ville à sa recherche sans parvenir à retrouver sa trace. Il s'engouffra dans des magasins, des bars et des restaurants mais ne la vit nulle part. Sa fureur et son énervement ne faisaient qu'enfler au fur et à mesure qu'avançait la journée. Il rentra chez eux, fou de colère. Il mit l'appartement sens dessus dessous à la recherche d'indices qui lui indiqueraient où ils s'étaient enfuis. Ensuite, il se rendit chez deux amies qu'elle avait eues à l'époque où elle avait été employée, s'introduisit de force chez elles, appela sa femme et ses enfants avant de ressortir et de disparaître sans présenter la moindre excuse pour sa conduite.

Elle arriva à Siglufjördur à deux heures du matin après un voyage presque ininterrompu qui avait duré toute la journée. L'autocar avait fait trois arrêts au cours desquels les passagers avaient eu l'occasion de s'étirer, de manger leur casse-croûte ou d'acheter une collation dans les stations-service. Elle avait préparé un pique-nique pour eux trois, des tartines et du lait dans une bouteille, mais ils avaient faim en arrivant à Haganesvik i Fljotum où un bateau attendait les voyageurs pour les conduire à Siglufjördur. Pour finir, elle se retrouva subitement seule avec ses deux enfants dans la nuit glaciale sur un parking à côté de la jetée. Elle s'adressa à la conserverie de poisson ; l'un des contremaîtres lui indiqua un petit cagibi avec un lit à une place, il lui prêta un matelas de sol ainsi que deux couvertures et c'est là qu'ils dormirent pendant leur première nuit de liberté. Les enfants trouvèrent le sommeil dès qu'ils furent allongés sur le matelas mais, pour sa part, elle demeura couchée dans le lit à fixer l'obscurité sans pouvoir réfréner le tremblement qui lui parcourrait le corps jusqu'au moment où elle s'effondra en pleurs.

Il la retrouva quelques jours plus tard. La seule éventualité qu'il envisageât fut qu'elle avait quitté la ville, peut-être en prenant un autocar long-courrier ; il se rendit donc à la gare routière où il questionna tout le monde et découvrit que sa femme et ses enfants avaient pris un car de la compagnie Nordurleid en direction du village de Siglufjördur. Il discuta avec un chauffeur qui se souvenait bien de la femme et des enfants, surtout de la petite fille handicapée. Il acheta un ticket pour le prochain car et arriva à Siglufjördur peu après minuit. Il s'adressa à la conserverie de poisson et trouva finalement sa femme, endormie dans un cagibi, suivant les indications du contremaître qu'il avait réveillé. Il avait exposé la situation au contremaître. Elle l'avait précédé au village et ils ne s'y attarderaient sûrement pas bien longtemps.

Il s'introduisit subrepticement dans le cagibi. Une faible clarté provenant de la rue passait par une petite fenêtre ; il enjamba les deux enfants couchés sur le matelas, se baissa vers elle jusqu'à ce que leurs deux visages se touchent presque et la secoua légèrement. Elle dormait d'un sommeil de plomb, il la secoua à nouveau, un peu plus fort, jusqu'à ce qu'elle ouvre les yeux et il afficha un sourire quand il discerna une authentique frayeur dans le regard de la femme. Elle s'apprêtait à hurler à l'aide mais il lui mit la main devant la bouche.

– Tu t'imaginais sérieusement que tu allais réussir ? demanda-t-il, menaçant.

Elle levait les yeux vers lui fixement.

– Tu croyais sérieusement que c'était aussi simple que ça ?

Elle secoua lentement la tête.

– Tu sais ce que je meurs d'envie de faire en ce moment ? siffla-t-il en serrant les dents. J'ai envie d'emmener ta gamine dans la montagne, de la tuer et de l'enterrer là où personne n'ira la trouver, ensuite je raconterai qu'elle a dû ramper jusqu'à la mer, la pauvre petite. Et tu sais quoi ? C'est exactement ce que je vais faire, tout de suite. Si tu pousses le moindre cri, je tuerai aussi le gamin. Je dirai qu'il a suivi sa sœur dans la mer.

Elle jeta un regard de côté en direction des deux enfants et émit un gémissement à peine perceptible, cela le fit sourire. Il enleva sa main de la bouche de la femme.

– Je ne recommencerai plus jamais, soupira-t-elle. Jamais. Je ne le ferai plus jamais. Pardonne-moi. Pardonne-moi. Je ne sais pas ce qui m'est passé par la tête. Pardonne-moi. Je suis cinglée. Je sais bien. Je suis folle. Ne t'en prends pas aux enfants. Frappe-moi. Frappe-moi. Frappe-moi. Aussi fort que tu peux. Frappe-moi de toutes tes forces. Nous pouvons même sortir, si tu veux.

Le désespoir de la femme l'emplissait de dégoût.

– Si c'est ce que tu veux, répondit-il. Puisque c'est ça que tu veux. Alors, c'est ce qu'on va faire.

Il fit semblant d'étendre le bras en direction de Mikkelina, endormie à côté de Simon, mais elle le retint, folle de terreur.

– Regarde, dit-elle en commençant à se frapper le visage. Regarde, elle s'arrachait les cheveux. Regarde. Elle se redressa et se lança en arrière pour atterrir sur le haut du lit en fer et, que cela ait été son intention ou non, elle s'y assomma avant de retomber aux pieds de l'homme, inconsciente.

L'autocar partait vers Reykjavik dès le lendemain matin. Elle avait travaillé quelques jours au salage du hareng et il alla avec elle chercher l'argent qu'elle avait gagné. Elle avait travaillé sur la chaîne du hareng d'où elle pouvait garder un œil sur ses enfants qui jouaient dans les environs ou se tenaient dans le cagibi. Il expliqua au contremaître qu'ils repartaient à Reykjavik. Ils avaient reçu des nouvelles de là-bas, qui modifiaient leurs projets, et elle devait récupérer l'argent qu'il lui devait. Le contremaître inscrivit quelque chose sur une feuille de papier et leur indiqua le bureau. Il la dévisagea en lui tendant la feuille. Il avait l'impression qu'elle s'apprêtait à dire quelque chose. Mais il interpréta sa peur comme de la timidité.

– Quelque chose ne va pas ? demanda le contremaître.

– Non, elle va très bien, répondit l'homme avant de disparaître brusquement avec sa femme.

Lorsqu'ils réintégrèrent l'appartement en sous-sol de Reykjavik, il ne leva pas la main sur elle. Debout dans le salon, vêtue de son manteau qui sentait la pauvreté, avec sa petite valise à la main, elle s'attendait à ce que les coups lui pleuvent dessus comme jamais auparavant mais il n'en fut rien. Le coup violent qu'elle s'était donné elle-même l'avait totalement décontenancé. Il refusait d'appeler un médecin mais tentait de s'occuper d'elle et de lui faire reprendre totalement conscience ; ce faisant, c'était la première fois qu'il lui montrait de la douceur depuis qu'ils s'étaient mariés. Une fois qu'elle fut revenue à elle, il lui dit qu'il fallait qu'elle comprenne une bonne fois pour toutes qu'elle ne pourrait jamais le quitter. Qu'il la tuerait, elle et ses enfants, plutôt que de supporter qu'elle le quitte. Qu'elle était sa femme et qu'il en serait toujours ainsi.

Toujours.

Par la suite, elle ne tenta plus jamais de s'enfuir.

Les années passaient. Ses projets de devenir marin partirent en fumée au bout de trois sorties en mer. Il souffrait d'un terrible mal de mer qui refusait de passer. A cela s'ajoutait une peur viscérale de la mer, dont il ne parvenait pas non plus à se débarrasser. Il craignait que le rafiot ne coule. Craignait de tomber par-dessus bord. Avait peur des coups de vent. Au cours de sa dernière sortie en mer, une tempête s'abattit ; il avait l'impression qu'elle allait retourner le bateau et se réfugia dans le mess pour y pleurer, croyant sa dernière heure venue. Il ne reprit jamais la mer après cette expérience.

Il se montra incapable de la moindre tendresse envers elle. Dans le meilleur des cas, il la traitait avec une parfaite indifférence. Au cours des deux premières années de leur mariage, on aurait dit qu'il éprouvait des regrets après l'avoir frappée ou insultée avec des paroles qui la faisaient pleurer. Cependant, avec le temps, il ne montrait plus la moindre trace de mauvaise conscience, comme si ce qu'il lui faisait subir n'avait rien d'anormal ni d'horrible dans leur vie de couple mais, au contraire, était une chose tout à fait nécessaire et juste. Elle se faisait parfois la réflexion, et peut-être le savait-il lui aussi en son for intérieur, que la violence qu'il lui imposait était le signe de sa faiblesse bien plus que de quoi que ce soit d'autre. Car, plus il s'acharnait sur elle, plus il s'affaiblissait lui-même. Il l'accusait. Lui hurlait aux oreilles que c'était sa faute à elle s'il se comportait ainsi à son égard. Que c'était elle qui le poussait à le faire puisqu'elle se montrait incapable de faire les choses comme il l'exigeait.

Le couple avait peu de connaissances et pas d'amis communs, elle se retrouva vite isolée après qu'ils se furent mis en ménage. Les rares fois où elle voyait les amies qu'elle avait gardées de l'époque où elle travaillait, elle ne faisait jamais mention de la violence qu'elle devait supporter de la part de son époux et, avec le temps, elle finit par perdre contact avec elles. Elle éprouvait un sentiment de honte. Elle avait honte de se faire battre comme plâtre à la moindre occasion. Honte des yeux au beurre noir, des lèvres boursouflées et de tous les bleus qui lui couvraient le corps. Elle avait honte de l'existence qu'elle menait, qui échappait sans doute à l'entendement des autres, une vie défigurée et affreuse. Elle voulait le cacher. Se cacher au creux de la prison qu'il façonnait pour elle. Voulait s'y enfermer à double tour et jeter la clef en espérant que nul ne la découvrirait. Elle n'avait d'autre choix que d'accepter ses brimades. Dans un sens, c'était là son destin, aussi incontournable qu'immuable.

Les enfants représentaient tout pour elle. Ils devinrent les amis et les âmes sœurs pour lesquelles elle vivait, cela valait surtout pour Mikkelina, mais s'appliquait également à Simon au fur et mesure qu'il grandissait, ainsi qu'au plus jeune des fils, baptisé Tomas. C'était elle-même qui avait choisi les noms de ses enfants. Il ne leur accordait pas la moindre attention, sauf pour se plaindre d'eux. De la quantité de nourriture qu'ils mangeaient. Du bruit qu'ils faisaient pendant la nuit. Les enfants souffraient terriblement de la violence qu'il lui faisait subir et ils lui apportaient un précieux réconfort quand elle en avait besoin.

Il extirpa le peu d'amour-propre qu'elle avait en elle en la cognant. Elle était d'une nature réservée et résignée, prête à être agréable à tous, prompte à rendre service ou à apporter son aide, et même soumise. Elle souriait, toute gênée, quand on lui adressait la parole et devait se forcer pour ne pas paraître timide. Il prenait son attitude pour de la lâcheté et c'est de là qu'il tirait sa force, il la brima jusqu'à ce qu'elle ne soit plus que l'ombre d'elle-même. Son existence tout entière était organisée autour de son mari. De ses petites manies, de la façon dont elle devait le servir. Elle cessa de s'occuper d'elle-même. Cessa de se laver régulièrement. Cessa de soigner son apparence. Des cernes se dessinèrent sous ses yeux, la peau de son visage se distendit et son teint devint grisâtre, ses épaules tombèrent et sa tête s'affaissa sur sa poitrine, comme si elle redoutait de lever les yeux normalement. Sa belle chevelure épaisse perdit sa vie et sa couleur et se retrouva, sale, plaquée sur son crâne. Elle se coupait elle-même les cheveux avec des ciseaux de cuisine quand elle les trouvait trop longs.

Ou bien quand il lui disait qu'ils étaient trop longs.

A cette espèce de grosse vache.

6

Les archéologues reprirent les fouilles tôt le matin qui suivit la découverte des ossements. Les policiers qui avaient surveillé le périmètre pendant la nuit leur indiquèrent l'endroit où Erlendur avait farfouillé, là où se trouvait la main, et Skarphédinn fut saisi d'une colère noire en constatant la manière dont Erlendur avait retourné la terre. Jusque tard dans l'après-midi, on l'entendit répéter dans sa barbe : bon Dieu d'amateurs ! Dans son esprit, effectuer des fouilles relevait d'une cérémonie sacrée au cours de laquelle chaque couche de terrain était dégagée l'une après l'autre jusqu'à ce que toute l'histoire qu'elle renfermait apparaisse et que tous ses secrets soient dévoilés. Le moindre détail avait de l'importance, chaque motte de terre pouvait abriter des indications capitales et les amateurs pouvaient détruire des indices essentiels.

Voilà le discours qu'il tint d'un ton réprobateur à Elinborg et Sigurdur Oli, lesquels n'avaient pas la moindre responsabilité dans l'affaire, pendant qu'il donnait des ordres à ses hommes. La tâche avançait avec une extrême lenteur à cause des minutieuses méthodes de travail employées par les archéologues. Le périmètre était quadrillé de long en large à l'aide de rubans qui délimitaient des parcelles selon une organisation précise. Le plus important était que la position du squelette ne soit pas modifiée lors des fouilles et ils faisaient bien attention à ce que la main ne bouge pas en enlevant la terre qui l'enserrait, de plus ils examinaient chaque poignée de terre avec précision.

– Pourquoi est-ce que la main dépasse de la terre ? demanda Elinborg en arrêtant Skarphédinn qui lui passait devant à toute vitesse, débordé de travail.

– Impossible à dire, répondit Skarphédinn. Dans le pire des cas, on peut imaginer que celui qui se trouve enseveli là était encore en vie quand on l'a recouvert de terre et qu'il a tenté d'opposer une résistance. Qu'il a essayé de gratter la terre pour regagner la surface.

– Vivant ? soupira Elinborg. Et il aurait gratté la terre pour regagner la surface ?

– Mais ce n'est qu'une hypothèse. Il n'est pas exclu que la main se soit placée d'elle-même dans cette position lorsque le corps a été mis en terre. Il est trop tôt pour dire quoi que ce soit là-dessus. Et, s'il vous plaît, évitez de me déranger.

Sigurdur Oli et Elinborg s'étonnèrent de l'absence d'Erlendur sur le chantier. Certes, il était des plus imprévisibles et capable de tout, cependant ils savaient tous les deux que son centre d'intérêt principal était les disparitions humaines, présentes ou passées, et il se pouvait que ce squelette reposant dans la terre apporte la solution à l'énigme d'une disparition passée, qu'Erlendur prendrait un vif plaisir à résoudre en se plongeant dans de vieux papiers jaunis. Une fois midi passé, Elinborg tenta de l'appeler sur son portable ainsi que chez lui mais sans résultat.

Vers deux heures de l'après-midi, le portable d'Elinborg sonna.

– Tu es là-haut ? demanda une voix profonde et sombre qu'elle ne reconnut pas immédiatement.

– Et toi, où tu es ?

69

– J'ai un petit empêchement. Tu es à côté des fondations ?

– Oui.

– Tu vois les buissons ? Je crois que ce sont des groseilliers. Ils se trouvent à une trentaine de mètres du chantier, en allant vers l'est, presque en ligne droite, très légèrement au sud.

– Des groseilliers ? (Elinborg fronça les sourcils à la recherche des arbustes.) Oui, répondit-elle, ça y est, je les vois.

– Ils ont été plantés là il y a un sacré bout de temps, non ?

– Oui.

– Essaie de découvrir pour quelle raison. De savoir si quelqu'un a habité à cet endroit. S'il y avait une maison là, autrefois. Va consulter les services du cadastre et procure-toi les plans des environs et même des images aériennes, s'ils en ont. Tu devras peut-être chercher les documents en partant du début du siècle et, au minimum, jusqu'aux années 60. Peut-être plus.

– Tu crois qu'il y avait une maison sur la colline ? demanda Elinborg en regardant alentour. Elle n'essayait pas de cacher son scepticisme.

– Je pense qu'il faut qu'on vérifie. Que fait Sigurdur Oli ?

– Il est en train de consulter les disparitions qui ont eu lieu depuis la guerre, histoire de commencer par quelque chose. Il t'a attendu. Il a même dit que ce genre d'exploration te plaisait par-dessus tout.

– Je viens de parler à Skarphédinn et il m'a dit qu'il se souvenait d'un camp de l'autre côté, au sud de la butte de Grafarholt, pendant la guerre. A l'endroit où se trouve maintenant le golf.

– Un camp ?

– Un camp britannique ou américain. Un camp militaire. Des baraquements. Il ne se rappelait plus le nom qu'il portait. Il faudrait aussi que tu te renseignes là-dessus. Que tu arrives à savoir si les Anglais ont signalé des disparitions dans ce camp. Ou bien les Américains qui ont pris leur relais.

– Les Anglais ? Les Américains ? Pendant la guerre ? Dis donc, comment je m'y prends pour savoir ça ? demanda Elinborg, décontenancée. Les Américains ont pris le relais des Anglais quand ?

– En 1941. C'étaient peut-être des entrepôts de vivres. En tout cas, c'est ce que pense Skarphédinn. Ensuite, il y a également la question des maisons d'été, là, sur la colline et aux alentours. Il faut savoir si des disparitions peuvent y être liées. Même s'il ne s'agit que de racontars ou de soupçons. Nous devons interroger les occupants des maisons d'été qui se trouvent dans le voisinage.

– Ça fait un sacré boulot pour un vieux squelette, déclara Elinborg énervée, debout à côté des fondations, en donnant un coup de pied dans un caillou. Et toi, tu fais quoi ? demanda-t-elle d'un ton presque accusateur.

– Rien de bien drôle, répondit Erlendur en raccrochant.

Il retourna au service des soins intensifs, vêtu d'une fine combinaison de papier vert, un masque sur le visage. Eva Lind était allongée dans un grand lit à l'intérieur d'une chambre. Elle était branchée à toutes sortes d'appareils et d'instruments auxquels Erlendur ne connaissait absolument rien et elle avait un masque à oxygène sur la bouche. Debout au pied du lit, il regardait sa fille. Elle était dans le coma. N'était pas encore revenue à elle. Sur son visage se lisait une paix qu'Erlendur n'avait jamais vue par le passé. Un calme qui ne lui était pas familier. Ainsi allongée, les traits de son visage étaient plus marqués, les angles plus aigus, les pommettes tendaient la peau et les yeux étaient enfoncés dans les orbites.

Il avait appelé les Urgences en voyant qu'il ne parvenait pas à ranimer Eva, allongée par terre devant l'ancienne Maternité. Ne percevant qu'un faible pouls, il l'avait recouverte de son imperméable, tentant de s'occuper d'elle du mieux possible, mais il n'avait pas osé la déplacer. En moins de temps qu'il ne faut pour le dire, la même ambulance que celle qui était venue à la rue Tryggvagata arriva avec, à son bord, le même médecin. Eva Lind fut soulevée avec précaution sur une civière qu'on enfourna dans l'ambulance, qui parcourut à toute vitesse la faible distance qui la séparait de l'accueil des Urgences.

On pratiqua immédiatement sur Eva Lind une intervention qui dura pratiquement toute la nuit. Erlendur arpenta la petite salle d'attente du service de chirurgie en se demandant s'il ne devait pas informer Halldora. Il redoutait de lui téléphoner. Enfin, il trouva une solution au problème. Il révcilla Sindri Snaer en lui apprenant la nouvelle pour sa sœur et lui demanda de contacter Halldora afin qu'elle puisse venir à l'hôpital. Ils discutèrent quelques instants. Sindri n'avait pas prévu de se rendre en ville prochainement. Il ne considérait pas Eva Lind comme une raison valable de programmer un voyage. La conversation tourna court.

Erlendur allumait cigarette après cigarette en dessous d'un écriteau précisant qu'il était strictement interdit de fumer jusqu'à ce qu'un chirurgien au visage masqué passe et déverse sur lui un flot d'imprécations pour le non-respect de l'interdiction de fumer. Son portable sonna une fois le chirurgien disparu. C'était Sindri Snaer, il avait un message de la part de Halldora : ça ne ferait pas de mal à Erlendur de se coltiner le boulot pour une fois.

Le chirurgien qui avait dirigé l'intervention d'Eva Lind vint s'entretenir avec Erlendur au petit matin. La situation n'était pas bonne. Ils n'étaient pas parvenus à sauver le fœtus et il n'était pas certain qu'Eva Lind elle-même s'en tirerait.

– Elle est extrêmement mal en point, annonça le docteur, un homme de la quarantaine, grand et svelte.

– Oui, répondit simplement Erlendur.

– Carences alimentaires de longue date et consommation de drogues. Il y avait peu de chances que l'enfant vienne au monde en bonne santé, alors peut-être bien que... enfin, même si c'est moche à dire...

– Je comprends, répondit Erlendur.

– Elle n'a jamais considéré l'éventualité d'une interruption de grossesse ? Dans des cas comme celui-ci, il est...

– Elle voulait donner naissance à cet enfant, répondit Erlendur. Elle pensait que cela l'aiderait et moi, j'ai été très dur avec elle. Elle a essayé d'arrêter. Une minuscule partie d'Eva souhaiterait se tirer de cet enfer. Une minuscule partie qui se manifeste parfois et veut vraiment arrêter. Cependant, en règle générale, c'est une autre Eva Lind qui décide des choses. Une Eva Lind plus méchante et sans aucune pitié. Une Eva à laquelle je ne comprends rien. Une Eva qui se complaît dans toute cette destruction. Dans cet enfer.

Erlendur se rendit compte qu'il s'adressait à un homme qu'il ne connaissait ni d'Ève ni d'Adam et se tut un instant.

– J'imagine que ça doit être difficile pour des parents d'être confrontés à ce genre de situation.

– Que s'est-il passé précisément ?

– Un décollement du placenta. Une hémorragie interne massive s'est produite lorsque la poche s'est décollée, tout cela accompagné des effets de la drogue qui ne se sont pas encore dissipés. Elle a perdu beaucoup de sang et nous ne sommes pas parvenus à lui faire reprendre conscience. Cela ne veut pas nécessairement dire quoi que ce soit pour la suite. Elle est absolument épuisée.

Ils se turent.

– Vous avez contacté vos proches ? demanda le médecin. Pour qu'ils puissent être à vos côtés ou bien...

– Mes proches, répondit Erlendur, il n'y en a pas. Nous sommes divorcés. Sa mère et moi. Je l'ai informée. Ainsi que le frère d'Eva. Il travaille en province. Je ne sais pas si sa mère viendra à son chevet. On dirait qu'elle en a plus qu'assez. Cela a toujours été dur pour elle. Tout le temps.

– Je comprends.

– Permettez-moi d'en douter, répondit Erlendur, moi-même, je ne comprends pas ça.

De la poche de son imperméable, il sortit quelques petits sachets en plastique et une boîte de pilules qu'il montra au médecin.

– Il se peut qu'elle ait ingéré certaines de ces substances, dit-il.

Le médecin prit la drogue et l'examina.

– De cachets d'ecstasy ?

– On dirait bien, oui.

– Évidemment, ça expliquerait les choses. Nous avons décelé toutes sortes de substances dans son sang.

Erlendur piétinait. Ils se turent quelques instants, lui et le médecin.

– Vous savez qui est le père ?

– Non.

– Vous croyez qu'elle le sait ?

Erlendur regarda le médecin avec une expression d'impuissance. Puis, ils se turent à nouveau.

– Elle va mourir ? demanda enfin Erlendur au bout d'un moment.

– Je n'en sais rien, répondit le médecin. Espérons que tout ira pour le mieux.

Erlendur hésitait à poser la question. Il avait lutté contre elle, tellement elle lui semblait terrifiante, en vain. Il ne savait pas s'il voulait vraiment s'engager dans cette voie. Finalement, il se décida.

– Je peux le voir ? demanda-t-il.

– Vous voulez dire, le fœtus ?

– Oui, je peux voir le fœtus ? Je peux voir l'enfant ?

Le médecin regarda Erlendur, aucune surprise ne se lisait sur son visage, seulement de la compassion. Il hocha la tête et invita Erlendur à le suivre. Ils longèrent le couloir et pénétrèrent dans une petite salle déserte. Le médecin appuya sur un bouton et des néons clignotèrent avant de baigner la pièce d'une clarté bleutée mais blafarde. Il se dirigea vers une table d'acier glacée, leva un petit drap et l'enfant sans vie apparut.

Erlendur le contempla et, d'un doigt, lui caressa la joue. C'était une petite fille.

– Ma fille va sortir de ce coma ? Vous êtes en mesure de me le dire ?

– Je ne sais pas, répondit le médecin. C'est impossible à dire. Il faut qu'elle le veuille elle-même. Son sort est entre ses propres mains.

– Pauvre petite, soupira Erlendur.

– On dit que le temps guérit toutes les blessures, dit le médecin croyant voir qu'Erlendur détournait le regard. Cela s'applique tout autant au corps qu'à l'âme.

– Le temps, répondit Erlendur en replaçant le drap sur l'enfant, il ne guérit pas la moindre blessure.

7

Il resta assis au chevet de sa fille jusque vers six heures du soir. Halldora ne se montra pas. Quant à Sindri Snaer, il tint parole et ne vint pas en ville. Il n'avait aucun autre recours. L'état d'Eva Lind était stationnaire. Erlendur n'avait ni dormi ni absorbé de nourriture depuis la veille et il était épuisé. Il avait eu une conversation téléphonique avec Elinborg au cours de l'après-midi et il avait décidé de passer les voir au bureau, elle et Sigurdur Oli. Il caressa la joue de sa fille et lui déposa un baiser sur le front avant de partir.

Il ne souffla pas mot de ce qui venait de se passer en s'asseyant avec Sigurdur Oli et Elinborg pour la réunion du soir. Pendant l'après-midi, ils avaient appris par la rumeur qui courait au poste de police ce qui était arrivé à sa fille mais ils n'osèrent pas demander plus de précisions sur les événements.

– Ils sont en train de dégager le squelette, commença Elinborg. Ça avance avec une extrême lenteur. Je me demande même s'ils n'y vont pas au cure-dents. La main que tu as découverte est maintenant sortie de la terre et ils sont arrivés au niveau du poignet. Le médecin-chef l'a examinée et prétend ne rien pouvoir affirmer de plus que ceci : il s'agit d'un être humain et il avait des mains plutôt petites. Voilà qui nous aide sacrément ! Les archéologues n'ont trouvé dans la terre aucun élément qui puisse nous indiquer ce qui s'est passé ou l'identité de la personne qui se trouve ensevelie là. Ils pensent atteindre le reste du squelette demain dans l'après-midi ou bien dans la soirée mais cela ne signifie pas que nous obtiendrons des réponses satisfaisantes sur l'identité de l'individu. C'est ailleurs qu'il nous faut chercher ces réponses-là.

– De mon côté, je me suis penché sur les statistiques concernant les disparitions à Reykjavik et dans les environs, annonça Sigurdur Oli. Depuis les années 30-40, on en dénombre une cinquantaine qui sont demeurées inexpliquées et, dans le meilleur des cas, nous sommes en présence de l'une de celles-là. J'ai rassemblé les rapports et je les ai classés par sexe et par âge, je n'attends plus que les conclusions du médecin légiste à propos du squelette.

– Tu veux dire qu'une personne habitant ce quartier aurait disparu ? demanda Erlendur.

– Pas à en juger par les adresses mentionnées sur les mains courantes, répondit Sigurdur Oli, mais je ne les ai pas toutes examinées et il y en a certaines qui ne me disent rien du tout. Quand nous aurons terminé de dégager le squelette et que le médecin légiste aura rendu son rapport précisant l'âge, la taille et le sexe, nous serons en mesure de réduire le groupe, peut-être même de manière considérable. Je pars de l'idée qu'il s'agit d'un habitant de Reykjavik. Une telle supposition est logique, non ?

– Où est le légiste ? demanda Erlendur. Le seul et unique que nous ayons.

– Il est en vacances, répondit Elinborg. En Espagne.

– Tu as essayé de savoir s'il y avait une maison à côté de l'endroit où se trouvent les groseilliers ? demanda Erlendur à Elinborg.

– Quelle maison ? demanda Sigurdur Oli.

– Non, je n'ai pas encore eu le temps, répondit

Elinborg. Elle regarda Sigurdur Oli. Erlendur pense qu'il y avait autrefois une maison sur le côté nord de la colline et aussi que l'armée anglaise ou américaine y avait une base sur le côté sud. Il veut que nous interrogions tous les gens qui possèdent une maison d'été en partant du lac de Reynisvatn et en descendant la colline, ainsi que leurs grands-mères, ensuite j'irai voir un médium pour interroger Churchill.

– Oui, disons, pour commencer, continua Erlendur. Quelle est votre théorie sur ces ossements ?

– Il est évident qu'il s'agit d'un meurtre, non ? observa Sigurdur Oli. Commis il y a un demi-siècle ou plus. Caché dans la terre pendant tout ce temps et personne ne sait rien.

– Il, ou plutôt, cet être humain, corrigea Elinborg, a probablement été enterré là dans le but de dissimuler un crime. J'ai l'impression que ça coule de source.

– Il est faux de croire que personne ne sait rien, dit Erlendur. Il y a toujours quelqu'un qui sait quelque chose.

– Nous savons qu'il a des côtes fracturées, observa Elinborg, ce qui tendrait à indiquer qu'il y a eu lutte.

– Ah bon ? dit Sigurdur Oli.

– Oui, tu ne crois pas ? demanda Elinborg.

– Un séjour prolongé dans la terre ne peut pas avoir ce genre de conséquences ? demanda Sigurdur Oli. A cause de la pression exercée par le terrain. Ou même des changements de température. L'alternance du gel et de la chaleur. J'ai discuté avec ce géologue que tu as trouvé et il a dit quelque chose là-dessus.

– Il a dû y avoir lutte avant que cette personne ne soit enterrée là. C'est évident, non ? Elinborg regarda Erlendur et vit qu'il avait l'esprit ailleurs. Erlendur ? dit-elle. Tu ne crois pas ?

– Si nous sommes effectivement en présence d'un meurtre, répondit Erlendur qui revenait à la réalité.

– Comment ça, si nous sommes en présence d'un meurtre ? demanda Sigurdur Oli.

– Nous n'en avons aucune preuve, expliqua Erlendur. Il s'agit peut-être d'une ancienne tombe familiale. Peut-être que ces gens-là n'avaient pas les moyens de se payer un enterrement. Peut-être qu'il s'agit d'un pauvre diable qui a perdu la boule et qui a été enterré là avec la complicité de toute la famille. Peut-être qu'un cadavre a été déposé là il y a cent ans. Peut-être cinquante. Ce qui nous manque dans cette affaire, ce sont des informations fiables. Ce n'est qu'alors que nous pourrons arrêter de tirer des plans sur la comète.

– Mais enfin, il n'est pas obligatoire d'inhumer les gens en terre consacrée ? demanda Sigurdur Oli.

– Non, je crois que tu peux te faire enterrer là où bon te semble, répondit Erlendur, si tant est que quelqu'un ait envie de t'avoir dans son jardin.

– Et qu'est-ce que tu fais de cette main qui sort de la terre ? demanda Elinborg. Elle n'est pas un signe évident qu'il y a bien eu lutte ?

– Si, convint Erlendur, je crois qu'il s'est produit là-bas des événements qui sont demeurés secrets pendant toutes ces années. Quelqu'un a été planqué à cet endroit et il n'aurait jamais dû être découvert, mais voilà, Reykjavik l'a rattrapé et c'est à nous de découvrir ce qui s'est passé.

– S'il, appelons-le simplement lui, l'homme de Thusöld, reprit Sigurdur Oli, s'il a été assassiné il y a toutes ces années, est-ce qu'il n'est pas quasiment certain que son meurtrier est mort de vieillesse ? Et si ce meurtrier n'est pas mort, alors il est extrêmement vieux ou tout du moins aux portes de la mort et il serait vraiment terrible d'aller le poursuivre et le châtier. Du reste, tous ceux qui sont concernés par cette affaire sont décédés et nous manquerions de témoins si tant est que nous arrivions à percer à jour ce qui s'est passé. Donc, dans un sens…

79

– Où est-ce que tu nous emmènes ?

– Il n'y a pas là matière à se demander si nous devons mobiliser des hommes pour cette enquête ? Je veux dire, est-ce que cela a un sens quelconque ?

– Il faudrait peut-être qu'on laisse tomber ça ? demanda Erlendur.

Sigurdur Oli haussa les épaules, comme si, personnellement, cela lui était parfaitement égal.

– Un meurtre reste un meurtre, reprit Erlendur. Quel que soit le nombre d'années écoulées. Si nous sommes en présence d'un meurtre, nous devons découvrir ce qui s'est passé, qui a été assassiné, pourquoi et par qui. Je pense que nous devons procéder comme dans n'importe quelle autre enquête criminelle. Procurons-nous des informations. Interrogeons les gens. Espérons que cela nous mènera progressivement vers la solution de l'énigme.

Erlendur se leva.

– Les fouilles devraient tout de même nous apporter quelques résultats, continua-t-il. Interrogeons les propriétaires des maisons d'été ainsi que leurs grand-mères. (Il regarda Elinborg.) Arrangeons-nous pour savoir s'il y avait une maison à côté des groseilliers. Intéressons-nous à tout ça.

Il les salua d'un air absent et se dirigea vers le couloir. Elinborg et Sigurdur Oli se regardaient dans les yeux et Sigurdur Oli fit un hochement de tête en direction de la porte. Elinborg se leva et suivit Erlendur dans le couloir.

– Erlendur, dit-elle en l'arrêtant net.

– Oui, quoi ?

– Comment va Eva Lind ? demanda Elinborg d'un ton hésitant.

Erlendur la regarda sans dire mot.

– Nous avons appris la nouvelle, ici, au poste. L'état dans lequel elle a été trouvée. C'était affreux à entendre.

Si on peut faire quoi que ce soit, moi ou Sigurdur Oli, alors n'hésite pas et demande-nous.

– Il est impossible de faire quoi que ce soit, répondit Erlendur d'un ton fatigué. Elle est allongée là-bas à l'hôpital et personne ne peut rien faire.

Il hésita.

– J'ai fait une incursion dans le monde qu'elle fréquente pendant que j'étais à sa recherche. J'étais déjà familier d'un certain nombre de choses parce que, dans le passé, j'ai déjà dû aller la récupérer dans ces lieux, ces rues, ces maisons, mais ce qui me surprend toujours le plus, c'est le genre de vie qu'elle mène, la façon dont elle se traite elle-même, les souffrances qu'elle s'inflige. J'ai vu les gens qu'elle côtoie, les gens aux yeux desquels elle cherche à trouver grâce et pitié, les gens pour lesquels elle travaille et fait des choses peu avouables.

Il marqua une pause.

– Mais ce n'est pas le pire, poursuivit-il. Ces taudis, ces malfrats à la petite semaine, ces revendeurs de drogue. C'est sa mère qui a raison.

Erlendur regarda intensément Elinborg.

– Le pire de tout, c'est moi-même, parce que c'est moi qui ai failli.

Lorsque Erlendur fut rentré chez lui, il s'assit dans le fauteuil, mort de fatigue. Il avait appelé l'hôpital pour demander des nouvelles d'Eva Lind et on lui avait dit que son état était stationnaire. On le contacterait dès qu'on constaterait une évolution. Il avait remercié avant de raccrocher. Ensuite, il était resté assis à regarder dans le vide, profondément pensif. Il pensa à Eva Lind allongée au service des soins intensifs, à son ex-épouse et à son existence toujours marquée par la haine, à son fils avec lequel il ne parlait jamais sauf en cas de coup dur.

Plongé dans ses pensées, il ressentit le profond silence qui régnait dans sa vie. Ressentit la solitude qui le cernait de toutes parts. Le poids des jours fades formant une chaîne que nul ne pouvait briser et qui s'enroulait autour de lui, l'opprimait et l'étouffait.

Au moment où le sommeil allait le vaincre, il se mit à penser à sa jeunesse, cette époque où la clarté venait remplacer les longs et sombres mois de l'hiver, où la vie n'était qu'innocence, absence de peur et insouciance. Cela ne se produisait pas souvent mais, parfois, il parvenait à se replonger à l'intérieur de cette paix disparue et alors, pendant un instant, on aurait dit qu'il allait bien.

S'il réussissait à éloigner de lui l'idée de l'échec.

Il fut réveillé en sursaut et tiré d'un profond sommeil par le téléphone qui sonnait sans relâche depuis un certain temps, ce fut d'abord le portable dans la poche de l'imperméable puis le fixe, posé sur un vieux bureau, l'un des rares meubles du salon.

– Tu avais raison, annonça Elinborg quand il décrocha enfin. Oh, pardon, je te réveille ? demanda-t-elle ensuite. Il n'est que dix heures du soir, poursuivit-elle, comme pour s'excuser.

– Comment ça, j'avais raison ? dit Erlendur encore à moitié plongé dans son sommeil.

– Il y avait effectivement une maison à cet endroit. A côté des buissons.

– A côté des buissons ?

– Des buissons de groseilliers. Là-haut, sur la butte de Grafarholt. Elle a été construite dans les années 30 et rasée aux alentours de 1980. J'ai demandé au cadastre de m'appeler dès qu'ils avaient quelque chose et ils n'ont pas perdu de temps, ils ont passé tout l'après-midi à chercher.

– Et quel genre de maison était-ce ? demanda Erlendur d'un ton fatigué. Une maison d'habitation, une écurie, un taudis, une maison d'été, une étable, une grange, des baraquements de l'armée ?

82

– Une maison d'habitation, répondit Elinborg. Une sorte de maison d'été ou quelque chose de ce genre.

– Quoi ?

– Enfin, une maison d'été !

– De quelle époque ?

– D'avant 1940.

– Et qui est le propriétaire ?

– Il s'appelait Benjamin. Knudsen. Il était commerçant.

– Il s'appelait, tu dis ?

– Il est mort. Il y a très longtemps.

8

Les occupants des maisons situées sur le plateau du côté nord en contrebas de la colline de Grafarholt étaient nombreux à vaquer à leurs travaux de printemps quand Sigurdur Oli longea la colline à la recherche d'un chemin praticable. Elinborg l'accompagnait. Certains taillaient les arbustes, d'autres traitaient le bois de leur maison contre l'humidité, d'autres encore s'occupaient des clôtures, enfin deux d'entre eux avaient sellé des chevaux et s'apprêtaient à partir faire un tour.

Le soleil était au zénith, le temps clair et calme. Sigurdur Oli et Elinborg avaient interrogé quelques-uns des propriétaires sans obtenir quoi que ce soit d'intéressant et ils s'avançaient doucement vers les maisons situées le plus près du pied de la colline. Par cette belle matinée, rien ne pressait. Ils profitaient de cette escapade loin du centre-ville, de cette promenade sous le soleil, discutant avec les occupants des maisons, qui s'étonnaient de recevoir la visite de la police à une heure si matinale. Certains avaient entendu parler de la découverte du squelette dans la colline, d'autres rentraient juste des montagnes.

– Elle va s'en tirer, ou bien… ? demanda Sigurdur Oli en remontant encore une fois dans la voiture pour se diriger jusqu'à la prochaine maison. Ils s'étaient mis à parler d'Eva Lind en quittant le centre de Reykjavik et la conversation revenait sur elle à intervalles réguliers.

– Je ne sais pas, répondit Elinborg. Je crois que personne ne le sait. Pauvre gamine, ajouta-t-elle en soupirant profondément. Et aussi lui, reprit-elle. Pauvre Erlendur.

– Mais c'est une droguée, rétorqua Sigurdur Oli d'un ton moralisateur. Elle est enceinte et fait constamment la fiesta comme si c'était une question de vie ou de mort et elle a fini par tuer l'enfant. Je n'arrive pas à plaindre ce genre d'individu. Je ne peux simplement pas m'apitoyer sur eux. Je ne comprends pas ça et je ne le comprendrai jamais.

– Personne ne te demande de les plaindre, répondit Elinborg.

– Ah bon ! Je n'ai jamais entendu sur toute cette clique d'autre discours : leur vie est tellement difficile. En tout cas, le peu que j'en connais… (Il marqua une pause.) Je ne peux pas plaindre ces gens-là, répéta-t-il. Ce sont des incapables. Rien d'autre. Des pauvres types.

Elinborg soupira.

– Dis donc, qu'est-ce que ça fait, d'être aussi parfait ? Toujours tiré à quatre épingles, rasé de près, bien coiffé, bardé de diplômes américains, les ongles soignés, sans autre inquiétude au monde que celle d'avoir assez d'argent pour se payer des vêtements chics ? Tu ne t'en fatigues jamais ? Tu ne te fatigues jamais de ne penser qu'à toi-même ?

– *Nope**, répondit Sigurdur Oli.

– Qu'y a-t-il de mal à essayer de montrer un peu de compassion à ces gens-là ?

– Ce sont de pauvres types et tu le sais très bien. Et

---

* Expression anglaise, contraction de *no hope*, Sigurdur Oli parle « jeune » et décontracté.

même si c'est sa fille, elle n'en est pas meilleure pour autant. Elle est comme toutes ces autres épaves qui traînent dans les rues, se droguent et utilisent les refuges et les maisons de cure comme de simples haltes avant de continuer à faire la fiesta parce que c'est la seule chose que ces incapables aient envie de faire. Se la couler douce et faire la fête.

– Comment ça va avec Bergthora ? demanda Elinborg, ayant perdu l'espoir de parvenir à le faire changer d'avis sur quoi que ce soit.

– Très bien, répondit Sigurdur Oli d'un ton las en se garant aux abords de la maison suivante. Bergthora ne lui laissait simplement pas un moment de répit. Elle voulait constamment faire l'amour, le soir, le matin, le midi, dans toutes les positions imaginables et partout dans l'appartement : la cuisine, la salle et jusque dans la petite buanderie, en position allongée, en position debout. Et, même si cela ne lui avait pas déplu au début, il commençait à ressentir des signes de lassitude et le comportement de sa compagne éveillait peu à peu en lui des soupçons sur ses intentions. Ce n'était pas que leur vie sexuelle ait manqué de piment à quelque moment que ce soit, loin de là. Mais le désir de Bergthora n'avait jamais été aussi puissant, aussi fort et aussi violent. Ils n'avaient jamais sérieusement parlé de faire un enfant mais ça faisait longtemps qu'ils auraient dû aborder le sujet. Ils étaient ensemble depuis pas mal de temps. Il savait qu'elle prenait la pilule mais ne pouvait s'empêcher de penser que Bergthora avait l'intention de le coincer avec un môme. Elle n'avait absolument pas besoin de le piéger de quelque manière que ce soit car il l'aimait vraiment beaucoup et n'aurait pas voulu vivre avec une autre femme qu'elle. Mais les femmes sont imprévisibles, pensait-il en lui-même. On ne sait jamais à quoi s'en tenir.

– C'est bizarre que les noms des occupants de la

maison ne figurent pas dans le registre de la population, si tant est que cette maison ait été occupée par quelqu'un, dit Elinborg en descendant du véhicule.

– Il y a un flottement dans le registre à cette époquelà. Une foule de gens ont émigré à Reykjavik pendant et après la guerre, et ils étaient enregistrés ici et là avant de trouver un domicile fixe. En outre, je crois bien qu'ils ont perdu une partie des données sur les habitants. Il y a un truc qui pose problème. Le gars que j'ai interrogé m'a dit qu'il ne pouvait pas accéder à ces informations immédiatement.

– Peut-être que personne n'y a habité.

– Il n'est pas nécessaire que ces gens y soient restés bien longtemps. Peut-être même qu'ils étaient enregistrés ailleurs, peut-être qu'ils n'avaient pas effectué leur changement d'adresse. Il sont peut-être restés sur la colline quelques années, voire quelques mois, à l'époque où la pénurie de logement à Reykjavik était la plus forte pendant la guerre, et ensuite ils ont déménagé dans les baraquements de l'armée américaine. Qu'estce que tu penses de cette théorie ?

– Elle va comme un gant à un gars en imper Burberry's.

Le propriétaire de la maison vint les accueillir à la porte, c'était un homme âgé, malgre et aux mouve ments saccadés, les cheveux blancs et clairsemés. Il était vêtu d'une chemise bleu clair qui laissait apparaître clairement le T-shirt qu'il portait en dessous ainsi que d'un pantalon de velours gris, ses pieds étaient chaussés de baskets récentes. Il les invita à entrer et, en voyant le désordre à l'intérieur, Elinborg se demanda s'il était possible qu'il occupe la maison tout au long de l'année. Elle lui posa la question.

– On peut le dire, effectivement, répondit l'homme en s'asseyant dans un fauteuil et en leur indiquant les chaises au milieu de la pièce. J'ai commencé à construire cette maison il y a quarante ans environ et j'ai déménagé ici pour de bon avec ma Lada il y a cinq ans, si je me souviens bien. Ou peut-être six. Tout cela se mélange dans ma tête. Je n'avais plus envie de vivre à Reykjavik. C'est une ville très ennuyeuse et…

– Il y avait une maison sur la colline à cette époque-là, une maison d'été comme celle-ci, mais pas forcément utilisée comme telle ? demanda Sigurdur Oli qui n'avait pas l'intention d'assister à une conférence. Disons, il y a quarante ans, quand vous avez commencé à construire ici ?

– Une maison d'été mais pas forcément, comment ça ?

– Elle se trouvait isolée ici, de ce côté de la colline, précisa Elinborg. Construite quelque temps avant la guerre. (Elle regarda par la fenêtre du salon.) Vous deviez la voir depuis votre salon.

– Je me souviens effectivement d'une maison à cet endroit, elle n'était pas peinte et pas terminée. Il y a bien longtemps qu'elle a disparu. Mais ce devait être une maison d'été sacrément confortable, en tout cas ç'aurait dû l'être ; assez grande, plus grande que la mienne, mais totalement à l'abandon. Elle tenait à peine debout. Il n'y avait plus de portes et les vitres étaient cassées. Je passais parfois par là quand j'avais encore le courage d'aller à la pêche au lac de Reynisvatn. Ça fait un bout de temps que j'ai arrêté.

– A cette époque-là, il n'y avait personne qui l'occupait ? demanda Sigurdur Oli.

– Non, personne n'y habitait à ce moment-là. Personne n'aurait pu y vivre. Elle tombait en ruine.

– Donc, autant que vous sachiez, elle n'a jamais été occupée par personne, demanda Elinborg. Vous ne vous rappelez personne qui y aurait habité ?

– Pourquoi vous vous intéressez à cette maison ?

– Nous avons découvert des ossements humains là,

sur la pente de la colline, expliqua Sigurdur Oli. Vous n'avez pas vu ça aux informations ?

– Des ossements humains ? Non. Et ces os appartiennent aux gens qui vivaient dans cette maison ?

– Nous ne savons pas. Nous ne connaissons pas encore l'histoire de la maison ni de ceux qui l'ont occupée, répondit Elinborg. Nous savons qui en était le propriétaire mais il y a longtemps qu'il est décédé et nous n'avons pas encore trouvé dans les registres les noms de ses éventuels occupants. Vous vous souvenez, par hasard, des baraquements de l'armée américaine situés de l'autre côté de la colline ? Sur le versant sud. Des entrepôts de vivres ou quelque chose de ce genre-là.

– Des baraquements, il y en avait absolument partout, répondit le vieil homme. Laissés par les Anglais ou les Américains. Je ne me souviens pas particulièrement qu'il y en ait eu dans les environs mais c'était avant que je vienne ici. Longtemps avant. Vous devriez aller parler à Robert.

– Robert ? s'enquit Elinborg

– Il a été l'un des premiers à construire une maison d'été ici, au pied de la colline. S'il est encore en vie. J'ai appris qu'il était en maison de retraite. Robert Sigurdsson. S'il est encore vivant, vous le trouverez.

Il n'y avait pas de sonnette et Erlendur frappa donc à la lourde porte en chêne du plat de la main en espérant que les coups seraient entendus à l'intérieur de la maison. Elle avait appartenu à Benjamin Knudsen, un important commerçant de Reykjavik, décédé au début des années 60. Il n'avait laissé comme héritiers que son frère et sa sœur, qui avaient emménagé là à son décès et y avaient vécu jusqu'à leur propre mort. Aucun des deux n'était marié mais la sœur avait eu un enfant hors mariage. Elle était médecin et célibataire, d'après les informations qu'Erlendur avait obtenues, et vivait au premier étage de la maison, elle avait mis l'appartement de l'étage supérieur en location. Erlendur lui avait parlé au téléphone. Ils s'étaient donné rendez-vous à midi.

L'état d'Eva Lind était stationnaire. Il était passé la voir avant d'aller au travail et était resté assis à son chevet un bon moment en regardant les appareils qui mesuraient les signes de vie qu'elle donnait, les cathéters enfoncés dans sa bouche, son nez et ses veines. Elle avait été mise sous assistance respiratoire et un bruit de succion se faisait entendre dans la pompe qui s'élevait et s'abaissait. L'électrocardiogramme était stable. En sortant du service des soins intensifs, il échangea quelques mots avec un médecin qui l'informa qu'aucun changement n'avait été enregistré dans l'état d'Eva Lind. Erlendur demanda s'il pouvait faire quoi que ce soit et le médecin lui répondit que, bien que sa fille soit plongée dans le coma, il fallait lui parler le plus possible. Lui permettre d'entendre le son de sa voix. Que cela aidait souvent beaucoup les proches de pouvoir parler au malade dans ce genre de situation. Que cela les aidait à supporter le choc. Qu'Eva Lind était loin d'avoir disparu de sa vie et qu'il devait se comporter avec elle en gardant cela à l'esprit.

La lourde porte de chêne s'ouvrit finalement et une femme, âgée d'environ soixante ans, tendit la main et se présenta. Elsa. Elle était maigre et avait un visage amical, légèrement maquillé, et des cheveux courts, teints en noir, qu'elle rabattait sur le côté. Vêtue d'un jean et d'une chemise blanche, elle ne portait ni bague, ni bracelet, ni collier. Elle le fit entrer dans le salon et l'invita à s'asseoir, sûre d'elle et à l'aise.

– Et ces ossements, vous pensez qu'ils sont à qui ? demanda-t-elle une fois qu'Erlendur lui eut expliqué l'affaire qui l'amenait.

– Nous ne savons pas, mais une des théories est

qu'ils ont un rapport avec la maison d'été près de laquelle ils ont été découverts, celle de votre oncle Benjamin. Il passait beaucoup de temps là-haut ?

– Je crois bien qu'il n'y est jamais allé, répondit-elle à voix basse. C'est une tragédie. Maman m'a toujours dit à quel point c'était un homme doué et beau, elle m'a expliqué comment il s'était enrichi jusqu'au moment où il a perdu sa fiancée. Un beau jour, elle a disparu. Comme ça. Elle avait un enfant.

Erlendur pensa à sa fille.

– Il a sombré dans la dépression. Il ne s'occupait pour ainsi dire plus de son commerce ni de ses biens et je crois qu'il a tout perdu jusqu'à ce qu'il ne lui reste plus que cette maison. Il est mort dans la fleur de l'âge, comme on dit.

– Dans quelles conditions elle a disparu, sa fiancée ?

– On a dit qu'elle s'était jetée dans la mer, répondit Elsa. Enfin, c'est ce que j'ai entendu.

– Elle était dépressive ?

– Je n'en ai jamais entendu parler.

– Et elle n'a jamais été retrouvée ?

– Non, elle…

Elsa s'interrompit au milieu de sa phrase. Tout à coup, elle sembla comprendre où voulait en venir Erlendur et elle lui lança un regard à la fois incrédule, blessé, scandalisé et empli de colère. Son visage s'empourpra.

– Je ne vous crois pas.

– Qu'est-ce qu'il y a ? demanda Erlendur en constatant le changement subit de son expression, maintenant hostile.

– Vous croyez que c'est elle ? Que ces ossements sont les siens !

– Je ne crois rien du tout. C'est la première fois que j'entends parler de cette femme. Nous n'avons pas la moindre idée de l'identité de la personne qui se trouve enterrée là-bas. Il est totalement prématuré de dire qui cela pourrait être ou pas.

– Pourquoi vous vous intéressez autant à elle, alors ? Qu'est-ce que vous savez sur elle que moi, j'ignore ?

– Absolument rien, répondit Erlendur, déconcerté. Mais cela ne vous a pas traversé l'esprit quand je vous ai parlé de la découverte des os à cet endroit-là ? Votre oncle possédait une maison d'été dans les environs. Sa fiancée a disparu. Nous découvrons des ossements. Il n'est pas difficile de faire ce genre de rapprochement.

– Vous êtes fou, ou quoi ? Vous suggérez peut-être que…

– Je ne suggère absolument rien.

– … qu'il l'aurait assassinée ? Que Benjamin aurait assassiné sa bien-aimée et n'en aurait rien dit à personne pendant toutes ces années jusqu'à sa mort, un homme brisé de la sorte pendant tout ce temps ?

Elsa s'était levée et arpentait le salon.

– Attendez un peu, je n'ai rien dit du tout ! soupira Erlendur en se demandant s'il n'aurait pas dû montrer un peu plus de tact. Absolument rien, répéta-t-il.

– Vous croyez que c'est elle ? Ce squelette que vous avez découvert ? C'est elle ?

– Probablement pas, répondit Erlendur sans aucune preuve de ce qu'il avançait. Il voulait par-dessus tout calmer la femme. Il avait dû mal s'y prendre avec elle. Laissé entendre quelque chose dont il n'avait aucune preuve et il s'en mordait les doigts.

– Vous en savez plus sur cette maison d'été ? demanda-t-il, essayant de changer de sujet. Vous savez si quelqu'un y a habité il y a cinquante ou soixante ans ? Pendant la guerre ou juste après ? On ne parvient pas à mettre la main sur ces informations dans le registre de la population.

– Dieu tout-puissant, qu'est-ce qu'il ne faut pas

entendre ! soupira Elsa. Comment ? Qu'est-ce que vous dites ?

– Il aurait pu mettre cette maison en location, dit Erlendur à toute vitesse. Votre oncle. Il y avait une grave pénurie de logements à Reykjavik pendant la guerre et les années qui ont suivi, et les loyers étaient élevés. Je me demande par conséquent s'il ne l'aurait pas louée à quelqu'un moyennant un loyer raisonnable. Ou peut-être même qu'il l'a vendue. Vous savez quelque chose à ce sujet ?

– Oui, je crois avoir entendu dire qu'il l'avait louée mais je ne sais pas à qui, si c'est bien le sens de votre question. Pardonnez-moi mon énervement. Tout cela est tellement… Enfin, parlez-moi un peu de ces ossements. C'est un squelette tout entier, celui d'un homme, d'une femme, d'un enfant ?

Elle s'était calmée et avait retrouvé ses esprits. Elle reprit sa place dans le fauteuil et regarda Erlendur avec des yeux inquisiteurs.

– Apparemment, il s'agit d'un squelette entier mais nous ne l'avons pas encore dégagé dans sa totalité, précisa Erlendur. Votre oncle conservait des papiers sur son commerce et sur ses biens ? Quelque chose qui n'aurait pas été jeté ?

– La cave de cette maison déborde du désordre qu'il a laissé derrière lui. Toutes sortes de papiers et de caisses que je n'ai jamais réussi à jeter ni à trier. Son bureau se trouve en bas, avec quelques-unes de ses bibliothèques. J'aurai bientôt tout le temps que je voudrai pour regarder tout ça.

Elle prononça cette phrase sur un ton de regret et Erlendur se fit la réflexion qu'elle était peut-être satisfaite de son rôle dans la vie : ermite dans une grande maison héritée d'un temps révolu. Il regarda autour de lui et se dit que toute la vie de cette femme était, dans une certaine mesure, l'héritage d'une époque révolue.

– Vous croyez que nous… ?

– Je vous en prie. Vous pouvez regarder tout cela autant que vous le souhaitez, dit-elle en souriant d'un air absent.

– Il y a une chose qui me turlupine, dit Erlendur en se levant. Vous savez pourquoi Benjamin mettait sa maison de vacances en location ? Il avait besoin d'argent ? Il ne semble pas que ç'ait été le cas, n'est-ce pas ? Avec cette maison, et puis il y avait le commerce. Vous me dites qu'il a perdu son commerce, pourtant, pendant la guerre, il a dû s'enrichir suffisamment pour subvenir à ses besoins et même plus.

– Non, je ne crois pas qu'il manquait d'argent.

– Alors, pourquoi ?

– Je pense qu'on le lui avait demandé. Quand les gens se sont mis à quitter les campagnes pour venir s'installer à Reykjavik pendant la guerre. Je crois qu'il a pris des gens en pitié.

– Donc, il n'a peut-être même pas exigé de loyer en échange ?

– Je n'en ai pas la moindre idée. Mais je n'arrive pas à croire que vous pensiez que Benjamin ait pu…

Elle s'arrêta au milieu de la phrase comme si elle ne se sentait pas capable d'exprimer par des mots le fond de sa pensée.

– Je ne crois rien du tout, répondit Erlendur en essayant de sourire. Il est trop tôt pour tirer des conclusions.

– Je n'arrive pas à y croire.

– Ah, une dernière question…

– Oui ?

– Elle a des descendants vivants ?

– Qui ?

– La fiancée de Benjamin. Il y a quelqu'un à qui on puisse parler ?

– Dans quel but ? Pourquoi vous vous lancez sur cette piste ? Il n'aurait jamais pu lui faire le moindre mal.

– Je le comprends parfaitement. Mais nous avons malgré tout ces ossements, ils appartiennent à quelqu'un et ils ne disparaîtront pas. Je suis obligé d'explorer toutes les possibilités.

– Elle avait une sœur et je sais que celle-ci est encore en vie. Elle s'appelle Bara.

– Elle a disparu quand, cette jeune fille ?

– En 1940, répondit Elsa. On m'a dit que ça s'est passé par une belle journée de printemps.

9

Robert Sigurdsson était encore en vie, mais Sigurdur Oli se fit la réflexion qu'il s'en fallait de peu. Il était assis face au vieil homme, dans sa chambre, en compagnie d'Elinborg et en regardant la pâleur du visage de Robert, il se disait qu'il n'avait vraiment pas envie d'avoir quatre-vingt-dix ans. Il haussa les épaules, comme pour se débarrasser d'un frisson. Le vieil homme était édenté, les lèvres exsangues, il avait les joues creuses et des touffes de cheveux blancs tout ébouriffés surmontaient sa tête d'une pâleur cadavérique. Il était branché à une bouteille d'oxygène placée sur un petit chariot à côté de lui. A chaque fois qu'il voulait dire quelque chose, il enlevait son masque à oxygène d'une main tremblante et laissait échapper deux ou trois mots avant de remettre le masque en place.

Robert avait vendu sa maison d'été depuis bien longtemps, celle-ci avait ensuite été revendue deux fois jusqu'à ce qu'elle soit finalement rasée et qu'on en construise une autre à la place. Sigurdur Oli et Elinborg avaient réveillé les propriétaires de la nouvelle maison juste après midi et c'est ainsi qu'ils avaient recueilli ces informations, au cours d'un récit quelque peu embrouillé et décousu.

Ils avaient demandé au bureau de police de retrouver

le vieil homme pendant qu'ils redescendaient vers le centre-ville. Celui-ci séjournait à l'hôpital de Fossvogur et venait d'avoir quatre-vingt-dix ans.

Ce fut Elinborg qui plaida leur cause à l'hôpital et elle expliqua à Robert les tenants et les aboutissants de l'affaire pendant que celui-ci, paralysé dans un fauteuil roulant, aspirait l'oxygène pur de la bouteille. Il avait commencé à fumer dès le plus jeune âge. Malgré cet état physique pitoyable, il semblait avoir conservé toute sa raison et hochait la tête pour signaler qu'il comprenait chaque mot et qu'il saisissait ce qui amenait les policiers. L'infirmière qui les avait conduits à lui et se tenait maintenant derrière le fauteuil roulant leur avait précisé qu'ils ne devaient pas rester trop longtemps afin de ne pas le fatiguer. Il enleva son masque d'une main tremblotante.

– Je me souviens…, annonça-t-il d'une voix extrêmement faible et enrouée avant de replacer le masque et d'aspirer une bouffée d'oxygène. Il retira à nouveau le masque. … de cette maison, mais…

Il remit le masque.

Sigurdur Oli lança un regard à Elinborg puis un coup d'œil à sa montre sans essayer de dissimuler son impatience.

– Vous ne voudriez pas plutôt…, commença Elinborg, mais il enleva à nouveau le masque.

– … la seule chose dont je me souvienne, c'est…, interrompit Robert, suffoquant.

Il remit le masque.

– Tu ne veux pas aller faire un tour à la cantine et manger un petit truc ? demanda Elinborg à Sigurdur Oli. Il regarda à nouveau sa montre, passa au vieillard puis à Elinborg, poussa un soupir, se leva et quitta la chambre.

Robert retira son masque.

– … qu'il y avait une famille qui habitait là.

Il remit le masque. Elinborg attendit un moment afin de voir s'il avait l'intention de poursuivre mais Robert se taisait et elle réfléchissait à la façon dont elle allait pouvoir poser les questions pour qu'il n'ait à répondre que par «oui» ou par «non» et puisse se contenter de hocher ou de secouer la tête sans avoir à parler. Elle lui expliqua la méthode qu'elle allait tenter d'employer et il hocha la tête. Parfaitement lucide, pensa-t-elle.

– Vous aviez une maison de campagne à cet endroit pendant la guerre?

Robert hocha la tête.

– Cette famille occupait la maison dont je vous ai parlé à cette époque-là?

Robert hocha la tête.

– Vous vous rappelez les noms de ceux qui y habitaient?

Robert secoua la tête.

– Cette famille était nombreuse?

Robert secoua à nouveau la tête.

– Un couple avec deux, trois enfants, plus?

Robert hocha la tête en montrant trois doigts exsangues.

– Un couple avec trois enfants. Vous avez rencontré ces gens parfois? Vous les fréquentiez ou bien vous ne les connaissiez pas du tout?

Elinborg avait oublié la règle du «oui» ou «non» et Robert enleva son masque.

– Je ne les connaissais pas.

Il remit le masque. L'infirmière commençait à montrer des signes d'impatience; debout derrière le fauteuil, elle regardait Elinborg fixement comme pour lui signifier qu'elle devait cesser tout cela immédiatement et qu'elle se tenait prête à l'interrompre à tout instant. Robert enleva le masque.

– ... mourir.

– Qui ça? Ces gens? Qui est mort?

Elinborg se pencha vers lui en attendant qu'il retire à nouveau le masque. Il porta encore une fois sa main tremblante vers le masque à oxygène pour l'enlever.

– Un pauvre…

Elinborg voyait à quel point il avait des difficultés à parler et participait à son effort de toute son âme. Elle le fixait intensément en attendant qu'il poursuive.

Il enleva le masque.

– … pique-assiettes.

Le masque tomba des mains de Robert, ses yeux se fermèrent et sa tête retomba lentement sur sa poitrine.

– Voilà ! dit l'infirmière d'un ton cassant. Vous avez réussi à le tuer !

Elle attrapa le masque et le replaça d'un geste inutilement brusque sur le visage de Robert, assis, la tête inclinée sur sa poitrine et les yeux fermés comme s'il s'était assoupi, à moins qu'il ne soit en train de rendre l'âme, pensa Elinborg. Elle se leva, regarda l'infirmière pousser Robert jusqu'à son lit et le soulever du fauteuil comme une brindille pour le coucher dans le lit.

– Vous avez l'intention de tuer ce pauvre vieillard avec vos imbécillités ? demanda l'infirmière, une forte femme dans la cinquantaine, les cheveux en chignon, vêtue d'une salopette blanche, d'un pantalon et de sabots de la même couleur. Elle lança à Elinborg un regard méchant et marmonna, se confondant en reproches contre elle-même, qu'elle n'aurait jamais dû permettre ça. Il y a peu de chances qu'il passe la journée, dit-elle ensuite à voix haute en s'adressant claire-ment à Elinborg sur un ton franchement réprobateur.

– Pardonnez-moi, dit Elinborg sans connaître pleine-ment la nature de la faute dont elle s'accusait. Nous pensions qu'il pouvait nous aider dans l'affaire des ossements. J'espère qu'il ne va pas trop mal.

Robert ouvrit tout à coup les yeux dans son lit. Il regarda autour de lui comme s'il essayait de comprendre où il se trouvait et retira le masque en dépit des protestations de l'infirmière.

– Elle venait souvent…, dit-il, le souffle court. Plus tard. Une femme… en vert… à côté du buisson…

– Du buisson? demanda Elinborg. Elle s'accorda un instant de réflexion. Vous voulez parler des groseilliers?

L'infirmière avait remis le masque sur le visage de Robert mais Elinborg crut le voir hocher la tête.

– C'était qui? C'était vous qui alliez voir les groseilliers? Vous vous souvenez des groseilliers? Vous alliez là-bas? Vous vous promeniez du côté des buissons?

Robert secoua lentement la tête.

– S'il vous plaît, sortez donc d'ici et fichez-lui la paix, ordonna la femme à Elinborg qui, levée, se penchait vers Robert sans toutefois trop s'approcher afin de ne pas mettre l'infirmière de plus mauvaise humeur qu'elle n'était déjà.

– Vous pouvez m'en dire plus? continua Elinborg. Vous connaissiez cette personne? Qui venait souvent se promener à côté des arbustes? Vous avez dit plus tard…

Robert avait refermé les yeux.

– Comment ça, plus tard? poursuivit Elinborg. Qu'est-ce que vous voulez dire par plus tard?

Robert rouvrit les yeux et leva ses vieilles mains décharnées en l'air pour indiquer qu'il voulait qu'on y place un stylo et une feuille de papier. L'infirmière secoua la tête en lui disant qu'il devait se reposer, que ça suffisait. Il lui saisit la main et la regarda, implorant.

– C'est hors de question, déclara l'infirmière. Voulez-vous bien, s'il vous plaît, sortir d'ici? répéta-t-elle à Elinborg.

– Ne devrions-nous pas le laisser décider? S'il doit mourir ce soir…

– Nous ? répondit la femme. Comment ça, nous ? Vous avez passé trente ans ici à vous occuper des malades ? (Elle ne s'en laissait pas conter.) Voulez-vous bien sortir d'ici avant que j'appelle à l'aide et vous fasse emmener de force ?

Elinborg regarda Robert qui avait à nouveau fermé les yeux et semblait endormi. Elle regarda l'infirmière et commença à se diriger vers la porte avec une infinie lenteur. L'infirmière suivit Elinborg de près et lui referma la porte au nez une fois qu'elle fut arrivée dans le couloir. Elle considéra l'éventualité d'appeler Sigurdur Oli à la rescousse pour qu'il vienne raisonner la bonne femme et lui expliquer à quel point il était important que Robert puisse leur dire ce qu'il savait. Elle se ravisa. Sigurdur Oli ne parviendrait selon toute probabilité qu'à mettre la femme encore plus en colère.

Elinborg avança un peu plus dans le couloir et aperçut Sigurdur Oli qui se régalait d'une banane à l'intérieur du réfectoire, il avait l'air de faire la tête. Elle s'apprêtait à le rejoindre mais hésita. Elle se retourna pour surveiller la porte de la chambre de Robert. Un petit recoin ou une sorte de coin-télé se trouvait au bout du couloir, elle y recula et se cacha derrière un arbre immense qui montait jusqu'au plafond, planté dans un énorme pot. C'est là qu'elle attendit, telle une lionne à l'affût, en gardant un œil sur la porte.

Elle n'eut pas à attendre bien longtemps avant que la femme sorte de la chambre de Robert et traverse le couloir pour s'engouffrer dans le réfectoire et, de là, dans une autre aile du bâtiment. Elle n'accorda pas la moindre attention à Sigurdur Oli qui fit de même à son égard, occupé qu'il était à mâchouiller sa banane.

Elinborg sortit de sa cachette et, traversant le couloir, retourna avec précaution dans la chambre de Robert. Il était endormi dans son lit avec le masque sur le visage, exactement comme quand elle l'avait quitté. Les rideaux étaient tirés mais un rai de lumière émanant de la petite lampe à côté du lit éclairait un peu la pénombre. Elle s'approcha de lui, hésita un instant, jeta un regard furtif alentour avant de rassembler son courage pour secouer le vieillard.

Robert ne manifestait aucune réaction. Elle fit un second essai mais il dormait d'un sommeil de plomb. A moins qu'il ne soit tout simplement à l'article de la mort, elle se rongeait les ongles en se demandant si elle devait le secouer plus fort ou bien quitter la chambre et laisser tomber. Il n'avait pas dit grand-chose. Juste que quelqu'un venait parfois se promener aux abords des groseilliers sur la colline. Une femme en vert.

Elle allait tourner les talons quand Robert ouvrit tout à coup les yeux et la dévisagea. Elinborg ne savait pas s'il la reconnaissait mais il fit un hochement de tête et elle remarqua qu'il souriait derrière son masque à oxygène. Il effectua le même signe que celui qu'il avait fait auparavant pour indiquer qu'il voulait qu'on lui apporte un papier et un crayon. Elinborg fouilla dans son manteau à la recherche d'un stylo et d'un carnet. Elle lui plaça le carnet et le stylo dans les mains et il se mit écrire d'une main tremblante en capitales d'imprimerie. Il mettait un temps infini et Elinborg regardait la porte de la chambre d'un air terrifié en s'attendant à tout instant à voir surgir l'infirmière, laquelle l'abreuverait d'insultes. Elle aurait bien voulu dire à Robert de se dépêcher mais n'osait pas le brusquer.

Une fois qu'il eut achevé d'écrire, ses mains exsangues retombèrent sur la couette en même temps que le carnet et le crayon et il referma les yeux. Elinborg reprit le carnet et s'apprêtait à lire ce qu'il avait écrit quand l'électrocardiogramme du vieil homme se mit tout à coup à biper. Le bip strident déchirait les tympans et le silence de la chambre, Elinborg sursauta avec une telle violence qu'elle fit un bond. Elle regarda un instant

Robert sans savoir que faire puis se décida à quitter la chambre à toute vitesse pour se rendre au réfectoire où Sigurdur Oli terminait sa banane. On entendit quelque part l'alarme retentir.

– Tu as réussi à tirer quelque chose du bonhomme? demanda Sigurdur Oli quand elle vint s'asseoir à côté de lui, hors d'haleine. Quoi? Il y a un problème? ajouta-t-il en constatant qu'elle était essoufflée.

– Non, non, tout va bien, répondit Elinborg.

Une armée de médecins, d'infirmiers et d'aides soignants arriva au pas de course dans le réfectoire et le traversa pour rejoindre le couloir menant à la chambre de Robert. Quelques instants plus tard apparut un homme en salopette blanche qui poussait devant lui un appareil dont Elinborg se dit que c'était un défibrillateur, il s'engouffra également dans le couloir. Sigurdur Oli suivit du regard l'expédition qui disparut derrière un tournant.

– Nom de Dieu, qu'est-ce que t'as fait comme connerie? demanda Sigurdur Oli en se tournant vers Elinborg.

– Moi, soupira Elinborg, rien du tout! Comment ça? Qu'est-ce que j'ai fait?

– Pourquoi tu es couverte de sueur alors? demanda Sigurdur Oli.

– Je ne suis pas en sueur.

– Qu'est-ce qui s'est passé? Pourquoi tout le monde court? Et tu n'arrives même pas à reprendre ton souffle.

– Pas la moindre idée.

– Tu as réussi à tirer quelque chose de lui? C'est lui qui est en train de claquer?

– Enfin, essaie de témoigner un minimum de respect à ces gens! dit Elinborg en lançant un regard inquiet autour d'elle.

– Qu'est-ce que tu as réussi à en tirer?

– Je n'ai pas encore regardé, dit Elinborg. Et si nous partions d'ici ?

Ils se levèrent, quittèrent le réfectoire, sortirent de l'hôpital et allèrent s'installer dans la voiture. Sigurdur Oli démarra.

– Alors, qu'est-ce qu'il t'a dit ? demanda Sigurdur Oli, impatient.

– Il m'a écrit ça sur une feuille, répondit Elinborg en soupirant. Pauvre vieux.

– Sur une feuille ?

Elle sortit le carnet de sa poche et le feuilleta jusqu'à tomber sur la page où Robert avait écrit. Celle-ci ne portait qu'un seul mot, tracé par la main tremblante d'un mourant, des pattes de mouches pratiquement illisibles. Il lui fallut un certain temps pour parvenir à lire ce qui était sur le carnet mais elle finit par se forger une opinion, sans toutefois comprendre le sens qu'il fallait donner au mot. Elle regardait fixement la dernière parole de Robert dans cette existence :

TORDUE

Ce soir, il en avait après les pommes de terre. Il ne les trouvait pas assez cuites. En tout cas, c'est ce qu'elle croyait. Elles auraient également pu avoir le défaut d'être trop cuites, en bouillie, crues, pas épluchées, mal épluchées, épluchées, pas coupées en deux, sans sauce, avec sauce, sautées, pas sautées, en purée trop épaisse, trop liquide, trop sucrée*, pas assez sucrée…

Elle ne parvenait jamais à savoir ce qu'il voulait vraiment.

C'était l'une des armes les plus puissantes qu'il possédait. Les attaques venaient toujours par surprise et

---

* Dans la cuisine traditionnelle islandaise, on a l'habitude de sucrer la purée de pommes de terre.

au moment où elle s'y attendait le moins, autant quand tout semblait aller pour le mieux que lorsqu'elle sentait que quelque chose le dérangeait. Il déployait tout son génie pour la maintenir dans un état d'incertitude et l'empêcher de jamais être sûre d'elle-même. De son côté, elle était constamment comme suspendue à un fil en sa présence, prête à tout faire pour le satisfaire. S'arranger pour que le repas soit prêt à l'heure. Que les vêtements soient prêts pour le lendemain matin. Que les enfants restent calmes. Que Mikkelina le laisse tranquille. Se plier à ses quatre volontés, même si elle savait que cela ne servait à rien.

Il y avait longtemps qu'elle avait abandonné l'espoir d'une amélioration. Le foyer qu'il gouvernait était sa prison à elle.

Il prit son assiette quand il eut fini son souper. Sans dire mot comme à son habitude, il alla la déposer dans l'évier. Il retourna ensuite vers la table comme s'il s'apprêtait à sortir de la cuisine mais, au lieu de cela, il se planta à côté de la table à laquelle elle était encore assise. Elle n'osait pas lever les yeux et se contentait de regarder ses deux garçons qui continuaient à manger, assis avec elle. Chaque muscle de son corps en position défensive. Peut-être allait-il sortir sans la toucher. Les garçons la regardèrent et reposèrent lentement leurs fourchettes.

Un silence de mort régnait dans la cuisine.

Brusquement, il lui attrapa la tête et la cogna violemment contre l'assiette qui se brisa, il la saisit ensuite par les cheveux et l'envoya voler contre la chaise qui se déroba sous elle, la faisant atterrir violemment sur le sol. Il balaya la vaisselle de la table et donna un coup de pied dans sa chaise qui alla se fracasser contre le mur. La tête lui tournait après la chute. On aurait dit que la cuisine tout entière s'était mise en mouvement. Elle essaya de se relever bien qu'elle sût par expérience qu'elle aurait mieux fait de rester immobile mais elle se sentait comme possédée par un démon qui désirait le défier et le provoquer.

– Tiens-toi tranquille, grosse vache, hurla-t-il une fois qu'elle fut parvenue à se mettre à genoux, il l'enferma dans ses bras et hurla de plus belle :

– Alors, comme ça, tu veux te lever ?

Il l'empoigna alors par les cheveux et lui fracassa le visage contre le mur tout en lui assénant un coup de pied dans la cuisse qui lui paralysa toute la jambe. Elle poussa un cri de douleur avant de retomber à terre. Le sang se mit à gicler de son nez et ses oreilles bourdonnaient tellement qu'elle entendait à peine les hurlements de l'homme.

– Essaie donc un peu de te lever maintenant, sac à foutre ! hurla-t-il.

Cette fois-ci, elle ne bougeait plus, elle se recroquevilla sur elle-même en plaçant ses mains de façon à se protéger la tête dans l'attente de la pluie de coups de pied. Il leva une jambe et la laissa retomber de toutes ses forces sur le flanc de la femme qui eut le souffle coupé en sentant la douleur dans sa poitrine. Il se baissa, la saisit par les cheveux, releva sa tête et lui cracha au visage avant de lui cogner à nouveau la tête contre le sol.

– Espèce de grosse truie, vociféra-t-il. Ensuite, il se leva, regarda la cuisine où tout était sens dessus dessous après l'agression. Tu vois un peu le foutoir que tu laisses derrière toi, espèce de saloperie, hurla-t-il. Tu vas me ranger tout ça sur-le-champ ou bien je te fais la peau !

Il recula lentement et s'éloigna d'elle, il essaya de lui cracher à nouveau dessus mais il avait la bouche sèche.

– Pauvre fille, dit-il. Tu n'es qu'une bonne à rien. Tu ne sais donc rien faire correctement, espèce de putain bonne à rien ? Est-ce que tu vas finir par comprendre ça ? Tu vas enfin comprendre un jour ?

Il se fichait pas mal que tout cela se voie sur elle. Il savait que personne ne s'en souciait. Ils ne recevaient pour ainsi dire aucune visite là-haut, sur la colline. Il n'y avait que quelques maisons d'été disséminées sur le terrain plat situé en contrebas de la colline mais bien peu de gens passaient par là, même si la route entre Grafarvogur et la butte de Grafarholt passait à proximité, et personne n'avait jamais aucune raison de venir voir la famille.

Ils occupaient une grande maison de campagne qu'il louait à un homme de Reykjavik, elle n'était pas encore terminée quand son propriétaire, ayant cessé de s'y intéresser, l'avait louée à l'homme contre un faible loyer s'il en achevait la construction. Les premiers temps, il s'était montré courageux et avait fait de nombreux travaux, il avait même presque fini la maison, mais le propriétaire ne se souciait pas le moins du monde de savoir s'il travaillait réellement et il abandonna peu à peu dès qu'il s'en fut rendu compte. Il s'agissait d'une maison en bois constituée d'une cuisine à l'américaine avec une cuisinière à charbon, de deux chambres à coucher avec de petits poêles aussi à charbon et d'un couloir. Non loin de la maison se trouvait un puits et c'est là-bas qu'ils allaient chercher l'eau chaque matin, deux seaux par jour, qui étaient posés sur la table de la cuisine.

Il y avait maintenant un an qu'ils avaient emménagé ici, sur les hauteurs. Après l'arrivée des Anglais, les gens affluèrent à Reykjavik dans l'espoir d'y trouver du travail. Ils perdirent l'appartement en sous-sol. Ils n'en avaient plus les moyens. C'était sacrément coûteux d'être locataire, avec cette marée humaine qui venait en ville pour travailler pour les Anglais et ces loyers qui montaient en flèche. Quand il dégota cette maison en construction sur la butte de Grafarholt, il y emménagea avec sa famille et se mit à la recherche d'un emploi proche de son nouveau domicile. Il trouva un travail de livreur de charbon dans les campagnes autour de Reykjavik. Chaque matin, il descendait le chemin menant à la route de Grafarholt où l'attendait le camion de charbon qui le déposait à nouveau le soir. Parfois, elle se disait qu'il avait quitté Reykjavik uniquement pour que personne n'entende les cris désespérés qu'elle poussait à chaque fois qu'il la battait comme plâtre.

L'une des premières choses qu'elle fit après leur déménagement sur les hauteurs fut de se procurer des groseilliers. Elle pensait l'endroit fertile et planta les arbustes sur le côté sud de la maison. Ils étaient destinés à délimiter au sud le jardin qu'elle avait l'intention de cultiver. Elle voulait planter d'autres arbres mais il trouvait que c'était une perte de temps et il lui avait interdit de s'adonner à cette activité.

Elle était allongée immobile sur le sol et attendait qu'il se calme ou parte en ville pour aller voir ses amis. Il se rendait parfois à Reykjavik où il passait la nuit sans fournir la moindre explication. Son visage était consumé de douleur et elle sentait une brûlure dans sa poitrine comme quand elle avait eu une côte cassée, deux années plus tôt. Elle savait que cela n'avait rien à voir avec les pommes de terre. Pas plus qu'avec la tache sur sa chemise toute propre. Pas plus qu'avec la robe qu'elle s'était faite et qu'il avait trouvée trop osée et déchirée en mille morceaux. Ou même qu'avec les pleurs des enfants la nuit qu'il lui reprochait. Mauvaise mère! Fais-les taire ou bien je les tue! Elle savait qu'il en était capable. Elle savait qu'il pouvait aller jusqu'au bout.

Les deux garçons avaient déguerpi de la cuisine en voyant qu'il s'en prenait encore une fois à leur mère, Mikkelina, en revanche, était restée, comme d'habitude. Elle avait des difficultés à se déplacer sans aide.

Elle était allongée sur sa paillasse dans la cuisine où elle dormait et passait toute la journée parce qu'il était plus facile de la surveiller là. D'habitude, elle ne faisait pas un geste dès qu'il rentrait à la maison et quand il commençait à s'en prendre à sa mère, elle se cachait la tête sous la couverture avec la main par-dessus, comme si elle avait envie de disparaître.

Elle ne voyait pas ce qui se passait. Elle ne voulait pas voir ça. Elle entendait ses hurlements à travers la couverture ainsi que les cris de douleur de sa mère et elle sursautait à chaque fois qu'elle l'entendait se cogner contre le mur ou se fracasser sur le sol. Elle se mettait en position fœtale et se mettait à chantonner doucement dans sa tête :

Elle s'approche du lit
En socquettes
Blondes sont ses bouclettes
A ma petite blondinette...

Quand elle eut achevé la comptine, le silence était revenu dans la cuisine. Il s'écoula encore un long moment avant qu'elle ose retirer la couverture de sa tête. Elle jeta un coup d'œil par en dessous avec d'infinies précautions et ne le vit pas. Elle regarda dans le couloir et constata que la porte d'entrée était ouverte. Il était certainement parti. Elle se leva et vit sa mère allongée sur le sol. Elle se débarrassa de la couverture, quitta sa paillasse en rampant et avança sur le sol en passant sous la table de cuisine en direction de sa mère, toujours immobile et recroquevillée sur elle-même.

Mikkelina se blottit contre sa mère. Elle était d'une maigreur extrême et n'avait que peu de force, il lui était difficile de ramper sur le sol dur. Si elle avait besoin de se déplacer, ses frères ou bien sa mère la prenaient dans leurs bras. Jamais lui. Il avait souvent menacé de tuer la débile. D'étrangler cette incapable dans sa paillasse dégueulasse ! Cette infirme !

Sa mère demeurait immobile. Elle sentit Mikkelina se blottir contre son dos et lui caresser la tête. La douleur dans sa poitrine ne se dissipait pas et elle saignait encore du nez. Elle était incapable de dire si elle avait perdu connaissance. Elle pensait qu'il se trouvait encore dans la cuisine mais, puisque Mikkelina était sortie de sa cachette, c'était impossible. Il n'y avait rien qui terrifie autant Mikkelina que son beau-père.

Elle s'étira avec précaution et, gémissant de douleur, porta sa main à l'endroit où il l'avait frappée. Il lui avait sûrement cassé une côte. Elle se retourna sur le dos et regarda Mikkelina. La petite avait pleuré et une expression de terreur se lisait sur son visage. Elle prit peur en voyant la figure ensanglantée de sa mère et se remit à pleurer.

– Tout ira bien, Mikkelina, soupira sa mère. Tout va bien se passer.

Elle se leva lentement et avec beaucoup de difficultés en se servant de la table pour se soutenir.

– Nous survivrons à ça.

Elle se massait le côté et sentait la douleur s'enfoncer en elle, comme un sabre.

– Où sont les garçons ? demanda-t-elle en regardant Mikkelina. Mikkelina indiqua la porte en émettant un son qui montrait son émoi et sa frayeur. Sa mère avait toujours agi avec elle comme si elle était tout à fait normale. Son beau-père, lui, ne l'appelait jamais que la débile, quand ce n'était pas pire. Mikkelina avait eu une méningite à trois ans et on l'avait crue perdue. La fillette avait été entre la vie et la mort pendant des jours chez les nonnes de l'hôpital de Landakot, cependant sa mère n'avait pas été autorisée à rester à son chevet en dépit des supplications et des larmes versées au service de médecine. Quand l'état de Mikkelina s'améliora, tout son côté droit, le bras, la jambe ainsi que les muscles du visage étaient paralysés, elle avait le visage tordu, un œil à demi clos et la bouche de travers, ce qui avait pour conséquence de l'empêcher de retenir sa salive.

Les garçons se savaient incapables de défendre leur mère, le plus jeune avait sept ans et l'autre douze. Ils connaissaient bien maintenant la manière dont leur père s'attaquait à elle, tous les jurons qu'il employait quand il se préparait à l'agresser et la fureur qui le saisissait quand il l'abreuvait d'insultes. Ils s'enfuyaient alors à toutes jambes. Simon, le plus âgé, prenait toujours les devants. Il attrapait son frère et l'entraînait avec lui, le faisait sortir en premier comme un agneau terrifié, mort de peur à l'idée que leur père dirige sa colère contre eux.

Un jour, il pourrait emmener Mikkelina.

Et un jour, il serait capable de défendre sa mère.

Morts de peur, les deux frères s'enfuyaient de la maison en courant et se réfugiaient vers les groseilliers. C'était l'automne et les petits arbustes d'un vert profond, feuillus, portaient des baies rouges gorgées de jus qui leur éclataient dans la main quand ils les cueillaient sur le buisson pour les mettre dans les boîtes ou dans les bocaux que leur mère leur avait donnés.

Ils se couchaient à terre derrière les buissons et entendaient les jurons et les imprécations de leur père mêlés au bruit des assiettes cassées et aux hurlements désespérés de leur mère. Le plus jeune se bouchait les oreilles mais Simon, lui, regardait à l'intérieur par la fenêtre de la cuisine qui illuminait le crépuscule d'une lueur jaunâtre et se forçait à écouter les cris de sa mère.

Il avait maintenant arrêté de se boucher les oreilles. Il devait écouter s'il voulait faire ce qu'il devait accomplir.

10

Ce qu'Elsa avait dit à propos de la cave de la maison de Benjamin n'avait rien d'exagéré. Celle-ci débordait de fouillis et, un instant, les bras d'Erlendur en tombèrent. Il se demanda s'il ne devait pas appeler Sigurdur Oli et Elinborg à la rescousse puis changea d'avis et se dit qu'il valait mieux attendre. La cave faisait environ quatre-vingt-dix mètres carrés et était divisée en plusieurs pièces, sans portes ni fenêtres, contenant des caisses et encore des caisses, certaines étiquetées mais la plupart non. Il s'agissait de cartons qui avaient servi à entreposer des cigarettes, des bouteilles de vin, et de caisses en bois de toutes les tailles imaginables pleines d'un fatras des plus variés. La cave renfermait aussi de vieilles étagères, des valises et sacs de voyage et tout un tas de choses qui s'étaient accumulées sur une longue période, une bicyclette poussiéreuse, des tondeuses, un vieux barbecue.

– Vous pouvez tout retourner ici si vous voulez, annonça Elsa en l'accompagnant en bas. Si je peux vous être utile à quelque chose, n'hésitez pas à m'appeler. Elle plaignait presque cet inspecteur de police au regard sombre et à l'air absent, habillé comme l'as de pique avec son gilet de laine feutré sous une vieille veste aux coudes élimés. Pendant qu'elle lui parlait en le regardant dans les yeux, elle avait décelé en lui une forme de tristesse.

Erlendur la remercia avec un léger sourire. Deux heures plus tard, il mettait enfin la main sur les premiers documents de Benjamin Knudsen le commerçant. Il avait bien peu avancé dans l'exploration de la cave. Il n'y avait pas la moindre organisation. De vieilles paperasses se trouvaient mélangées à d'autres plus récentes dans d'énormes tas qu'il devait examiner et déplacer afin d'avancer plus loin dans cet antre. Cependant, il avait l'impression qu'au fur et à mesure de sa progression, les papiers sur lesquels il tombait étaient plus anciens. Il avait envie d'un café et d'une cigarette et se demanda s'il devait aller mendier auprès d'Elsa ou bien faire une pause et trouver un café en ville.

Eva Lind ne quittait pas ses pensées. Il avait son portable sur lui et s'attendait à ce qu'on l'appelle de l'hôpital à tout instant. Il avait mauvaise conscience de ne pas être à son chevet. Peut-être ferait-il mieux de prendre quelques jours de vacances pour rester auprès de sa fille et lui parler comme le médecin l'avait conseillé. Être à son chevet au lieu de l'abandonner seule et inconsciente au service des soins intensifs, sans famille, sans le moindre mot de réconfort, sans rien du tout. Cependant, il se savait parfaitement incapable de demeurer assis et oisif à attendre à côté du lit de sa fille. Il se réfugiait dans son travail. Il en avait besoin pour distraire son esprit. Éviter de penser avec trop de précision à la pire des choses qui pouvait se produire. De penser à l'impensable.

Il essayait de se concentrer pendant qu'il avançait dans la cave. Il ouvrit un vieux secrétaire dans lequel il trouva des factures de fournisseurs sur lesquelles était apposé le tampon du magasin Knudsen. Elles étaient rédigées à la main et même s'il lui était difficile de deviner les lettres, il lui semblait qu'il s'agissait de bons d'expédition de commandes. Plusieurs factures du même type se trouvaient dans les étagères du secrétaire et Erlendur eut à première vue le sentiment que le magasin que Benjamin Knudsen dirigeait vendait surtout des produits d'importation. Les factures portaient les mots Café et Sucre accompagnés de chiffres.

Il n'y avait rien concernant les travaux effectués dans une maison d'été éloignée du centre-ville, à l'endroit où le quartier de Thusöld se construisait aujourd'hui.

La dépendance au tabac eut bientôt raison d'Erlendur qui trouva une porte donnant sur un joli jardin propret. Celui-ci commençait tout juste à se remettre après l'hiver mais Erlendur ne lui accordait pas le moindre intérêt, occupé à aspirer goulûment la fumée dans ses poumons avant de l'expirer. Il fuma deux cigarettes à bref intervalle. Alors qu'il s'apprêtait à retourner dans la cave, son téléphone sonna dans la poche de sa veste et il décrocha. C'était Elinborg.

– Comment va Eva Lind ? demanda-t-elle.

– Toujours inconsciente, répondit Erlendur sèchement. Il n'avait pas envie d'entendre de bonnes paroles. Du nouveau ? demanda-t-il.

– J'ai interrogé un vieillard, un certain Robert. Il possédait une maison de campagne au pied de la colline. Je ne suis pas tout à fait certaine de ce qu'il voulait dire mais il se souvenait de quelqu'un qui venait se promener aux abords de ton buisson.

– De mon buisson ?

– Pas loin des ossements.

– Tu veux dire à côté des groseilliers ? Qui c'était ?

– Ensuite, je crois qu'il est mort.

Erlendur entendit Sigurdur Oli ricaner derrière Elinborg.

– Celui des groseilliers ?

– Non, je parle de Robert, répondit Elinborg. Il ne nous dira donc rien de plus.

– Et qui c'était ? Celui qui allait se promener du côté du buisson ?

114

– C'est très embrouillé, répondit Elinborg. Il s'agit d'une personne qui venait souvent, plus tard. En réalité, c'est la seule chose qu'il m'ait communiquée. Ensuite, il a commencé à dire autre chose. Il a parlé d'une femme en vert et c'est tout.

– Une femme en vert ?

– Oui, en vert.

– Souvent, plus tard, en vert, répéta Erlendur. Plus tard que quoi ? Que voulait-il dire ?

– Comme je dis, c'était très décousu. Je pense qu'il s'agissait... je crois qu'elle était peut-être...

Elinborg hésitait.

– Qu'elle était quoi ? demanda Erlendur.

– Tordue.

– Tordue ?

– C'est la seule description qu'il a fournie de cette personne. Il n'arrivait plus à parler, le petit vieux, et il a écrit juste ce mot : tordue. Ensuite, il s'est endormi et je crois qu'il s'est passé quelque chose car toute une équipe de médecins est venue au pas de course dans sa chambre et...

Elinborg se tut. Erlendur réfléchit quelques instants à ce qu'elle venait de dire.

– Donc, il semble bien que, plus tard, une femme soit souvent venue se promener à côté des groseilliers.

– C'était peut-être après la guerre, avança Elinborg.

– Il se souvenait des occupants de cette maison ?

– Une famille, répondit Elinborg. Un couple avec trois enfants. Il ne m'en a pas dit plus sur eux.

– Donc, il y avait bien des gens qui habitaient dans le périmètre en question.

– Il semblerait.

– Et elle était tordue. Que signifie être tordue, dans l'esprit de Robert ? Quel âge a Robert ?

– Il a, ou plutôt, il avait, je ne sais pas... plus de quatre-vingt-dix ans.

115

– Impossible de savoir au juste ce qu'il entendait par là, observa Erlendur, comme en aparté. Une femme en vert à côté des groseilliers. Quelqu'un habite dans la maison de Robert aujourd'hui ? Elle existe toujours ?

Elinborg lui expliqua qu'elle-même et Sigurdur Oli avaient interrogé les propriétaires actuels plus tôt dans la journée mais qu'il n'avait pas été question de la femme au cours de la conversation. Erlendur leur conseilla de retourner voir ces gens et de leur demander de façon précise s'ils avaient constaté des allers-venues aux abords des buissons et s'ils avaient remarqué la présence d'une femme. Ils devaient également essayer de retrouver des membres de la famille de Robert pour savoir si celui-ci leur avait parlé des gens qui habitaient là-haut. Erlendur annonça qu'il allait continuer un peu à fouiller dans la cave et qu'il irait ensuite à l'hôpital voir sa fille.

Il se replongea dans les documents de Benjamin le commerçant et se demanda en regardant la cave si éplucher tout le fatras qui s'y trouvait n'allait pas prendre plusieurs journées. Il se faufila à nouveau jusqu'au bureau de Benjamin et constata que celui-ci ne contenait rien que des factures et des documents concernant son commerce, le magasin Knudsen. Erlendur n'en avait aucun souvenir mais il semblait qu'il ait été situé dans la rue Hverfisgata.

Deux heures plus tard, après avoir avalé un café en compagnie d'Elsa et fumé deux cigarettes supplémentaires dans le jardin, il parvint à une valise peinte en gris qui reposait sur le sol de la cave. La valise était fermée à clef mais celle-ci se trouvait dans la serrure. Erlendur dut forcer pour la tourner. La valise contenait d'autres documents et des enveloppes entourées d'un élastique mais pas la moindre facture. Les enveloppes renfermaient quelques photos, certaines placées dans des cadres et d'autres non. Erlendur les examina. Il n'avait pas la moindre idée de l'identité des gens qui y figuraient mais devinait que certaines représentaient Benjamin en personne. Sur l'une d'elles, un bel homme de haute taille très légèrement bedonnant était photographié face à la devanture d'un magasin. Ce qui avait motivé le cliché était évident. On était en train d'installer un panneau publicitaire au-dessus de la porte de la boutique. Magasin Knudsen.

Erlendur examina d'autres photos et revit le même homme sur certaines d'entre elles, parfois accompagné d'une jeune femme, et tous les deux souriaient devant l'objectif. Tous les clichés avaient été pris en plein air et sous un soleil radieux.

Il les reposa, saisit la pile d'enveloppes et constata qu'il s'agissait de lettres d'amour que Benjamin avait écrites à sa future épouse. Elle s'appelait Solveig. Certaines n'étaient que de brefs messages ou des déclarations d'amour, d'autres, plus développées, narraient des événements quotidiens. Toutes étaient écrites avec beaucoup d'amour pour la bien-aimée. Les lettres semblaient rangées par date et, après avoir hésité, Erlendur en lut une. Il avait le sentiment de s'introduire par effraction dans un sanctuaire et en tirait une forme de honte. Comme s'il s'était posté près d'une fenêtre d'où il aurait épié les gens.

Mon cœur,
Ce que mon amour me manque. J'ai passé toute la journée à penser à toi et je compte les minutes jusqu'à ton retour. L'existence sans toi est comme un hiver glacial, vide, incolore et sans vie. Quand je pense que tu seras absente pendant deux longues semaines. En vérité, je ne sais pas comment je vais pouvoir le supporter.
Ton amour,
Benjamin K.

Erlendur replaça la lettre dans son enveloppe et en prit une autre plus bas dans la pile. Cette dernière était bien plus précise et parlait du projet de magasin que le futur commerçant caressait d'ouvrir rue Hverfisgata. Il voulait accomplir de grandes choses dans l'avenir. Il avait lu qu'en Amérique, les grands magasins des villes vendaient toutes sortes de denrées, de la confection jusqu'à l'alimentaire ; les gens prenaient eux-mêmes dans les rayons les produits qu'ils souhaitaient acheter et les mettaient dans des chariots qu'ils poussaient devant eux.

Il se rendit à l'hôpital en début de soirée dans l'intention de rester au chevet d'Eva Lind. Auparavant, il avait téléphoné à Skarphédinn qui lui avait expliqué que les fouilles avançaient mais qu'il ne voulait pas se risquer à prédire quand ils parviendraient à dégager les ossements. Pour l'instant, ils n'avaient rien découvert qui indiquât la cause de la mort de l'homme de Thusöld.

Erlendur appela également le médecin qui s'occupait d'Eva Lind avant de partir et ce dernier lui dit que son état demeurait stationnaire. En arrivant au service des soins intensifs, il vit une femme vêtue d'un manteau marron assise à côté du lit de sa fille et il était pratiquement rentré dans la pièce quand il comprit de qui il s'agissait. Il se raidit tout entier, s'arrêta net et recula lentement de la porte pour prendre place dans le couloir d'où il observa la femme à distance.

Elle lui tournait le dos mais il savait bien qui c'était. La femme avait le même âge que lui, elle était assise, penchée en avant, un peu enveloppée, portait un survêtement violet sous son manteau marron et tenait un mouchoir sous son nez pendant qu'elle parlait à Eva Lind à voix basse. Il ne parvenait pas à entendre ce qu'elle disait. Il remarqua qu'elle avait les cheveux teints mais apparemment il y avait un petit moment qu'elle n'avait pas fait de coloration car les racines blanches apparaissaient à l'endroit de la raie. Il calcula automatiquement l'âge qu'elle avait maintenant. C'était facile, elle était de trois ans son aînée.

Il ne l'avait pas vue d'aussi près depuis vingt ans. Depuis qu'il l'avait quittée en l'abandonnant seule avec ses deux enfants. Elle ne s'était pas remariée, pas plus que lui, mais elle avait vécu avec plusieurs hommes de qualité inégale. C'était Eva Lind qui lui avait parlé d'eux. Une fois adulte, celle-ci s'était rapprochée de lui. La petite fille ne lui faisait aucune confiance au départ mais ils étaient ensuite parvenus à établir une certaine complicité malgré tout et, de son côté, il essayait de faire tout ce qu'il pouvait pour elle. On pouvait en dire de même du garçon, même si celui-ci se montrait nettement plus distant. Erlendur n'avait pratiquement aucun rapport avec son fils. Et, en vingt ans, il n'avait pratiquement pas adressé la parole à la femme assise au chevet de leur fille.

Erlendur regarda son ex-femme et recula encore d'un pas dans le couloir. Il se demandait s'il devait pénétrer dans la chambre mais n'osait pas le faire. Il s'attendait à ce que cela soit problématique et voulait éviter un tel bruit en ces lieux. Ne voulait aucun bruit où que ce soit. Ne voulait pas de bruit dans sa vie s'il était possible de l'éviter. Ils n'avaient jamais vraiment mis fin correctement à leur relation et c'est l'une des choses qui l'avait blessée le plus, aux dires d'Eva Lind.

La façon dont il était parti.

Il se retourna et parcourut le couloir d'un pas lent. Il pensa aux lettres d'amour trouvées dans la cave de Benjamin K. Erlendur ne s'en souvenait plus mais la question était toujours sans réponse lorsque, rentré chez lui, lourdement assis dans son fauteuil, il laissa le sommeil la chasser de son esprit.

Cette femme avait-elle, à quelque moment que ce soit, été sa bien-aimée ?

11

Il fut décidé qu'Erlendur, Sigurdur Oli et Elinborg se chargeraient seuls de l'enquête concernant l'affaire des ossements, comme on l'appelait déjà dans les médias. L'administration centrale de la police criminelle n'avait pas les moyens de mettre plus d'hommes sur l'enquête qui, du reste, n'était pas prioritaire. Une vaste opération dans les milieux de la drogue battait son plein, elle coûtait cher en temps et en hommes, et l'administration ne pouvait se permettre d'occuper plus de gens à des recherches de caractère historique, ainsi que Hrolfur, leur supérieur, l'avait déclaré. Il n'était d'ailleurs pas certain qu'il s'agisse d'une affaire criminelle.

Erlendur passa à l'hôpital tôt le lendemain matin avant de partir au travail et resta assis au chevet de sa fille pendant environ deux heures. Son état n'avait pas évolué. Sa mère avait disparu. Il resta longtemps assis en silence à regarder le visage maigre et osseux de sa fille et à repenser au passé. Il tentait de se remémorer les moments avec elle quand elle était encore petite. Eva Lind allait sur ses trois ans quand lui et Halldora avaient divorcé et il se rappela l'époque où elle dormait entre eux deux. Elle refusait de dormir dans son lit, bien qu'il fût placé dans leur chambre à cause de l'étroitesse de l'appartement composé d'une chambre à coucher, d'un salon et d'une cuisine. Elle sortait du lit et venait se coucher dans le leur en se faisant un nid entre ses deux parents.

Il se rappela aussi ce moment où il l'avait découverte devant la porte de l'appartement qu'il occupait, quand, adolescente, elle avait fini par retrouver son père. Halldora lui avait catégoriquement refusé tout droit de visite. A chaque fois qu'il tentait de les voir, elle déversait sur lui un flot de jurons et il se disait que chaque mot sortant de sa bouche ne pouvait être plus vrai. Petit à petit, il cessa d'aller les voir. Lorsque Eva Lind s'était retrouvée devant sa porte, malgré tout le temps passé sans la voir, il avait reconnu en elle une expression familière. Elle avait des airs qui venaient de son côté à lui.

– Tu ne me fais pas entrer ? demanda-t-elle. Il la dévisageait depuis un bon moment. Elle portait un blouson de cuir noir, un jean usé et du rouge à lèvres noir. Ses ongles étaient également vernis de noir. Elle fumait et rejetait la fumée par le nez.

On pouvait encore voir sur son visage les traits de la jeune fille, presque innocente.

Il hésita. Ne sachant trop à quoi s'attendre. Enfin, il l'invita à entrer.

– Maman était folle de rage quand je lui ai dit que je voulais te voir, annonça-t-elle en lui passant devant dans un nuage de fumée avant de se laisser tomber lourdement dans son fauteuil. Elle m'a dit que tu n'étais qu'un pauvre type. C'est le discours qu'elle nous a toujours tenu. A moi et à Sindri. Une saloperie de putain de pauvre type, votre saleté de père. Et elle continuait par : vous êtes exactement comme lui, espèces de sales bons à rien.

Eva Lind se mit à rire. Elle chercha un cendrier pour éteindre sa cigarette mais il lui enleva le mégot de la main et le fit à sa place.

– Pourquoi donc…, commença-t-il, mais il ne parvint pas à terminer sa phrase.

– J'avais juste envie de te voir, interrompit-elle. J'avais une putain d'envie de voir de quoi tu avais l'air.

– Et alors, j'ai l'air de quoi ? demanda-t-il.

Elle le fixa du regard.

– D'un pauvre type, répondit-elle.

– Bon, alors, nous ne sommes pas très différents l'un de l'autre, rétorqua-t-il.

Elle le dévisagea un bon moment et il eut l'impression qu'elle souriait.

Quand Erlendur arriva au bureau, Elinborg et Sigurdur Oli vinrent s'asseoir en sa compagnie et lui annoncèrent que l'interrogatoire des actuels propriétaires de la maison de Robert n'avait donné aucun résultat. Ils n'avaient remarqué aucune bonne femme de traviole, comme ils avaient dit, sur la colline. L'épouse de Robert était décédée depuis dix ans. Ils avaient deux enfants. L'un d'eux, le fils, était mort à la même époque mais, l'autre, la fille, attendait la visite d'Elinborg.

– Et Robert, il nous en dira peut-être plus ? demanda Erlendur.

Robert est mort hier soir, répondit Elinborg, un soupçon de mauvaise conscience dans la voix. De sa belle mort. Sérieusement. Je crois qu'il en avait assez. Un pauvre pique-assiette. Ce sont les mots qu'il a employés. Mon Dieu, faites que je ne finisse pas comme ça à l'hôpital.

– Il a laissé un bref message dans un petit placard juste avant de mourir, dit Sigurdur Oli. «Elle m'a tué.»

– Nom de Dieu, quel humour ! répondit Elinborg. C'est franchement nul.

– Tu n'auras pas à le supporter plus longtemps aujourd'hui, dit Erlendur en faisant un signe de tête à Sigurdur Oli. Je vais l'envoyer dans la cave de Benjamin, l'ancien propriétaire de la maison d'été, chercher des indices.

– Et tu crois trouver quoi là-bas ? rétorqua Sigurdur Oli alors que le sourire sur son visage se transformait en rictus.

– S'il louait effectivement la maison, il a bien dû en garder une trace écrite. Il est impossible qu'il en soit autrement. Il nous faut les noms de ceux qui habitaient là-bas. Et ce n'est sûrement pas le registre de la population qui va les trouver à notre place. Une fois que nous aurons les noms, nous pourrons les recouper avec la liste des disparitions et savoir si certains de ces gens sont toujours en vie. Ensuite, nous devrons obtenir des précisions sur l'âge et le sexe de l'individu quand les ossements auront été exhumés.

– Robert a mentionné trois enfants, dit Elinborg. Au moins l'un d'entre eux devrait encore être vivant.

– Voilà donc tout ce que nous avons, résuma Erlendur, et c'est bien maigre : à l'époque de la guerre, une famille de cinq personnes, composée d'un couple et de trois enfants, vivait dans une maison en contrebas de la butte de Grafarholt. Ce sont les seuls à avoir occupé la maison à notre connaissance mais il n'est pas exclu qu'il y en ait eu d'autres. A première vue, ces gens n'étaient pas officiellement domiciliés à cette adresse. Tant que nous n'en savons pas plus, nous pouvons imaginer que l'un d'eux repose en terre là-haut, à moins qu'il ne s'agisse d'une personne liée à cette famille. Ajoutons que quelqu'un de leur entourage, une femme dont Robert se souvenait, venait se promener là-bas…

– Souvent, par la suite, et elle était tordue, ajouta Elinborg. Le qualificatif *tordue* ne sous-entendrait-il pas qu'elle était boiteuse ?

– Dans ce cas, il aurait sûrement écrit *boiteuse*, remarqua Sigurdur Oli.

– Qu'est-il advenu de cette maison ? demanda Elinborg. Il n'en reste plus aucune trace là-haut.

– Voilà ce que tu découvriras peut-être dans la cave

ou chez la nièce de Benjamin, dit Erlendur à Sigurdur Oli. J'ai totalement oublié de lui demander.

– Tout ce qu'il nous faut, ce sont les noms de ces gens afin de pouvoir les comparer au registre des disparitions de cette époque et ça suffira. C'est on ne peut plus clair, non ? demanda Sigurdur Oli.

– Pas forcément, répondit Erlendur.

– Comment ça, où est-ce que tu veux en venir ?

– Tu ne parles que des disparitions qui sont consignées dans nos registres.

– Et de quelles autres disparitions je devrais parler ?

– De celles qui ne figurent nulle part. Rien ne dit que tout le monde vient signaler quand quelqu'un disparaît de leur vie. Une personne déménage à la campagne et on ne la voit plus. Une personne déménage à l'étranger et on ne la voit plus. Une personne fuit le pays et on l'oublie avec le temps. Sans compter ceux qui meurent perdus dans la nature, à cause du mauvais temps. Si nous avons une liste de personnes susceptibles d'être morts piégés par le froid ou la neige dans les environs à cette époque-là, alors nous devrions également y jeter un œil.

– Je pense que nous sommes tous d'accord pour affirmer que ce n'est pas le cas ici, répondit Sigurdur Oli comme si c'était lui qui décidait, ce qui commençait à porter sur les nerfs d'Erlendur. Il est totalement exclu que cet homme, ou disons l'individu enterré là-bas se soit simplement perdu dans la nature. Il a été enterré par quelqu'un. Derrière tout cela, il y a une décision humaine.

– C'est exactement ce que je veux dire, acquiesça Erlendur, qui avait lu un grand nombre d'ouvrages concernant les disparitions lors de voyages à travers les hautes terres du centre du pays. Un homme part pour traverser la montagne. Nous sommes en plein hiver et on prévoit du mauvais temps. On fait tout pour l'en dissuader. Mais il n'écoute pas les conseils, croyant qu'il en réchappera. Ce qui frappe le plus dans les histoires de gens qui se sont fait piéger par le mauvais temps, c'est qu'ils n'écoutent jamais les conseils. Comme s'il y avait une force qui les attirait vers la mort. On dit d'eux qu'ils sont voués à la mort. Comme s'ils voulaient défier leur destin. Et qu'est-ce que vous dites de ça? Un tel s'imagine qu'il va s'en tirer. Malheureusement, la tempête s'abat bien plus violemment qu'il ne l'aurait imaginé. Il perd le sens de l'orientation. Il se perd. Finit par être recouvert par la neige et meurt de froid. Il s'est alors considérablement écarté du chemin fréquenté qu'il avait compté suivre. C'est pourquoi personne ne retrouve jamais son corps. Il est porté disparu et considéré comme mort.

Elinborg et Sigurdur Oli échangèrent un regard, se demandant de quoi Erlendur parlait exactement.

– Il s'agit là d'une disparition typiquement islandaise, qui s'explique parfaitement et que nous comprenons parce que nous vivons sur cette île et que nous savons à quel point le temps peut changer rapidement; nous savons également que l'histoire de cet homme se répète à intervalles réguliers sans que cela ne pose un problème à qui que ce soit. C'est l'Islande, se disent les gens en secouant la tête. Évidemment, il y avait beaucoup plus de cas de ce genre autrefois, lorsque les gens voyageaient à pied. Toute une littérature a été consacrée au sujet et je ne suis pas le seul à m'intéresser à la question. La façon de voyager est demeurée pratiquement identique jusqu'à une époque remontant à soixante, soixante-dix ans. Ces gens disparaissaient et, même si nul ne s'en réjouissait, leur destin était tout de même accepté dans une certaine mesure. On considérait rarement qu'il y ait là matière à une enquête policière ou criminelle.

– Où tu veux en venir? demanda Sigurdur Oli.

– Oui, c'est quoi cette conférence ? renchérit Elinborg.

– Et si, parmi tous ces gens, certains d'entre eux n'étaient jamais réellement partis dans les montagnes ?

– Comment ça ? demanda Elinborg.

– Et si, par exemple, les membres de la famille avaient dit qu'un tel ou un autre était parti dans la montagne ou à la ferme voisine ou bien poser un filet dans le lac et qu'on ne l'avait pas revu depuis ? On lance des recherches, on ne le retrouve pas et on le considère comme mort.

– Donc, tous les membres du foyer sont complices du meurtre de l'homme en question ? observa Sigurdur Oli, sceptique, en entendant la théorie d'Erlendur.

– Et pourquoi pas ? rétorqua Erlendur.

– Alors, on le poignarde, on le bat à mort, on le tue par balle et on l'enterre dans le jardin, ajouta Elinborg.

– Jusqu'à ce que Reykjavik s'étende tellement que sa tombe ne suffise plus à le dissimuler, continua Erlendur.

Sigurdur Oli et Elinborg se regardèrent, puis ils regardèrent tous les deux Erlendur.

– Benjamin avait une fiancée et celle-ci a disparu dans des circonstances troublantes, poursuivit Erlendur. A l'époque de la construction de la maison. On a dit qu'elle s'était jetée dans la mer et qu'après cet événement, Benjamin n'a plus jamais été le même homme. Apparemment, il avait le projet de révolutionner le commerce à Reykjavik mais tout s'est écroulé à la disparition de cette jeune femme et, au bout d'un certain temps, il a perdu son magasin pourtant florissant.

– Mais bon, selon ta toute dernière théorie, elle n'a pas disparu, interrompit Sigurdur Oli.

– Si, elle a bien disparu.

– Mais non, il l'a assassinée.

– J'ai la plus grande difficulté à m'imaginer une chose pareille, répondit Erlendur. J'ai lu des lettres qu'il lui avait écrites et j'ai l'impression qu'il n'aurait jamais été capable de lui faire le moindre mal.

– Alors, c'est un drame de la jalousie, avança Elinborg, parfaitement au fait des histoires d'amour à l'eau de rose. Il l'a tuée par jalousie. Apparemment, il l'a aimée d'un amour authentique. Puis enterrée à cet endroit où il n'est jamais retourné. Un point, c'est tout. Basta.

– Je pense à une chose, reprit Erlendur : n'est-ce pas une réaction quelque peu démesurée pour un homme jeune de se retirer totalement du monde parce qu'il a perdu la femme qu'il aimait ? Même si celle-ci s'est suicidée. Si je comprends bien, Benjamin n'a pas revu la lumière du jour après sa disparition. Il n'y aurait pas quelque chose derrière tout ça ?

– Il a peut-être conservé une mèche de ses cheveux ? observa Elinborg et Erlendur se dit que son esprit se trouvait encore plongé dans la littérature de gare. Peut-être à l'intérieur du cadre d'une photo ou d'un médaillon ? précisa-t-elle. S'il l'aimait à ce point.

– Une mèche ? demanda Sigurdur Oli, bouche bée.

– Il est toujours aussi stupide, commenta Erlendur, qui voyait clairement à quoi pensait Elinborg.

– Comment ça, une mèche ? répéta Sigurdur Oli.

– Ce qui aurait au moins le mérite de l'exclure, elle.

– Qui donc ? demanda Sigurdur Oli. Il les regardait à tour de rôle et avait refermé la bouche. Vous pensez à une analyse ADN ?

– Ensuite, il y a la femme sur la colline, ça serait pas mal de la retrouver, dit Elinborg.

– La femme verte, ajouta Erlendur tout bas, comme en lui-même.

– Erlendur ? interrompit Sigurdur Oli.

– Oui.

– Elle ne peut évidemment pas être verte.

– Sigurdur Oli...

– Oui ?

– Est-ce que tu me prendrais pour un imbécile ?

Sur ce, le téléphone retentit sur le bureau d'Erlendur. C'était Skarphédinn, l'archéologue.

– Voilà, nous y sommes presque, annonça Skarphédinn. Nous parviendrons sûrement à dégager le squelette d'ici deux jours.

– Deux jours ! s'écria Erlendur.

– Enfin, à peu près. Pour l'instant, nous n'avons rien trouvé qui soit susceptible d'avoir servi d'arme. Vous pensez peut-être que nous prenons beaucoup de précautions inutiles mais je crois qu'il vaut mieux faire les choses correctement. Vous ne voudriez pas venir faire un tour pour voir tout ça ?

– Si, d'ailleurs, j'allais partir vous rendre une petite visite, répondit Erlendur.

– Vous pourriez peut-être nous acheter quelques viennoiseries en route, suggéra Skarphédinn et Erlendur vit devant lui les grandes défenses jaunes.

– Des viennoiseries ? ricana Erlendur.

– Oui, des pâtisseries, précisa Skarphédinn.

Erlendur lui raccrocha au nez, demanda à Elinborg de l'accompagner à Grafarholt et à Sigurdur Oli d'aller dans la cave de Benjamin pour essayer d'y trouver quelque chose sur la maison que le commerçant avait fait construire mais dont il semblait ne plus s'être occupé après que son existence eût sombré dans le désespoir.

Pendant qu'ils faisaient route vers la colline de Grafarholt, Erlendur avait toujours l'esprit plongé dans les disparitions et pensait à tous ces gens qui se perdaient dans le mauvais temps, il se remémora l'histoire de Jon Austmann. Il avait disparu, probablement en traversant les gorges de la rivière Blanda en 1780. Son cheval avait été retrouvé la gorge tranchée mais on ne trouva rien d'autre du pauvre Jon que l'une de ses mains.

Celle-ci fut découverte à l'intérieur d'une mitaine de laine bleue.

Le père de Simon était le monstre qui hantait chacun de ses cauchemars.

Il en avait été ainsi du plus loin qu'il se souvenait. Il craignait le monstre plus que toute autre chose au monde et quand celui-ci s'en prenait à sa mère, Simon désirait par-dessus tout lui porter secours. Il s'imaginait la bataille inéluctable comme dans un livre de contes merveilleux où le chevalier terrassait le dragon crachant du feu, cependant, dans ses cauchemars, la victoire ne revenait jamais à Simon.

Le monstre qui habitait les cauchemars de Simon s'appelait Grimur. Il n'était jamais son père ou son papa, il n'était rien que Grimur.

Simon n'était pas endormi au moment où Grimur les avait flairés jusqu'au village de pêcheurs de Siglufjördur et il l'avait entendu murmurer à l'oreille de sa mère qu'il avait l'intention de tuer Mikkelina dans la montagne. Il avait vu la terreur de sa mère et il avait aussi vu quand elle avait perdu le contrôle d'elle-même et qu'elle s'était jetée sur le montant du lit de toutes ses forces avant de perdre connaissance. Cela avait un peu calmé Grimur. Il avait vu Grimur la faire revenir à elle en lui donnant des claques de temps à autre. Il avait senti l'odeur déplaisante et aigre de l'homme et s'était blotti sous la couette saisi d'un tel effroi qu'il avait prié Jésus de l'emmener avec lui au ciel.

Il n'entendait plus ce que Grimur murmurait à l'oreille de sa mère. Il n'entendait que ses plaintes à elle. Étouffées, comme celles d'un animal blessé, elles venaient se mêler aux jurons de Grimur. Il ouvrit un tout petit peu les yeux et vit Mikkelina qui le fixait à travers l'obscurité avec des yeux exorbités, prise d'une terreur indescriptible.

Simon avait cessé de prier son Dieu et il avait également cessé de parler à son grand frère Jésus, en dépit des recommandations de sa mère qui lui disait de ne jamais perdre foi en lui. Simon savait mieux qu'elle mais il avait arrêté d'en parler car il avait vu à son expression que ce qu'il disait n'était pas à son goût. Il savait parfaitement que personne et surtout pas Dieu n'allait aider sa mère à se débarrasser de Grimur. Il savait parfaitement que Dieu était le créateur omnipotent et omniscient du ciel et de la terre, que c'était Dieu qui avait créé Grimur, comme tous les autres êtres, que c'était Dieu qui maintenait le monstre en vie et qui lui permettait de s'en prendre à sa mère, de la tirer par les cheveux sur le plancher de la cuisine et de lui cracher au visage. Et puis, parfois, Grimur en avait après Mikkelina, cette satanée débile, et il battait la mère en se moquant de la fillette. D'autres fois, il s'attaquait à Simon, lui donnait des coups de pied ou des gifles d'une telle force qu'une des dents de sa gencive supérieure aurait pu se déchausser et qu'il crachait du sang.

Jésus le gentil frère. Le grand ami des enfants.

Quand Grimur affirmait que Mikkelina était une débile, il avait tort. Simon la trouvait plus intelligente que toute la famille réunie. Mais elle ne disait jamais le moindre mot. Il était persuadé qu'elle pouvait parler mais qu'elle ne voulait pas le faire. Persuadé qu'elle avait choisi le silence et convaincu que c'était parce qu'elle craignait Grimur tout autant et peut-être plus que Simon, puisque Grimur parlait parfois d'elle en disant qu'il fallait la jeter aux ordures en même temps que cette saleté de poussette parce que, de toute façon, ce n'était qu'une bonne à rien et qu'il en avait assez de la voir manger le pain qu'il gagnait sans rien donner d'autre en retour que d'être un fardeau pour la famille. Il disait aussi qu'elle faisait d'eux, de la famille et de lui-même, la risée de tous parce que c'était une imbécile.

Grimur prenait bien garde à ce que Mikkelina entende clairement et distinctement quand il tenait de tels propos et, si sa mère, malgré sa faiblesse, se risquait à tenter d'atténuer ses méchantes paroles, il se moquait également d'elle. Le fait que son beau-père l'insulte et la traite de tous les noms ne dérangeait pas Mikkelina mais elle ne voulait pas que sa mère souffre à cause d'elle. Simon le lisait dans ses yeux quand il la regardait en face. Ils s'étaient toujours bien entendus tous les deux, bien mieux que Mikkelina et le petit Tomas, qui était secret et solitaire.

Leur mère savait que Mikkelina n'avait rien d'une imbécile. Elle lui faisait constamment faire des exercices, mais seulement lorsque Grimur ne le voyait pas. Elle essayait de lui assouplir les jambes. Soulevait son bras paralysé, tout recroquevillé sur lui-même, et massait son côté insensible avec de l'huile qu'elle confectionnait à partir d'herbes cueillies sur la colline. En fait, elle pensait que Mikkelina serait un jour en mesure de marcher et la faisait avancer et reculer dans la cuisine en l'encourageant et en la félicitant.

Elle parlait toujours à Mikkelina comme si elle était parfaitement normale et avait demandé à Simon et à Tomas de faire de même. Elle la faisait participer à toutes les activités qu'ils effectuaient ensemble quand Grimur n'était pas à la maison. Elles se comprenaient, Mikkelina et elle. Et ils la comprenaient aussi, les frères. Chacun de ses mouvements, chacune des expressions de son visage. Ils n'avaient pas besoin d'avoir recours aux mots, même si, les mots, Mikkelina les connaissait, mais ne les employait jamais. Sa mère lui avait appris à lire et la seule chose qui lui plaisait plus que d'être mise dehors au soleil, c'était de lire ou bien que quelqu'un lui lise une histoire.

Puis, un beau jour, au cours de l'été où la guerre s'était abattue sur le monde, après que les Anglais se furent installés sur la colline, les mots se mirent à sortir de sa bouche. Un jour où Simon portait Mikkelina dans ses bras pour la ramener à l'intérieur de la maison après son bain de soleil. Il s'apprêtait à la remettre sur sa paillasse dans la cuisine parce que le soir commençait à tomber et que l'air se rafraîchissait sur la colline et Mikkelina, qui avait été incroyablement en forme ce jour-là, fit une grimace, ouvrit la bouche, tira la langue, toute heureuse d'avoir pu passer un moment au soleil et émit brusquement un son qui fit que sa mère laissa échapper une assiette qui alla se briser dans l'évier. Elle oublia un instant la terreur qui l'avait saisie à cause de sa maladresse et se retourna d'un bond en regardant fixement Mikkelina.

– EMAAEMAAA, répéta Mikkelina.

– Mikkelina ! s'écria sa mère.

– EMAAEMAAA, cria Mikkelina en agitant la tête, folle de joie devant l'exploit qu'elle venait d'accomplir.

La mère se dirigea vers elle comme si elle n'en croyait pas ses oreilles et regarda sa fille avec une telle intensité que Simon eut l'impression qu'elle avait les larmes aux yeux.

– Emaaemaaa, répéta Mikkelina et sa mère l'enleva des bras de Simon pour la reposer doucement et précautionneusement sur sa paillasse en lui caressant le front. Simon n'avait jamais vu sa mère pleurer auparavant. Peu importait ce que Grimur lui faisait subir, elle ne pleurait jamais. Elle hurlait de douleur et appelait à l'aide, elle lui demandait d'arrêter ou supportait la violence en silence, mais Simon ne l'avait jamais vue pleurer jusqu'alors. Il se dit qu'elle devait se sentir très mal et il la prit dans ses bras en lui disant de ne pas s'inquiéter. Que c'était la meilleure chose qui pouvait se produire dans sa vie. Il sentait qu'elle pleurait à cause de la situation dans laquelle Mikkelina se trouvait et, en même temps, à cause de ce que Mikkelina venait d'accomplir, et cela la rendait plus heureuse qu'elle ne s'était jamais autorisée à l'être.

Deux années passèrent et le vocabulaire de Mikkelina s'enrichissait constamment, elle parvenait à former des phrases complètes, le visage cramoisi par l'effort, en tirant la langue et en secouant la tête dans une tension tellement démesurée que celle-ci risquait de finir par se détacher du reste du corps affaibli. Grimur ne savait pas qu'elle pouvait parler. Mikkelina se refusait à dire quoi que ce soit en sa présence et sa mère gardait le secret car elle ne voulait pas attirer l'attention sur Mikkelina, même si c'était à son avantage. Elles faisaient comme si de rien n'était. Comme si rien n'avait changé. Simon l'avait parfois entendue parler de Mikkelina à Grimur, bien que d'une façon très hésitante, elle avait suggéré de faire appel à une aide extérieure pour la petite. Elle se déplaçait mieux et prenait des forces en grandissant, et il lui semblait que la petite était capable d'apprendre. Elle savait déjà lire et elle était en train de lui apprendre à écrire toute seule.

– C'est une débile, avait rétorqué Grimur. Ne t'imagine pas que tu as affaire à autre chose qu'une débile. Et arrête de me parler d'elle.

Ainsi, elle arrêta de parler d'elle car elle faisait tout ce que Grimur lui ordonnait de faire et Mikkelina ne bénéficia d'aucune aide extérieure, à part celle de sa mère, il y avait aussi Simon et Tomas qui l'emmenaient dehors au soleil pour jouer avec elle.

Simon n'avait pas grand-chose à dire de Grimur, d'ailleurs il fuyait son père autant que possible, cependant il arrivait parfois qu'il soit obligé de l'accompagner. A mesure que Simon grandissait, il pouvait être plus utile à Grimur qui l'emmenait en expédition à Reykjavik et lui faisait remonter des provisions à la maison. Le voyage jusqu'à la ville prenait environ deux heures en passant par la baie de Grafarvogur, puis le pont sur la rivière Ellidaá, puis le quartier du Sund et celui de Laugarnes. Parfois, ils passaient également par la côte de Háaleiti en redescendant vers le marais de Sogamyri. Simon suivait Grimur de près, ils n'étaient donc éloignés l'un de l'autre que de quatre ou cinq enjambées mais Grimur ne lui adressait jamais la parole ni ne s'occupait de lui jusqu'au moment où il le chargeait de son fardeau et le renvoyait à la maison. Le voyage de retour pouvait prendre trois ou quatre heures en fonction de la quantité de denrées que Simon devait porter. Parfois, Grimur restait en ville et ne revenait pas sur la colline plusieurs jours durant.

Il régnait alors une sorte de joie à l'intérieur de leur maison.

Au cours des voyages à Reykjavik, Simon apprit sur Grimur quelque chose qu'il mit un certain temps à appréhender et qu'il ne comprit jamais parfaitement. A la maison, Grimur se montrait taciturne, d'une humeur maussade et d'un caractère violent. Il ne supportait pas qu'on lui adresse la parole. S'exprimait comme un charretier quand il ouvrait la bouche et prenait un ton moqueur quand il parlait de ses enfants ou de leur mère ; se faisait servir et maudissait ceux qui ne se montraient pas à la hauteur. Dans ses relations commerciales, le monstre semblait tomber le masque et se transformer presque en être humain. Lors des premiers voyages en ville, Simon s'attendait à ce que Grimur se comporte ainsi qu'il le faisait toujours à la maison et se mette à cracher son fiel ou à frapper les gens. Il le redoutait, cependant la chose ne se produisit jamais. Bien au contraire. Tout à coup, on aurait dit que Grimur voulait se rendre agréable à tous. Il ronronnait de plaisir chez le commerçant, faisait des courbettes quand les gens rentraient dans la boutique et leur donnait du « monsieur » par-ci, du « madame » par-là. Plus encore, il souriait. Saluait d'une poignée de main. Parfois, quand Grimur tombait sur une connaissance dans une rue passante il avait un rire sonore et vif, bien différent de ce rire étrange, sec et grinçant dont il était parfois secoué alors qu'il battait à mort la mère des enfants. Lorsque les gens montraient Simon du doigt, Grimur lui posait la main sur la tête en déclarant que c'était son fils, eh oui, il était déjà tellement grand. Au début, Simon se penchait comme s'il s'attendait à devoir esquiver un coup et Grimur faisait une blague sur le sujet.

Cela prit à Simon un certain temps avant de saisir cette dualité difficilement compréhensible qui définissait Grimur. Il ne le reconnaissait pas sous sa nouvelle apparence. Il ne parvenait pas à comprendre comment Grimur pouvait se comporter d'une manière à la maison et d'une autre, diamétralement opposée, dès qu'il posait le pied hors du foyer. Il ne comprenait pas comment Grimur pouvait ainsi flatter les gens, se montrer peu exigeant, faire des courbettes, les appeler "monsieur alors qu'il régnait sur le monde entier et qu'il possédait un pouvoir de vie ou de mort sur tout un chacun. Quand Simon aborda le sujet avec sa mère, elle secoua la tête d'un air fatigué et lui conseilla, comme à chaque fois, de se méfier de Grimur. De faire bien attention à ne pas attiser sa colère. En réalité, que ce soit Simon, Tomas ou Mikkelina qui allument l'étincelle ou encore un événement qui, survenu pendant l'absence de Grimur, le mettait en rogne, cela ne changeait pas grand-chose, il s'attaquait généralement à la mère des enfants.

Il pouvait s'écouler des mois entre les attaques, et même presque une année entière, cependant elles ne baissaient pas en intensité et, parfois, elles étaient plus rapprochées. Quelques semaines. Elles étaient d'une violence inégale. Elles se résumaient parfois à un coup, sans aucune raison précise, mais parfois, saisi d'une véritable fureur, il faisait tomber leur mère à terre et laissait s'abattre sur elle une pluie de coups de pied.

Le mauvais esprit qui planait au-dessus de la maisonnée ne se résumait pas à de la violence physique. Les infamies qui sortaient de sa bouche produisaient le même effet que des gifles en plein visage. Les propos dégradants qu'il tenait sur Mikkelina, cette handicapée débile. Les moqueries que Tomas devait endurer parce qu'il ne parvenait pas à arrêter de mouiller son lit pendant la nuit. Ou bien celles dont Simon faisait les frais quand Grimur lui disait d'activer la cadence, à ce sale petit fainéant. Et puis, tous les mots que leur mère devait entendre et auxquels ils fermaient leurs oreilles.

Il était parfaitement égal à Grimur que les enfants le voient s'en prendre à leur mère ou la dénigrer en tenant des propos qui la blessaient comme autant de poignards.

Entre-temps, il ne leur accordait pratiquement aucune attention. Se comportait en général comme s'ils n'existaient pas. Exceptionnellement, il jouait aux cartes avec les garçons et il arrivait même qu'il laisse Tomas gagner. Parfois, le dimanche, ils allaient tous se promener jusqu'à Reykjavik et il achetait des friandises aux garçons. Exceptionnellement, il arrivait que Mikkelina les accompagne et Grimur s'arrangeait pour que le camion de charbon les prenne afin qu'ils n'aient pas à porter Mikkelina depuis la colline. Au cours de ces rares sorties, qui pouvaient être très espacées dans le temps, Simon avait l'impression que son père était presque un être humain. Qu'il était presque un père.

Les rares fois où Simon voyait en son père autre chose qu'un tyran, celui-ci lui paraissait secret et inaccessible. Il pouvait demeurer assis à la table de la cuisine, occupé à boire du café et à surveiller Tomas qui s'amusait par terre, il caressait le plateau de la table du plat de la main et demandait à Simon, qui s'apprêtait à se faufiler hors de la cuisine, de lui apporter un peu plus de café. Et pendant que Simon versait le liquide dans la tasse, il disait :

– Ça me met tellement en colère quand j'y pense.

Simon se tenait immobile, la cafetière dans la main à côté de lui.

– Tellement en colère, répétait-il, sans arrêter de caresser la table.

Simon reculait lentement et replaçait la cafetière sur la plaque de la cuisinière.

– Je suis tellement en colère quand je vois Tomas s'amuser comme ça, par terre, poursuivait-il. Je n'étais guère plus âgé que lui.

Il n'avait jamais traversé l'esprit de Simon que son père eût pu être plus jeune qu'il n'était ni qu'il ait été, à un moment quelconque, différent de ce qu'il était aujourd'hui. Tout à coup, à ce moment précis, il se transformait en enfant du même âge que Tomas et une perception entièrement nouvelle de son père s'offrait au regard de Simon.

– Vous êtes copains, toi et Tomas, n'est-ce pas ?

Simon hocha la tête.

– N'est-ce pas ? répéta-t-il et Simon répondit par un « oui ».

Son père était assis et caressait le plateau de la table.

– Nous aussi, nous étions amis.

Puis, il se tut un instant.

– C'était une femme, continua-t-il enfin. J'avais été envoyé chez elle. Au même âge que Tomas. J'y suis resté très longtemps.

Il marqua une nouvelle pause.

– Et son mari.

Il arrêta de caresser la table et serra le poing.

– Cette saloperie, cette ordure !

Simon recula doucement pour s'éloigner de lui. Puis, son père sembla recouvrer son calme.

– Je ne le comprends pas moi-même, dit-il. Et je n'arrive pas à le contrôler.

Il termina son café, se leva, alla jusqu'à la chambre à coucher et referma la porte derrière lui. En route, il attrapa Tomas et l'emmena avec lui.

Simon perçut le changement qui s'opérait chez sa mère à mesure que les années passaient, qu'il grandissait, mûrissait et que son sentiment de responsabilité se développait. Ce changement n'avait rien de subit : contrairement à ce qui se produisait chez Grimur quand il devenait tout à coup presque humain, la transformation de sa mère s'effectuait d'une façon extrêmement lente et insidieuse et s'étalait sur une longue période, de nombreuses années, cependant il en comprenait le sens, grâce à sa grande sensibilité, qui n'est pas l'apanage de tous. Il ressentait de plus en plus fortement la menace que ce changement constituait pour sa mère et Grimur lui-même, et l'engagement inévitable de sa responsabilité à lui pour mettre fin à tout cela avant qu'il ne soit trop tard. Mikkelina était d'une constitution trop frêle, quant à Tomas, il était trop petit. Il était donc le seul à pouvoir venir en aide à sa mère.

Simon parvenait difficilement à comprendre ce changement et ce qu'il portait en germe mais ce qu'il en ressentait s'était imposé à lui, plus fort que jamais, le jour où Mikkelina avait prononcé son premier mot. Les progrès de Mikkelina avaient réjoui leur mère d'une façon indicible et, l'espace d'un instant, la mélancolie qui obscurcissait son existence semblait avoir disparu quand elle s'était mise à sourire, elle avait serré Mikkelina et les deux garçons dans ses bras et qu'au cours des semaines ou des mois suivants, elle s'était occupée de faire parler la petite, se réjouissant du moindre progrès.

Pourtant, leur mère replongea très rapidement dans le même état et la mélancolie qui l'avait momentanément quittée revint l'envahir de plus belle. Elle restait parfois assise au bord du lit dans la chambre à coucher et regardait dans le vide pendant des heures, une fois le ménage terminé dans la petite maison afin qu'on n'y voie nul grain de poussière. Elle regardait dans le vide, absorbée dans une mélancolie silencieuse, les yeux mi-clos, le visage infiniment triste, infiniment seule dans ce monde. Un jour, Grimur venait de la frapper au visage et elle s'était cognée dans une porte, Simon était venu vers elle alors qu'elle tenait dans une main le gros couteau de cuisine ; elle avait tourné son autre main de façon à présenter la paume et passait lentement la lame sur son poignet. Quand elle remarqua la présence de Simon, elle lui fit un léger sourire en coin et reposa le couteau dans le tiroir.

– Qu'est-ce que tu fais avec ce couteau ? demanda Simon.

– Je vérifie s'il coupe bien. Il veut que les couteaux soient bien aiguisés.

– Il est complètement différent quand il est en ville, répondit Simon. Il n'est pas méchant, là-bas.

– Je sais.

– Là-bas, il est tout content et il sourit.

– Oui.

– Pourquoi il n'est pas comme ça à la maison ? Avec nous ?

– Je ne sais pas.

– Pourquoi il est si méchant quand il est à la maison ?

– Je n'en sais rien. Il est malheureux.

– Je voudrais qu'il soit autrement. Je voudrais qu'il soit mort.

Sa mère le regarda.

– Ne dis pas ça. Ne parle pas comme ça de ton père. Tu ne dois jamais penser à des choses pareilles. Tu n'es pas comme lui et tu ne seras jamais comme lui. Ni toi, ni Tomas. Jamais ! Tu m'entends ? Je t'interdis de penser des choses pareilles. Tu n'as pas le droit.

Simon dévisageait sa mère.

– Parle-moi du père de Mikkelina, demanda-t-il. Simon avait parfois entendu sa mère parler à Mikkelina de son papa et il s'imaginait ce qu'aurait été son monde à elle si la mort ne les avait pas séparés. Il se disait qu'il était le fils de cet homme et s'imaginait une vie de famille où son père ne serait pas ce monstre mais l'ami et le camarade qui s'occuperait de ses enfants avec amour.

– Il est mort, répondit sa mère, d'une voix nettement teintée de reproche. Et il n'y a rien à dire de plus.

– Mais il était différent, observa Simon. Tu serais différente.

– S'il n'était pas mort ? Si Mikkelina n'était pas tombée malade ? Si je n'avais pas rencontré ton père ? A quoi ça sert de penser à ces choses ?

Pourquoi il est aussi méchant ?

Il lui avait souvent posé cette question et, parfois, elle lui répondait, parfois elle gardait le silence, comme si elle avait passé des années à chercher la réponse sans en approcher. Elle regardait droit devant elle, comme s i Simon n'était plus là et qu'elle était toute seule, se parlant à elle-même, triste, lasse et distante, et rien de ce qu'elle pouvait dire ou faire n'avait le pouvoir de changer quoi que ce soit.

– Je ne sais pas. Tout ce que je sais, c'est que ce n'est pas à cause de nous. Ce n'est pas notre faute. Au début, je me reprochais tout ça. Je cherchais ce que j'avais bien pu faire de mal pour déclencher ainsi sa colère et j'essayais de me racheter. Mais je n'ai jamais su ce que c'était et quoi que je fasse, ça ne changeait rien. Il y a longtemps que j'ai cessé de me reprocher quoi que ce soit et je refuse que toi, Tomas ou Mikkelina vous sentiez coupables du mal qu'il fait. Même s'il nous insulte, même s'il nous traite de tous les noms. Ce n'est pas notre faute.

Elle fixait Simon.

– Le seul pouvoir qu'il ait dans ce monde, c'est celui qu'il a sur nous et il n'a pas envie de le lâcher. Il ne le lâchera jamais.

Simon regarda le tiroir dans lequel étaient rangés les couteaux de cuisine.

– Nous ne pouvons donc rien faire ?

– Non.

– Et tu voulais faire quoi avec le couteau, tout à l'heure ?

– Je viens de te le dire. Je vérifiais qu'il coupait bien. Il veut que les couteaux soient bien aiguisés.

Simon pardonna à sa mère le mensonge parce qu'il savait qu'elle tentait, comme toujours, de le protéger, de le défendre et de s'arranger pour que son existence subisse aussi peu que possible l'influence de cette désastreuse vie de famille.

Quand Grimur rentra à la maison ce soir-là, sale comme un charbonnier après sa journée de labeur, il était d'une humeur inhabituellement légère et se mit à raconter à la mère des enfants une histoire qu'il avait entendue à Reykjavik. Il s'assit sur un tabouret de cuisine, demanda du café et lui annonça que l'histoire la concernait. Grimur ne s'expliquait pas trop comment mais elle avait surgi dans la conversation pendant les livraisons de charbon et quelqu'un avait confirmé qu'effectivement, elle était bien l'un d'entre eux. L'un de ces fameux enfants de la fin du monde qui avaient été conçus dans le grand réservoir à gaz.

Elle tournait le dos à Grimur, préparait le café sans

dire un mot. Simon était assis à la table de la cuisine. Tomas et Mikkelina étaient dehors.

– Tu te rends compte, dans le réservoir à gaz !

Puis, Grimur fut prit d'un méchant rire entrecoupé de quintes. Il toussait parfois des crachats noirs à cause de la poussière du charbon, il avait du noir autour des yeux et sur les oreilles.

– Pendant cette débauche de fin du monde dans ce bon Dieu de réservoir à gaz ! s'écria-t-il.

– Ce n'est pas vrai, dit-elle à voix basse et Simon sursauta car, jamais, à aucun moment, il ne l'avait entendue contredire Grimur. Il fixa sa mère et son sang se glaça.

– Ils ont passé toute la nuit à forniquer dans la plus totale débauche parce qu'ils s'imaginaient que c'était la fin du monde et c'est comme ça que tu as été fabriquée, ma pauvre fille.

– C'est un mensonge, dit-elle, d'un ton plus décidé que jamais, sans lever les yeux de l'évier. Elle tournait le dos à Grimur, sa tête s'affaissa sur sa poitrine et ses frêles épaules se haussèrent légèrement, comme si elle voulait se cacher.

Grimur avait cessé de rire.

– Tu me traites de menteur ?

– Non, répondit-elle, mais ce n'est pas vrai. C'est un malentendu.

Grimur se dressa sur ses ergots.

– C'est un malentendu, répéta-t-il en imitant leur mère.

– Je sais à quelle date ce réservoir a été construit. Et je suis née avant.

– On m'a raconté autre chose sur toi. On m'a dit que ta mère faisait la putain et que ton père était clochard et qu'ils t'ont foutue à la poubelle à ta naissance.

Le tiroir à couteaux était ouvert et elle regardait à l'intérieur, Simon remarqua qu'elle fixait le grand coteau de cuisine. Elle regarda Simon avant de poser à nouveau ses yeux sur le grand couteau, alors Simon la sentit pour la première fois capable de s'en servir.

12

Skarphédinn avait fait installer une grande tente blanche qui couvrait le périmètre des fouilles et, quand Erlendur y pénétra, laissant derrière lui le soleil printanier, il constata que la tâche progressait avec une incroyable lenteur. Une surface d'environ dix mètres carrés avait été délimitée dans les fondations de la maison et le squelette y affleurait. Le bras dépassait du reste, comme avant. Deux hommes étaient accroupis, armés de petits pinceaux et de cuillers, occupés à gratter la terre qu'ils ramassaient ensuite dans des pelles.

– Vous y mettez peut-être un peu trop de minutie, non ? demanda Erlendur en voyant Skarphédinn se diriger vers lui pour le saluer. Vous n'aurez jamais fini.

– On ne prend jamais assez de précautions dans ce genre de fouilles, observa Skarphédinn d'un ton grave mais satisfait, convaincu que ses hommes obtiendraient des résultats en suivant ses méthodes de travail. Et vous, plus que quiconque, devriez en avoir conscience, ajouta-t-il.

– Est-ce que, par hasard, vous vous serviriez de cet endroit pour vos travaux pratiques ?

– Mes travaux pratiques ?

– Oui, pour les futurs archéologues ? Est-ce que ces gens-là suivent vos cours à l'université ?

– Non, bon…, Erlendur. Soit nous nous y prenons

correctement, soit nous ne faisons pas ce boulot, d'accord ?

– Finalement, ça ne presse peut-être pas tant que ça, avoua Erlendur.

– Tout ça ne va pas tarder à venir, répondit Skarphédinn en passant sa langue sur ses défenses.

– Je crois bien que le médecin légiste est en vacances en Espagne, précisa Erlendur. Il devrait rentrer en Islande d'ici quelques jours. Ça ne serait pas mal d'accélérer un peu la cadence mais ça nous laisse quand même assez de temps.

– Qui donc peut bien se trouver enterré là ? demanda Elinborg.

– Nous ne sommes toujours pas en mesure de dire s'il s'agit d'un homme ou d'une femme, d'un corps âgé ou jeune, répondit Skarphédinn. Et ce n'est peut-être pas à nous de le faire. Mais j'ai bien l'impression qu'il n'y a plus aucun doute sur le fait qu'il s'agit d'un meurtre.

– Ça pourrait être une jeune femme enceinte ? demanda Elinborg.

– La question sera bientôt tranchée, répondit Skarphédinn.

– Bientôt, c'est-à-dire ? demanda Erlendur. Pas si vous continuez à cette cadence-là.

– La patience est une vertu, mon cher Erlendur, rétorqua Skarphédinn. Une vertu.

Erlendur s'apprêtait à préciser à Skarphédinn l'endroit où il pouvait se la mettre, sa vertu, mais Elinborg l'interrompit.

– Le meurtre n'est pas forcément en rapport avec cet endroit, déclara-t-elle de façon inattendue. Elle s'était laissé convaincre par la plupart des arguments que Sigurdur Oli avait avancés, la veille, reprochant à Erlendur de s'être trop fixé sur la première idée qui lui était venue à l'esprit à propos de la découverte des

146

ossements, à savoir que celui qui gisait dans la terre à cet endroit avait vécu quelque part sur la colline, plus précisément dans une maison d'été quelconque située aux abords. D'après Sigurdur Oli, cela relevait de la pure bêtise de se concentrer sur une maison qui avait existé autrefois dans les parages et sur une famille qui y aurait habité ou pas. Erlendur était à l'hôpital quand Sigurdur Oli, consterné, avait exposé ses réserves et Elinborg était décidée à entendre ce qu'il avait à répondre.

– Il a très bien pu être assassiné, disons, dans le quartier ouest et emmené ici ensuite, observa-t-elle. Il est totalement impossible d'être sûr que le meurtre a été commis ici, sur la colline. Sigurdur Oli et moi en avons discuté hier.

Erlendur plongea sa main dans la poche de son imperméable pour y attraper son briquet et son paquet de cigarettes. Skarphédinn lui lança un regard fortement réprobateur.

– Il est strictement interdit de fumer sous la tente, observa-t-il d'un ton cassant.

– Bon, alors, nous sortons, dit Erlendur à Elinborg, ça évitera de déranger la vertu.

Ils quittèrent la tente et Erlendur s'alluma une cigarette.

– Évidemment, Sigurdur Oli et toi-même n'avez pas tort, commença-t-il. Il n'est pas du tout sûr que le meurtre, à supposer que ce soit un meurtre, ce que nous ne savons pas, a été commis ici. Je pense, continua-t-il en rejetant une épaisse bouffée de fumée, que nous avons trois théories aussi valides les unes que les autres. Tout d'abord, nous avons la fiancée de Benjamin Knudsen, qui a disparu alors qu'elle était enceinte et dont tous ont cru qu'elle s'était jetée dans la mer. Pour une raison ou pour une autre, peut-être la jalousie dont tu parles, il a tué la jeune fille avant de la dissimuler ici, à côté de sa maison, ce dont il ne s'est jamais remis. Deuxièmement, disons que quelqu'un a été assassiné à Reykjavik, voire à Keflavik ou pourquoi pas à Akranes, quelque part dans les environs de la capitale. On l'a déplacé jusqu'ici, enterré, et il a été oublié de tous. Enfin, il est possible que des gens aient habité ici sur la colline et qu'ils y aient commis un meurtre, qu'ils aient enterré le cadavre sur le pas de leur porte car il leur était impossible de se déplacer. Il peut s'agir d'un voyageur, d'un visiteur, peut-être d'un des soldats anglais présents ici pendant la guerre ou encore d'un des Américains qui ont pris la relève des Anglais, si ce n'est pas tout simplement un membre de la famille.

Erlendur laissa tomber son mégot à ses pieds et l'écrasa.

– Personnellement, mais je ne suis pas en mesure de le justifier, c'est cette théorie-là qui me séduit le plus. La théorie de la bien-aimée de Benjamin serait la plus simple si nous parvenons à la faire concorder avec les ossements. La troisième théorie est celle qui nous donne peut-être le plus de fil à retordre parce qu'il s'agirait alors d'un cas de disparition, si tant est qu'il ait été consigné dans les registres, à l'intérieur d'un large périmètre très peuplé, qui aurait eu lieu il y a de nombreuses années. Dans ce cas, toutes les possibilités sont ouvertes.

– S'il s'avère que les ossements sont accompagnés de restes de fœtus, on pourra dire alors que nous avons la réponse ? demanda Elinborg.

– Ce serait une solution très facile, comme je l'ai déjà dit. Nous avons des preuves de cette grossesse ? demanda Erlendur.

– Comment ça ?

– Nous savons quelque chose de cette grossesse ?

– Tu suggérerais que Benjamin aurait menti ? Qu'elle n'était pas réellement enceinte ?

148

– Je n'en sais rien. Elle était peut-être effectivement enceinte mais l'enfant n'aurait pas été de lui, par exemple.

– Tu penses qu'elle l'aurait trompé ?

– Nous pouvons passer un temps infini à tirer des plans sur la comète en attendant d'obtenir quelque chose de ces satanés archéologues.

– Qu'est-ce qui a pu arriver à cette personne ? soupira Elinborg à l'esprit de laquelle se présentèrent les ossements.

– Peut-être qu'elle le méritait, répondit Erlendur.

– Hein ?

– Cette personne. Enfin, on peut l'espérer. Espérons que celui à qui on a infligé un tel traitement n'était pas un pauvre innocent.

Il pensa à Eva Lind. Avait-elle mérité de se retrouver aux soins intensifs plus morte que vive ? Était-ce sa faute à lui ? Était-ce la faute de quiconque à part elle-même ? N'était-ce pas sa propre faute à elle si elle se trouvait dans cet état ? N'était-ce pas son affaire, sa saloperie de dépendance à la drogue ? Ou bien partageait-il une part de responsabilité dans l'histoire ? C'était ce dont elle était convaincue et elle le lui disait plus souvent qu'à son tour quand elle le trouvait injuste envers elle.

– Tu n'aurais jamais dû nous abandonner, lui avait-elle un jour hurlé. Tu me regardes d'un œil méprisant. Mais toi, tu ne vaux pas mieux. Tu es exactement le même genre d'épave que moi !

– Je ne te regarde pas du tout avec mépris, protesta-t-il mais ses mots ne parvinrent pas aux oreilles d'Eva Lind.

– Tu me regardes de haut comme si j'étais une crotte de chien, hurla-t-elle. Comme si tu valais mieux que moi. Comme si tu étais mieux que moi et plus malin. Comme si tu étais mieux que moi, que maman et que

Sindri ! Tu te tires de la maison comme un monsieur sans nous accorder un regard. Comme si tu étais, comme si tu te prenais pour un putain de *fucking* Dieu le père.

– J'ai essayé...

– T'as essayé, mon cul ! T'as essayé quoi ? Que dalle. Vraiment que dalle ! Tu t'es cassé comme un pauvre type.

– Je n'ai jamais eu pour toi le moindre mépris, protesta-t-il. C'est faux. Je ne comprends pas pourquoi tu me reproches ça.

– Évidemment que si. C'est pour ça que t'es parti. Parce qu'on est pas intéressants. Qu'on est tellement chiants que tu nous supportais pas. T'as qu'à demander à maman ! Elle en sait quelque chose. Elle dit que tout ça, c'est ta faute à toi. Absolument tout. De ta faute. Et aussi comment je suis, moi. Alors, qu'est-ce qu'on en dit, Monsieur Putain de *Fucking* Dieu le père ?

– Ce que dit ta mère n'est pas toujours parole d'Évangile. Elle est en colère et pleine d'amertume...

– En colère et pleine d'amertume ! Si tu pouvais savoir à quel point elle est en colère et pleine d'amertume, à quel point elle nous déteste à mort toi et nous, les enfants parce que ce n'est pas sa faute à elle si tu t'es cassé, vu qu'elle se prend pour une *fucking* Vierge Marie. C'est notre faute à NOUS. A moi et à Sindri. Tu piges, espèce de gros connard ? Est-ce que tu piges, gros con...

– Erlendur ?

– Oui, quoi ?

– Tout va bien ?

– Oui, très bien.

– Je vais aller voir la fille de Robert. (Elinborg se tenait devant Erlendur et lui passait la main devant les yeux comme s'il était tombé en transe.) Et toi, tu ne vas pas à l'ambassade du Royaume-Uni ?

– Hein ? (Erlendur revint à lui.) Oui, on va faire comme ça, répondit-il d'un air absent. Et, Elinborg…

– Oui.

– Arrangeons-nous pour que le médecin-chef vienne faire un tour pour examiner les os quand ils apparaîtront enfin. Skarphédinn n'y connaît rien. Plus ça va, plus il me fait penser à un imbécile sorti des contes de Grimm.

13

Avant de se rendre à l'ambassade britannique, Erlendur fit un détour par le quartier des Vogar et gara sa voiture à proximité de l'appartement en sous-sol où avait autre-fois habité Eva Lind, d'où il était parti à sa recherche. Il pensa à l'enfant dont le corps portait des traces de brûlures, qu'il avait découvert dans l'appartement. Il avait appris que ce dernier avait été enlevé à sa mère et confié à la protection des mineurs et il savait que l'homme qui habitait avec la femme était le père de l'en-fant. Une enquête rapide avait permis de découvrir que la mère avait été admise aux urgences à deux reprises au cours de l'année précédente, la première fois pour un bras cassé et la seconde pour des blessures multiples qu'elle affirmait avoir reçues dans un accident de voiture.

Une seconde enquête rapide fit apparaître que l'homme en question n'était pas inconnu des services de police. Mais pas pour des actes de violence. Il était sous le coup d'accusations pour vol avec effraction et revente de drogue et attendait de passer en jugement. Il avait même fait un séjour en prison pour un ensemble de petits forfaits. Parmi lesquels un hold-up manqué dans un bureau de tabac.

Erlendur resta un long moment assis dans sa voiture à surveiller la porte de l'appartement. Il se calmait en fumant et s'apprêtait à s'en aller quand la porte s'ouvrit. Un homme en sortit, suivi du nuage de fumée d'une cigarette qu'il jeta dans le jardin devant l'immeuble. C'était un homme de taille moyenne, de constitution robuste, avec de longs cheveux noirs, vêtu de noir des pieds à la tête. Son apparence correspondait parfaitement au signalement des rapports de police. L'homme disparut au coin de l'immeuble et Erlendur s'éloigna en voiture.

La fille de Robert vint accueillir Elinborg à la porte. Elinborg avait appelé pour prévenir de son arrivée. La femme s'appelait Harpa et était clouée dans une chaise roulante, ses jambes sans vie étaient d'une extrême finesse mais le haut du corps et les bras étaient robustes. Elinborg sursauta presque quand la femme ouvrit la porte mais elle ne fit aucun commentaire et la femme l'invita à entrer. Elle laissa la porte ouverte et Elinborg referma derrière elle. L'appartement, petit mais confortable, était spécialement aménagé pour sa propriétaire, la cuisine et les toilettes munies des équipements nécessaires ainsi que le salon, où les bibliothèques ne faisaient qu'un mètre de haut.

– Je vous présente toutes mes condoléances pour votre père, dit Elinborg d'un ton honteux en suivant Harpa jusqu'au salon.

– Merci beaucoup, répondit la femme en chaise roulante. Il était extrêmement âgé, vous savez. J'espère bien ne pas devenir aussi vieille que lui. Je ne voudrais surtout pas finir mes jours malade dans une institution et attendre des années avant de mourir. En n'étant plus que l'ombre de moi-même.

– Nous sommes à la recherche de personnes qui auraient pu habiter dans une maison d'été située sur la butte de Grafarholt, sur le versant nord, annonça Elinborg. Non loin de la maison que vous possédez là-haut. C'était aux alentours de la guerre ou même pendant la guerre. Nous avons interrogé votre père juste avant son décès et il a mentionné une famille dont il se souvenait mais, malheureusement, il n'a pas pu nous en dire beaucoup plus.

Elinborg pensa au masque devant le visage de Robert. A sa détresse respiratoire et à ses mains exsangues.

– Vous m'aviez parlé d'ossements, dit Harpa en relevant la mèche de cheveux qui lui était tombée sur le front. Ceux dont il a été question à la télévision.

– Oui, nous avons découvert un squelette dans ce périmètre et nous essayons toujours de découvrir l'identité de cette personne. Vous vous souvenez de la famille que votre père a mentionnée ?

– J'avais sept ans quand la guerre est arrivée en Islande, répondit Harpa. Je me rappelle bien les soldats à Reykjavik. Nous habitions dans la rue Laugavegur mais à l'époque, je n'avais pas conscience de grand-chose. Ils étaient aussi présents là-haut, à Grafarholt. Sur le versant sud. Ils y avaient construit des baraquements et un fortin. Il y avait un gros canon qui dépassait d'une meurtrière. C'était vraiment très exagéré, tout ça. Nous avions l'interdiction d'aller là-bas, moi et mon frère. Je me souviens qu'il y avait des clôtures tout autour. Des barbelés. Nous n'allions pas souvent de ce côté-là. Nous passions pas mal de temps dans la maison de campagne que papa construisait mais c'était surtout en été et, bien sûr, il y avait des gens avec lesquels nous faisions un peu connaissance dans les maisons alentour.

– D'après votre père, il y avait trois enfants dans la maison qui m'intéresse. Ils auraient pu être du même âge que vous. (Elinborg quitta les yeux de Harpa et regarda le fauteuil.) Enfin, votre mobilité était peut-être bien réduite.

– Non, non, répondit Harpa en donnant une tape sur le fauteuil. C'est arrivé plus tard. Accident de voiture.

J'avais la trentaine. Enfin, je ne me souviens pas de la présence d'enfants sur la colline. Je me souviens d'autres enfants, dans d'autres maisons d'été, mais pas là-haut.

– Il y a des groseilliers à côté là où se trouvait cette maison et non loin de l'endroit où les ossements ont été découverts. Votre père a parlé d'une femme qui venait souvent se promener dans les environs plus tard. Elle venait souvent, enfin, je pense que c'est ce qu'il a dit, probablement habillée en vert, et elle était tordue.

– Tordue ?

– C'est ce qu'il a dit ou plutôt écrit.

Elinborg saisit la feuille sur laquelle Robert avait écrit et la tendit à Harpa.

– Apparemment, c'était à l'époque où vous possédiez encore cette maison, continua Elinborg. Si j'ai bien compris, vous l'avez revendue dans les années 70.

– En 1972, précisa Harpa.

– Vous avez remarqué cette femme ?

– Non, et je n'ai jamais entendu papa en parler. Je suis vraiment désolée de ne vous être d'aucune utilité mais je n'ai jamais vu cette femme et je ne me souviens de personne à l'endroit dont vous parlez.

– Vous avez une idée de ce que votre père voulait dire par ce mot ? Tordue ?

– Simplement ce que ça veut dire. Il disait toujours ce qu'il pensait et rien de plus. C'était un homme d'une grande précision. Un homme bon. Bon avec moi. Après l'accident. Et aussi lorsque mon mari m'a quittée. Il a supporté ça trois ans, après l'accident, et puis, ensuite, il est parti.

Elinborg eut l'impression qu'elle souriait, mais c'était tout sauf un sourire qu'il fallait lire sur son visage.

L'employé de l'ambassade de Grande-Bretagne à Reykjavik reçut Erlendur avec une telle courtoisie et une telle obséquiosité qu'Erlendur en vint presque à faire des révérences. Il annonça qu'il était secrétaire. Extrêmement grand et maigre, vêtu d'un costume trois-pièces indescriptible et de bruyantes chaussures vernies, celui-ci s'exprimait dans un islandais quasiment parfait à la grande joie d'Erlendur qui parlait mal l'anglais et ne comprenait pas grand-chose à cette langue. Il poussa un soupir de soulagement en constatant que ce serait le secrétaire et non lui-même qui se trouverait infantilisé dans leur conversation.

Son bureau était tout aussi indescriptible que l'homme lui-même et Erlendur pensa à son bureau au poste de police, qui semblait constamment avoir été victime d'une attaque à la bombe. Le secrétaire – je vous en prie, appelez-moi simplement Jim, dit-il – lui offrit un siège.

– La décontraction dont vous faites preuve ici, en Islande, me séduit beaucoup, précisa Jim.

– Vous habitez ici depuis longtemps ? demanda Erlendur qui ne savait pas exactement pourquoi il se comportait subitement comme une commère devant une tasse de thé.

– Oui, presque vingt ans, répondit Jim en hochant la tête. Je vous remercie de votre question. Et le hasard veut que je m'intéresse de près à la Seconde Guerre mondiale. Je veux dire, la Seconde Guerre mondiale en Islande. J'ai écrit un mémoire de DEA sur la question à la London School of Economics. Quand vous avez téléphoné en me parlant de ces baraquements, je me suis dit que je pouvais sûrement vous aider.

– Vous maîtrisez très bien la langue islandaise.

– Je vous remercie. Ma femme est islandaise.

– Alors, ces baraquements ? demanda Erlendur afin d'en venir au fait.

– Eh bien, je n'ai pas eu beaucoup de temps mais j'ai trouvé des documents sur les baraquements que nous avons construits pendant la guerre dans les archives de l'ambassade. Peut-être faudrait-il effectuer des recherches plus précises. Je vous laisse juge. En tout cas, il y avait quelques-uns de ces bâtiments sur la colline de Grafarholt, à l'endroit où se trouve aujourd'hui le golf.

Jim prit quelques papiers sur la table et les feuilleta.

– Il y avait aussi là-bas, comment on appelle ça, un fortin ? Ou bien une canonnière ? Une tour. Avec un canon impressionnant. Un détachement du 16e régiment d'infanterie était chargé du fortin mais je n'ai pas encore découvert les noms de ceux qui se trouvaient dans les baraquements. Il me semble qu'il y avait également un entrepôt à provisions. Pourquoi cet entrepôt se trouvait-il à Grafarholt, je ne le sais pas vraiment, en tout cas, il y avait des baraquements et des fortins un peu partout, en allant vers la vallée de Mosfellsdalur, vers le fjord de Kollafjördur et celui de Hvalfjördur.

– Nous enquêtons à propos d'une disparition qui aurait eu lieu sur la colline, comme je vous l'ai expliqué au téléphone. Vous avez connaissance de soldats qui auraient été déclarés manquants là-haut ?

– Vous pensez qu'il est possible que les ossements que vous avez trouvés soient ceux d'un soldat britannique ?

– Il n'y a peut-être pas beaucoup de chances que ce soit le cas mais nous pensons que l'homme à qui appartenaient ces os a été enterré là-bas pendant la guerre et, puisque les Anglais se trouvaient sur les lieux, il serait intéressant de pouvoir, tout du moins, les exclure.

– Je vais essayer de vérifier ça pour vous mais je ne sais pas combien de temps ce type de documents est conservé. Par la suite, je crois que ce sont les Américains qui ont pris le relais à la base comme ils l'ont fait avec tout le reste quand nous sommes repartis en 1941. La plupart de nos soldats ont été renvoyés d'Islande mais pas tous.

– Donc, ce sont les Américains qui ont occupé cette base ?

– Je vais vérifier. Je peux aussi demander à l'ambassade des États-Unis et voir ce qu'ils en disent. Ça vous fera économiser du temps.

– Vous aviez une police militaire en Islande, n'est-ce pas ?

– Oui, c'est exact. Il vaudrait peut-être mieux commencer par là. Ça prendra quelques jours. Tout au plus quelques semaines.

– Nous avons tout notre temps, dit Erlendur en pensant à Skarphédinn sur la colline.

Sigurdur Oli s'ennuyait ferme à fouiller la cave de Benjamin. Elsa l'avait accueilli à la porte, accompagné à la cave et laissé seul. Pendant quatre heures, il avait retourné placards, tiroirs et caisses de toutes sortes sans savoir au juste ce qu'il recherchait. Son esprit était bien souvent occupé par Bergthora et il se demandait si elle serait toujours pleine de cette fougue qui ne la quittait pas depuis des semaines quand il rentrerait à la maison. Il avait fini par décider de lui demander clairement s'il y avait une raison précise à cet appétit féroce et si celle-ci n'était pas un désir d'enfant. Mais il savait qu'il se heurterait alors à un autre problème qu'ils avaient déjà parfois abordé sans aboutir à une conclusion : le moment n'était-il venu de convoler en justes noces ?

Voilà la question qui brûlait les lèvres de Bergthora entre les baisers passionnés qu'elle lui donnait. En fait, il n'avait toujours pas d'opinion sur la question et s'employait à éviter d'y penser. Le fil de sa pensée pourrait se résumer ainsi : leur cohabitation se passait très bien. L'amour s'épanouissait. Pourquoi détruire tout cela par un mariage ? Tout ce tralala. L'enterrement de la vie de garçon. La cérémonie à l'église. Et tous ces invités. Les préservatifs accrochés au tablier de la mariée. Cette infinie vulgarité. Bergthora, de son côté, ne voulait pas entendre parler de ces conneries de mariage civil. Elle parlait de feux d'artifice et de souvenirs inoubliables susceptibles de réchauffer leurs vieux jours. Sigurdur Oli toussotait d'hésitation. Il était trop tôt pour penser à la vieillesse. Le problème était intact et c'était visiblement à lui de le résoudre mais il n'avait pas la moindre idée de ce qu'il voulait à part deux choses : il ne voulait pas se marier à l'église et ne voulait pas non plus froisser Bergthora.

Il lut quelques-unes des lettres d'amour de Benjamin K. et, tout comme Erlendur, perçut l'amour authentique et l'affection que celui-ci ressentait à l'égard de la jeune femme qui, un jour, s'était évanouie des rues de Reykjavik et dont les gens avaient dit qu'elle s'était jetée dans la mer. Ma chère adorée. Mon aimée. Comme tu me manques.

Tout cet amour, se demanda Sigurdur Oli.

Était-il capable d'aller jusqu'au meurtre ?

La plupart des documents concernaient le magasin Knudsen et Sigurdur Oli avait perdu tout espoir de mettre la main sur quoi que ce soit d'utile lorsqu'il tira une feuille d'un vieux classeur marqué de cette étiquette :

> *Höskuldur Thorarinsson*
> *Avance sur loyer / Grafarholt*
> *8 couronnes.*
> *Sign : Benjamin Knudsen.*

Erlendur sortait de l'ambassade lorsque son portable retentit.

– J'ai trouvé un locataire, annonça Sigurdur Oli. Enfin, je pense.

– Hein ? demanda Erlendur.

– Là-haut, dans la maison d'été. Je sors de la cave de Benjamin. Je n'ai jamais vu un tel bordel de toute ma vie. J'ai trouvé une petite note qui tendrait à indiquer qu'un certain Höskuldur Thorarinsson payait le loyer pour la maison de Grafarholt.

– Höskuldur ?

– Oui, Thorarinsson.

– Quelle date figure sur le papier ?

– Il n'y a aucune date. Même pas une année. Le papier en question est une facture du magasin Knudsen. La quittance de loyer est écrite derrière. Signée de la main de Benjamin. J'ai également trouvé des factures pour quelque chose qui pourrait bien être des matériaux pour la maison. Tout est mis sur le compte du magasin et sur ces factures-là, il y a une date. 1938. Il est possible qu'il ait achevé ou, en tout cas, entrepris la construction de la maison à cette époque-là.

– En quelle année sa fiancée a disparu ?

– Attends un peu, j'ai noté ça dans mes papiers.

Erlendur attendait que Sigurdur Oli ait regardé. Il avait l'habitude de prendre des notes pendant les réunions, ce qu'Erlendur n'avait jamais intégré. Il entendit Sigurdur Oli feuilleter avant de reprendre le téléphone.

– Elle a disparu en 1940. Au printemps.

– Benjamin construit leur maison d'été jusqu'à ce moment-là puis il arrête les travaux et la met en location.

– Et Höskuldur est l'un des locataires.

– Tu ne trouves rien d'autre sur ce Höskuldur ?

– Non, pas pour l'instant. On ferait mieux de commencer par lui, non ? demanda Sigurdur Oli, espérant enfin échapper à la cave.

– Je vais m'occuper de ce Höskuldur, répondit Erlendur

160

avant d'ajouter, au grand dam de Sigurdur Oli : essaie de dénicher un peu plus de choses sur lui ou d'autres locataires dans ce fatras. Puisqu'il y a une note comme celle-là, il pourrait y en avoir d'autres.

14

Après avoir quitté l'ambassade, Erlendur resta assis un long moment au chevet d'Eva Lind en se creusant les méninges pour trouver un sujet dont il pourrait lui parler. Il n'avait pas la moindre idée de ce qu'il devait dire à sa fille. Il fit quelques tentatives, sans grand résultat. A plusieurs reprises, depuis que le médecin lui avait expliqué qu'il était bénéfique de parler à Eva Lind, il avait réfléchi à ce qu'il pourrait bien lui dire sans jamais trouver.

Il se mit à parler du temps mais ne tarda pas à abandonner. Il décrivit Sigurdur Oli en lui précisant qu'il avait l'air très fatigué ces jours-ci. Mais il n'y avait pas grand-chose d'autre à dire à son sujet. Il essaya de trouver quelque chose à lui dire sur Elinborg mais abandonna également. Il lui parla de la femme que Benjamin Knudsen avait aimée et dont les gens avaient affirmé qu'elle s'était jetée dans la mer, des lettres d'amour qu'il avait trouvées dans la cave de cet homme.

Il lui raconta qu'il avait vu sa mère assise à son chevet.

Puis il se tut.

– Enfin, qu'est-ce que vous avez, toi et maman ? lui avait demandé Eva Lind un jour qu'elle était venue le voir. Pourquoi vous ne vous parlez pas ?

Elle était venue accompagnée de Sindri Snaer mais celui-ci n'était pas resté longtemps et il les avait laissés, elle et lui, dans l'obscurité. C'était en décembre et la radio passait des chants de Noël qu'Erlendur avait arrêtés mais qu'Eva Lind avait remis, elle avait envie de les écouter. Elle était enceinte de quelques mois, avait arrêté la drogue et, comme à chaque fois qu'elle se retrouvait avec lui, elle parlait de la famille qu'elle n'avait pas. Sindri Snaer n'en parlait jamais, il ne mentionnait ni sa mère ni sa sœur ni ce qui n'avait jamais existé. Il se montrait silencieux et passif quand Erlendur lui adressait la parole. Il se fichait de son père. C'était en cela que résidait la différence entre le frère et la sœur. Eva Lind, elle, voulait vraiment connaître son père et n'hésitait pas à le mettre face à ses responsabilités.

– Avec ta mère ? avait répondu Erlendur. On pourrait éteindre ces chansons de Noël ? dit-il, essayant de gagner du temps. Les questions qu'Eva Lind lui posait sur le passé le mettaient toujours dans l'embarras. Il ne savait que lui répondre sur ce bref mariage, les enfants qu'il avait eus et la raison qui l'avait poussé à partir. Il n'avait pas réponse à toutes ses questions et cela la mettait toujours en colère. Elle était très susceptible en ce qui concernait sa famille.

– Non, j'ai envie d'écouter ces chansons de Noël, répondit Eva Lind pendant que Bing Crosby continuait à chanter les Noëls blancs. Je ne l'ai jamais, absolument jamais, entendue dire le moindre bien de toi mais, quand même, elle a bien dû voir quelque chose en toi. Au moins au début. Quand vous vous êtes connus. C'était quoi ?

– Tu le lui as demandé ?

– Oui.

– Et qu'est-ce qu'elle en dit ?

– Rien. Car alors, il faudrait qu'elle dise du bien de

toi et elle n'y arrive pas. Elle ne supporte pas qu'on puisse dire du bien de toi. C'était quoi ? Pourquoi vous vous êtes mis ensemble ?

– Je n'en sais rien, répondit Erlendur sans mentir. Il essayait d'être honnête. Nous nous sommes rencontrés dans un bar. Je ne sais pas. Tout cela n'avait rien de prévu. C'est simplement arrivé, c'est tout.

– Mais toi, tu pensais quoi ?

Erlendur ne lui répondait pas. Il pensait à ces enfants qui ne connaissent jamais vraiment leurs parents. Qui ne parviennent jamais à savoir qui ils sont en réalité. Ces enfants qui faisaient irruption dans la vie de leurs parents quand celle-ci était déjà à moitié écoulée et qu'ils ne savaient rien d'eux. Qu'ils ne voyaient en eux rien d'autre que la figure du père, de la mère, celle de l'autorité ou encore la figure tutélaire. Et ne découvraient jamais le secret qu'ils conservaient ensemble ou chacun de leur côté, ce qui avait pour conséquence de rendre les parents aussi étrangers à leurs enfants que tous les autres gens croisés sur leur chemin. Il pensait à la façon dont les parents maintenaient parfois leurs enfants à distance jusqu'à ce que leurs relations se résument à des comportements convenus et polis, minées par le mensonge né de l'expérience commune bien plus que construites sur un amour authentique.

– Alors, qu'est-ce que tu avais en tête ?

Les questions d'Eva Lind rouvraient autant de petites blessures qu'elle triturait constamment.

– Je n'en sais rien, répondit Erlendur en la maintenant à distance, comme il l'avait toujours fait. Elle le sentait parfaitement. Peut-être même se livrait-elle à ce petit jeu afin d'éprouver ce sentiment. Afin d'en avoir la confirmation. De sentir à quel point il était éloigné d'elle et de mesurer le chemin qui lui restait à parcourir avant de comprendre son père.

– Tu as bien dû lui trouver quelque chose, non ?

D'ailleurs, comment aurait-elle pu le comprendre alors qu'il ne se comprenait parfois pas lui-même.

– Nous nous sommes rencontrés dans un bar, répétat-il. Et, dans ce genre de situation, on n'imagine pas que la relation ait de l'avenir.

– Et puis, tu es simplement parti.

– Non, je ne suis pas simplement parti, contredit Erlendur. Ce n'est pas comme ça que ça s'est passé. J'ai fini par m'en aller et l'histoire était terminée. Nous n'y étions pour rien… Enfin, je ne sais pas. Peut-être n'existe-t-il pas de recette ? Et si elle existe, nous ne l'avons pas trouvée.

– Mais, ce n'est pas terminé, observa Eva Lind.

– Non, en effet, répondit Erlendur. Il écoutait Crosby à la radio. Il suivit par la fenêtre la chute nonchalante d'un gros flocon de neige jusqu'à terre. Observa sa fille. Les anneaux qu'elle avait dans l'arcade sourcilière, la petite perle en acier fichée dans son nez. Ses Rangers reposant sur la table du salon. Ses ongles en deuil. Son ventre qui pointait et avait commencé à grossir sous le T-shirt noir.

– Ce n'est jamais terminé, conclut-il.

Höskuldur Thorarinsson habitait chez sa fille dans le petit appartement en sous-sol d'une maison individuelle du quartier résidentiel d'Arbaer et on l'entendait dire qu'il s'en tirait bien financièrement. Il était de petite taille, agité et vif, des cheveux gris et une barbe argentée autour d'une petite bouche, vêtu d'une chemise de travail à carreaux et d'un pantalon de velours d'un brun passé. C'est Elinborg qui l'avait trouvé. Le registre de la population ne mentionnait pas beaucoup d'Höskuldur susceptibles d'être à la retraite. Elle appela la plupart d'entre eux, quel que soit leur lieu de résidence en Islande, et ce Höskuldur-là, qui vivait à Arbaer, avait dit que, ma foi, il croyait bien avoir loué auprès de Benjamin Knudsen, ce pauvre homme, il était bien à plaindre. Il s'en rappelait très bien, même s'il n'avait pas occupé la maison bien longtemps.

Erlendur et Elinborg se trouvaient assis dans son salon, Höskuldur avait lancé le café et ils avaient discuté de choses et d'autres : il était de Reykjavik, oui, il y était né et toujours resté mais maintenant, avec ces salauds de conservateurs au gouvernement qui tuaient à petit feu les pauvres retraités comme tous ces autres malheureux qui ne peuvent pas subvenir à leur besoins, enfin... Erlendur décida de mettre fin à la logorrhée du bonhomme.

– Pour quelle raison avez-vous déménagé sur la colline ? A cette époque-là, pour quelqu'un de Reykjavik, ce n'était pas loin dans la campagne ?

– Oh que oui ! répondit Höskuldur en servant le café dans les tasses. Mais bon, il n'y avait pas d'autre solution. En tout cas, pas pour moi. On ne trouvait pas le moindre logement à Reykjavik à cette époque. Le plus petit cagibi était occupé, pendant la guerre. D'un seul coup, tous ces gens venus de la campagne ont pu gagner des pièces sonnantes et trébuchantes au lieu de travailler pour du fromage blanc et de l'eau-de-vie. Faute de mieux, les gens dormaient dans des tentes. Le prix des loyers a monté en flèche et j'ai déménagé là-haut. Dites-m'en un peu plus sur ces ossements que vous avez découverts.

– Vous êtes parti quand, là-haut ? demanda Elinborg.

– Ça doit remonter à 1943, si je me souviens bien. Ou à 1944. A l'automne, je crois. Au milieu de la guerre.

– Et vous y avez habité combien de temps ?

– Un an. Jusqu'à l'automne suivant.

– Et vous y viviez seul ?

– Non, avec ma femme. Pauvre Elly. Paix à son âme.

– A quand remonte son décès ?

– Il y a trois ans. Vous imaginez que je l'aurais enterrée sur la colline ? Ma chère, ai-je franchement l'air d'un assassin ?

– Dans les registres, nous ne trouvons trace d'aucun habitant officiellement domicilié dans cette maison, continua Elinborg sans répondre à sa question. Ni de vous, ni de qui que ce soit d'autre. Votre domicile officiel n'était donc pas cette adresse ?

– Je ne me rappelle pas vraiment. A l'époque, nous n'allions pas signaler les changements au registre de la population. Nous nous retrouvions constamment à la rue. Il se trouvait toujours des gens pour payer mieux que nous jusqu'à ce que j'aie vent de la maison d'été de Benjamin et que je lui en parle. Les locataires qui occupaient la maison venaient de partir et il a vu mon désarroi.

– Vous savez quel genre de locataires c'était ? Ceux qui vous ont précédés ?

– Non, mais je me souviens que l'endroit était en parfait état à notre arrivée. (Höskuldur vida sa tasse de café, la remplit à nouveau et en avala une gorgée.) Tout était d'une propreté impeccable.

– Comment ça, d'une propreté impeccable ?

– Oui, je me rappelle qu'Elly avait les mots justes pour décrire la maison. Elle l'adorait. Tout avait été décapé, astiqué, et on n'y trouvait pas un grain de poussière. On avait l'impression d'arriver dans un hôtel. Ce n'est pas que nous étions des dégoûtants. Loin de là. Mais cette maison était particulièrement bien entretenue. C'était probablement l'œuvre d'une femme au foyer qui s'y connaissait en ménage, disait toujours ma chère Elly.

– Donc, vous n'avez nulle part remarqué de traces de lutte ou de quelque chose de ce genre ? interrompit Erlendur qui avait gardé le silence jusqu'alors. Comme, par exemple, des traces de sang sur les murs ?

Elinborg le dévisagea. Était-il en train de se moquer du bonhomme ?

– Du sang ? Sur les murs ? Non, il n'y avait pas de sang.

– Et tout était en parfait état ?

– Oui, en parfait état. Absolument.

– Il y avait des arbustes à côté de la maison, à l'époque où vous l'occupiez ?

– Il y avait des groseilliers, oui. Je m'en rappelle très bien parce qu'ils portaient des fruits cet automne-là et nous avons même fait de la gelée avec les baies.

– Ce n'est pas vous qui les avez plantés ? Ou bien Elly, votre femme ?

– Non, ce n'est pas nous. Ils étaient déjà là à notre arrivée.

– Vous n'avez pas la moindre idée sur l'identité de la personne que nous avons retrouvée dans la terre là-bas ? demanda Erlendur.

– C'est ça qui vous amène ? Vous êtes venus ici pour me demander si j'ai tué quelqu'un ?

– Nous pensons qu'un corps humain a été enterré à cet endroit pendant la guerre ou à une époque voisine, expliqua Erlendur. Mais vous n'êtes soupçonné d'aucun meurtre, loin de là. Vous avez parlé des locataires précédents avec Benjamin ?

– De fait, répondit Höskuldur. J'ai mentionné à quel point la maison avait été bien entretenue un jour que j'étais venu lui payer le loyer et j'ai fait des compliments sur les gens qui étaient passés avant nous. Il n'a pas semblé y accorder la moindre attention. C'était un homme extrêmement secret. Il a perdu sa femme. Elle s'est jetée dans la mer, enfin, à ce qu'on m'a dit.

– Sa fiancée. Ils n'étaient pas mariés. Vous vous souvenez de la présence des Anglais sur la colline ? demanda Erlendur. Ou plutôt des Ricains, à cette époque tardive de la guerre.

– Ça grouillait d'Anglais de tous les côtés, après leur arrivée en 1940. Ils ont construit des baraquements sur l'un des versants de la colline et avaient même un canon censé défendre la ville de Reykjavik. Personnellement, j'avais l'impression que c'était une plaisanterie mais Elly m'a dit de ne pas rigoler avec ça. Ensuite, les Anglais sont partis et les Américains les ont remplacés sur la colline. C'étaient eux qui s'y trouvaient quand je suis arrivé. Les Anglais étaient partis depuis belle lurette.

– Vous en avez fréquenté certains ?

– Cela se réduisait au minimum. Ils ne se mélangeaient pas. Enfin, ils ne sentaient pas aussi mauvais que les Anglais, comme disait ma chère Elly. Ils étaient bien plus propres et bien plus beaux. Disons, plus chics. Chez eux, tout était plus chic. Comme dans les films. Avec Clark Gable ou Cary Grant.

Grant était britannique, pensa Erlendur mais il n'avait pas envie de corriger ce monsieur-je-sais-tout. Il constata qu'Elinborg ne relevait pas non plus l'erreur.

– Leurs baraquements étaient aussi mieux construits, continua Höskuldur, enflammé. Nettement mieux que ceux des Anglais. Les Amerloques faisaient une dalle en béton, c'était pas comme les Rosbifs qui prenaient du bois pourri. L'espace habitable était bien mieux. Comme tout ce que les Amerloques touchaient. Tout était plus propre et nettement mieux.

– Vous savez qui vous a remplacés quand Elly et vous avez quitté la maison ? demanda Erlendur.

– Oui, nous leur avons fait visiter la maison. C'était un ouvrier de Gufunes, il était marié, avait deux enfants et un chien. Des gens délicieux mais je serais incapable de me rappeler leur nom, même sous la torture.

– Et vous savez quelque chose sur les gens qui occupaient la maison avant de vous la laisser dans cet état aussi impeccable ?

– Rien de plus que ce que Benjamin m'en a dit quand je lui ai raconté à quel point ils avaient pris soin de sa maison en lui promettant de ne pas être en reste par rapport à eux.

Erlendur tendit l'oreille et Elinborg se redressa sur sa chaise. Höskuldur se tut un instant.

– Oui, dit Erlendur.

– Ah, ce qu'il a dit ? C'était à propos de la femme.

Höskuldur fit une nouvelle pause et avala une gorgée de café. Erlendur attendait, impatient, qu'il continue son récit. L'excitation d'Erlendur n'avait pas échappé à Höskuldur qui savait qu'il tenait le policier. Un peu comme s'il avait glissé un gâteau sec dans le gosier d'un chien et que celui-ci attendait maintenant le signal, en remuant la queue.

– C'était rudement étonnant, je vais vous dire, reprit Höskuldur. Décidément, ces policiers n'allaient pas rentrer bredouilles de chez lui. Non, non, pas de ça chez Höskuldur. Il reprit une gorgée de café en prenant tout son temps.

Dieu du ciel, pensa Elinborg, est-ce que ce satané bonhomme va se décider à cracher le morceau ? Elle commençait à en avoir assez de ces vieilles badernes qui lui claquaient entre les doigts ou bien s'épanchaient en long et en large sur leur vieillesse et leur solitude.

– Il croyait que son mari la dérouillait.

– Qu'il la dérouillait ? répéta Erlendur.

– Oui, comment appelle-t-on ça aujourd'hui ? Violences conjugales ?

– Il frappait sa femme ? demanda Erlendur.

– C'est ce que Benjamin affirmait. Que c'était l'une de ces saletés qui battent leur femme et même leurs enfants. Moi, je n'ai jamais levé la main sur mon Elly chérie.

– Il a mentionné le nom de ces gens ?

– Non, ou s'il l'a fait, il y a belle lurette que je l'ai

oublié. Mais il m'a raconté une autre chose à laquelle j'ai souvent pensé par la suite. Il m'a dit qu'elle, enfin, la femme de cet homme, avait été conçue dans le vieux réservoir à gaz qui se trouvait autrefois sur la rue Raudarásstigur. A côté de la place de Hlemmur. En tout cas, c'est ce que les gens racontaient. Tout comme les gens racontaient que Benjamin avait tué sa femme. Enfin, disons, sa fiancée.

– Benjamin ? Le réservoir à gaz ? Mais de quoi parlez-vous exactement ? demanda Erlendur qui ne savait plus où il en était. Les gens racontaient réellement que Benjamin avait tué sa fiancée ?

– C'est ce que certains croyaient. A cette époque-là. C'est lui-même qui me l'a dit.

– Qu'il l'avait tuée ?

– Non, que les gens croyaient qu'il lui avait fait du mal. Il ne m'a pas dit qu'il l'avait tuée. Il ne m'aurait jamais dit ça. Je ne le connaissais pratiquement pas. Mais il était certain que les gens le soupçonnaient et je me rappelle qu'on avait évoqué la jalousie.

– De simples racontars ?

– Oui, rien d'autre que des racontars, évidemment. Tout le monde s'en repaît. Nous nous faisons un plaisir de dire du mal de notre prochain.

– Et, dites-moi, qu'est-ce que c'est, cette histoire de réservoir à gaz ?

– C'est la meilleure de toutes ces histoires à dormir debout. Vous n'avez jamais entendu parler de ça ? Il y avait des gens qui s'imaginaient que la fin du monde approchait, ils ont passé une nuit de débauche dans le réservoir à gaz et il en serait sorti un certain nombre d'enfants, et cette femme était l'un d'entre eux, en tout cas, d'après Benjamin. On les a surnommé les Enfants de la Fin du monde.

Erlendur lança un regard à Elinborg puis à Höskuldur.

– Vous n'êtes pas en train de me mener en bateau ? demanda-t-il.

Höskuldur secoua la tête.

– C'était à cause de la comète. Les gens avaient peur qu'elle vienne percuter la Terre.

– Quelle comète ?

– Enfin, celle de Halley ! rétorqua monsieur-je-sais-tout en haussant fortement le ton, consterné par le manque de culture générale d'Erlendur. La comète de Halley. Les gens pensaient qu'elle allait heurter la Terre et que la Terre allait sombrer dans les flammes de l'enfer.

15

Plus tôt dans la journée, Elinborg avait retrouvé la trace de la sœur de la fiancée de Benjamin et, en quittant le domicile de Höskuldur, elle annonça à Erlendur qu'elle avait l'intention d'aller l'interroger. Erlendur hocha la tête et répondit qu'il voulait se rendre à la Bibliothèque nationale afin d'essayer de mettre la main sur des articles de presse concernant la comète de Halley. Il était finalement apparu que Höskuldur ne savait pas grand-chose sur la question. Il ne connaissait rien d'autre que des rumeurs mais, comme le font les monsieur-je-sais-tout, il laissait entendre qu'il en savait bien plus que ce qu'il disait et tournait autour du pot, jusqu'à ce qu'Erlendur renonce à l'écouter et prenne congé d'une manière un peu cavalière.

– Qu'est-ce que tu penses de tout ce que ce Höski nous a raconté ? demanda Erlendur une fois dans le véhicule.

– Le truc du réservoir à gaz semble vraiment complètement délirant, répondit Elinborg. Ce sera intéressant de voir ce que tu trouves sur ce sujet. Ce qu'il a dit à propos des rumeurs est en revanche on ne peut plus vrai. Nous prenons un plaisir tout particulier à dire du mal de notre prochain. Ces rumeurs ne prouvent absolument pas que Benjamin ait été un assassin, tu le sais bien.

– Certes, mais comment dit le proverbe, déjà ? Oui, il n'y a pas de fumée sans feu, c'est ça ?

– Les proverbes, mouais, commenta Elinborg. Je vais demander ça à la sœur. Dis donc, au fait. Comment va Eva Lind ?

– Elle est allongée dans son lit et on dirait qu'elle dort à poings fermés. Le médecin m'a dit qu'il était souhaitable que je lui parle.

– Que tu lui parles ?

– Il dit qu'elle entend le son de la voix bien qu'elle soit dans le coma et il dit aussi que ça ne peut que lui être bénéfique.

– Et tu lui parles de quoi ?

– Pour l'instant, de rien, répondit Erlendur. Je n'ai aucune idée de ce que je dois lui raconter.

La sœur avait eu vent de la rumeur mais démentit catégoriquement que celle-ci pût receler quelque vérité. Elle s'appelait Bara et était nettement plus jeune que sa sœur disparue, elle habitait dans une grande maison individuelle du quartier de Grafarvogur, était mariée depuis longtemps à un riche grossiste, elle vivait dans une aisance certaine qui transparaissait à travers le mobilier clinquant, les riches bijoux qu'elle portait et la condescendance dont elle faisait preuve envers les inconnus comme cette policière qui se trouvait maintenant dans son salon. Elinborg, qui lui avait, dans les grandes lignes, exposé les raisons de sa visite au téléphone, se fit la réflexion que cette femme n'avait jamais dû, de toute sa vie, se préoccuper des finances, qu'elle avait toujours pu s'offrir ce qu'elle désirait et n'avait jamais été forcée de fréquenter personne d'autre que les gens de son rang. Probablement, d'ailleurs, n'y avait-il rien d'autre qui l'intéressait depuis longtemps. Il traversa l'esprit d'Elinborg que c'était là le genre de vie qui attendait la sœur de cette femme au moment de sa disparition.

– Ma sœur aimait énormément Benjamin, ce que, pour ma part, je n'ai jamais compris. Je n'ai jamais vu en lui autre chose qu'un pauvre mouton. De très bonne famille, j'en conviens. La famille Knudsen appartient à la plus vieille bourgeoisie de Reykjavik. Malgré ça, il n'avait rien d'intéressant.

Elinborg souriait, ne voyant pas où Bara voulait en venir. Bara le remarqua.

– C'était un doux rêveur. Il était rare qu'il pose les pieds sur terre avec ses grandes idées sur le commerce, qui, du reste, ont toutes été mises en pratique depuis bien longtemps, même s'il n'a pas joué le moindre rôle dans l'affaire. En outre, il avait beaucoup d'affection pour les gens du commun. Les employées de maison n'étaient pas obligées de le vouvoyer. Aujourd'hui, il y a bien longtemps que les gens ne se vouvoient plus. Les bonnes manières se perdent, que voulez-vous. Tout comme les gens de maison.

Bara passa son doigt sur la poussière imaginaire de la table du salon. Elinborg remarqua la présence de deux tableaux grand format représentant d'un côté le mari et de l'autre la femme à l'une des extrémités du salon rutilant. L'homme paraissait plutôt abattu et fatigué, il avait même presque un air absent. Bara, en revanche, affichait un sourire froid et calculateur sur son visage aux traits marqués et Elinborg ne put s'empêcher de penser que c'était elle qui portait la culotte dans ce couple. Elle plaignait l'homme sur le tableau.

– Mais si vous pensez qu'il a tué ma sœur, alors vous faites fausse route, déclara Bara. Les ossements dont vous parlez à côté de cette maison ne sont pas les siens.

– Comment en êtes-vous aussi certaine ?

– Je le sais, voilà tout. Benjamin n'aurait pas fait de mal à une mouche. Il était comme ça. Un pauvre froussard. Un doux rêveur, comme je l'ai déjà précisé. D'ailleurs, ça s'est confirmé quand ma sœur a disparu.

Il s'est complètement effondré, le pauvre homme. Il a arrêté de s'occuper de son magasin. Arrêté de se montrer en public. Il a tout arrêté. Il ne s'en est jamais remis. Maman lui a rendu les lettres d'amour qu'il avait envoyées à ma sœur. Elle en avait lu quelques-unes et m'a dit qu'elles étaient belles.

– Vous étiez proche de votre sœur ?

– Non, je ne dirais pas ça. Non. J'étais nettement plus jeune qu'elle. Dans les premiers souvenirs que j'ai d'elle, elle est déjà adulte. Ma mère m'a dit qu'elle ressemblait à notre père. Étrange et d'humeur difficile. Dépressive. Il a fait la même chose.

On aurait dit que cette dernière phrase avait échappé à Bara

– La même chose ? demanda Elinborg.

– Oui, répondit Bara, énervée. La même chose. Il s'est suicidé. (Elle prononça ces mots comme si cela ne l'atteignait pas.) Mais, contrairement à elle, il n'a pas disparu. Loin de là. Il s'est pendu dans la salle à manger. Au crochet du grand lustre. A la vue de tous. Voilà tous les égards dont il a fait preuve envers sa famille.

– Tout cela a dû être bien difficile pour vous, commenta Elinborg juste pour dire quelque chose. Mme Bara lui lança un regard accusateur, assise face à elle, comme si elle reprochait à Elinborg de ramener tout cela à la surface.

– Le plus dur, c'était pour elle. Pour ma sœur. Ils étaient extrêmement proches. De telles choses marquent les gens. Pauvre fille.

On pouvait déceler de la compassion dans sa voix, mais cela ne dura que l'espace d'un instant.

– Et cela s'est passé… ?

– Quelques années avant sa disparition à elle, répondit Bara. Elinborg eut tout à coup l'impression qu'elle essayait de cacher quelque chose. Que le récit avait été appris, expurgé de toute trace d'émotion. Mais peut-

176

être était-ce le véritable caractère de cette femme. Effrontée, froide et désagréable.

– Il faut reconnaître que Benjamin était très bon pour elle, poursuivit Bara. Il lui envoyait des lettres d'amour et se montrait plein d'attentions de ce genre. A l'époque, il était de bon ton pour les fiancés de se promener longuement dans les rues de Reykjavik. C'était, disons, une façon de faire plus amplement connaissance qui n'avait rien d'original. Ils s'étaient rencontrés à l'hôtel Borg, qui était l'endroit obligé à cette époque, puis ils avaient commencé à se rendre mutuellement visite, à faire des promenades et des voyages ensemble, et leur relation évoluait comme celles de tous les jeunes de l'époque. Il l'a demandée en mariage et environ deux semaines avant la noce, elle a disparu.

– Je crois que les gens ont dit qu'elle s'était jetée dans la mer, n'est-ce pas ? demanda Elinborg.

– Oui, les gens se sont délectés de toute cette histoire. On l'a cherchée dans tout Reykjavik. Beaucoup de gens ont participé aux recherches mais on n'a pas retrouvé la moindre trace. C'est ma mère qui m'a appris la nouvelle. Ma sœur avait quitté le domicile dans la matinée. Dans l'intention d'aller faire les boutiques, elles n'étaient pas aussi nombreuses qu'aujourd'hui, et d'ailleurs, elle n'a rien acheté. Elle est passée voir Benjamin dans son magasin, l'a quitté et personne ne l'a plus revue. Il a déclaré à la police qu'ils s'étaient disputés, c'est aussi ce qu'il nous a dit. Voilà pourquoi il s'en est voulu de la façon dont les choses se sont passées, il s'est senti coupable.

– Mais pourquoi dans la mer ?

– Des gens ont affirmé qu'ils avaient vu une femme se diriger vers la mer, à l'endroit où se trouve aujourd'hui le bout de Tryggvagata. Elle portait un manteau qui ressemblait à celui de ma sœur. Et elle avait la même taille. C'est tout.

– Et pourquoi se sont-ils disputés ?

– Des broutilles. A propos du mariage. Des préparatifs. En tout cas, aux dires de Benjamin.

– Mais vous pensez qu'il y avait une autre raison, n'est-ce pas ?

– Je n'en sais rien.

– Pourtant, vous excluez le fait que les ossements découverts sur la colline puissent être les siens ?

– Absolument. Oui, même si je n'en ai pas la moindre preuve. Mais cela me semble parfaitement inconcevable. Je ne parviens simplement pas à m'imaginer une chose pareille.

– Vous savez quelque chose sur les gens qui occupaient la maison d'été de Benjamin à Grafarholt ? Les gens qui y ont habité à l'époque de la guerre. Peut-être une famille de cinq personnes, un couple et trois enfants. Ça vous dit quelque chose ?

– Non, mais je savais qu'il y avait des locataires à l'époque de la guerre, à cause de la pénurie de logements.

– Vous avez conservé quelque chose de votre sœur, une mèche de ses cheveux ? Dans un pendentif, par exemple.

– Non, Benjamin, en revanche, possédait une mèche. Je l'ai vue la couper elle-même. Il lui avait demandé quelque chose qui lui rappellerait sa présence avant qu'elle ne s'absente pendant deux semaines pour rendre visite à de la famille que nous avions dans le Nord, à Fljót.

Elinborg appela Sigurdur Oli en remontant dans sa voiture. Il venait tout juste de quitter la cave de Benjamin après une journée longue et ennuyeuse. Elinborg lui demanda de rechercher activement une mèche de cheveux appartenant à la fiancée de Benjamin. Peut-être la trouverait-il dans un joli pendentif, précisat-elle. Elle entendit Sigurdur Oli pousser un soupir.

178

– Allons, allons, dit Elinborg. Nous pourrons résoudre cette affaire si nous trouvons cette mèche. C'est aussi simple que ça.

Elle raccrocha et s'apprêtait à s'en aller quand une idée lui traversa tout à coup l'esprit, elle éteignit le moteur. Elle s'accorda un bref moment de réflexion en se mordillant la lèvre supérieure. Enfin, elle se décida.

Bara se montra surprise de la voir réapparaître quand elle lui ouvrit la porte.

– Vous avez oublié quelque chose ? demanda-t-elle.

– Non, j'ai encore une question, déclara Elinborg, un peu gênée. Ensuite, je m'en irai.

– Oui, que voulez-vous savoir ? demanda Bara, impatiente.

– Vous m'avez dit que votre sœur portait un manteau le jour de sa disparition.

– Oui, et alors ?

– Il s'agissait de quel genre de manteau ?

– Quel genre ? Eh bien, un manteau tout à fait commun que ma mère lui avait offert.

– Je veux dire, reprit Elinborg, de quelle couleur il était ? Vous vous en souvenez ?

– La couleur du manteau ?

– Oui.

– Pourquoi cette question ?

Simple curiosité, répondit Elinborg qui ne voulait pas se perdre en explications.

– Je ne m'en souviens pas, répondit Bara.

– Non, bien sûr que non, conclut Elinborg. Je comprends, je vous remercie et excusez-moi du dérangement.

– Mais ma mère affirmait qu'il s'agissait d'un manteau vert.

Tant de choses changeaient en ces temps étranges.

Tomas avait cessé de mouiller son lit pendant la nuit. Il avait cessé d'exciter la colère de son père et, pour une raison qui demeurait inconnue à Simon, Grimur s'était mis à manifester plus d'intérêt à son frère cadet. Il se disait que Grimur avait peut-être changé après l'arrivée des soldats. Ou peut-être était-ce Tomas qui changeait.

Leur mère ne disait jamais mot sur le réservoir à gaz avec lequel Grimur ne cessait de la taquiner et Grimur arrêta finalement d'en parler. La petite bâtarde, disait-il, il la surnommait aussi le bec de gaz quand il parlait du grand réservoir où avait régné une véritable débauche la nuit où la Terre devait disparaître, puisque la comète allait entrer en collision avec elle et qu'elle la ferait exploser en morceaux. Simon ne comprenait pas grand-chose à tout cela mais il voyait bien que sa mère était vexée par les propos de son père. Simon savait que les mots lui infligeaient des blessures aussi cuisantes que lorsque son père la battait comme plâtre.

Une fois qu'ils descendaient en ville avec Grimur, ils passèrent devant l'usine à gaz et Grimur lui montra le grand réservoir en éclatant de rire et en lui disant que c'était là que sa mère avait été conçue. Puis il s'était mis à rire de plus belle. L'usine à gaz était l'un des plus grands bâtiments de Reykjavik et elle éveillait chez Simon une sorte de crainte. Il eut un jour le cran de poser à sa mère des questions sur le grand réservoir qui aiguisait son infinie curiosité.

– N'écoute donc pas les bêtises qu'il sort, avait-elle répondu. Tu devrais savoir à quoi t'en tenir avec lui. Il n'y a pas un traître mot de vérité dans ce qu'il raconte. Pas un traître mot.

– Mais qu'est-ce qui s'est passé dans cette usine ?

– Rien, à ma connaissance. Ce sont des inventions. Je ne sais pas où il a bien pu entendre ces histoires.

– Mais ton papa et ta maman, où ils sont ?

Elle se tut et dévisagea son fils. Elle avait lutté contre cette question toute sa vie et maintenant, c'était son fils qui l'exprimait en toute innocence et elle n'avait pas la moindre idée de ce qu'elle devait lui répondre. Elle ne connaissait pas l'identité de ses parents et il en avait toujours été ainsi. Plus jeune, elle avait demandé mais n'était jamais parvenue à savoir quoi que ce soit. Ses premiers souvenirs dataient de cet orphelinat plein d'enfants de Reykjavik et, en grandissant, elle apprit qu'elle n'avait ni frères, ni sœurs, ni parents connus mais que c'était la ville qui subvenait à ses besoins. Elle avait longtemps retourné ces mots dans sa tête mais n'avait compris leur sens que bien plus tard. Un beau jour, on l'enleva du foyer pour la placer chez un couple âgé où elle devait servir comme aide ménagère et, une fois devenue adulte, elle devint bonne à tout faire chez le commerçant. Voilà toute la vie qu'elle avait eue avant de rencontrer Grimur. Elle avait toujours déploré le fait de n'avoir ni parents, ni endroit où la famille se serait retrouvée, ni famille, ni oncles, ni tantes, ni grand-mères, ni frères et sœurs et, durant toute son adolescence, elle s'était demandée qui elle était réellement, qui étaient ses parents. Mais elle ignorait où elle devait s'adresser pour obtenir des réponses à ses questions.

Elle s'imagina qu'ils avaient péri dans un accident. C'était une consolation car elle n'arrivait pas à se dire qu'ils l'avaient abandonnée, elle, leur enfant. Elle s'imagina qu'ils lui avaient sauvé la vie et qu'ensuite, ils étaient morts. Qu'ils avaient même sacrifié leur vie pour elle. C'était sous cet éclairage qu'elle les imaginait toujours. Comme des héros qui luttaient pour leur vie et pour la sienne. Elle n'arrivait pas à se les représenter vivants. C'était impensable.

Lorsqu'elle rencontra le marin, le père de Mikkelina,

elle obtint qu'il l'aide dans ses recherches et ils s'adressèrent à un certain nombre d'institutions mais aucune d'entre elles n'avait la moindre information à son sujet, mis à part le fait qu'elle était orpheline. Lors de son inscription dans le registre de la population, il n'avait pas été fait mention de ses parents. Elle fut déclarée orpheline. On ne retrouva pas son acte de naissance. Accompagnée du marin, elle se rendit au domicile de la famille fort nombreuse de ses parents nourriciers et ils discutèrent avec sa mère adoptive de ses premiers souvenirs, mais la femme ne fut pas en mesure de lui apporter la moindre réponse. Ils nous versaient de l'argent pour ta garde, avait-elle expliqué. Ça ne nous était pas inutile. Elle n'avait jamais demandé de précision sur les origines de la petite.

Il y avait longtemps qu'elle avait cessé de s'interroger sur ses parents, le jour où Grimur était rentré, croyant avoir découvert leur identité et la manière dont sa femme avait été conçue. Elle avait vu le rire moqueur sur son visage quand il avait raconté la nuit de débauche à l'intérieur du réservoir.

Elle regarda Simon, toutes ces pensées sorties du passé lui traversèrent l'esprit et elle semblait s'apprêter à dire quelque chose d'important mais elle se ravisa et lui demanda d'arrêter de se poser ces sempiternelles questions.

La guerre faisait rage partout dans le monde et elle était même arrivée jusqu'en haut de la colline de l'autre côté de laquelle les Anglais s'étaient mis à construire des bâtiments en forme de pain de mie qu'on appelait baraquements. Simon ne comprenait pas le mot. Ces baraquements contenaient une autre chose au nom tout aussi incompréhensible. Des entrepôts de vivres.

Il courait parfois jusqu'au sommet de la colline avec Tomas pour observer les soldats. Ceux-ci avaient apporté du bois de construction, de grands arceaux pour soutenir les toits, de la tôle ondulée, des clôtures, des rouleaux de barbelé, des sacs de ciment, une bétonneuse et un bulldozer afin d'aplanir le sol sous les baraquements. Ils avaient également construit un fortin orienté vers l'ouest et vers la baie de Grafarvogur et, un jour, les deux frères avaient même vu les soldats amener un énorme canon en haut de la colline. La gueule du canon s'élevait haut dans le ciel et il fut poussé à l'intérieur du fortin jusqu'à dépasser, gigantesque, par une meurtrière, prêt à régler leur compte aux ennemis, les Allemands qui avaient déclenché cette guerre et tuaient tous ceux qu'ils attrapaient, même les petits garçons comme eux.

Puis, les soldats plantèrent une clôture autour des baraquements ; au nombre de huit, ceux-ci avaient poussé comme des champignons, ensuite les soldats avaient mis une barrière à laquelle ils avaient accroché un écriteau en islandais disant que tout accès était interdit aux personnes étrangères à la base. A côté de la barrière se trouvait une petite guérite dans laquelle un homme passait ses journées à tenir un fusil. Les soldats ne prêtaient pas attention à la présence des garçons qui prenaient toutefois garde à se tenir à distance respectable. Les jours de beau temps, Simon et Tomas amenaient leur sœur jusqu'au sommet de la colline et ils l'installaient dans la mousse afin qu'elle puisse voir ce que les soldats construisaient, ils lui montraient aussi le canon qui pointait du fortin. Mikkelina restait allongée et regardait tout cela mais, comme elle demeurait muette et pensive, Simon avait l'impression qu'elle avait peur de ce qu'elle voyait. Tous ces soldats et ce gigantesque canon.

Les soldats étaient vêtus d'uniformes vert-de-gris avec de grosses ceintures, ils portaient de grosses chaussures solides qu'ils laçaient jusqu'au mollet et, parfois, ils avaient même des casques sur la tête et glissaient des pistolets et des fusils dans l'étui fixé à leur ceinture. Quand il faisait chaud, ils enlevaient leurs vestes et leurs chemises et travaillaient torse nu au soleil. La colline était parfois le théâtre de manœuvres et les soldats étaient alors allongés, à l'affût, couraient et se jetaient à terre en tirant avec leurs armes. Le soir, on entendait le bruit et la musique provenant de la base. Parfois, la musique venait d'un appareil qui grésillait et le chant était métallique. Parfois, ils chantaient eux-mêmes des chansons de leur patrie ; Simon savait qu'ils venaient de Grande-Bretagne, ce pays dont Grimur disait que c'était une grande puissance.

Ils racontaient à leur mère tout ce qui se passait de l'autre côté de la colline mais elle n'y accordait qu'un intérêt limité. Ils avaient pourtant réussi à la décider à les accompagner là-haut. Un bon moment, elle avait regardé le secteur occupé par les Anglais, puis elle était rentrée à la maison en disant que ce n'était là rien qu'un fichu chambardement plein de dangers et avait interdit aux garçons d'aller traîner autour de ces militaires parce qu'on ne savait jamais ce qui pouvait se produire avec des hommes armés un peu partout et qu'elle ne voulait pas qu'il leur arrive quoi que ce soit.

Le temps passa et, tout à coup, ce furent les Américains qui prirent la place des Anglais aux entrepôts, presque tous les Anglais s'en allèrent. Grimur affirmait qu'ils allaient tous être envoyés au diable mais que l'Amerloque était une espèce qui allait prospérer en Islande et qu'ils n'avaient pas à s'inquiéter.

Grimur avait arrêté de livrer du charbon et s'était mis à travailler pour les Américains, parce que c'est là que se trouvait l'argent ainsi que le travail en quantité suffisante. Il alla se balader un jour sur la colline et demanda du travail aux entrepôts. Il obtint sans problème un emploi dans l'une des remises et dans une petite cantine. Cet événement apporta de grands changements dans le mode d'alimentation du foyer. Grimur attrapa une boîte rouge munie d'une clef. Il enroula le couvercle en fer autour de la clef et retourna la boîte jusqu'à ce qu'un morceau de viande rose tombe dans l'assiette, entouré d'une gelée transparente et tremblotante au goût délicieusement salé.

– Du jambon, commenta Grimur. Directement importé d'Amérique.

Simon n'avait jamais rien mangé d'aussi bon de toute sa vie.

Au début, il ne s'était pas demandé comment cette nourriture d'un type nouveau arrivait sur leur table mais il remarqua l'air inquiet de sa mère quand, un jour, Grimur arriva avec toute une caisse remplie de ces boîtes qu'il cacha à l'intérieur de la maison. Parfois, Grimur descendait en ville avec quelques-unes de ces boîtes et d'autres denrées inconnues de Simon dans un sac et, quand il rentrait, il comptait des couronnes et des aurar* sur la table de la cuisine et Simon le voyait animé d'une joie qu'il n'avait jamais vue sur son visage auparavant. Il ne se montrait plus aussi mal embouché avec sa mère. Il arrêta même de parler de l'usine à gaz. Il caressait la tête de Tomas.

Les denrées affluaient au logis. Des cigarettes américaines, des boîtes de conserve délicieuses, des fruits et même des bas en nylon dont leur mère affirmait qu'ils étaient convoités par toutes les femmes de Reykjavik.

Tous ces produits n'effectuaient qu'un bref passage dans la maison. Un jour, Grimur arriva avec un petit paquet dont émanait l'odeur la plus délicieuse que Simon ait jamais sentie. Grimur ouvrit le paquet et les fit tous goûter en expliquant qu'il s'agissait d'une tablette étirable que les Américains mâchouillaient à toute heure comme des ruminants. Il ne fallait pas

* Centième de couronne.

l'avaler mais la recracher au bout d'un moment et prendre une nouvelle tablette. Simon, Tomas et même Mikkelina qui, elle aussi, avait eu le droit de goûter à l'une de ces tablettes roses et odorantes se retrouvaient tous à mâcher comme si leur vie en dépendait avant de recracher la tablette et d'en prendre une autre.

– On appelle ça *gum*, précisa Grimur.

Grimur apprit rapidement à se débrouiller en anglais, il se lia d'amitié avec des soldats et parfois, quand ceux-ci avaient des permissions, il les invitait à la maison. Alors, Mikkelina devait rester cachée dans le placard, les garçons devaient se coiffer, quant à leur mère, il fallait qu'elle passe une robe et qu'elle se fasse belle. Les soldats venaient, se montraient polis, saluaient d'une poignée de main, se présentaient et offraient des friandises aux enfants. Ensuite, ils s'asseyaient, discutaient en buvant à la bouteille. Puis ils prenaient congé, descendaient en ville au volant de leur jeep et le calme retombait sur la maisonnée, qui ne recevait jamais d'autres visites.

Cependant, la plupart du temps, les soldats descendaient directement à Reykjavik, ils rentraient à la nuit en chantant, joyeux, et la colline résonnait de cris et d'appels ; une fois ou deux on entendit des coups de feu, ceux-ci ne provenaient pas du gros canon mais d'un fusil car, s'ils avaient été tirés par le gros canon, alors cela aurait signifié que ces salauds de nazis étaient arrivés à Reykjavik et qu'ils allaient tous nous tuer sur-le-champ, avait dit Grimur. Il descendait souvent en ville avec les soldats pour s'amuser avec eux et il rentrait sur la colline après avoir appris des chansons de variété américaines. Simon n'avait jamais entendu Grimur chanter avant cet été-là.

Puis, un jour, Simon fut témoin d'une chose étrange.

Un beau jour, l'un des soldats américains monta la colline, équipé d'une canne à pêche, il s'arrêta au bord du lac de Reynisvatn pour essayer d'y pêcher des truites. Puis il redescendit la colline avec sa canne en sifflotant tout du long jusqu'au lac de Hafravatn où il passa la majeure partie de la journée. C'était une belle journée d'été et il longeait le lac sans se presser en lançant sa ligne quand bon lui semblait. Il ne semblait pas pêcher par besoin mais bien plus pour profiter de ces moments de beau temps au bord du lac. Il se contentait de rester assis à fumer et à prendre le soleil.

Vers trois heures, il parut en avoir son saoul, il ramassa sa canne ainsi qu'une petite sacoche où il plaça les trois poissons qu'il avait pêchés dans la journée et, toujours aussi tranquillement, quitta le lac pour remonter la colline. Cependant, au lieu de se contenter de continuer sa route, il fit une halte et adressa des paroles incompréhensibles à Simon qui avait surveillé de près ses allées et venues et se tenait maintenant devant la maison.

– Tes parents sont là ?* demanda le soldat en souriant à Simon et en jetant un œil à l'intérieur de la maison. La porte était ouverte comme c'était toujours le cas lorsqu'il faisait beau. Tomas avait aidé Mikkelina à s'installer au soleil à l'arrière de la maison et était allongé à côté d'elle. Leur mère était à l'intérieur, occupée aux tâches ménagères.

Simon ne comprenait pas les paroles du soldat.

– Tu ne me comprends pas ? demanda l'homme. Je m'appelle Dave. Je suis américain.

Simon saisit que l'homme s'appelait Dave et hocha la tête. Dave lui désigna sa sacoche, la posa à terre, l'ouvrit et en sortit les trois truites qu'il plaça sur le sol.

– Je veux que tu prennes ça. Tu comprends ? Garde-les. Ils devraient être bons.

* Le dialogue avec le soldat américain a lieu en anglais dans le texte original.

Simon dévisagea Dave, sans comprendre. Dave fit un sourire qui découvrit ses dents bien blanches. Il était de petite taille, maigre, avait un visage osseux et des cheveux bruns qu'il coiffait avec une raie.

– Ta mère, est-ce qu'elle est là ? demanda-t-il. Ou bien ton père ?

Simon ne semblait pas comprendre l'homme. Dave déboutonna sa poche et en sortit un petit livre noir qu'il feuilleta jusqu'à ce qu'il tombe sur ce qu'il cherchait. Il s'avança vers Simon et pointa le doigt sur une phrase du livre.

– Tu sais lire ? demanda-t-il.

Simon lut la phrase que Dave lui indiquait. Celle-ci était en islandais et ne posait pas le moindre problème de compréhension, en face d'elle, il y avait une phrase en langue étrangère à laquelle il ne comprenait rien. Avec application, Dave lut à haute voix la phrase en islandais.

– *Ég heiti Dave*, dit-il. *My name is Dave*, répéta-t-il à haute voix en anglais. Puis il désigna à nouveau le livre à Simon qui lut à haute voix.

– *Ég heiti…*, Simon, annonça-t-il en souriant. Dave, quant à lui, souriait de toutes ses dents. Il trouva une autre phrase dans le livre et la montra à Simon.

– Comment allez-vous, mademoiselle ? lut Simon. Oui, mais pas « mademoiselle », juste toi, précisa Simon en riant sans que Dave comprenne pourquoi. Dave trouva un mot dans le livre et le désigna : mère, lut Simon à haute voix et Dave pointa le doigt vers lui en hochant la tête.

– Où est ? demanda-t-il en islandais et Simon comprit qu'il lui demandait où se trouvait sa mère. Il lui fit signe de le suivre et le conduisit jusqu'à la cuisine où sa mère était assise et reprisait des chaussettes. Elle remarqua l'arrivée de Simon et fit un sourire, cependant, au moment où elle vit Dave, son sourire se figea, les chaussettes lui tombèrent des mains et elle se leva brusquement en renversant sa chaise. Dave ne sursauta pas moins qu'elle mais avança d'un pas en agitant la main.

– Désolé, dit-il. S'il vous plaît, je ne voulais pas vous effrayer. Pardon.

La mère de Simon s'était réfugiée jusqu'à l'évier et elle fixait le sol, comme si elle n'osait pas lever les yeux.

– Tu veux bien faire partir cet homme, dit-elle.

– Pardon, je vais m'en aller, dit Dave. Ce n'est pas grave. Je suis désolé. Je m'en vais, pardon, je…

– Emmène-le dehors, Simon, répéta sa mère.

Simon ne comprit pas immédiatement sa réaction et regardait les deux adultes à tour de rôle. Il vit Dave reculer et disparaître de la cuisine pour aller sur le pas de la porte.

– Pourquoi tu me fais ça ? demanda-t-elle à Simon. Tu m'amènes un homme à la maison. Non mais, qu'est-ce que ça signifie ?

– Pardon, répondit Simon. Je ne croyais pas que ça te gênerait. Il s'appelle Dave.

– Et qu'est-ce qu'il nous voulait, cet homme ?

– Il voulait nous donner ses poissons, répondit Simon. Ceux qu'il a pêchés dans le lac. Je ne pensais pas que ça te dérangerait. Il voulait juste nous donner ses poissons.

– Mon Dieu, j'ai eu une telle peur. Seigneur tout-puissant, ce que j'ai eu peur. Ne me refais plus jamais ça. Jamais ! Où sont Mikkelina et Tomas ?

– Derrière.

– Ils vont bien ?

– Ils vont bien ? Oui, Mikkelina voulait prendre le soleil.

– Je t'interdis de refaire une chose pareille, répéta-t-elle en allant jeter un œil sur Mikkelina. Tu m'entends. Plus jamais.

Elle tourna au coin de la maison et vit le soldat qui surplombait Tomas et Mikkelina en regardant, étonné, la petite fille. Mikkelina faisait des grimaces et tendait la tête vers le soleil afin de distinguer le visage de celui qui se tenait ainsi au-dessus d'eux. Elle ne voyait pas clairement le visage du soldat à cause de la lumière du soleil autour de la tête de l'homme. Le soldat regarda sa mère puis à nouveau Mikkelina qui se tortillait dans l'herbe à côté de Tomas.

– Je…, commença Dave, puis il marqua une pause. Je ne savais pas, dit-il. Je suis désolé. Vraiment désolé. Ça ne me regarde pas. Je suis désolé.

Il tourna les talons, s'en alla d'un pas vif pendant qu'ils le suivaient du regard jusqu'à ce qu'ils le voient disparaître en haut de la colline.

– Tout va bien ? demanda la mère des enfants en s'agenouillant à côté de Mikkelina et de Tomas. Maintenant que le soldat était parti et qu'elle se disait qu'il n'avait pas eu l'intention de leur faire du mal, elle avait retrouvé son calme. Elle attrapa Mikkelina dans ses bras, l'emmena à l'intérieur et la posa sur son lit dans la cuisine. Simon et Tomas la suivirent.

– Dave n'est pas méchant, observa Simon. Il n'est pas comme les autres.

– Ah, il s'appelle Dave, répondit la mère d'un air absent. Dave, répéta-t-elle. S'il était islandais, alors il s'appellerait David, n'est-ce pas ? continua-t-elle, comme si elle pensait tout haut. C'est à ce moment-là que se produisit la chose que Simon trouva étrange.

Elle sourit.

Tomas avait toujours été secret et solitaire, ne s'occupant que peu des autres, légèrement nerveux, peu entreprenant et taciturne. Cet été-là et l'hiver précédent, on aurait dit que Grimur avait décelé en lui quelque chose de plus que chez Simon qui éveillait son intérêt. Il attrapait Tomas, allait s'isoler dans la chambre avec lui pour lui parler et, quand Simon demandait à son frère de quoi ils avaient parlé, Tomas répondait : "De rien du tout, mais Simon ne lâchait pas prise et il finit par lui faire avouer qu'ils avaient parlé de Mikkelina.

– Et qu'est-ce qu'il t'a dit sur Mikkelina ? demanda Simon.

– Rien du tout, répondit Tomas.

– Si, qu'est-ce qu'il a dit ? répéta Simon.

– Rien du tout, reprit Tomas, avec un air honteux sur le visage, comme s'il essayait de cacher quelque chose à son frère.

– Dis-le-moi !

– Non, je ne veux pas. Je ne veux pas qu'il me parle. Je ne veux pas.

– Tu ne veux pas qu'il te parle ? Tu veux dire que tu ne veux pas qu'il te dise les choses qu'il te dit ? C'est ça que tu veux dire ?

– Je ne veux rien du tout, répondit Tomas. Et arrête de me parler, toi aussi.

Ainsi s'écoulèrent des semaines et des mois au cours desquels Grimur se montrait gentil de différentes façons avec son fils cadet. Simon n'entendait jamais leurs discussions mais il découvrit tout de même ce qu'ils faisaient tous les deux un soir, à la fin de l'été. Grimur se préparait à descendre en ville avec des denrées provenant des entrepôts. Il attendait l'arrivée d'un soldat dénommé Mike qui allait l'aider. Mike pouvait lui procurer une jeep et ils avaient l'intention de la remplir de denrées pour les vendre en ville. Leur mère préparait le repas qui, lui aussi, provenait des entrepôts. Mikkelina était allongée sur son lit.

Simon remarqua que Grimur poussait Tomas en direction de Mikkelina en lui murmurant quelque chose à l'oreille et en souriant comme quand il taquinait les garçons en leur faisant de méchantes remarques. Leur mère ne s'aperçut de rien et Simon ne comprit pas précisément ce qui était en train de se produire lorsque Tomas s'approcha de Mikkelina, se planta devant elle et, excité par Grimur, finit par dire :

– Petite salope !

Ensuite, il retourna vers Grimur et Grimur, toujours assis à rire, tapota doucement la tête de Tomas.

Simon adressa un regard à sa mère, debout devant l'évier. Elle avait dû entendre mais demeurait immobile et ne montra tout d'abord aucune réaction, comme si elle voulait ignorer ça et faire comme si de rien n'était. Cependant il constata que, d'une main, elle tenait un petit couteau pour éplucher les pommes de terre, les jointures de ses doigts blanchirent au moment où elle serra plus fort le manche. Elle finit par se détourner lentement de l'évier avec le couteau dans la main et fixa Grimur.

– Je ne te permets pas, annonça-t-elle d'une voix tremblante.

Grimur la regarda et son sourire se figea en rictus.

– A moi ? demanda Grimur. Tu ne me permets pas quoi ? Qu'est-ce que tu racontes ? Je n'ai rien fait du tout. C'est mon petit garçon. C'est mon petit Tomas à moi.

Leur mère s'avança d'un pas en direction de Grimur, tenant toujours le couteau en l'air.

– Fiche la paix à Tomas.

Grimur se leva.

– Tu as l'intention de faire quelque chose avec ce couteau ?

– Tu n'as pas le droit de lui faire ça, continua leur mère, et Simon eut l'impression qu'elle commençait à se dérober. Il entendit une jeep s'arrêter devant la maison.

– Il est là, cria Simon. Mike est arrivé.

Grimur regarda par la fenêtre puis, à nouveau, la mère

192

des enfants et la tension retomba un moment. Leur mère reposa le couteau. Mike apparut à la porte. Grimur fit un sourire.

Quand il rentra ce soir-là, il s'en prit à leur mère. Le lendemain matin, elle avait un œil au beurre noir et elle boitait. Ils entendirent ses gémissements pendant que Grimur la battait. Tomas vint se réfugier dans le lit de Simon, il fixait son frère dans la pénombre et, comme si cela avait le pouvoir d'effacer ce qu'il avait fait, il répétait constamment :

— ... pardon, je ne voulais pas, pardon, pardon, pardon...

16

Elsa vint accueillir Sigurdur Oli à la porte et l'invita à prendre un thé. Il pensa à Bergthora en regardant Elsa s'affairer dans la cuisine. Ils s'étaient disputés le matin même, avant de partir au travail. Il s'était dérobé à ses avances et s'était montré assez stupide pour lui faire part de ses inquiétudes jusqu'à ce que Bergthora perde véritablement patience.

– Alors, dis donc, dit-elle, si je comprends bien, nous ne nous marierons jamais ? C'est bien ce que tu dis, non ? Nous allons simplement continuer à vivre dans cette espèce de concubinage flou sans rien officialiser entre nous et nos enfants seront des bâtards pour toujours ?

– Des bâtards ?

– Parfaitement.

– Tu veux m'emmener à l'église, ou quoi ?

– A l'église ?

– Tu veux m'emmener à l'église ? Avec le bouquet de la mariée, la robe de mariée et tout le tralala…

– Ça n'a donc aucune importance pour toi ?

– Au fait, quels enfants ? demanda Sigurdur Oli qui le regretta immédiatement en voyant le visage de Bergthora s'assombrir encore un peu plus.

– Comment ça, quels enfants ? Tu n'as peut-être pas envie d'avoir des enfants non plus ?

– Si, non, enfin, je veux dire, on n'en a jamais parlé, répondit Sigurdur Oli. Et je pense que ça demande discussion. Tu ne peux quand même pas décider toute seule de faire un enfant. Ça ne serait pas juste et ce n'est pas ce que je veux. Pas maintenant. Pas tout de suite.

– Enfin, ça viendra vite, répondit Bergthora, espérons-le. Nous avons tous les deux trente-cinq ans. Il sera bientôt trop tard. A chaque fois que j'essaie d'aborder le sujet, tu changes de conversation. Tu n'as pas envie d'en parler. Tu ne veux pas d'enfants, tu ne veux pas te marier, en fait, tu ne veux rien. Tu ne veux rien du tout. Et tu ressembles de plus en plus à cet idiot d'Erlendur.

– Hein ? (Sigurdur Oli était bouche bée.) Qu'est-ce que tu racontes ?

Mais Bergthora était déjà sortie, partie au travail, et l'avait abandonné à cette terrifiante vision de l'avenir.

Elsa remarqua qu'il avait la tête ailleurs ; assis dans la cuisine, il regardait le fond de sa tasse.

– Vous reprendrez du thé ? proposa-t-elle.

– Non, répondit Sigurdur Oli, je vous remercie. Elle m'a dit de vous demander, je veux dire Elinborg, la femme avec laquelle je m'occupe de cette enquête, si vous auriez connaissance d'une mèche de cheveux que votre oncle Benjamin aurait gardée de sa fiancée, peut-être à l'intérieur d'un petit pendentif, d'une boîte ou de quelque chose de ce genre.

Elsa s'accorda un moment de réflexion.

– Non, répondit-elle, je ne me rappelle aucune mèche de cheveux, mais je ne sais vraiment pas grand-chose sur tous les objets que mon oncle a laissés en bas.

– Elinborg m'a affirmé qu'il y avait bien une mèche. C'est la sœur de la fiancée de Benjamin qui le lui a dit. Elle l'a interrogée hier et cette femme lui a parlé d'une mèche de cheveux que la fiancée de Benjamin lui aurait donnée avant de partir en voyage, si mes souvenirs sont bons.

– Ça ne me dit rien du tout. Ma famille n'est pas spécialement romantique et elle ne l'a jamais été.

– Il y a des objets qui lui appartenaient dans la cave ? A la fiancée ?

– Pourquoi vous voulez avoir une mèche de ses cheveux ? demanda Elsa au lieu de répondre en lançant à Sigurdur Oli un regard accusateur ; Sigurdur Oli hésita. Il ne savait pas ce qu'Erlendur avait dit à la femme. Elle lui mit les points sur les *i*.

– Vous pourrez prouver que c'est elle qui se trouve enterrée sur la colline, commença-t-elle. Si vous trouvez quelque chose qui lui appartenait, alors vous pourrez pratiquer des tests ADN et savoir si c'est elle qui se trouve là-haut et, si jamais c'est effectivement elle, alors vous allez dire que c'est mon oncle qui l'a mise dedans et que c'est lui qui l'a assassinée. C'est bien le cas, n'est-ce pas ?

– Nous ne faisons qu'explorer toutes les pistes, la rassura Sigurdur Oli qui voulait avant tout éviter de déclencher chez Elsa la même colère que Bergthora à peine une demi-heure plus tôt. La journée débutait mal. Vraiment très mal.

– Il est venu ici, l'autre policier, le mélancolique, en laissant entendre que Benjamin était responsable de la mort de sa fiancée. Et voilà maintenant que vous pouvez le prouver si vous retrouvez l'une de ses mèches de cheveux. Je n'arrive pas à saisir. Je ne comprends pas que vous alliez imaginer que Benjamin ait pu assassiner cette femme. Pourquoi il aurait fait ça ? Quelles raisons il avait de faire une telle chose ? Aucune, absolument aucune.

– Non, évidemment que non, répondit Sigurdur Oli dans l'espoir de la calmer. Cependant, il faut que nous parvenions à savoir à qui sont ces ossements ainsi que la raison pour laquelle ils ont été enterrés là-haut. Et pour l'instant, nous n'avons pas grand-chose à part le fait que Benjamin y possédait une maison d'été et que sa fiancée a disparu. Cela doit sûrement éveiller votre propre curiosité, n'est-ce pas ? Vous avez certainement envie de savoir à qui appartiennent ces ossements ?

– Je n'en suis pas sûre, répondit Elsa, plus calme.

– Mais vous m'autorisez à continuer à chercher dans la cave ? demanda Sigurdur Oli.

– Oui, bien sûr que oui, je ne vais quand même pas vous l'interdire.

Il termina sa tasse de thé, descendit à la cave en pensant à Bergthora. Il ne gardait pas une mèche de ses cheveux dans un pendentif, du reste, il ne considérait pas avoir besoin de quoi que ce soit pour la rappeler à son esprit. Il n'avait même pas de photo d'elle dans son portefeuille comme certains qui se promenaient avec des clichés de leur épouse et de leurs enfants. Il ne se sentait pas bien. Il fallait qu'il reprenne la discussion avec Bergthora. Qu'il tire les choses au clair.

Il ne voulait pas devenir comme Erlendur.

Sigurdur Oli explora les effets personnels de Benjamin Knudsen jusqu'en début d'après-midi mais s'accorda tout de même une pause dans un fast-food où il acheta un hamburger qu'il grignota à peine tout en lisant les journaux et en avalant un café. Il retourna à la cave vers deux heures en maudissant Erlendur de lui imposer cet esclavage. Il n'avait pas trouvé le moindre élément susceptible d'éclaircir la disparition de la fiancée de Benjamin ou l'identité des locataires de la maison pendant la guerre, à part ce Höskuldur. Il n'avait pas non plus trouvé la mèche de cheveux dont Elinborg était persuadée de l'existence après avoir entendu toutes ces histoires d'amour. C'était le deuxième jour que Sigurdur Oli passait dans la cave et il commençait à en avoir marre de ces conneries.

Elsa l'attendait à la porte et l'invita chez elle. Il essaya de trouver des excuses à la hâte mais ne fut pas assez rapide pour refuser l'invitation sans se montrer impoli et il suivit Elsa jusqu'au salon.

– Alors, vous avez trouvé quelque chose en bas ? demanda-t-elle à Sigurdur Oli qui savait parfaitement qu'elle n'était pas aussi amicale qu'elle aurait voulu le paraître mais qu'elle essayait d'aller à la pêche aux informations. Il ne lui vint pas à l'esprit qu'elle ait pu se sentir seule, ce dont Erlendur avait eu l'impression après avoir passé quelques minutes dans sa maison presque inquiétante.

– En tout cas, je n'ai pas mis la main sur cette fameuse mèche, répondit Sigurdur Oli en avalant une gorgée du thé qui avait déjà refroidi. Elle l'avait attendu. Il la regarda en se demandant ce qu'elle mijotait.

– Non, reprit-elle. Vous êtes marié ? Pardonnez-moi, bien sûr, cela ne me regarde pas.

– Non, enfin, si, non, j'habite avec quelqu'un, répondit Sigurdur Oli en agitant les mains.

– Et vous avez des enfants ?

– Non, pas d'enfants, répondit Sigurdur Oli. Pas encore.

– Pourquoi pas ?

– Hein ?

– Pourquoi vous n'avez pas encore d'enfants ?

Mais qu'est-ce qui se passe donc ici ? pensa Sigurdur Oli en avalant une gorgée de thé froid pour gagner du temps.

– A cause du stress, je crois. Nous avons toujours des tas de choses à faire. Nous avons tous les deux un travail très prenant qui ne nous laisse pas beaucoup de temps.

– Pas de temps pour les enfants ? Et qu'est-ce que vous avez de mieux à faire ? Elle fait quoi, la femme avec qui vous vivez ?

– Elle est actionnaire dans une entreprise informatique, répondit Sigurdur Oli, il avait l'intention de la remercier pour le thé, de prétendre devoir y aller. Il n'avait pas envie de subir un interrogatoire sur sa vie privée mené par une vieille célibataire du quartier ouest, que la solitude avait visiblement rendue bizarre comme c'était le cas de toutes ces bonnes femmes qui, le temps passant, allaient fourrer leur nez dans le pot de chambre de tout un chacun.

– Elle est gentille ? demanda-t-elle.

– Elle s'appelle Bergthora, précisa Sigurdur Oli sur le point de perdre tout sens de la politesse. Et c'est une femme très gentille. (Il fit un sourire.) Pourquoi vous… ?

– Je n'ai jamais eu de famille, répondit Elsa. Jamais eu d'enfants. Ni de mari. La dernière chose ne me gêne pas mais j'aurais voulu avoir des enfants. Ils auraient sûrement la trentaine aujourd'hui. Entre trente et quarante ans. Il m'arrive d'y penser. Ils seraient adultes, auraient leurs enfants à eux. Je ne sais pas vraiment ce qui s'est passé. Tout à coup, on se retrouve à l'âge de quarante ans. Je suis médecin, vous savez. Il n'y avait pas beaucoup de femmes qui faisaient des études de médecine à mon époque. J'étais comme vous, je manquais de temps. Je n'avais pas de temps à consacrer à ma propre vie. Ce que vous faites en ce moment, ce n'est pas votre vie. Pas votre vie à vous. Ce n'est rien d'autre que votre travail.

– Oui, eh bien, il faudrait peut-être que je m'y…

– Benjamin non plus n'a pas eu la famille qu'il voulait, continua Elsa. C'était la seule chose qu'il désirait réellement, une famille. Avec cette femme.

Elsa se leva et Sigurdur Oli l'imita. Il pensait qu'ils allaient prendre congé l'un de l'autre mais elle se dirigea alors vers une grande armoire en chêne munie de jolies portes vitrées et de tiroirs sculptés. Elle ouvrit l'un des tiroirs d'où elle sortit une petite boîte chinoise, ouvrit celle-ci et en tira un pendentif en argent au bout d'une fine chaîne.

– Il avait effectivement gardé une mèche de ses cheveux, déclara Elsa. Dans le pendentif, il y a également une photo d'elle. Elle s'appelait Solveig. (Elsa afficha un léger sourire.) La fleur de Benjamin. Je ne pense pas que ce soit elle qui repose là-haut. Cette pensée m'est insupportable. Cela signifierait alors que Benjamin lui aurait fait du mal. Il n'a pas fait ça. Il ne le pouvait pas. J'en suis convaincue. La mèche que voici en apportera la preuve.

Elle tendit le pendentif à Sigurdur Oli. Il reprit place sur sa chaise, ouvrit le bijou et vit une petite mèche de cheveux noire, posée sur la photographie de sa propriétaire. Il ne toucha pas à la mèche mais la fit retomber sur le couvercle du pendentif afin de voir la photo. Elle représentait une frêle jeune fille d'une vingtaine d'années, celle-ci avait des cheveux bruns et des sourcils en arc de cercle surmontaient des yeux indéchiffrables qui fixaient l'objectif. Une bouche à l'air décidé, un menton bien dessiné, fin et joli. C'était la fiancée de Benjamin, Solveig.

– Vous me pardonnerez mon hésitation, dit Elsa. J'ai bien réfléchi à toute cette affaire, pesé le pour et le contre, et je me suis dit que je ne pouvais pas détruire cette mèche. Quelles que soient les conclusions de l'enquête.

– Pourquoi vous nous avez caché cela ?

– Il fallait que je réfléchisse à la question.

– Oui, mais même si…

– J'ai failli avoir une attaque quand votre collègue – il s'appelle Erlendur, n'est-ce pas ? –, quand votre collègue a laissé entendre que ça pouvait être elle qui est enterrée là-haut et puis, en y réfléchissant un peu plus…

Elsa haussa les épaules, vaincue.

– Même si l'analyse ADN se montrait positive, expliqua Sigurdur Oli, cela ne signifierait pas nécessairement que Benjamin ait été un assassin. Si c'est effectivement sa fiancée qui se trouve là-haut, il y a d'autres raisons plausibles que le fait que Benjamin…

Elsa interrompit à nouveau Sigurdur Oli.

– Elle, comment appelle-t-on cela aujourd'hui, elle a cassé. Elle a rompu les fiançailles, comme on disait probablement autrefois. A l'époque où les gens se fiançaient. Le jour de sa disparition. Benjamin ne l'a avoué que bien plus tard. Il l'a dit à ma mère sur son lit de mort. C'est elle qui me l'a raconté. Jusqu'ici, je ne l'ai jamais dit à personne. Et j'aurais emporté ce secret dans la tombe si vous n'aviez pas découvert ces ossements. Vous savez s'ils appartiennent à un homme ou à une femme ?

– Non, pas encore, répondit Sigurdur Oli. Il a expliqué la raison qu'elle a invoquée pour rompre les fiançailles ? Pourquoi elle l'a quitté ?

Il sentit qu'Elsa hésitait. Ils échangèrent un regard mais il savait qu'au point où elle en était maintenant, elle en avait déjà trop dit pour faire machine arrière. Il comprit qu'elle voulait lui dire tout ce qu'elle savait. Comme si elle avait porté une lourde croix dont il était maintenant temps qu'elle se débarrasse. Enfin, après toutes ces années.

– L'enfant n'était pas de lui, déclara-t-elle.

– Il n'était pas de Benjamin ?

– Non.

– Elle n'était pas enceinte de lui ?

– Non.

– Alors, de qui ?

– Il faut que vous compreniez que c'était une autre époque, précisa Elsa. Aujourd'hui, les gens vont se faire avorter comme ils changent de chemise. Le fait d'être en couple ne signifie plus grand-chose quand on veut avoir des enfants. Les gens sont en concubinage. Ils se séparent. Prennent un autre partenaire, font d'autres enfants, se séparent à nouveau. Il n'en était pas ainsi, autrefois. Autrefois, un enfant conçu hors mariage était une chose parfaitement impensable pour une femme. Cela signifiait la honte et l'exclusion. Les gens les traitaient de Marie-couche-toi-là. Ils se montraient sans pitié avec elles.

– Oui, je sais bien, répondit Sigurdur Oli en pensant à Bergthora et en comprenant graduellement pourquoi Elsa s'était intéressée d'aussi près à sa situation conjugale.

– Benjamin était disposé à l'épouser, continua Elsa. En tout cas, c'est ce qu'il a dit à ma mère, plus tard. Solveig ne voulait pas. Elle a rompu les fiançailles et lui a annoncé ça sans ambages. Juste comme ça. Sans le moindre signe précurseur.

– Et qui était cet homme ? Je veux dire, le père de l'enfant ?

– Quand elle a quitté Benjamin, elle lui a demandé pardon. Elle lui a demandé de lui pardonner son départ. Il ne l'a pas fait. Il avait besoin de plus de temps.

– Ensuite, elle a disparu ?

– On ne l'a pas revue après qu'elle lui eut fait ses adieux. Quand on a constaté qu'elle ne rentrait pas chez elle dans la soirée et qu'on a lancé des recherches, Benjamin y a pris une part très active mais on ne l'a jamais retrouvée.

– Et le père de l'enfant qu'elle portait ? demanda une nouvelle fois Sigurdur Oli. C'était qui ?

– Elle ne l'a pas dit à Benjamin. Elle l'a quitté sans le lui avouer. A ce que m'a raconté ma mère. Et s'il l'avait su, il ne le lui aurait probablement jamais dit.

– Qui ça pouvait bien être ?

– Qui ça pouvait bien être ? répéta Elsa. Ça n'a pas la

moindre importance. Tout ce qui compte, c'est qui il était réellement.

– Vous pensez qu'il a pu jouer un rôle dans sa disparition ?

– Et vous, qu'en pensez-vous ? demanda Elsa.

– Vous ou votre mère, vous n'avez soupçonné personne ?

– Non, personne. Et Benjamin non plus, autant que je sache.

– Il aurait pu mentir ?

– Je ne peux pas en jurer, mais je crois bien que Benjamin n'a jamais menti de toute son existence.

– Je veux dire, afin de ne pas attirer l'attention sur lui.

– Je ne crois pas qu'il ait attiré l'attention de qui que ce soit et il y a bien longtemps qu'il a raconté toutes ces choses-là à ma mère. C'était juste avant sa mort.

– Il n'a jamais cessé de penser à elle, n'est-ce pas ?

– C'est ce que m'a dit ma mère.

Sigurdur Oli s'accorda un moment de réflexion.

– La honte aurait pu la pousser au suicide ?

– Oui, absolument. Elle n'avait pas seulement trahi son fiancé qui la vénérait et voulait l'épouser mais elle portait aussi un enfant dont elle refusait de dévoiler l'identité du père.

– Elinborg, la femme qui fait équipe avec moi, a interrogé sa sœur. Elle a affirmé à Elinborg que leur père s'était suicidé. Par pendaison. Et que cela avait été très dur pour Solveig car elle et son père étaient très complices.

– Dur pour Solveig ?

– Oui.

– Voilà qui serait plus qu'étrange !

– Comment ça ?

– Il s'est bien pendu, en effet, mais je ne vois pas comment ça aurait pu affecter Solveig.

– Que voulez-vous dire ?

– Les gens ont dit qu'il était mort de chagrin.

– De chagrin ?

– Oui.

– Quel… ?

– En tout cas, j'en avais la conviction.

– Comment ça, mort de chagrin ?

– Eh bien, à cause de la disparition de sa fille, expliqua Elsa. Il s'est pendu après sa disparition.

17

Erlendur avait enfin quelque chose à raconter à sa fille. Il avait pas mal farfouillé à la Bibliothèque nationale et rassemblé des renseignements dans les quotidiens et revues parus à Reykjavik en 1910, l'année où la comète de Halley était passée à côté de la Terre en traînant sa queue derrière elle, composée d'un nuage mortel d'acide cyanhydrique. Il avait obtenu une autorisation spéciale pour feuilleter les documents originaux au lieu de les consulter sur microfilms. C'était pour lui un véritable délice de regarder de vieux quotidiens d'information et des revues populaires, d'entendre le froissement et de sentir l'odeur du papier jauni, de ressentir des impressions de cette époque révolue que ces journaux avaient consignées alors et pour toujours.

C'était déjà le soir quand il vint s'asseoir à côté d'Eva Lind et se mit à lui raconter la découverte des ossements sur la colline de Grafarholt. Il lui parla des archéologues qui avaient délimité un petit périmètre au-dessus des ossements et de Skarphédinn, dont les incisives étaient si grandes qu'il ne parvenait jamais à fermer totalement la bouche. Il lui parla des groseilliers et de ce que Robert avait dit à propos d'une femme tordue, habillée de vert. Il lui parla de Benjamin Knudsen et de sa fiancée, qui avait disparu un beau jour, et de l'effet que cette disparition avait eu sur le jeune

Benjamin, il évoqua Höskuldur qui avait loué la maison d'été pendant la guerre et raconta aussi ce que Benjamin avait dit à ce dernier à propos d'une femme qui avait habité sur la colline mais avait été conçue dans un réservoir à gaz pendant la nuit où les gens imaginaient que la Terre allait être détruite.

– C'était l'année de la mort de Mark Twain, avait commenté Erlendur.

La comète de Halley se dirigeait à toute vitesse vers la Terre et sa queue était chargée de vapeurs empoisonnées. Si la comète ne percutait pas la Terre en la faisant exploser, la Terre traverserait sa queue, ce qui anéantirait toute vie ; les plus pessimistes s'imaginaient périr dans le feu et dans l'acide. La peur de la comète se propageait parmi les gens et ce, pas seulement en Islande, mais dans le monde entier. En Autriche, dans les villes de Trieste et de Dalmatie, les gens vendaient tous leurs biens pour une bouchée de pain afin de mener la belle vie le temps qu'ils croyaient qu'il leur restait à vivre. En Suisse, les écoles de jeunes filles les plus réputées se retrouvèrent presque désertes car les familles trouvaient souhaitable d'être ensemble au moment où la comète allait réduire la Terre en morceaux. Les prêtres reçurent l'ordre de tenir des conférences d'astronomie afin de dissiper la peur qui s'était emparée des gens.

A Reykjavik, on rapporta qu'un grand nombre de femmes s'étaient alitées par peur de la fin du monde et beaucoup de gens ajoutaient très sérieusement foi à l'hypothèse que, comme il était dit dans l'un des journaux de l'époque, le printemps particulièrement froid de cette année-là était dû à la comète. Les anciens témoignèrent du fait que, la dernière fois qu'une comète avait frôlé la Terre, l'année avait été particulièrement froide.

A cette époque, beaucoup de gens de Reykjavik considéraient que l'avenir se trouvait dans le gaz. Ça sentait le gaz un peu partout en ville et, comme si l'utiliser pour l'éclairage public ne suffisait pas, les gens s'éclairaient aussi à l'aide de lampes à gaz à la maison. La décision avait été prise de moderniser les choses et de construire à la lisière de la ville une usine destinée à couvrir tous les besoins de Reykjavik dans le futur. La mairie de Reykjavik décida de signer un contrat avec une entreprise allemande et l'ingénieur Carl Franke de Brême, accompagné de son équipe de spécialistes, commença la construction de l'usine à gaz de Reykjavik. Elle fut mise en service en 1910.

Le réservoir lui-même était une gigantesque bonbonne d'une contenance de mille cinq cents mètres cubes et on le surnomma "le pendule à gaz parce que, flottant dans l'eau, il s'enfonçait ou s'élevait en fonction de la quantité de gaz présente à l'intérieur. Les habitants de Reykjavik n'avaient jamais vu une telle merveille et allaient se promener aux abords de la ville afin d'en suivre la construction.

Il était presque achevé quand quelques personnes s'y réunirent la nuit du 17 au 18 mai. Ils considéraient ce réservoir comme le seul lieu d'Islande où l'on pouvait espérer se protéger contre les vapeurs empoisonnées de la comète. Quand la nouvelle se répandit qu'on donnait une grande fête nocturne dans le réservoir, les gens affluèrent pour prendre part à ces réjouissances de fin du monde.

Les événements qui se produisirent dans le réservoir au cours de cette nuit furent relatés en ville les jours suivants. On raconta que les gens avaient bu comme des trous et qu'ils avaient forniqué jusqu'au matin voire jusqu'à ce qu'il soit évident que le monde n'avait pas sombré, pas plus dans la collision avec la comète de Halley que dans les flammes infernales de sa queue.

Nombreux furent ceux qui prétendirent que des enfants avaient été conçus dans le réservoir au cours de cette nuit et Erlendur se disait que, peut-être, bien des années plus tard, l'un d'entre eux avait rencontré son destin sur la colline de Grafarholt où il avait été enterré.

– La maison du gardien de l'usine existe toujours, dit-il à Eva Lind sans savoir si elle l'entendait. A part cela, tous les restes de cette usine ont disparu. Finalement, ce n'était pas le gaz qui avait de l'avenir mais l'électricité. L'usine se trouvait dans la rue Raudararstigur, à l'emplacement de Hlemmur ; bien qu'anachronique, elle rendait d'honnêtes services. Pendant les grands froids et les périodes de mauvais temps, les clochards recherchaient la chaleur de la brûlerie, surtout quand il faisait nuit noire, et il régnait souvent une certaine joie de vivre dans le bâtiment, au plus sombre de l'hiver.

Eva Lind ne manifestait pas la moindre réaction pendant qu'Erlendur lui racontait tout cela. Il ne s'attendait du reste pas à ça. Il ne s'attendait pas à un miracle.

– L'usine a été construite sur un endroit surnommé le Marécage d'Elsa, continua-t-il en souriant devant l'ironie du sort. Le marécage d'Elsa est demeuré désert pendant de longues années après que l'usine a été démantelée et le réservoir déplacé. Plus tard, on a construit à cet emplacement un grand bâtiment qui abrite aujourd'hui le commissariat de police de Reykjavik. C'est là que j'ai mon bureau. Précisément à l'endroit où se trouvait autrefois ce réservoir.

Erlendur se tut.

– Nous passons notre temps à attendre la fin du monde, ajouta-t-il ensuite. Qu'elle se manifeste sous la forme d'une comète ou d'autre chose. Nous avons tous notre fin du monde personnelle. Certains vont même jusqu'à l'attirer. Certains la désirent. D'autres tentent d'y échapper. Ils la redoutent. Lui témoignent du respect. Ce n'est pas ton cas. Tu ne t'abaisserais pas devant quoi que ce soit. Et tu ne redoutes pas ta petite fin du monde personnelle.

Erlendur restait assis en silence, il regardait sa fille en se demandant si cela servait à quelque chose de lui parler ainsi alors qu'elle ne semblait pas entendre un mot de ce qu'il disait. Il repensa aux paroles du médecin et se dit qu'il n'était pas faux que le fait de parler à sa fille de cette manière lui procurait une forme de soulagement. Il avait rarement pu parler avec elle de façon posée et calme. Les luttes auxquelles ils se livraient avaient entaché tous leurs rapports et ils n'avaient pas souvent eu l'occasion de s'asseoir en toute tranquillité pour discuter.

Bien qu'on ne puisse pas dire, dans le cas présent, qu'il s'agisse d'une véritable discussion. Erlendur fit un léger sourire. Il parlait et elle n'écoutait pas.

Dans ce sens, la situation entre eux était inchangée.

Peut-être que ce n'était pas ce qu'elle avait envie d'entendre. Une découverte d'ossements, une usine à gaz, une comète et une nuit de débauche. Peut-être qu'elle avait envie de l'entendre parler d'autre chose. De lui-même. D'eux.

Il se leva, se pencha sur Eva Lind, l'embrassa sur le front et quitta la chambre. Profondément plongé dans ses pensées, au lieu de tourner à droite et de sortir du service en suivant le couloir, il alla dans l'autre direction sans le remarquer et continua dans les soins intensifs, il passa devant des chambres à la lumière tamisée où d'autres malades se débattaient entre la vie et la mort, branchés à des appareils de technologie la plus récente. Il ne s'en rendit compte qu'une fois parvenu au bout du couloir. Il était sur le point de rebrousser chemin quand une femme de petite taille sortit d'une chambre située tout au fond du couloir et le bouscula.

– Excusez-moi, dit-elle d'une petite voix grinçante.

– Non, c'est moi, dit-il avec un geste de la main en regardant alentour. Ce n'est pas ici que je voulais aller. Je voulais sortir du service.

– On m'a fait venir ici, dit la petite femme. Elle avait très peu de cheveux, elle était grosse, avait une forte poitrine sous un T-shirt sans manches de couleur violette, son visage était avenant. Erlendur remarqua la présence de fins poils bruns sur sa lèvre supérieure. Il jeta un coup d'œil rapide à l'intérieur de la chambre dont elle était sortie et vit un homme âgé allongé sous une couette dans un lit médicalisé, le visage décharné et blanc comme un linge. A son chevet, une femme était assise dans un fauteuil, vêtue d'une fourrure luxueuse ; et de sa main gantée, celle-ci portait un mouchoir à son visage.

– Il y a encore des gens qui croient aux médiums, dit la femme à voix basse, comme pour elle-même.

– Pardon, que disiez-vous ?

– On m'a demandé de venir ici, répéta-t-elle en éloignant doucement Erlendur de l'entrée de la chambre. Il est en train de mourir. Et ils ne peuvent rien faire. C'est sa femme qui est assise là à son chevet. Elle m'a demandé de voir si je parvenais à établir le contact avec lui. Il est dans le coma, les médecins affirment qu'ils ne peuvent rien faire et cependant, il refuse de mourir. Comme s'il ne voulait pas faire ses adieux. Elle m'a demandé de le trouver mais je n'arrive pas à sentir sa présence.

– A sentir sa présence ? demanda Erlendur.

– Oui, dans l'au-delà.

– Dans l'au... alors, vous êtes médium ?

– Elle n'arrive pas à se faire à l'idée de sa mort. Il est parti de chez elle il y a quelques jours et ensuite, elle a appris par la police qu'il avait eu un accident sur le boulevard Vesturlandsvegur. Il avait l'intention d'aller dans le fjord de Borgarfjördur. Un camion lui a coupé la route. Ils affirment qu'il n'y a aucun espoir de le sauver. Mort cérébrale.

Elle leva les yeux vers Erlendur qui la regardait sans comprendre.

– Sa femme est l'une de mes amies.

Erlendur ne comprenait rien à ce que lui disait la femme ni pourquoi elle lui racontait tout cela dans la pénombre du couloir, en chuchotant comme s'ils étaient en train de comploter tous les deux. C'était la première fois qu'il voyait cette femme, il la salua plutôt sèchement et s'apprêtait à tourner les talons quand celle-ci lui attrapa la main.

– Attendez, dit-elle.

– Quoi donc ?

– Attendez.

– Excusez-moi, mais tout cela ne me regarde…

– Je vois un garçon pris dans une tempête de neige, commença la femme.

Erlendur la regarda, complètement déstabilisé, et retira sa main d'un coup sec, comme si la femme venait d'y faire une entaille.

– De quoi vous parlez ? demanda-t-il.

– Vous savez de qui il s'agit ? demanda la femme en levant les yeux vers Erlendur.

– Je ne vois pas absolument pas où vous voulez en venir, répondit Erlendur, agressif ; il fit demi-tour et se dirigea à toutes jambes vers la lumière de la porte de sortie.

– Vous n'avez rien à craindre, lui cria la femme. Il est en paix. Il a accepté ce qui s'est passé. Ce qui s'est passé n'était la faute de personne.

Erlendur s'arrêta, se retourna lentement et fixa la petite femme au fond du couloir. Il ne comprenait pas pourquoi elle s'entêtait de la sorte.

– Qui est ce garçon ? demanda la femme. Pourquoi il est avec vous ?

– Il n'y a pas le moindre garçon, répondit Erlendur d'un ton brusque. Je ne vois pas de quoi vous voulez parler. Je ne vous connais ni d'Ève ni d'Adam et je ne sais absolument pas qui est ce garçon dont vous parlez. Fichez-moi donc la paix, cria-t-il.

Il tourna les talons et quitta d'un pas pressé les soins intensifs.

– Fichez-moi la paix, siffla-t-il en serrant les dents.

18

Edward Hunter avait occupé la fonction de commandant des forces américaines en Islande pendant la guerre, il était aussi l'un des rares militaires à ne pas être reparti à la fin des hostilités. Jim, le secrétaire d'ambassade, avait retrouvé sa trace sans trop de difficultés par le biais de l'ambassade des États-Unis. Il avait recherché des soldats appartenant aux armées anglaise et américaine qui avaient occupé l'Islande et seraient encore en vie, mais ceux-ci n'étaient pas nombreux, d'après les renseignements que le ministère britannique de l'Intérieur avait fournis. La plupart des soldats britanniques présents en Islande avaient perdu la vie pendant les campagnes d'Afrique ou d'Italie ou encore ils avaient péri sur les champs de bataille pendant le débarquement de Normandie, en 1944. Les Américains, pour leur part, furent peu nombreux à aller au feu et ils servirent en Islande jusqu'à la fin de la guerre. Certains même, mariés à des Islandaises, restèrent et, avec le temps, obtinrent la nationalité islandaise. L'un d'entre eux était cet Edward Hunter.

Erlendur avait reçu un appel de Jim tôt le matin.

– J'ai parlé avec l'ambassade américaine et ils m'ont renvoyé à ce Hunter. Je voulais vous faire gagner du temps et je l'ai interrogé moi-même. J'espère que cela ne vous dérange pas.

– Je vous en remercie, répondit Erlendur encore presque endormi.

– Hunter réside à Kopavogur.

– Depuis la guerre ?

– Je n'en sais malheureusement rien.

– Mais, en tout cas, il y habite aujourd'hui, ce Hunter, répondit Erlendur en se frottant les yeux pour se réveiller.

Il n'avait pas bien dormi pendant la nuit, il avait somnolé et fait de mauvais rêves. Ce que la petite femme presque chauve lui avait dit la soirée précédente aux soins intensifs lui avait occupé l'esprit. Il ne croyait pas que les médiums puissent jouer le rôle d'entremetteurs avec l'au-delà, pas plus qu'ils ne voyaient des choses qui demeuraient invisibles aux autres. Il les considérait au contraire comme des tricheurs hors pair qui possédaient un véritable génie pour extorquer des renseignements aux gens en lisant dans leur attitude générale ou encore leur façon de s'habiller des caractéristiques tout à fait banales qui pouvaient passer pour une connaissance profonde de l'individu concerné et qui ne coïncidaient que dans cinquante pour cent des cas : il s'agissait d'un simple calcul de probabilités. Un jour que le sujet était abordé dans une discussion au bureau, Erlendur balaya tout d'un revers de main, affirmant que tout cela n'était qu'un tissu de satanées sornettes, à la grande déception d'Elinborg. Pour sa part, elle croyait aux médiums et à la vie après la mort et, dans un sens, elle s'était imaginé qu'il avait l'esprit ouvert à ce genre de choses. Peut-être parce qu'il était originaire de la campagne. Mais il s'agissait là d'un grave malentendu. Il n'était pas du tout ouvert au surnaturel. Et pourtant, il y avait malgré tout dans le comportement de cette femme à l'hôpital et dans ses paroles une chose qu'Erlendur ne parvenait pas à chasser de son esprit et qui avait perturbé son sommeil.

– Oui, il a toujours habité à cette adresse, reprit Jim en présentant des excuses en long en large et en travers pour l'avoir réveillé, il n'en avait pas eu l'intention, il pensait que tous les Islandais étaient matinaux au printemps, tout comme il l'était lui-même, décidément cette clarté printanière sans fin ne vous laissait pas de répit.

– Et, attendez, il est marié avec une Islandaise ?

– Je viens de lui parler, répondit Jim avec son accent anglais comme s'il n'avait pas entendu la question. Il vous attend. Le commandant Hunter a servi pendant un moment dans la police militaire ici, à Reykjavik, et il se rappelle d'un, comment dites-vous déjà, d'un sabotage dont il désirerait vous parler. Dans l'entrepôt à provisions situé sur la colline. C'est bien le mot, n'est-ce pas, sabotage ?

Lorsque Erlendur lui avait rendu visite à l'ambassade, Jim lui avait confié qu'il portait un grand intérêt à la langue islandaise et qu'il avait à cœur de ne pas se limiter à utiliser les mots les plus courants.

– Oui, c'est le mot juste, répondit Erlendur en essayant de se montrer intéressé. Quel genre de sabotage ?

– Il vous le racontera lui-même. Pendant que je continuerai à rechercher les militaires qui auraient éventuellement disparu ou seraient décédés ici. Vous devriez aussi poser la question au commandant Hunter.

Ils prirent congé l'un de l'autre et Erlendur, les jambes engourdies, alla à la cuisine pour faire du café. Il était encore profondément plongé dans ses pensées. Un médium avait-il réellement la faculté de voir si quelqu'un se trouvait dans le monde des vivants ou dans celui des morts ? Il n'y accordait pas la moindre foi mais se disait que, s'il était possible d'apaiser d'une façon ou d'une autre les gens confrontés à la perte d'un être aimé, alors cela ne le dérangeait pas. L'origine de la consolation importait peu.

Le café était bouillant et Erlendur se brûla la langue en en avalant une gorgée. Il tentait de chasser de son esprit les pensées qui l'avaient occupé toute la nuit et dans la matinée, il y parvint.

Enfin, plus ou moins.

Edward Hunter, ancien commandant de l'armée américaine, ressemblait bien plus à un Islandais qu'à n'importe quel Américain quand il vint accueillir Elinborg et Erlendur à la porte de sa maison de Kopavogur, vêtu d'un gilet en laine du pays et avec une barbe blanche désordonnée. Ses cheveux étaient ébouriffés et sa mise peu soignée, cependant il se montra à la fois amical et poli quand il les salua d'une poignée de main en leur demandant de l'appeler simplement Ed. Dans ce sens, il y avait chez lui quelque chose qui rappelait Jim à Erlendur. Il leur expliqua que son épouse était aux États-Unis où elle séjournait chez sa sœur à lui. De son côté, ses voyages là-bas se faisaient de plus en plus rares.

En chemin, Elinborg avait rapporté à Erlendur ce que lui avait dit Bara à propos de la fiancée de Benjamin : au moment de sa disparition, elle portait un manteau vert. Elinborg trouvait qu'il s'agissait d'un détail intéressant mais Erlendur changea de conversation en déclarant d'un ton presque brutal qu'il ne croyait pas aux fantômes. Elinborg sentit bien qu'il ne voulait pas continuer sur ce sujet.

Ed les invita à entrer dans un salon spacieux et Erlendur se fit la réflexion qu'il n'y avait pas beaucoup de traces de l'ancienne vie du militaire quand il regarda autour de lui : deux paysages islandais peints avec lourdeur s'offraient à sa vue ainsi que des statues de grès islandais et des photos de famille dans des cadres. Rien qui rappelât à Erlendur l'armée ou la guerre mondiale.

Ed les attendait, il avait préparé du café et du thé

ainsi que quelques pâtisseries comme accompagnement et, après un bref échange de banalités polies qui les ennuyait tous les trois, le vieux militaire se jeta à l'eau et leur demanda en quoi il pouvait leur être utile. Il parlait un islandais presque parfait, s'exprimait de façon concise et précise, comme si la discipline militaire l'avait débarrassé de tout superflu depuis bien longtemps.

– Jim, de l'ambassade britannique, nous a dit que vous avez servi ici, en Islande, pendant la guerre, entre autres dans la police militaire et que vous vous êtes occupé d'affaires liées à l'entrepôt de vivres qui se trouvait à l'emplacement actuel du golf sur la butte de Grafarholt.

Oui, aujourd'hui, je vais régulièrement y jouer au golf, répondit Hunter. J'ai vu le reportage sur la découverte des ossements sur la colline et Jim m'a dit que vous pensiez qu'il pouvait s'agir de l'un de nos hommes, présents ici pendant la guerre, un Anglais ou un Américain.

– Il s'est passé quelque chose de spécial dans cet entrepôt ? demanda Erlendur.

– Des vols, répondit Hunter. Ça arrive dans la plupart des entrepôts de vivres. Je suppose qu'aujourd'hui, on appellerait ça de la démarque, n'est-ce pas ? Un groupe de militaires s'était mis à voler des vivres pour les vendre aux gens de Reykjavik. Cela a débuté de façon artisanale mais, au fur et à mesure que les voleurs ont pris de l'assurance, le phénomène a pris de l'ampleur jusqu'à se transformer en véritable industrie. Le chef des entrepôts était dans le coup. Ils ont tous été condamnés. Puis ils ont quitté le pays. Je m'en souviens assez bien. Je tenais un journal de bord dans lequel j'ai jeté un œil après l'appel de Jim. Ça m'est revenu à l'esprit, cette histoire de vol. J'ai aussi appelé un ami que j'avais à cette époque, Phil, qui était mon supérieur. Nous avons remué ces souvenirs tous les deux.

– Le vol a été découvert comment ? demanda Elinborg.

– Ils se sont fait avoir par leur cupidité. Quand une histoire de vol prend une telle ampleur, il est difficile de la garder secrète et des bruits ont couru que quelque chose d'anormal se produisait.

– Et qui étaient les coupables ? demanda Erlendur en attrapant ses cigarettes. Hunter fit un hochement de tête pour indiquer que la fumée ne le dérangeait pas. Elinborg lança à Erlendur un regard réprobateur.

– Toujours les mêmes, enfin, la plupart. La tête du groupe était le chef des entrepôts. Et il y avait aussi au moins un Islandais. Un gars qui habitait sur la colline, de l'autre côté.

– Vous vous rappelez son nom ?

– Non, il habitait avec sa famille dans une espèce de taudis qui n'était même pas peint. Nous avons retrouvé pas mal de denrées chez lui. Provenant des entrepôts. J'ai noté dans mon journal qu'il avait trois enfants, l'un d'eux était handicapé, la petite fille. Les deux autres, c'étaient des garçons. Leur mère…

Hunter marqua un silence.

– Leur mère ? reprit Elinborg. Vous alliez dire quelque chose à propos de leur mère.

– Je crois bien qu'elle en bavait sacrément. Hunter se tut à nouveau et devint pensif, comme s'il essayait de se replonger dans cette époque si lointaine où il enquêtait sur une affaire de vol ; il avait pénétré dans ce logis islandais sur la colline et avait eu devant lui cette femme qu'il savait victime de violences. Il ne s'agissait pas d'une femme qui aurait été battue récemment et en une seule occasion, au contraire il était visible qu'elle subissait une violence quotidienne et organisée, aussi bien psychologique que physique.

Il la remarqua à peine en entrant dans la maison, accompagné des quatre autres membres de la police militaire. Ed vit immédiatement la petite fille handicapée, allongée sur sa méchante paillasse à l'intérieur de la cuisine. Il vit les deux garçons qui se tenaient l'un à côté de l'autre près de la paillasse et ne faisaient pas un geste, terrifiés par l'irruption des soldats dans la maison. Il vit l'homme se lever de sa chaise. Ils n'avaient pas prévenu de leur arrivée et il ne s'attendait visiblement pas à leur visite. Les soldats repéraient tout de suite les gens qui allaient opposer résistance. Ceux qui pouvaient être dangereux. L'homme en question ne poserait pas de problème.

C'est ensuite qu'Ed vit la femme. C'était au tout début du printemps, il faisait sombre à l'intérieur et il lui fallut un moment pour s'habituer à la pénombre. La femme se tenait comme pour se cacher à l'intérieur de ce qu'il croyait être un couloir menant aux chambres. Il pensa d'abord qu'il s'agissait de l'un des voleurs qui tentait de s'échapper. Il alla rapidement vers le couloir tout en tirant son arme de l'étui qu'il portait sur le côté. Il lui cria quelque chose et dirigea l'arme vers la pénombre. La fillette handicapée se mit à lui hurler dessus. Les deux garçons lui sautèrent sur le dos en même temps en hurlant des mots qu'il ne comprit pas. Et il vit sortir de la pénombre cette femme qu'il n'oublierait jamais de sa vie.

Il comprit immédiatement pourquoi elle se cachait. Elle avait le visage méchamment tuméfié, la lèvre supérieure enflée et un œil tellement gonflé qu'elle pouvait à peine l'ouvrir, de l'autre œil elle le regardait terrorisée et toute voûtée, comme par habitude. Comme si elle croyait qu'il allait la frapper. Elle portait une robe tout usée par-dessus une autre robe, pas de bas mais des chaussettes et des chaussures éculées. Ses cheveux sales et tout emmêlés lui tombaient lourdement sur les épaules. Il eut l'impression qu'elle boitait. C'était l'être humain le plus pitoyable qu'il ait jamais vu de toute sa vie.

Il la regarda qui essayait de calmer ses garçons et comprit que ce n'était pas son apparence qu'elle essayait de dissimuler.

Elle essayait de cacher sa propre honte.

Les enfants s'étaient tus. Le plus grand des garçons se blottissait contre sa mère. Ed regarda le mari, rangea son arme, s'avança vers lui puis lui asséna une gifle magistrale du plat de la main.

– Voilà comment ça s'est passé, précisa Hunter une fois qu'il eut achevé sa narration. J'ai perdu mon sang-froid. Je ne sais pas ce qui s'est passé. Ce qui m'a pris. En fait, c'était incompréhensible. Nous recevions une formation, vous comprenez, une formation qui nous préparait à toutes les éventualités. Une formation qui nous apprenait à garder notre calme en toute situation. C'était très important, toujours, de ne pas perdre son sang-froid, comme vous devez vous l'imaginer, c'était la guerre et tout ça. Pourtant, lorsque j'ai vu cette femme… lorsque j'ai vu ce qu'elle avait dû endurer et sûrement pas seulement cette fois-là mais, à ce que je supposais, pendant sa vie entière dans les griffes de cet homme, quelque chose en moi s'est cassé. Il s'est produit une chose qui échappait à mon contrôle.

Hunter fit une pause.

– J'ai été policier à Baltimore pendant deux ans avant le début de la guerre. A l'époque, on n'appelait pas cela de la violence conjugale, mais c'était tout aussi moche. C'est le premier contact que j'ai eu avec ce type de violence et elle m'a toujours inspiré un profond dégoût. J'ai vu immédiatement ce qui se passait là-bas et puis, il s'était aussi rendu coupable de vols chez nous… mais, enfin, l'homme a été jugé selon vos lois à vous, précisa ensuite Ed, comme pour chasser de son esprit le souvenir de la femme sur la colline. Je ne crois pas qu'il ait été durement condamné. Quelques mois plus tard seulement, il est bien évidemment rentré chez lui pour continuer à battre la pauvre femme.

– Vous me décrivez là un cas de violence conjugale très sérieux, observa Erlendur.

– Oui, de la pire sorte. C'était terrible de voir cette femme, dit Hunter. Absolument affreux. Comme je viens de le dire, j'ai tout de suite vu ce qui se passait. J'ai essayé de lui parler mais elle ne comprenait pas un mot d'anglais. J'ai parlé d'elle à la police islandaise mais ils ont déclaré ne pas pouvoir faire grand-chose. Visiblement, ça n'a pas beaucoup changé.

– Vous ne vous rappelez pas le nom de ces gens, par hasard ? demanda Elinborg. Ils ne seraient pas dans votre journal de bord ?

– Non, mais ils devraient figurer dans vos archives, à cause de cette affaire de vol. Et puis, il travaillait aux entrepôts de provisions. Il existe évidemment des listes des employés. Des employés islandais qui y travaillaient. Peut-être qu'il n'est pas trop tard.

– Et les soldats ? demanda Erlendur. Ceux qui ont été jugés par votre cour martiale.

– Ils sont restés quelque temps en prison. Le vol de denrées était fréquent mais c'était un crime très grave. Ensuite, ils ont été envoyés en première ligne. Ce qui représentait une forme de condamnation à mort.

Et vous avez attrapé tous les coupables ?

– Je n'en sais rien. Mais les vols ont cessé. L'état des stocks est redevenu normal. Le problème était réglé.

– Et vous ne pensez pas que cette affaire puisse avoir un lien avec les ossements ?

– Je suis incapable de le dire.

– Vous ne vous souvenez pas de cas de disparitions dans vos rangs ou dans ceux de l'armée britannique ?

– Vous voulez dire des déserteurs ?

– Non, des disparitions inexpliquées. Qui pourraient être liées aux ossements. Vous n'avez aucune idée de qui cela pourrait être ? S'il pouvait s'agir d'un soldat américain qui travaillait aux entrepôts ?

– Je n'en ai aucune idée. Aucune idée.

Ils continuèrent à discuter avec Hunter pendant un long moment. Il semblait apprécier leur conversation. Semblait prendre plaisir à se rappeler une période depuis longtemps révolue, armé de son précieux journal de bord. Bientôt, ils en furent à évoquer les années de guerre en Islande et les conséquences de la présence militaire, avant qu'Erlendur se reprenne. Ils n'avaient pas le temps de traîner comme ça. Erlendur se leva, Elinborg l'imita en remerciant Ed de l'accueil qu'il leur avait fait en leur nom à tous les deux.

Hunter se leva également et les raccompagna.

– Comment vous avez découvert le vol ? demanda Erlendur une fois arrivé à la porte.

– Découvert ? reprit Hunter.

– Qu'est-ce qui vous a mis sur la voie ?

– Ah oui, je vois. Un appel téléphonique. Quelqu'un a téléphoné au quartier général de la police et dénoncé des vols importants dans cet entrepôt.

– Et qui c'est qui a vendu la mèche ?

– Nous ne l'avons jamais su, je le crains. Nous n'avons jamais su qui c'était.

Simon, debout à côté de sa mère, regarda, abasourdi, le soldat se retourner avec une étrange expression de surprise et de colère, traverser la cuisine et frapper tout à coup Grimur au visage en le faisant tomber à terre.

Les trois soldats à la porte demeuraient immobiles pendant que, de toute sa hauteur, l'assaillant de Grimur lui hurlait des choses que les enfants et l'épouse ne comprenaient pas. Simon n'en croyait pas ses yeux. Il

222

jeta un coup d'œil à Tomas qui ne quittait pas la scène du regard puis à Mikkelina et constata qu'elle fixait, terrorisée, Grimur allongé sur le sol. Elle regarda sa mère et vit que celle-ci avait les larmes aux yeux.

Grimur ne s'était douté de rien. Ils avaient entendu deux jeeps se garer devant la maison et leur mère était vite allée se cacher dans le couloir pour que personne ne la voie. Que personne ne voie son œil au beurre noir et sa lèvre ouverte. Grimur ne s'était même pas levé de table, comme si le fait qu'on puisse découvrir le trafic auquel il se livrait avec les voleurs de l'entrepôt ne l'inquiétait pas le moins du monde. Il attendait ses amis de l'entrepôt qui allaient apporter un chargement destiné à être caché dans la maison. Dans la soirée, ils allaient descendre en ville pour vendre une partie du fruit de leur vol. Grimur avait maintenant suffisamment d'argent à sa disposition et il s'était mis à parler de quitter la colline, de s'acheter un appartement, il avait même, mais seulement les grands jours, mentionné l'idée d'acheter une voiture.

Les soldats l'emmenèrent. Ils firent monter Grimur dans l'une des jeeps et le conduisirent loin de la colline. Celui qui commandait, l'homme qui avait frappé Grimur par terre comme si ç'avait été la chose la plus naturelle du monde, s'était simplement approché de lui et l'avait battu sans mesurer sa force, il avait ensuite dit quelque chose à leur mère avant de prendre congé, pas à la manière d'un militaire mais d'une poignée de main, puis il était allé s'installer dans l'autre jeep.

Bientôt, le calme revint dans la petite maison. Leur mère était toujours à la porte du couloir, comme si elle n'avait pas encore compris la cause de l'irruption des soldats. Elle se frotta lentement les yeux et fixa dans le vide un point qu'elle seule voyait. Ils n'avaient jamais vu Grimur à terre. Ils n'avaient jamais vu personne le mettre à terre. Jamais vu personne hurler sur Grimur.

Ne l'avaient jamais vu aussi impuissant. Ils ne comprenaient pas ce qui venait de se passer. Ne comprenaient pas comment c'était possible. Ni pourquoi Grimur ne s'était pas jeté sur les soldats pour leur flanquer une bonne raclée. Les garçons se regardaient. Le silence qui régnait dans la maison était étouffant. Les enfants contemplaient leur mère et, tout à coup, Mikkelina émit un son étrange. Elle était à demi assise sur son lit, ils entendirent à nouveau le son et remarquèrent qu'elle était secouée de gloussements; les gloussements enflèrent et se transformèrent en un rire qu'elle tenta d'abord de réprimer, sans succès, et qu'elle laissa finalement éclater. Simon souriait et se mit également à rire, puis Tomas les imita et les trois enfants furent bientôt en proie à des éclats de rire incontrôlables qui résonnaient dans la maison et allaient se propager sur la colline, portés par la brise du printemps.

Environ deux heures plus tard, un camion de l'armée arriva et vida la maison de tous les produits que Grimur et ses complices y avaient entassés. Les garçons suivirent des yeux le camion qui s'éloignait et coururent en haut de la colline pour le voir entrer dans l'entrepôt où des hommes le déchargèrent.

Simon ne savait pas exactement ce qui s'était passé et il n'était pas certain que sa mère le sache non plus mais Grimur fut condamné à une peine de prison et il ne rentrerait pas à la maison au cours des prochains mois. Au début, la vie sur la colline poursuivit son cours habituel. On aurait dit qu'ils n'avaient pas réalisé que Grimur n'était plus là. En tout cas, pour l'instant. Leur mère continuait à s'occuper des tâches ménagères comme elle l'avait toujours fait et elle n'hésitait pas à utiliser l'argent mal acquis pour assurer sa survie et celle de ses enfants. Ensuite, elle se trouva un travail à la laiterie de Gufunes qui se trouvait à une demi-heure de marche de la maison.

Les garçons faisaient prendre le soleil à Mikkelina quand le temps le permettait. Parfois, ils l'emmenaient jusqu'au lac de Reynisvatn où ils pêchaient des truites. Si leur pêche était bonne, leur mère faisait frire les truites à la poêle, un délice. Plusieurs semaines s'écoulèrent ainsi. L'emprise que Grimur avait sur eux, même si celui-ci était en prison, ne se desserrait que peu à peu. On se réveillait l'esprit plus léger le matin, les journées passaient à toute vitesse, insouciantes, et les soirées s'écoulaient dans un calme qui leur était inconnu mais tellement agréable qu'ils veillaient jusqu'à une heure avancée en discutant ou en jouant jusqu'à s'écrouler de fatigue.

Cependant, c'était sur leur mère que l'absence de Grimur se remarquait le plus clairement. Un jour, une fois qu'elle eut compris que Grimur ne rentrerait pas à la maison prochainement, elle prit le lit conjugal et le nettoya méthodiquement. Elle alla poser les matelas sur le seuil de la maison pour les aérer et les secoua de leur poussière et de leur crasse. Elle fit de même avec les couettes, les secoua, mit de nouvelles housses, lava ses enfants les uns après les autres au savon vert et à l'eau chaude dans une grande bassine qu'elle avait déposée sur le sol de la cuisine. Finalement, elle se lava les cheveux et le visage, sur lequel on pouvait encore distinguer les traces des derniers coups de Grimur, et se nettoya ensuite soigneusement tout le corps. Hésitante, elle prit un miroir et se regarda. Elle se passa la main sur l'œil et sur la lèvre. Amaigrie, elle avait une expression dure sur le visage, ses dents avançaient légèrement, ses yeux étaient profondément enfoncés et son nez, que Grimur lui avait un jour cassé, présentait une bosse pratiquement invisible.

A l'approche de minuit, elle prit les enfants avec elle, Mikkelina, Simon et Tomas, les installa avec elle dans le lit et ils s'endormirent tous les quatre. A partir de ce moment-là et à leur grande joie, les trois enfants dormirent dans le grand lit, blottis contre leur mère, Mikkelina seule sur le côté droit et les deux garçons sur le côté gauche.

Elle n'alla jamais voir Grimur en prison. Ils ne prononcèrent jamais son nom tout le temps que dura son absence.

Un matin, peu de temps après l'arrestation de Grimur, le soldat Dave traversa la colline à pied avec sa canne à pêche, il passa devant leur maison et fit un signe de tête à Simon qui se tenait devant et poursuivit sa route jusqu'au lac de Hafravatn. Simon le suivit en conservant une distance suffisante afin de pouvoir l'épier. Dave passa la journée entière au bord du lac, avec la même tranquillité que la fois d'avant, et il ne semblait pas se soucier du fait que le poisson morde ou pas. Il en attrapa tout de même trois.

Il retourna sur la colline dans la soirée et se posta à côté de la maison avec les trois truites accrochées au bout d'une ficelle. Simon, qui était rentré chez lui et le surveillait depuis la fenêtre de la cuisine en prenant bien garde à ce que Dave ne le remarque pas, nota qu'il hésitait. Finalement, l'homme parut se décider : il se dirigea vers la maison et frappa à la porte.

Simon avait averti sa mère qu'il avait vu le soldat, le même que celui qui leur avait offert les truites l'autre jour ; elle était sortie pour voir si elle l'apercevait puis, une fois rentrée à la maison, elle avait pris un miroir et s'était recoiffée. On aurait dit qu'elle savait qu'il allait leur rendre visite avant de retourner aux baraquements. Elle était prête à l'accueillir au moment où il se présenta.

Elle ouvrit la porte et Dave lui sourit, dit quelque chose d'incompréhensible en lui tendant les poissons. Elle les prit et l'invita à entrer. Hésitant, il pénétra dans la maison, il se tenait debout dans la cuisine, comme un objet qui n'aurait pas été à sa place. Il adressa un signe de tête aux garçons et à Mikkelina, qui s'étirait et tendait la tête comme pour mieux voir ce soldat qui était parvenu jusqu'à leur cuisine, en uniforme, avec son drôle de couvre-chef qui ressemblait à un bateau à l'envers. Il se souvint tout à coup qu'il l'avait gardé en rentrant dans la maison et l'enleva d'un air gêné. Ni grand ni petit, il avait probablement dépassé la trentaine, il était maigre et avait de belles mains qui tenaient le bateau renversé comme s'il était en train de l'égoutter après l'avoir lavé.

Elle lui indiqua une chaise à la table de la cuisine ; il alla s'y asseoir et les garçons se placèrent à côté de lui pendant que leur mère faisait du café : du vrai café en provenance des entrepôts, du café que Grimur avait volé et que les soldats n'avaient pas trouvé. Dave savait déjà que Simon s'appelait Simon et il apprit que Tomas s'appelait Tomas, c'étaient là deux prénoms qu'il parvenait à prononcer sans problème. Il trouvait que Mikkelina était un nom étrange et il le répéta encore et encore d'une façon amusante et grotesque qui déclencha un rire général. Il déclara qu'il s'appelait David Welch, qu'il était américain et venait d'un endroit nommé Brooklyn. Il dit qu'il était simple deuxième classe. Ils ne voyaient pas ce que cela voulait dire.

– *A private*, un simple soldat, précisa-t-il mais ils continuèrent à le fixer sans réagir.

Il avala une gorgée de café qu'il sembla réellement apprécier. Leur mère prit place au bout de la table, face à lui.

– J'ai appris que votre mari était en prison, dit-il. Pour vol.

Il n'obtint aucune réaction.

Il regarda les enfants et tira un morceau de papier de la poche de sa chemise. Il le fit tourner entre ses doigts, indécis, puis il le fit glisser jusqu'à leur mère, de l'autre côté de la table. Elle prit le papier, le déplia et lut ce qui était écrit dessus. Elle regarda l'homme, tout étonnée, puis à nouveau le papier, sans savoir ce qu'elle devait en faire exactement. Finalement, elle plia le mot et le plongea dans la poche de son tablier.

Tomas parvint à faire comprendre à David qu'il fallait qu'il recommence à dire le prénom de Mikkelina et quand David s'exécuta, ils se remirent tous à rire et Mikkelina, toute joyeuse, fit un tas de grimaces.

David Welch rendit visite à la maison sur la colline tout au long de l'été et se lia d'amitié avec les enfants et leur mère. Il allait pêcher dans les deux lacs, leur offrait ses prises et leur apportait des entrepôts à provisions diverses petites choses qui leur étaient bien utiles. Il jouait avec les enfants qui l'adoraient et avait toujours sur lui son livre de poche qui l'aidait à se faire comprendre en islandais. Les enfants trouvaient cela très amusant quand il s'essayait à dire quelque chose en islandais. L'air sérieux qu'il prenait alors ne correspondait ni à ce qu'il disait, ni à la façon dont il le disait. Son islandais ressemblait à celui d'un enfant de trois ans.

Cependant, il apprenait vite et il était de plus en plus facile de le comprendre, de même, il comprenait de mieux en mieux ce que disaient les enfants. Les garçons lui montrèrent les meilleurs emplacements où pêcher, se promenaient tout fiers avec lui sur la colline et autour des lacs, apprenaient de lui des mots d'anglais et des textes de chansons de variété américaine qu'ils connaissaient pour les avoir entendues s'échapper de la base.

Il établit avec Mikkelina une complicité particulière. Elle lui fut très vite complètement acquise, il la portait au soleil et il lui faisait faire des exercices pour la fortifier. Il s'y prenait comme leur mère l'avait toujours fait, lui faisait faire des mouvements avec les bras et les jambes, la soutenait pour marcher et l'aidait à effectuer toutes sortes d'exercices. Un jour, il amena un médecin de la base pour qu'il examine la fillette. Le médecin pratiqua un examen complet et lui fit faire divers exercices. Il regarda ses yeux avec une lampe de poche, fit de même pour la gorge, lui fit bouger la tête en décrivant des cercles, lui tâta le cou ainsi que la colonne vertébrale. Il avait apporté des cubes de différentes formes et elle devait les introduire dans une boîte percée d'orifices correspondant à chacun des cubes. Cela ne lui prit que quelques instants. Le médecin apprit que la petite était tombée malade à l'âge de trois ans, qu'elle entendait quand on lui parlait mais qu'elle ne disait jamais rien. On lui dit aussi qu'elle savait lire et que sa mère était en train de lui apprendre à écrire. Le médecin hocha la tête d'un air malicieux, comme s'il comprenait. Il s'entretint longtemps avec Dave après l'examen et, une fois qu'il fut parti, Dave leur fit comprendre que Mikkelina avait absolument toutes ses facultés mentales. Ce n'était pas une nouvelle pour eux. Mais ensuite, il affirma qu'avec le temps, des exercices appropriés et beaucoup d'efforts, Mikkelina devrait être capable de marcher toute seule.

– Marcher !

Leur mère s'affaissa lentement sur la chaise de cuisine.

– Oui, et même parler normalement, ajouta Dave. Peut-être. Vous l'avez déjà emmenée voir un médecin ?

– Je ne comprends pas, soupira la mère.

– Elle va bien, reprit Dave. Il lui faut juste du temps.

La mère ne l'entendit pas.

– Il est un homme ignoble, déclara-t-elle tout à coup et ses enfants tendirent l'oreille car ils ne l'avaient jamais entendue parler ainsi de Grimur jusqu'à ce jour. Ignoble, continua-t-elle. Une âme immonde qui ne mérite pas de vivre. Je ne sais pas comment il peut exister des gens comme ça. Pourquoi de tels hommes existent, je ne comprends pas. Ni pourquoi ils arrivent à faire tout ce dont ils ont envie. Comment des hommes comme ça peuvent être conçus ? Qu'est-ce qui fait de lui un monstre ? Pourquoi il peut se comporter toujours comme une ordure, s'en prendre à ses enfants et les humilier, s'en prendre à moi et me battre au point que j'ai envie de mourir et que j'en vienne même à réfléchir à des façons d'en…

Elle soupira profondément et vint s'asseoir à côté de Mikkelina.

– On a honte d'être la victime de ce genre d'homme, on se referme sur soi dans une solitude absolue dont on interdit l'accès à tous, et même à ses enfants, car on ne veut pas que quiconque vienne y mettre les pieds, surtout pas ses propres enfants. Et alors, on se retrouve là à se préparer à la nouvelle attaque qui viendra sans prévenir, plein de haine contre quelque chose d'incompréhensible et tout à coup la vie se résume à attendre cette prochaine attaque, quand viendra-t-elle, avec quelle violence, pour quelle raison, comment je pourrais l'éviter ? Plus j'en fais pour lui faire plaisir, plus il est ignoble avec moi. Plus je montre de la passivité et de la peur, plus il me hait. Et si je lui oppose la moindre résistance, alors, voilà qu'il se retrouve avec une raison de me battre à mort. Il n'y a aucune manière de se comporter qui lui convienne. Aucune. Jusqu'à ce que la seule chose qu'on ait dans la tête, c'est que cela s'arrête, peu importe comment. Seulement que ça s'arrête.

Un silence de mort régnait dans la maison. Mikkelina était allongée, immobile, dans son lit mais les garçons s'étaient rapprochés de leur mère. Ils écoutaient, abasourdis, chacune de ses paroles. C'était la première fois qu'elle ouvrait une voie jusqu'à cette souffrance contre laquelle elle luttait depuis si longtemps qu'elle en avait oublié tout le reste.

– Tout ira bien, répéta Dave.

– Je t'aiderai, dit Simon sérieux comme un pape.

Elle le regarda.

– Je sais, Simon, répondit-elle. Je l'ai toujours su, mon pauvre petit Simon.

Les journées s'écoulaient et Dave passait ses moments de loisir sur la colline avec la famille, il était de plus en plus souvent avec leur mère, soit dans la maison, soit en promenade au bord du lac de Reynisvatn ou de Laugarvatn. Les garçons auraient bien voulu profiter un peu plus de sa présence mais il avait arrêté d'aller pêcher avec eux et il avait aussi moins de temps à consacrer à Mikkelina. Cela était égal aux enfants. Ils notèrent le changement qui s'était produit chez leur mère, changement qu'ils portaient au crédit de Dave et dont ils se réjouissaient.

Presque six mois après que Grimur eut été emmené loin de la colline par la police militaire, au cours d'une belle journée d'automne, Simon vit de loin Dave et sa mère se diriger vers la maison. Ils marchaient très près l'un de l'autre et il constata qu'ils se tenaient par la main. En approchant, ils se lâchèrent la main, s'écartèrent et Simon comprit qu'ils ne souhaitaient pas être vus.

– Qu'est-ce que vous allez faire, toi et Dave ? demanda Simon à sa mère un soir d'automne alors que la nuit était tombée sur la colline. Ils étaient assis dans la cuisine. Tomas et Mikkelina s'amusaient. Dave avait passé la journée avec eux mais était rentré à la base. La question avait flotté dans l'air pendant tout l'été. Les enfants en avaient discuté entre eux et avaient envisagé plusieurs éventualités qui aboutissaient toutes à la même conclusion : Dave allait remplacer leur père et chasser Grimur qu'ils ne verraient plus jamais.

– Comment ça, qu'est-ce que nous allons faire ? demanda sa mère.

– Quand il reviendra, précisa Simon. Il remarqua que Tomas et Mikkelina s'arrêtaient de jouer et le regardaient.

– Nous avons tout notre temps pour y penser, répondit leur mère. Il ne reviendra pas de sitôt.

– Mais toi, qu'est-ce que tu vas faire ?

Mikkelina et Tomas regardèrent Simon, puis leur mère. Elle lança un regard à Simon puis à Mikkelina et à Tomas.

– Il va nous aider, répondit-elle.

– Qui donc ? demanda Simon.

– Dave. Dave va nous aider.

– Et qu'est-ce qu'il va faire ?

Simon fixa sa mère et essaya de lire dans ses pensées. Elle le regardait dans les yeux.

– Dave connaît des hommes de son genre. Il sait comment s'en débarrasser.

– Et qu'est-ce qu'il va faire ? répéta Simon.

– Ne t'inquiète pas pour ça, répondit sa mère.

– Il va nous débarrasser de lui ?

– Oui.

– Comment ?

– Je ne sais pas. Il dit qu'il vaut mieux que nous en sachions le moins possible et je ne devrais même pas vous parler de ça. Je ne sais pas comment il va s'y prendre. Peut-être qu'il va lui parler. Qu'il va lui faire peur pour qu'il nous laisse tranquilles. Il m'a dit qu'il avait des amis dans l'armée qui pourraient l'aider si jamais il le fallait.

– Mais qu'est-ce qui se passera si Dave s'en va ? demanda Simon.

– S'il s'en va ?

– S'il s'en va d'ici, précisa Simon. Il ne sera pas toujours ici. C'est un soldat. Il y a toujours des soldats envoyés loin d'ici. Et il y en a toujours de nouveaux qui arrivent dans les baraquements. Qu'est-ce qui se passera s'il s'en va ? Qu'est-ce qu'on fera, alors ?

Elle fixa intensément son fils.

– Nous trouverons une solution, répondit-elle à voix basse. Nous trouverons bien une solution.

19

Sigurdur Oli téléphona à Erlendur, lui rapporta son entrevue avec Elsa et qu'elle pensait que c'était un autre homme qui avait mis enceinte Solveig, la fiancée de Benjamin, mais que l'identité de cet homme demeurait inconnue. Ils en discutèrent quelques instants et Erlendur raconta à Sigurdur Oli ce qu'il avait appris chez Edward Hunter, l'ancien militaire, à propos d'une affaire de vol dans les entrepôts, en lui expliquant comment un père de famille habitant la maison sur la colline y avait été mêlé. Edward considérait également que la femme de l'homme en question était victime de violences conjugales, ce qui venait confirmer l'histoire racontée par Höskuldur qui, lui-même, la tenait de Benjamin.

– Tous ces gens sont depuis longtemps morts et enterrés, répondit Sigurdur Oli d'un ton las. Je ne sais pas pourquoi nous remuons tout ça. Autant partir à la chasse aux revenants. Jamais nous ne verrons ces gens et jamais nous ne leur parlerons. Tout ça, ce ne sont que des spectres sortis directement d'histoires de fantômes.

– Tu veux parler de la femme en vert sur la colline ? demanda Erlendur.

– Elinborg raconte que c'est le fantôme de Solveig en manteau vert que ce bon vieux Robert a vu sur la colline, nous voilà donc tout bêtement en train d'essayer d'attraper des revenants.

– Mais tu n'as pas envie de savoir qui est enseveli là-haut la main tendue en l'air comme s'il avait été enterré vivant ?

– Je viens de passer deux jours à fouiner dans une cave dégueulasse et je m'en fiche totalement, répondit Sigurdur Oli. Je n'ai vraiment rien à foutre de toutes ces conneries, reprit-il pour enfoncer le clou puis il raccrocha.

Elinborg quitta Erlendur en sortant de chez Hunter. Elle avait été appelée avec d'autres policiers pour accompagner un suspect au tribunal d'instance de Reykjavik, c'était un commerçant connu qui se trouvait mêlé à un gros trafic de drogue de plus. Les médias portaient un intérêt constant à ce genre d'affaires et des journalistes s'étaient rassemblés devant le palais de justice car, ce jour-là, un grand nombre de suspects étaient présentés en même temps au tribunal pour entendre la lecture des actes d'accusation les concernant. Elinborg essaya de se faire belle autant que possible malgré le bref délai accordé. Peut-être qu'elle passerait à la télévision lors de la diffusion des reportages filmés au tribunal et il valait mieux qu'elle porte des vêtements corrects et qu'elle mette, au minimum, du rouge à lèvres.

– Mes cheveux ! soupira-t-elle en y passant les doigts pour les démêler.

Erlendur, comme la veille, avait l'esprit occupé par Eva Lind, allongée aux soins intensifs où nul n'était à même de dire si elle vivrait ou non. Il était plongé dans le souvenir de leur dernière dispute, qui avait eu lieu dans son appartement deux mois plus tôt. L'hiver était encore bien présent, lourd de neige, sombre et glacial. Il n'avait pas eu l'intention de se montrer inflexible. Ni de lâcher totalement prise. Mais c'était elle qui ne cédait jamais un pouce de terrain. Comme à son habitude.

– Tu n'as pas le droit de faire subir tout ça à cet enfant, avait-il dit en essayant encore une fois de la raisonner. Il avait calculé qu'elle en était à cinq mois de grossesse. Elle avait pris le taureau par les cornes quand elle s'était rendu compte qu'elle était enceinte et, au bout de deux tentatives, elle semblait être parvenue à arrêter la drogue. Il la soutenait autant qu'il le pouvait mais ils savaient tous les deux que son soutien ne pesait pas lourd dans la balance et que leurs relations étaient ainsi faites que moins il s'occupait d'elle, plus les chances qu'elle parvienne à un résultat augmentaient. Eva Lind avait vis-à-vis de son père une position ambivalente. D'un côté, elle recherchait sa compagnie et, de l'autre, elle lui trouvait tous les défauts du monde. Elle passait d'un extrême à l'autre en un clin d'œil sans parvenir à trouver une voie intermédiaire.

– Et qu'est-ce que tu en sais ? demanda-t-elle. Qu'est-ce que tu sais des enfants ? Je suis parfaitement capable d'avoir cet enfant. Et je veux le mettre au monde en paix.

Il ne savait pas ce qu'elle avait pris – de la drogue, de l'alcool ou bien un mélange des deux ? – mais quand il lui avait ouvert sa porte pour la laisser entrer, elle n'était pas dans son état normal. Elle tomba plus qu'elle ne s'assit dans le sofa. Son ventre pointait à l'avant de sa veste en cuir déboutonnée, son état était de plus en plus visible. Elle ne portait qu'un léger T-shirt en dessous. Dehors, il faisait moins dix degrés !

– Je pense que nous aurions…

– Nous n'avons rien, coupa-t-elle. Toi et moi, nous n'avons rien en commun. Rien.

– Je croyais que tu avais décidé de prendre soin de cet enfant. De faire attention à ce qu'il ne lui arrive rien de mal. De faire attention à ce qu'il ne soit pas en contact avec la drogue. Tu avais l'intention d'arrêter mais je suppose que tu es trop bien pour ça. Tu es trop bien pour penser à l'enfant que tu portes.

– Ta gueule !

– Qu'est-ce que tu viens chercher ici ?

– J'en sais rien.

– C'est ta conscience, c'est ça ? C'est ta conscience qui te travaille et tu te dis que je devrais me montrer compréhensif et t'aider à te complaire dans ta nullité. C'est ça que tu viens chercher ici. Te faire plaindre et fouler au pied ta mauvaise conscience.

– Oui, parfaitement, c'est le lieu idéal pour retrouver sa conscience, Monsieur Sainte Nitouche.

– Tu lui avais même choisi un nom. Tu ne t'en souviens pas ? Si ç'avait été une fille.

– Non, c'est toi qui avais choisi, pas moi. Toi, comme toujours. Tu décides toujours de tout. Quand t'as envie de te casser, alors, tu te casses, point, et tu t'en fous de moi, comme de tout le monde.

– Elle devait s'appeler Audur. C'est ce que tu voulais.

– Tu crois que je ne sais pas ce que t'essaies de faire ? Tu crois qu'on voit pas clair dans ton jeu ? T'es qu'un pauvre trouillard… Je sais parfaitement ce que j'ai dans le ventre. Je sais qu'il s'agit d'un individu. D'une personne. Je le sais et t'as pas besoin de me rafraîchir la mémoire. T'en as pas besoin.

– Parfait, répondit Erlendur, mais j'ai l'impression qu'il t'arrive parfois de l'oublier. D'oublier que tu n'es plus la seule personne dont tu dois t'occuper. Ce n'est plus seulement toi que tu drogues. Tu te drogues toi et ton enfant, et l'enfant en pâtit plus que toi, beaucoup plus que toi.

Il marqua une pause.

– C'était peut-être une erreur, reprit-il, de ne pas vouloir avorter.

Elle le regarda.

237

– Putain !!!

– Eva…

– Maman me l'a dit. Jc sais parfaitement ce que tu aurais voulu faire.

– Qu'est-ce que tu racontes ?

– Et tu peux toujours la traiter de menteuse ou dire que c'est une emmerdeuse mais je sais qu'elle dit la vérité.

– Quoi ? De quoi est-ce que tu parles ?

– Elle m'a même dit que tu nierais tout en bloc.

– Que je nierais quoi ? !

– Que tu ne voulais pas de moi.

– Comment ? !

– Tu ne voulais pas de moi, quand tu l'as mise enceinte.

– Qu'est-ce que ta mère est allée te raconter ?

– Tu ne voulais pas de moi.

– Elle ment !

– Tu voulais qu'elle se fasse avorter…

– C'est un mensonge…

– … et maintenant, tu te permets de me juger alors que je fais de mon mieux. Tu passes ton temps à me juger.

– Ce n'est pas vrai. Il n'en a jamais été question. Je ne sais pas pourquoi elle t'a raconté ça mais ce n'est pas vrai. Jamais il n'en a été question. On n'en a même pas parlé.

– Elle savait que tu dirais ça. Elle m'avait prévenue.

– Prévenue ? Quand est-ce qu'elle t'a dit ça ?

– Quand elle a su que j'étais enceinte. Alors, elle m'a dit que tu avais voulu qu'elle aille se faire avorter mais elle m'a dit que tu le nierais. Elle m'a prévenue que tu dirais tout ce que tu viens de me dire.

Eva Lind se leva et se dirigea vers la porte.

– Eva, elle ment. Crois-moi. Je ne comprends pas pourquoi elle t'a dit ça. Je sais qu'elle me déteste mais enfin, quand même, à ce point-là. Elle essaie de te retourner contre moi. Tu devrais t'en rendre compte. Aller dire une chose pareille, c'est… c'est abominable. Tu peux lui répéter…

– Va donc lui dire ça toi-même, cria Eva Lind. Si tu oses !

– C'est abominable d'aller te raconter des choses pareilles. D'aller inventer un tel truc pour empoisonner nos relations.

– J'ai plus confiance en elle qu'en toi.

– Eva…

– Tais-toi.

– Je vais t'expliquer pourquoi ça ne peut pas être vrai. Pourquoi je ne pourrais jamais…

– Je ne te crois pas !

– Eva… J'avais…

– Ta gueule. Je ne crois pas un mot de ce que tu dis.

– Dans ce cas, tu sors d'ici, répondit-il.

– Oui, c'est ça, lança-t-elle comme pour le provoquer. Vas-y, débarrasse-toi de moi.

– Dehors !

– C'est toi qui es abominable, hurla-t-elle en sortant à toute vitesse de l'appartement.

– Eva ! cria-t-il derrière elle, mais elle était déjà partie.

Il ne l'avait pas revue et elle n'avait pas donné de nouvelles jusqu'au moment où son téléphone avait sonné, deux mois plus tard, alors qu'il examinait les ossements.

Assis dans sa voiture, Erlendur fumait et se disait qu'il aurait dû réagir autrement, mettre sa fierté de côté et contacter Eva Lind une fois la colère retombée. Lui dire que sa mère lui mentait et qu'il n'avait jamais émis l'idée d'un avortement. Qu'il n'aurait jamais pu faire ça. Au lieu d'attendre que sa fille lui lance un sos. Elle ne possédait pas la maturité nécessaire pour s'en tirer toute seule, elle ne comprenait pas la situation dans laquelle elle s'était mise et ne mesurait pas sa responsabilité. Elle était frappée de cet étrange aveuglement.

Erlendur redoutait l'idée de devoir lui annoncer la nouvelle au moment où elle sortirait du coma. Si jamais elle en sortait. Il attrapa son téléphone et appela Skarphédinn, juste pour faire quelque chose.

– Ayez donc un peu de patience, répondit l'archéologue, et arrêtez un peu de me téléphoner à tout bout de champ. Nous vous contacterons quand nous aurons mis au jour la totalité du squelette.

Il était aisé d'imaginer que Skarphédinn s'était chargé lui-même de l'affaire étant donné que le délai s'allongeait de jour en jour.

– Et ce sera quand ?

– Pas facile à dire, répondit-il et des dents jaunes enfouies sous une barbe se présentèrent à l'esprit d'Erlendur. Ça ne va plus tarder. Et laissez-nous faire notre travail en paix.

– Vous pourriez peut-être me dire une chose. Il s'agit d'un homme ? D'une femme ?

– La patience est la reine des ver…

Erlendur raccrocha. Il s'allumait une autre cigarette lorsque le portable retentit. C'était Jim, de l'ambassade de Grande-Bretagne. Edward Hunter et l'ambassade des États-Unis avaient retrouvé une liste des employés islandais aux entrepôts et Jim était en train de la réceptionner sur son fax. De son côté, il n'avait pas trouvé trace d'Islandais employés à l'époque où les Britanniques avaient en charge la base. La liste comportait neuf noms et Jim en fit la lecture à Erlendur. Aucun ne disait quoi que ce soit à Erlendur qui communiqua à Jim son numéro de fax au bureau afin qu'il lui transmette la liste.

Il se rendit dans le quartier des Vogar et se gara,

comme il l'avait déjà fait, à quelque distance de l'appartement en sous-sol dans lequel il avait pénétré quelques jours plus tôt à la recherche d'Eva Lind. Il attendit en se demandant ce qui pouvait bien pousser des hommes à se comporter comme cet homme-là le faisait avec sa femme et son enfant mais il ne parvint pas à d'autre conclusion que cet habituel «Ce sont de satanés imbéciles». Il ne savait pas ce qu'il prévoyait de faire de cet homme. S'il avait l'intention de faire autre chose que de l'espionner depuis sa voiture. Il ne parvenait pas à chasser de son esprit les traces de brûlures qu'il avait vues sur le dos de la fillette. L'homme avait nié s'être livré à quoi que ce soit sur l'enfant et la mère avait conforté sa déposition, ainsi, les pouvoirs publics ne pouvaient pas faire grand-chose de plus que leur enlever l'enfant. Le dossier de l'homme était sur le bureau du procureur. Peut-être serait-il inculpé, peut-être que non.

Erlendur réfléchit aux possibilités qui s'offraient à lui. Elles n'étaient pas nombreuses et toutes peu satisfaisantes. Si l'homme était entré dans l'appartement au moment où Erlendur, à la recherche de sa fille, avait trouvé l'enfant assise par terre avec des traces de brûlures sur le dos, il aurait mis une raclée à ce sadique. Mais plusieurs jours avaient passé et il ne se voyait pas se jeter sur cet homme même si rien ne lui faisait plus envie. Erlendur savait également qu'il ne pouvait pas aller lui parler. Ces hommes-là se moquaient des menaces. Il lui rirait au nez.

Erlendur ne nota aucune allée et venue au cours des deux heures où il demeura posté dans sa voiture à fumer des cigarettes.

Il finit par laisser tomber et prit la direction de l'hôpital pour aller voir sa fille. Il voulait essayer d'oublier cela, comme bien d'autres choses qu'il avait dû oublier au cours des derniers jours.

20

Elinborg eut des nouvelles de Sigurdur Oli en sortant du tribunal d'instance. Il lui expliqua que Benjamin n'était probablement pas le père de l'enfant que portait sa fiancée Solveig et que c'était sans doute la cause de leur rupture. De plus, le père de Solveig s'était pendu après la disparition de sa fille et non avant, contrairement à ce qu'avait déclaré sa sœur Bara.

Elinborg fit une halte aux bureaux du registre de la population et consulta de vieux certificats de décès avant de retourner à Grafarvogur. Elle n'aimait pas qu'on lui mente, surtout quand il s'agissait de bonnes femmes bon chic bon genre qui s'arrogeaient le droit d'en remontrer à tout le monde et regardaient les gens de haut.

Bara l'écouta débiter ce qu'Elsa avait déclaré à propos du père inconnu de l'enfant de Solveig sans rien perdre de sa superbe, tout comme la veille.

– Vous avez déjà entendu parler de ça ? demanda Elinborg.

– Que ma sœur était une traînée ? Non, c'est la première fois et je ne comprends pas ce qui vous pousse à venir aborder ce sujet avec moi. Après tout ce temps. Je ne comprends pas. Vous feriez mieux de laisser ma sœur en paix. Elle ne mérite pas qu'on répande des racontars sur son compte. D'où est-ce que cette… Elsa tient cette histoire ?

– De sa mère, répondit Elinborg.

– Qui le tenait de Benjamin, peut-être ?

– Oui, il ne l'a jamais dit à personne, avant d'être sur son lit de mort.

– Vous avez trouvé une mèche de ses cheveux dans ses affaires ?

– Effectivement, oui.

– Et vous allez la faire analyser en même temps que les ossements ?

– Je suppose, oui.

– Donc, vous pensez qu'il l'a assassinée. Que Benjamin, ce poltron, a assassiné sa fiancée. Cela me semble une aberration. Une parfaite aberration. Je ne comprends pas ce qui vous amène à penser une telle chose.

Bara laissa un blanc et devint pensive.

– Ils vont en parler dans les journaux ? demanda-t-elle.

– Je n'en ai pas la moindre idée, répondit Elinborg. En tout cas, ils ont beaucoup parlé des ossements.

– Je veux dire, du fait que ma sœur aurait été assassinée ?

– Si tant est que ce soit la conclusion. Vous savez qui aurait pu être le père de l'enfant ?

– Il n'y avait que Benjamin.

– Personne d'autre n'a jamais été mentionné ? Elle ne vous a jamais parlé d'un autre homme ?

Bara secoua la tête.

– Ma sœur n'était pas une traînée.

Elinborg se racla la gorge.

– Vous m'avez affirmé que votre père s'était suicidé quelques années avant votre sœur.

Les deux femmes se regardèrent brièvement dans les yeux.

– Il vaut mieux que vous partiez maintenant, dit Bara en se levant.

– Ce n'est pas moi qui ai commencé à parler de votre

père. J'ai consulté les certificats de décès au registre de la population. Et le registre ment rarement, contrairement à bien des gens, n'est-ce pas ?

– Je n'ai rien à vous dire de plus, répondit Bara qui avait perdu de son arrogance.

– Je pense que, si vous l'avez mentionné, c'est parce que vous aviez envie de m'en parler. Inconsciemment.

– Foutaises !! s'écria-t-elle. Vous avez été promue psychologue ou quoi ?

– Il est décédé six mois après la disparition de votre sœur. Le certificat de décès ne mentionne pas qu'il s'agit d'un suicide. La cause de la mort n'est pas précisée. Vous êtes des gens beaucoup trop bien pour vous abaisser à parler d'un suicide. Décédé à son domicile, voilà ce qui est écrit.

Bara lui tournait le dos.

– Je peux espérer que vous allez vous décider à me dire la vérité ? demanda Elinborg qui s'était également levée. En quoi cela concerne-t-il votre père ? Pourquoi l'avez-vous mentionné ? Qui était le père de l'enfant de Solveig ? C'était lui ?

Elle n'obtint aucune réaction de sa part. Les deux femmes se tenaient debout dans le salon clinquant du grossiste et le silence entre elles était presque palpable. Elinborg laissa dériver son regard à travers l'immense pièce, tous ces beaux objets, les tableaux du couple, les meubles hors de prix, le piano à queue noir et une photo placée bien en évidence montrant Bara en compagnie du chef du parti du progrès. Et la mort qui rôde sur tout ça, se dit Elinborg.

– Toutes les familles ont leurs petits secrets, non ? dit-elle enfin en tournant toujours le dos à Elinborg.

– Oui, je suppose, répondit Elinborg.

– Non, ce n'était pas mon père, déclara Bara, hésitante. Je ne sais pas pourquoi je vous ai menti sur sa mort. Ça m'a échappé. Si vous voulez vraiment jouer à la psychologue, alors dites qu'inconsciemment j'avais envie de tout vous raconter. Qu'il y avait tellement longtemps que je me taisais que, quand vous m'avez parlé de Solveig, une brèche s'est ouverte dans la digue. Je ne sais pas, moi.

– Alors, c'était qui ?

– Le neveu de mon père, répondit Bara. Mon cousin. A Fljót. C'est arrivé pendant l'un des voyages qu'elle y a fait pendant l'été.

– Comment vous l'avez su ?

– Elle était complètement différente en rentrant de là-bas. Maman… enfin, notre mère s'en est immédiatement rendu compte et puis, bien sûr, le temps passant, il n'était pas possible de cacher ça bien longtemps.

– Elle a raconté à votre mère ce qui est arrivé ?

– Oui. Notre père s'est rendu dans le Nord. Je n'en sais pas plus. Il est revenu et le garçon avait été envoyé à l'étranger. Les langues ont dû aller bon train à la campagne. Ça s'est passé dans une grande ferme que mon grand-père possédait. Ils n'étaient que deux, mon père et son frère. Mon père était parti dans le Sud où il a fondé une entreprise qui prospérait. Il avait suivi les conseils de Jónas de Hriflu*. Il le vénérait.

– Et alors, le neveu ?

– Et alors, rien du tout. Solveig a dit qu'il avait simplement cédé à sa pulsion. Qu'il l'avait violée. Mes parents ne savaient pas quoi faire, ils ne voulaient pas porter plainte afin d'éviter toutes les tracasseries et les on-dit que cela aurait provoqués. Le garçon est rentré en Islande quelques années plus tard et s'est installé ici, à Reykjavik. Il a fondé une famille et il est mort il y a vingt ans.

– Et Solveig et son enfant ?

* Jónas Jónsson frá Hriflu, homme politique islandais (1885-1968), pour qui « la fin justifiait les moyens ».

Solveig devait se faire avorter mais elle a refusé. Elle a refusé d'avorter. Et puis, un jour, elle a disparu.

Bara se retourna vers Elinborg.

– On peut dire qu'elles ont causé notre perte, ces petites vacances à Fljót. Elles ont détruit notre famille. Elles ont véritablement façonné toute mon existence. Avec ce jeu de cache-cache. Il ne fallait rien dire. Il ne fallait jamais dire un mot à propos de tout ça. Ma mère y veillait. Je sais qu'elle est allée parler à Benjamin, plus tard. Qu'elle lui a expliqué la situation. Ainsi, la mort de Solveig était seulement son affaire à elle. Je veux dire, l'affaire de Solveig. Sa vie privée, son choix. Un moment de folie passagère. En ce qui nous concernait, nous allions bien. Nous étions des gens bien, des gens sains. Victime d'un moment de folie, elle s'était jetée dans la mer.

Elinborg la regarda et tout à coup ressentit une forme de compassion pour cette femme en pensant au tissu de mensonges qu'avait été sa vie.

– Finalement, c'était sa faute à elle, continua Bara. Ça n'était pas nos oignons. C'était son affaire.

Elinborg hocha la tête.

– Ce n'est pas elle qui se trouve sur la colline, conclut Bara. Elle gît au fond de la mer depuis plus de soixante horribles années.

Erlendur s'assit dans la chambre d'Eva Lind après avoir discuté avec son médecin qui lui avait tenu le même discours qu'auparavant ; son état demeurait stationnaire et seul le temps permettrait de dire quelle serait l'issue. Assis au chevet de sa fille, Erlendur se demandait de quoi il pourrait bien lui parler cette fois-ci, mais il ne trouva rien.

Le temps passait. Le calme régnait dans le service des soins intensifs. Quelque médecin ou infirmier passait devant la porte en sabots blancs dont les semelles molles grinçaient sur le lino.

Ce grincement.

Erlendur regardait sa fille et se mit, comme par automatisme, à lui parler à voix basse et à lui raconter l'histoire d'une disparition sur laquelle il se cassait la tête depuis des années mais qu'il n'avait pas encore, malgré tout ce temps, réussi à élucider parfaitement.

Il commença par lui parler d'un petit garçon qui avait quitté la campagne avec ses parents pour aller s'installer à Reykjavik mais qui regrettait toujours son chez-lui. Il était trop jeune pour comprendre ce qui avait poussé ses parents à venir dans cette ville qui à l'époque n'en était pas vraiment une mais ressemblait plutôt à un gros bourg de bord de mer. Il ne comprit que plus tard que beaucoup d'éléments avaient motivé leur décision.

Son nouveau domicile lui parut étrange dès les premiers instants. Il avait été bercé par le calme monotone de la campagne, les bêtes et l'isolement, la douceur de l'été et la rudesse de l'hiver, les histoires racontées par les gens des environs, des paysans pour la plupart, plongés dans une pauvreté noire depuis des générations. Ces gens-là devenaient ses héros à travers les histoires qu'il entendait dans sa jeunesse et qui décrivaient la vie à la campagne telle qu'il la connaissait lui-même. Des histoires tirées de la vie quotidienne, colportées depuis des années et des décennies entières, qui racontaient des voyages périlleux, des catastrophes ou bien de grandioses histoires comiques qui faisaient que celui qui les contait manquait de s'étouffer de rire ou bien se trouvait secoué de quintes de toux d'une telle force qu'il se recroquevillait complètement sur lui-même en tremblant de jubilation. Toutes ces histoires mettaient en scène des gens avec lesquels il vivait et évoluait ou bien des gens qui habitaient dans la région depuis des générations ; des oncles, des tantes, des grands-mères, des arrière-grands-mères, des grands-pères et des arrière-grands-pères. Il connaissait tous ces gens grâce aux histoires, même ceux qui étaient morts depuis longtemps et enterrés dans cimetière de l'autre côté de la vieille église de campagne lorsque celle-ci était encore en service ; des histoires de sages-femmes qui traversaient à pied des rivières glaciales parce qu'elles savaient qu'une femme connaissait un accouchement difficile, des histoires de paysans qui accomplissaient l'exploit de sauver du bétail par un temps déchaîné, des histoires de garçons ou de filles de ferme qui périssaient dehors dans la tempête en se rendant à l'étable, des histoires de prêtres pris de boisson, des histoires de fantômes et de revenants, des histoires qui parlaient d'une vie qui faisait partie de sa vie à lui.

Toutes ces histoires-là, il les emporta avec lui en ville quand ses parents vinrent s'installer au milieu du béton. D'un petit établissement de bains-douches situé aux portes de la ville et utilisé par les Anglais pendant la guerre, ils firent une maison individuelle car aucune autre possibilité ne s'offrait à eux. La vie citadine ne convenait pas à son père qui, malade du cœur, mourut rapidement après son arrivée à Reykjavik. Sa mère revendit les bains-douches et fit l'acquisition d'un petit cagibi en sous-sol non loin du port et se mit à travailler dans le poisson. De son côté, il ne savait pas ce qu'il allait faire de ses dix doigts une fois qu'il aurait achevé sa scolarité obligatoire. Il n'avait pas les moyens de se payer des études. Peut-être pas suffisamment envie non plus. Il devint ouvrier. Dans le bâtiment. Fut marin quelque temps. Tomba sur une offre d'emploi : on recherchait des policiers.

Il n'entendait plus d'histoires et elles se perdirent. Tous ses proches avaient disparu, oubliés et enterrés dans des campagnes désertées. Lui-même errait à la dérive dans une ville où il n'avait aucune raison d'être. Et même s'il avait voulu rebrousser chemin, il n'avait plus aucun endroit où trouver refuge. Il savait qu'il n'avait rien d'un citadin. Ne savait pas exactement ce qu'il était. Mais la nostalgie d'une vie différente ne le quittait jamais, il éprouvait un sentiment d'agitation, un mal-être. A la mort de sa mère, il sut qu'il avait perdu le dernier lien qui l'unissait au passé.

Il se mit à fréquenter les bars et les night-clubs. Fit la connaissance d'une femme à la discothèque Glaumbaer. Il avait rencontré d'autres femmes, mais cela n'avait jamais mené à autre chose qu'à de brèves rencontres d'un soir. Celle-ci était différente, plus déterminée, et il eut l'impression qu'elle lui enlevait tout pouvoir de décision. Tout se passa si vite qu'il ne s'en rendit pas compte. Elle exigea de lui des choses qu'il accomplit sans véritable conviction. Et, avant même qu'il ne s'en aperçoive, voilà qu'il était marié avec elle et qu'il lui avait fait une petite fille. Ils louaient un petit appartement. Elle nourrissait de grands projets d'avenir pour eux, parlait d'avoir d'autres enfants et d'acheter un appartement, tout excitée et d'un ton impatient, comme si elle croyait que sa vie se trouvait sur un socle solide et sûr et que rien, absolument rien ne pourrait venir en assombrir l'horizon, jamais. Il la regardait et il se faisait souvent la réflexion qu'il ne savait rien de cette femme.

Ils eurent un second enfant et elle remarquait de plus en plus à quel point il était distant. Il ne montra qu'une joie polie lorsque le petit garçon vint au monde et avait déjà commencé à laisser entendre qu'il voulait rompre, qu'il voulait s'en aller. Elle le sentait bien. Elle lui demanda s'il y en avait une autre, mais il se contenta de la dévisager sans comprendre sa question. Ça ne lui avait jamais effleuré l'esprit. Il devait y en avoir une autre, avait-elle dit. Non, ce n'est pas ça, répondit-il en essayant de lui décrire ses sentiments et ses pensées mais elle refusa d'écouter. Elle avait deux enfants de lui et il était impossible qu'il soit en train d'envisager de la quitter. De les quitter, eux, ses enfants.

Ses enfants, Eva Lind et Sindri Snaer. Les noms qu'elle leur avait choisis tenaient plus de sobriquets. Il ne voyait pas ce qu'il avait à voir avec eux. Ne comprenait pas son rôle de père même s'il comprenait la responsabilité qu'il portait. Il comprenait les devoirs qui lui incombaient à leur égard et qui n'avaient rien à voir avec leur mère ou le fait de vivre avec elle. Il affirma qu'il désirait s'occuper correctement de ses enfants et souhaitait que le divorce se fasse par consentement mutuel. Elle répondit qu'il n'y aurait aucun consentement en prenant Eva Lind dans ses bras et en la serrant fort contre elle. Il avait l'impression qu'elle voulait utiliser les enfants pour le retenir, ce qui renforça sa conviction qu'il ne pouvait pas vivre avec cette femme. Tout cela n'était qu'une erreur monumentale depuis le début et il y avait bien longtemps qu'il aurait dû prendre le taureau par les cornes. Il se demandait à quoi il avait pensé pendant tout ce temps mais, maintenant, il était temps d'en finir.

Il essaya de négocier avec elle pour qu'elle lui permette de prendre les enfants quelques jours par semaine ou au moins quelques jours par mois, mais elle refusa catégoriquement, se montra inflexible et déclara que jamais plus il ne verrait ses enfants s'il la quittait. Elle y veillerait.

Alors, il disparut. Il disparut de la vie de la petite fille de deux ans, assise sa couche collée aux fesses, qui le regarda franchir la porte avec une sucette dans les mains. Une petite sucette blanche qui faisait comme un petit grincement quand elle la mordillait.

– Nous n'avons pas fait les choses correctement, dit Erlendur.

Ce grincement.

Il baissait la tête. Il crut entendre un nouveau passage de l'infirmière devant la porte de la chambre.

– Je me demande ce qui a bien pu arriver à cet homme, dit-il en regardant sa fille et d'une voix tellement basse qu'on l'entendait à peine, il scruta son visage, qui semblait plus apaisé qu'il ne l'avait jamais vu auparavant, les contours plus nets. Il regarda les appareils qui la maintenaient en vie. Puis baissa à nouveau les yeux à terre.

Un long moment passa ainsi avant qu'il se décide à se lever, il se pencha vers Eva Lind, lui déposa un baiser sur le front.

– Il a disparu, je crois qu'il est toujours perdu, comme il l'a été pendant bien longtemps, et je ne suis pas sûr qu'on le retrouve un jour. Mais ce n'est pas ta faute. Tout ça s'est passé avant ta naissance. Je crois qu'il est en train de se chercher lui-même mais qu'il ne sait pas exactement ce qu'il cherche ni pour quelle raison et cela, il ne le saura évidemment jamais.

Erlendur regarda Eva Lind.

– A moins que toi, tu ne lui viennes en aide.

Son visage, tel un masque glacé dans la clarté de la petite lampe posée sur la table de nuit.

– Je sais que toi aussi, tu es à sa recherche et je sais que s'il y a une personne capable de le trouver, cette personne, c'est toi.

Il se détourna d'elle et s'apprêtait à sortir dans le couloir quand il constata que son ex-femme se tenait dans l'embrasure de la porte. Il ne savait pas depuis combien de temps elle se trouvait là. Ne savait pas ce qu'elle avait entendu des choses qu'il avait confiées à Eva Lind. Elle portait le même manteau marron par-dessus un survêtement et avait des chaussures à talons hauts, ce qui rendait sa tenue d'un mauvais goût comique. Erlendur ne l'avait pas vue face à face depuis plus de vingt ans mais il constata combien elle avait vieilli en ce laps de temps, combien les traits de son visage avaient perdu de leur netteté, ses joues avaient grossi et un double menton avait fait son apparition.

– Cette histoire d'avortement que tu as racontée à Eva Lind est une ignominie sans nom.

Erlendur laissa éclater sa colère.

– Fiche-moi la paix, rétorqua Halldora. Sa voix, elle aussi, avait pris de l'âge. Elle était rauque. Elle avait abusé de la cigarette. Pendant trop longtemps.

– Qu'est-ce que tu as raconté d'autre comme mensonges à nos enfants ?

– Dégage, répondit-elle en s'éloignant de la porte afin de ménager un passage pour Erlendur.

– Halldora...

– Dégage, répéta-t-elle. Dégage d'ici et fous-moi la paix.

– Nous voulions avoir ces enfants tous les deux.

– Ah bon, tu ne regrettes pas ? demanda-t-elle.

Erlendur ne comprenait pas ce qu'elle entendait par là.

– Tu crois qu'ils ont eu leur place dans ce monde ?

– Qu'est-ce qui s'est passé ? demanda Erlendur. Comment en es-tu arrivée là ?

– Va-t'en, répondit-elle. C'est ta spécialité. Va-t'en. Va-t'en ! Et laisse-moi seule avec elle.

Erlendur la fixait.

– Halldora...

– Va-t'en, je te dis. (Elle haussait le ton.) Dégage d'ici. Tout de suite. Fiche le camp. Je ne veux pas te voir ! Je ne veux plus jamais te voir !

Erlendur passa devant elle et sortit de la chambre, elle referma la porte derrière lui.

21

Sigurdur Oli termina ses recherches dans la cave ce soir-là sans en avoir appris plus sur l'identité des autres personnes qui avaient loué la maison d'été de Benjamin sur la colline. Ça lui était égal. Il était soulagé de pouvoir échapper à la cave. Bergthora l'attendait déjà quand il rentra chez lui. Elle avait acheté une bouteille de vin rouge et, debout dans la cuisine, elle en buvait quelques gorgées.

– Je ne ressemble pas du tout à Erlendur, déclara Sigurdur Oli. Tu n'as pas le droit de me dire des choses aussi méchantes.

– Mais tu aimerais bien lui ressembler, répondit Bergthora. Elle était en train de cuisiner des pâtes et avait allumé des bougies sur la table de salle à manger. Joli décor pour une exécution capitale, pensa Sigurdur Oli en lui-même. Tous les hommes voudraient lui ressembler, ajouta-t-elle.

– Mais enfin, qu'est-ce que tu racontes ?

– Pour être seuls au monde.

– Ce n'est pas vrai. Tu ne peux pas t'imaginer à quel point la vie d'Erlendur est pénible.

– En tout cas, j'ai besoin de savoir où nous en sommes dans notre relation, répondit Bergthora en versant un verre de vin à Sigurdur Oli.

– D'accord, voyons où nous en sommes dans cette relation.

Sigurdur Oli ne connaissait aucune femme plus pragmatique que Bergthora. Ce serait tout sauf une discussion sur l'amour qui les unissait.

– Nous sommes ensemble depuis trois ou quatre ans maintenant et il ne se passe rien. Absolument rien. Tu fais une tête d'imbécile dès que je commence à mentionner quelque chose qui pourrait ressembler de près ou de loin à une quelconque forme d'engagement. D'un point de vue économique, nos comptes bancaires sont séparés. Le mariage à l'église semble hors de question, enfin, il n'y a pas d'autre forme de mariage ici, que je sache. Nous ne sommes pas enregistrés comme concubins. Les enfants sont aussi éloignés de ton esprit que les galaxies situées au fin fond de l'univers. Alors, on en arrive à se demander : qu'est-ce qui nous reste ?

Il n'y avait pas trace de colère dans la voix de Bergthora. Pour l'instant, elle en était encore à chercher à comprendre le fonctionnement de leur relation et à voir la direction que celle-ci prenait. Sigurdur Oli essaya d'en profiter avant que cela ne tourne au vinaigre. Il avait eu tout son temps pour réfléchir à ces choses-là pendant qu'il se livrait à son ennuyeuse besogne dans la cave.

– Il nous reste nous, répondit Sigurdur Oli. Nous deux.

Il avait trouvé un CD qu'il introduisit dans le lecteur et mit une chanson qui lui avait trotté dans la tête depuis que Bergthora l'avait sommé de s'engager plus clairement. Marianne Faithfull commença à chanter *La Ballade de Lucy Jordan*, une mère de famille de trente-sept ans qui rêvait d'une balade dans Paris au volant d'une voiture de sport, les cheveux volant au vent.

– Ça fait suffisamment longtemps qu'on en parle, annonça Sigurdur Oli.

– De quoi ? demanda Bergthora.

– De notre voyage.

– Tu veux dire en France ?

– Oui.

– Oh, Sigurdur…

– Allons à Paris et louons une voiture de sport, conclut Sigurdur Oli.

Erlendur était pris dans une tempête de neige épouvantable et ne voyait rien devant lui. La tempête le malmenait et lui fouettait le visage, le froid et l'obscurité l'entouraient de tous côtés. Il essayait de lutter contre le vent mais ne parvenait pas à avancer d'un pas, il se tournait pour se protéger, mais la neige s'amoncelait sur lui. Il savait qu'il allait mourir mais n'y pouvait rien.

Le téléphone retentit, il sonna constamment jusqu'à s'immiscer dans la tempête qui, brusquement, se calma, les hurlements du vent retombèrent et il se réveilla dans le fauteuil de son salon. Le téléphone sur son bureau sonnait avec une intensité de plus en plus forte et ne lui laissait pas de répit.

Il se leva avec raideur et s'apprêtait à répondre quand la sonnerie s'arrêta. Il resta debout à attendre qu'il sonne à nouveau mais rien ne se produisit. C'était un vieux téléphone qui n'avait pas la présentation du numéro et il n'avait pas la moindre idée de l'identité de celui qui essayait de le contacter. Il supposa que c'était l'un de ces satanés vendeurs qui allait essayer de lui fourguer un aspirateur avec un grille-pain en bonus. Il le remercia tout de même en silence de l'avoir arraché à la tempête.

Il alla dans la cuisine. Il était huit heures du soir. Il tenta de supprimer la clarté de l'appartement en tirant les rideaux mais celle-ci s'infiltrait tout de même ici et là en rais de lumière poussiéreuse qui illuminaient l'obscurité. Le printemps et l'été n'étaient pas les saisons préférées d'Erlendur. Trop de lumière. Trop de légèreté. Il leur préférait la lourdeur et l'obscurité hivernales. Il ne trouva rien de comestible dans la cuisine et s'assit à la table, une main sous la joue.

Il était encore vaseux après ce petit somme. En rentrant de l'hôpital vers six heures, il s'était assoupi dans le fauteuil où il avait dormi jusqu'à huit heures, il se rappelait la tempête dans son rêve et aussi la façon dont il avait tourné le dos au vent en attendant la mort. Il faisait souvent ce rêve-là, avec différentes variantes. Mais, chaque fois, il y avait cette tempête de neige impitoyable et glaciale qui vous pénétrait jusqu'à la moelle. Il savait comment se serait terminé le rêve si le téléphone n'avait pas interrompu son sommeil.

Celui-ci se remit à sonner et Erlendur se demanda s'il ne devait pas simplement laisser tomber. Finalement, il quitta sa chaise, alla au salon et décrocha le combiné.

– Oui, Erlendur ?

– Oui, répondit Erlendur en se raclant la gorge. Il reconnut tout de suite la voix.

– Ici, Jim, de l'ambassade. Pardonnez-moi de vous déranger ainsi à votre domicile.

– C'est vous qui avez appelé tout à l'heure ?

– Tout à l'heure, non. Voilà, je viens juste de parler à Edward Hunter et je me suis dit qu'il fallait que je vous contacte immédiatement.

– Ah bon, vous avez du nouveau ?

– Il est en train de s'occuper de votre affaire et j'avais envie d'en suivre les développements. Il a appelé les États-Unis et regardé son journal de bord, il a parlé à certaines personnes et il croit savoir qui a signalé le vol aux entrepôts.

– Ah, c'était qui ?

– Il ne me l'a pas dit. Il m'a juste demandé de vous en informer et m'a dit qu'il vous attendait.

– Ce soir ?

256

– Oui, enfin, non, demain matin. C'est peut-être mieux d'y aller demain. Il avait l'intention d'aller se coucher. Il se couche tôt.

– Il était islandais, celui qui a dénoncé les autres ?

– Il vous le dira lui-même. Bonne nuit à vous et excusez-moi encore du dérangement.

Jim raccrocha et Erlendur fit de même.

Il était encore à côté du téléphone quand celui-ci se remit à sonner. C'était Skarphédinn, il se trouvait sur la colline.

– Nous allons pouvoir exhumer l'ensemble du squelette demain, annonça Skarphédinn tout de go.

– Il était temps, répondit Erlendur. C'est vous qui m'avez appelé tout à l'heure ?

– Oui, vous venez juste de rentrer ?

– Exact, mentit Erlendur. Vous avez trouvé quelque chose d'intéressant là-haut ?

– Non, rien mais je voulais vous dire que… ah, bonsoir, bonsoir, hmm, permettez-moi de vous a ider, voilà… que, allons, excusez-moi, nous en étions où ?

– Vous me disiez que vous déterrerez les ossements demain.

– Oui, probablement dans la soirée. Nous n'avons rien trouvé qui indique la façon dont le cadavre est arrivé là. Peut-être que nous trouverons quelque chose sous les ossements.

– Bon alors, à demain.

– Au revoir.

Erlendur raccrocha. Il n'était pas encore complètement réveillé. Il pensa à Eva Lind en se demandant si certaines des choses qu'il lui avait racontées étaient parvenues à se frayer un chemin jusqu'à elle. Et il pensa à Halldora et à toute cette haine qu'elle nourrissait encore contre lui au bout de toutes ces années. Et il se demanda pour la millionième fois ce qu'aurait été sa vie et la leur s'il n'avait pas pris la décision de s'en aller. Cette question restait toujours en suspens.

Il restait les yeux dans le vague sans regarder quoi que ce soit de précis. Quelque rayon du soleil vespéral filtrait à travers les rideaux du salon, ouvrant une plaie lumineuse dans son appartement. Il regarda les rideaux. Ils étaient taillés dans un épais velours et descendaient jusqu'au sol. D'épais rideaux verts pour se protéger de la clarté printanière.

Bonsoir.

Bonsoir.

Permettez-moi de vous aider...

Erlendur plongea son regard dans le vert sombre des rideaux.

Tordue.

En vert.

— Bon sang, à qui Skarphédinn...

Erlendur se leva d'un bond et attrapa le téléphone. Il avait oublié le numéro du portable de Skarphédinn et, désespéré, appela le service des renseignements qui le lui communiquèrent. Ensuite, il appela l'archéologue.

— Skarphédinn. Skarphédinn ? Il criait dans l'appareil.

— Quoi ? C'est encore vous ?

— A qui vous avez souhaité bonsoir tout à l'heure ? Qui est-ce que vous avez aidé ?

— Hein ?

— A qui vous parliez ?

— A qui ? Pourquoi vous êtes énervé comme ça ?

— Oui. Qui se trouve là-haut avec vous ?

— Vous voulez parler de la femme à qui j'ai dit bonsoir ?

— Je n'ai pas de téléphone avec retransmission d'image. Je ne vous vois pas sur la colline. Je vous ai entendu souhaiter bonsoir à quelqu'un tout à l'heure. Qui se trouve avec vous là-haut ?

– Elle n'est pas avec moi. Elle est partie quelque part, attendez, oui, elle est à côté des buissons.

– Des buissons, vous voulez dire, les groseilliers ? Elle est à côté des groseilliers ?!

– Oui, c'est ça.

– Elle est comment ?

– Elle est… Dites donc, vous la connaissez ? Qui est cette femme ? Et pourquoi vous poussez les hauts cris ?

– Elle ressemble à quoi ? répéta Erlendur en essayant de se calmer.

– Allons, calmez-vous.

– Quel âge a-t-elle ?

– Son âge ?

– Dites-moi simplement l'âge que vous lui donneriez !

– Disons, dans les soixante-dix ans. Non, peut-être plutôt quatre-vingts. Difficile à dire.

– Qu'est-ce qu'elle porte ?

– Ce qu'elle porte ? Eh bien, un long manteau vert qui lui tombe jusqu'aux pieds. Elle fait à peu près ma taille. Et elle claudique.

– Elle claudique ?

– Elle boite. Mais il y a autre chose. On dirait qu'elle est, enfin, comment dirais-je ?

– Quoi, quoi, qu'essayez-vous de me dire ?

– Je ne sais pas trop comment la décrire mais… je… enfin, on dirait qu'elle est tordue.

Erlendur envoya valser le téléphone et se précipita dans la soirée printanière en oubliant de préciser à Skarphédinn de ne surtout pas laisser partir la femme sur la colline, coûte que coûte.

Quelque temps s'était écoulé depuis que Dave leur avait rendu visite le jour où Grimur rentra à la maison.

L'automne était arrivé, la bise soufflait du nord et une

fine couche de neige couvrait la terre. La colline se trouvait à bonne altitude et l'hiver y arrivait plus tôt que sur les basses terres où Reykjavik commençait à ressembler à une ville. Simon et Tomas prenaient le ramassage scolaire pour descendre à Reykjavik et ne rentraient qu'en fin d'après-midi. Leur mère se rendait chaque jour à son travail à la laiterie de Gufunes. Elle s'occupait là-bas des vaches laitières et y effectuait des travaux de ferme. Elle quittait la maison avant les garçons mais elle était toujours rentrée quand ils revenaient de l'école. Mikkelina restait à la maison et la solitude lui pesait énormément. Quand leur mère rentrait du travail, la petite fille ne se tenait plus de joie et sa satisfaction grandissait encore lorsque Tomas et Simon s'engouffraient par la porte en lançant leurs cartables dans un coin.

Dave était un hôte habituel du foyer. Il leur était de plus en plus facile de se comprendre, leur mère et lui, ils passaient de longues heures assis à la table de la cuisine en demandant aux garçons et à Mikkelina de les laisser tranquilles. Il arrivait même que, quand ils voulaient être parfaitement tranquilles, ils aillent dans la chambre et s'y enferment.

Simon voyait parfois Dave caresser la joue de sa mère ou bien lui relever une mèche de cheveux qui lui était tombée sur le visage. Ou bien il lui caressait la main. Ils allaient faire de longues promenades le long du lac de Reynisvatn et, de là, dans les collines. Certains jours, ils allaient même jusqu'à la vallée de Mosfells- dalur ou à la chute de Helgufoss. Alors, ils emmenaient avec eux un panier de provisions car un tel voyage pou- vait prendre toute la journée. Parfois, les enfants les accompagnaient et Dave portait Mikkelina sur son dos, comme une brindille. Il appelait ce genre de voyage des pique-niques, Simon et Tomas trouvaient que c'était un drôle de mot et ils le répétaient après lui en gloussant pique-nique, pique-nique, pique-nique et en faisant semblant d'être des poules.

Parfois Dave et leur mère étaient en grande discussion pendant le pique-nique ou bien dans la cuisine ou encore dans la chambre, comme le jour où Simon ouvrit la porte. Ils étaient assis au bord du lit, Dave tenait la main de leur mère, ils regardèrent Simon tous les deux en lui adressant un sourire. Il ne savait pas de quoi ils discutaient mais cela ne devait pas être très amusant car Simon connaissait le visage de sa mère quand elle ne se sentait pas bien.

Et puis, tout cela prit fin par une froide journée d'automne.

Grimur rentra à la maison tôt le matin alors que leur mère était partie travailler à la laiterie de Gufunes et que Tomas et Simon se préparaient à aller prendre le bus pour l'école. Il faisait un froid de canard sur la colline, ils rencontrèrent Grimur qui remontait le chemin menant à la maison en s'emmitouflant dans sa veste usée pour se protéger de la bise. Il ne leur accorda pas un regard. Ils ne distinguèrent pas bien son visage dans l'obscurité de l'automne mais Simon se l'imagina dur et froid. Les garçons s'étaient attendus à son arrivée au cours des jours précédents. Leur mère leur avait dit qu'il allait être libéré de prison où il purgeait une peine pour vol, qu'il allait rentrer chez eux, sur la colline, et qu'ils devaient s'attendre à le voir arriver n'importe quand.

Simon et Tomas suivirent Grimur des yeux pendant qu'il montait vers la maison, ils échangèrent un regard. Ils pensaient la même chose tous les deux. Mikkelina était toute seule à la maison. Elle se réveillait quand leur mère et eux-mêmes, ses frères, se levaient puis, ensuite elle se rendormait assez longtemps. Elle allait être seule pour accueillir Grimur. Simon essaya d'imaginer la réaction de Grimur quand il constaterait que ni les garçons ni leur mère n'étaient à la maison mais qu'il n'y avait que Mikkelina qu'il détestait depuis toujours.

Le bus scolaire était arrivé et les avait déjà klaxonnés deux fois. Le chauffeur voyait les deux garçons sur la colline mais il ne pouvait pas se permettre d'attendre plus longtemps, il se remit en marche et l'autobus disparut au bout de la route. Les garçons demeurèrent immobiles sans dire un mot puis ils se dirigèrent lentement vers la maison.

Ils ne voulaient pas laisser Mikkelina toute seule.

Simon envisagea de courir chercher leur mère ou bien d'envoyer Tomas puis il se fit la réflexion que leurs retrouvailles ne pressaient pas et que leur mère avait le droit de profiter de ce dernier jour de tranquillité. Ils virent Grimur entrer, refermer la porte derrière lui et ils se précipitèrent vers la maison. Ils ne savaient pas à quoi s'attendre au moment où ils rentreraient. La seule chose qu'ils avaient en tête, c'était l'image de Mikkelina qui dormait dans le grand lit où elle ne devait se trouver sous aucun prétexte.

Ils ouvrirent lentement la porte et entrèrent à pas feutrés, Simon ouvrait la marche et Tomas le suivait de près en lui tenant la main. Ils pénétrèrent dans la cuisine et virent Grimur debout à côté de l'évier. Il leur tournait le dos. Reniflait et crachait dans l'évier. Il avait allumé la lampe au-dessus de la table et ils ne distinguaient que sa silhouette à cause du contre-jour.

– Où est donc votre mère ? demanda-il, toujours le dos tourné. Simon se dit que, tout compte fait, il les avait quand même remarqués pendant qu'il gravissait la colline et qu'il les avait entendus entrer.

– Elle est au travail, répondit Simon.

– Au travail ? Où ça ? Où est-ce qu'elle travaille ? demanda Grimur.

– A la laiterie de Gufunes, répondit Simon.

– Elle ne savait pas que je rentrais aujourd'hui ?

Grimur se retourna vers eux et entra dans la lumière. Les frères le regardèrent sortir de l'ombre après tout ce temps passé depuis le printemps en son absence et ils écarquillèrent les yeux en voyant son visage dans la lumière blafarde. Il était arrivé quelque chose à Grimur. L'une de ses joues portait des traces de brûlures qui lui montaient jusqu'à l'œil, son œil était d'ailleurs mi-clos car la brûlure avait collé la paupière à la peau.

Grimur fit un sourire.

– Alors, il est pas beau, votre papa ?

Les garçons fixaient le visage défiguré.

– Ils font bouillir du café et ensuite, ils te le balancent à la figure.

Il s'approcha d'eux.

– C'est pas parce qu'ils veulent te faire parler. Ils savent déjà tout parce que quelqu'un leur a tout raconté. C'est pas pour ça qu'ils te jettent du café bouillant à la figure. C'est pas pour ça qu'ils te défigurent complètement.

Les garçons ne comprenaient pas ce qui se passait.

– Va chercher ta mère, ordonna Grimur en regardant Tomas qui se cachait derrière son frère. Va dans cette putain de laiterie et ramène-moi la vache laitière.

Du coin de l'œil, Simon décela un mouvement dans le couloir des chambres mais, mort de peur, il n'osait pas regarder. Mikkelina s'était mise debout. Elle pouvait maintenant se tenir sur une jambe et se soutenir pour avancer, cependant, elle ne se risqua pas à entrer dans la cuisine.

– Dehors ! hurla Grimur. Tout de suite !

Tomas sursauta. Simon n'était pas certain que son frère retrouve la route. Tomas était allé à la laiterie une fois ou deux pendant l'été mais la visibilité était mauvaise et il faisait froid dehors et puis, Tomas était encore tellement petit.

– Je vais y aller, déclara Simon.

– Mon cul, oui ! aboya Grimur. Toi, dégage ! cria-t-il à Tomas qui se détacha de Simon, ouvrit la porte sur la froidure en refermant doucement derrière lui.

– Viens par ici, mon petit Simon, et assieds-toi à côté de moi, dit Grimur chez qui toute trace de colère semblait maintenant dissipée.

Simon avança dans la cuisine et prit place sur une chaise. Il vit à nouveau un mouvement dans le couloir. Il espérait que Mikkelina n'allait pas entrer dans la cuisine. Il y avait un petit cagibi dans le couloir et il se dit qu'elle pourrait s'y faufiler sans que Grimur ne la remarque.

– Ton vieux papa ne t'a pas manqué ? demanda Grimur en s'asseyant en face de Simon. Simon ne pouvait détacher ses yeux de la brûlure. Il hocha la tête.

– Alors, qu'est-ce qui s'est passé ici pendant l'été ? demanda Grimur. Simon le fixait sans dire un mot. Il ne savait pas par où commencer. Où commencer à mentir. Il ne pouvait pas parler de Dave, de ses visites, des rendez-vous secrets qu'il avait avec sa mère, des promenades, des pique-niques. Il ne pouvait pas dire qu'ils dormaient tous les quatre dans le grand lit, tout le temps. Il ne pouvait pas lui dire que sa mère avait beaucoup changé, en mieux, depuis que Grimur était parti et que ces changements, ils étaient arrivés grâce à Dave qui lui avait rendu la joie de vivre. Il ne pouvait pas décrire le soin qu'elle mettait à se faire belle le matin. Ni les changements notables dans son apparence. Ni à quel point son visage embellissait de jour en jour au contact de Dave.

– Quoi, rien ? demanda Grimur. Il ne s'est rien passé ici pendant tout l'été ?

– Il, il... il a fait beau, dit Simon d'une petite voix sans détacher ses yeux de la brûlure.

– Beau, Simon, comme ça, il a fait beau, reprit Grimur.

Et tu t'es bien amusé sur la colline et à côté des baraquements. Tu connais des gens à la base ?

– Non, répondit Simon à toute vitesse. Personne.

Grimur afficha un sourire.

– Et tu as appris à mentir pendant l'été. C'est fantastique ce qu'on apprend vite à mentir. Tu as appris à mentir cet été, Simon ?

La lèvre inférieure de Simon s'était mise à trembler. C'était un mouvement qui échappait à son contrôle.

– Juste une personne, répondit-il. Mais pas très bien.

– Tu connais quelqu'un. Tiens donc. Il ne faut jamais mentir, Simon. Quand on ment, comme toi, on se retrouve empêtré dans des tas d'ennuis et on peut aussi amener des tas d'ennuis aux autres.

– Oui, répondit Simon en espérant que l'interrogatoire serait bientôt terminé. Il souhaitait maintenant que Mikkelina vienne dans la cuisine et les interrompe. Il se demanda s'il ne devait pas raconter à Grimur que Mikkelina était dans le couloir et qu'elle avait dormi dans son lit.

– Qui tu connais à la base ? demanda Grimur et Simon sentit qu'il s'enfonçait de plus en plus profondément dans les sables mouvants.

– Juste une personne, répondit-il.

– Seulement une ? demanda Grimur en se passant la main sur la joue et en grattant un peu la brûlure de son index. Et de qui s'agit-il ? Je suis content d'entendre qu'il n'y en a qu'une.

– Je ne sais pas. Il va parfois pêcher dans le lac. Et quelquefois, il nous donne les truites qu'il attrape.

– Et il est gentil avec vous ?

– Je ne sais pas, répondit Simon tout en sachant que Dave était l'homme le plus gentil qu'il ait jamais rencontré. Comparé à Grimur, il était un ange du ciel, envoyé pour sauver sa mère. Où se trouvait Dave ? se demanda Simon. Si seulement Dave pouvait être là.

Il pensa à Tomas, dehors dans le froid en route vers Gufunes et à sa mère qui ne savait même pas encore que Grimur était revenu sur la colline. Il pensa à Mikkelina, cachée dans le couloir.

– Il vient souvent ici ?

– Non, juste de temps en temps.

– Il est venu ici pendant que j'étais en taule ? Être en taule, Simon, ça signifie la même chose qu'être en prison. Ça ne veut pas forcément dire qu'on a fait quelque chose de mal mais juste qu'on est en prison. En taule. Et il ne leur a pas fallu longtemps avant de m'y mettre. Ils n'ont pas arrêté de répéter qu'il fallait faire un exemple. Les Islandais n'ont pas le droit de voler à l'armée. C'est un problème très grave. C'est pourquoi il fallait qu'ils me condamnent durement et rapidement. Pour que d'autres ne se mettent pas à suivre mon exemple et à voler eux aussi. Tu comprends ? D'après eux, tout le monde devait tirer des leçons de mes erreurs. Mais tout le monde vole. Et pas seulement moi. Tout le monde fait la même chose et tout le monde s'en met plein les poches. Il était déjà venu ici avant qu'ils me mettent en taule ?

– Qui ?

– Ce soldat ? Il était déjà venu ici avant que j'aille en taule ? Cette unique personne que tu connais là-bas.

– Il pêchait parfois dans le lac avant que tu partes.

– Et il donnait à votre mère les truites qu'il pêchait, c'est bien ça ?

– Oui.

– Il attrapait beaucoup de truites ?

– Quelquefois. Mais bon, ce n'était pas un bon pêcheur. Il passait son temps à fumer à côté du lac. Toi, tu en attrapes beaucoup plus. Avec ton filet. Tu en attrapes tellement quand tu pêches au filet.

– Et quand il apportait les truites à ta mère, il s'arrêtait un moment ici ? Il rentrait dans la maison pour prendre un café ? Il venait s'asseoir à cette table ?

– Non, répondit Simon en se demandant si cela ne crevait pas les yeux qu'il était en train d'inventer un mensonge éhonté, mais il ne savait pas si c'était le cas. Il était terrorisé, ne savait pas quoi faire ou dire, il mettait son doigt sur sa lèvre inférieure pour qu'elle s'arrête de trembler et faisait de son mieux pour répondre ce qu'il pensait que Grimur voulait entendre sans que toutefois sa mère puisse le punir s'il racontait des choses que Grimur ne devait peut-être pas savoir. Simon découvrait une nouvelle facette de Grimur. Il n'avait jamais autant discuté avec lui et il se sentait totalement démuni. Simon était dans l'embarras. Il ne savait pas exactement ce dont Grimur ne devait pas avoir connaissance mais, en tout cas, il avait bien l'intention d'essayer de protéger sa mère autant qu'il le pouvait.

– Il n'est jamais rentré dans la maison ? demanda Grimur, sa voix avait changé, elle n'avait plus ce ton insidieux et doucereux mais s'était faite plus sévère et plus déterminée.

– Rien que deux fois, enfin, je crois.

– Et qu'est-ce qu'il a fait ces deux fois-là ?

– Eh bien...

– Ah, je vois. Tu te remets à mentir, n'est-ce pas ? Tu recommences à me mentir ? Je rentre ici après des mois d'humiliation et tout ce qu'on me balance à la figure, c'est un tissu de mensonges. Tu as l'intention de continuer à me mentir, oui ou non ?

Les questions claquaient, tels des fouets, au visage de Simon.

– Qu'est-ce que tu faisais pendant que tu étais en prison ? demanda Simon, hésitant, animé de l'espoir ténu de parvenir à parler d'autre chose que des relations entre sa mère et Dave. Pourquoi Dave n'arrivait pas ?

Sa mère et lui ne savaient pas que Grimur avait été libéré de prison ? Ou bien ils n'en avaient pas parlé lors de leurs rendez-vous secrets pendant lesquels Dave lui caressait la main ou la recoiffait ?

– Ce que je faisais en prison ? reprit Grimur en changeant à nouveau sa voix qui reprit un ton doucereux et insidieux. J'y écoutais des histoires. Toutes sortes d'histoires. On entend dire tellement de choses et on a tellement envie d'entendre des choses quand personne ne vient nous rendre visite et qu'on n'a aucune nouvelle de sa famille à part celles qu'on apprend à la prison parce qu'il y a toujours des gens qui viennent à la prison et qu'on a le temps de bien faire connaissance avec les gardiens qui, eux aussi, vous parlent de choses et d'autres. Et puis, on dispose d'un temps infini pour ressasser toutes ses histoires dans sa tête.

Un petit craquement se fit entendre sur l'une des lattes du parquet du couloir, Grimur se tut un instant et reprit, comme si de rien n'était.

– Enfin, c'est vrai que tu es tellement jeune, mais, au fait, dis-moi, quel âge tu as exactement, Simon ?

– J'ai quatorze ans et j'en aurai bientôt quinze.

– Bon, te voilà presque un homme maintenant, alors, tu vois peut-être de quoi je veux parler. On entend toutes ces histoires sur les Islandaises qui couchent avec les soldats. Comme si elles ne se contrôlaient plus dès qu'elles voient un homme en uniforme et puis, on entend dire à quel point ces hommes-là se conduisent en gentlemen, ils leur ouvrent la porte, se montrent polis, les font danser, ne sont jamais soûls, ont des cigarettes, du café et tout un tas de trucs qui viennent d'endroits qu'elles ont une folle envie d'aller visiter. Et nous, mon petit Simon, nous sommes des pouilleux. Rien que des péquenots que les filles ne regardent même pas, Simon. Voilà pourquoi j'ai envie d'en savoir un peu plus à propos de ce soldat qui va pêcher dans le lac, parce que, mon petit Simon, tu viens de me décevoir.

Simon regardait Grimur et il eut l'impression que toutes ses forces l'abandonnaient.

– On m'a dit tellement de choses sur ce soldat et tu ne le connais même pas. A moins, évidemment, que tu me mentes et je trouve que c'est pas beau de mentir à son père, surtout si un soldat vient ici chaque jour et qu'il passe tout l'été à faire des promenades avec ma femme. Mais tu ne sais rien à ce sujet, n'est-ce pas ?

Simon se taisait.

– Tu ne sais rien là-dessus ? répéta Grimur.

– Ils allaient parfois se promener ensemble, répondit Simon avec les larmes qui lui montaient aux yeux.

– Ah, à la bonne heure ! Je savais bien qu'on était encore copains. Et tu les accompagnais, peut-être ?

Cela n'allait donc jamais s'arrêter. Grimur le fixait avec son visage brûlé et son œil mi-clos. Simon sentait qu'il ne pourrait pas résister beaucoup plus longtemps.

– Nous allions quelquefois au lac et il apportait un panier de provisions. Des choses comme celles que tu apportais parfois dans ces boîtes qu'on ouvrait avec une clef.

– Et au bord du lac, il embrassait ta mère ?

– Non, répondit Simon, content de ne pas être obligé de mentir. Il n'avait, en effet, jamais vu Dave et sa mère s'embrasser.

– Alors, qu'est-ce qu'ils faisaient ? Ils se tenaient par la main ? Et toi, tu faisais quoi ? Pourquoi tu as laissé cet homme aller faire des promenades au bord du lac avec ta mère ? Ça ne t'a jamais traversé l'esprit que je puisse être contre ? Ça ne t'est jamais venu à l'idée ?

– Non, répondit Simon.

– Et personne n'avait une petite pensée pour moi pendant ces promenades, n'est-ce pas ?

– Non, répondit Simon.

Grimur se pencha en avant sous la lumière et la brûlure cramoisie apparut plus clairement.

– Et comment s'appelle cet homme qui vole la famille des autres en se disant que ce n'est pas gênant et sans que personne ne bouge le petit doigt ?

Simon ne lui répondait rien.

– Comment s'appelle cet homme qui vole la femme d'un autre en pensant que ce n'est pas grave ?

Simon gardait le silence.

– C'est cet homme-là qui m'a jeté du café à la figure, Simon, c'est lui qui m'a fait ça au visage, tu sais comment il s'appelle ?

– Non, répondit Simon tellement bas qu'on l'entendait à peine.

– Il n'est pas allé en prison, lui, même s'il s'en est pris à moi et qu'il m'a brûlé. Qu'est-ce que tu penses de ça ? On dirait que tous ces militaires sont des petits saints. Tu penses que ce sont des petits saints, toi aussi ?

– Non, répondit Simon.

– Ta maman n'aurait pas pris un peu de poids cet été ? demanda Grimur comme si une nouvelle idée venait subitement de lui traverser l'esprit. Pas parce qu'elle serait devenue une vache à la laiterie, Simon, mais parce qu'elle a fait des tas de promenades au bord du lac avec des militaires de la base. Tu as l'impression qu'elle a grossi cet été ?

– Non, répondit-il.

– C'est pourtant probable, à mon avis. Mais, enfin, on verra bien plus tard. Cet homme qui me balançait du café, tu sais comment il s'appelle ?

– Non, répondit Simon.

– Il se faisait des idées fausses et je ne sais pas qui est allé les lui fourrer dans la tête, il pensait que je n'étais pas gentil avec ta mère. Que je lui faisais du mal. Enfin, tu sais bien comment j'ai été obligé de lui apprendre à se tenir de temps en temps. Cet homme le savait parfaitement mais il ne comprenait pas ça. Il ne savait pas que les bonnes femmes comme ta mère ont besoin de savoir qui décide, à qui elles sont mariées et comment elles doivent se tenir. Il ne comprenait pas qu'il est parfois nécessaire de les secouer un petit peu. Il était très en colère quand il m'a interrogé. Je comprends un peu l'anglais parce que j'ai eu de bons copains à la base, j'ai compris presque tout ce qu'il m'a dit et il était furieux contre moi à cause de ta mère.

Simon fixait constamment la brûlure.

– L'homme en question, Simon, il s'appelait Dave. Maintenant, je veux que tu arrêtes de me mentir. Ce soldat qui était si gentil avec ta mère, et qui l'a été depuis le printemps jusqu'à la fin de l'automne, il ne porterait pas le nom de Dave ?

Simon réfléchit un instant, les yeux toujours fixés sur la brûlure.

– Ils vont s'occuper de son cas, annonça Grimur.

– Ils vont s'occuper de son cas ?

Simon ne savait pas ce que Grimur entendait par là mais il se disait que cela ne présageait rien de bon.

– La souris est dans le couloir ? demanda Grimur en faisant un signe de tête dans cette direction.

– Quoi ?

Simon ne comprenait pas de quoi il parlait.

– La débile ? Tu crois qu'elle nous écoute ?

– Je ne sais pas où est Mikkelina, répondit Simon. Ce qui était une forme de vérité.

– Il s'appelle Dave, Simon, n'est-ce pas ?

– Oui, ça se pourrait, répondit Simon prudemment.

– Comment ça, ça se pourrait ? Tu n'es pas sûr ? Comment tu l'appelles, Simon ? Quand tu parles avec lui ou peut-être qu'il se chamaille avec toi et te chatouille, comment tu l'appelles, alors ?

– Il ne m'a jamais chatouillé…

– Quel est son nom ?

– Dave, répondit Simon.

– Dave ! Merci beaucoup, mon petit Simon.

Grimur bascula en arrière sur sa chaise et disparut de la lumière. Il baissa la voix.

– En réalité, j'ai entendu dire qu'il baisait ta mère.

A ce moment-là, la porte s'ouvrit et leur mère entra, suivie de Tomas ; le courant d'air froid qui les accompagnait transmit un frisson dans le dos ruisselant de sueur de Simon.

22

Erlendur arriva sur la colline quinze minutes après sa conversation avec Skarphédinn.

Il n'avait pas pris son téléphone portable. Si ç'avait été le cas, il aurait appelé en chemin pour demander à Skarphédinn de retenir la femme jusqu'à son arrivée. Il était convaincu qu'il s'agissait de celle que le vieux Robert avait déclaré avoir vue à côté des groseilliers, la femme tordue et vêtue de vert.

Il y avait peu de circulation sur le boulevard Miklubraut, il remonta la côte d'Arstun aussi vite que sa voiture le lui permettait, puis prit la direction de l'est en longeant le boulevard Vesturlandsvegur, finalement il tourna à droite en prenant la sortie qui menait à la colline. Il se gara juste à côté des fondations de la maison, non loin du chantier de fouilles. Skarphédinn avait déjà démarré sa voiture et s'apprêtait à quitter les lieux, il s'arrêta. Erlendur sortit de son véhicule et l'archéologue abaissa la vitre de sa portière.

– Comment, vous ici ? Au fait, pourquoi vous m'avez raccroché au nez ? Il y a un problème ? Vous faites une drôle de tête.

– La femme est encore ici ? demanda Erlendur.

– La femme ?

Erlendur regarda en direction des buissons et il lui sembla distinguer un mouvement.

– C'est elle ? demanda-t-il en plissant les yeux. Il ne voyait pas très bien à cette distance. La femme en vert. Elle est encore là ?

– Oui, elle est là-bas, répondit Skarphédinn. Qu'est-ce qui se passe ?

– Je vous raconterai ça plus tard, dit Erlendur en s'en allant. Les groseilliers lui apparaissaient de plus en plus nettement au fur et à mesure qu'il s'en approchait et la tache verte se transforma en silhouette. Il hâta le pas comme s'il pensait que la femme allait disparaître de sa vue. Debout à côté des arbres dénudés, elle tenait l'une des branches en regardant vers le nord et la montagne Esja, profondément plongée dans ses pensées.

– Bonsoir, dit Erlendur quand il se trouva à portée de voix.

La femme se retourna vers lui. Elle n'avait pas remarqué sa présence.

– Bonsoir, répondit-elle.

– Jolie soirée, n'est-ce pas ? déclara Erlendur juste pour dire quelque chose.

– La meilleure saison a toujours été le printemps, ici, sur la colline, observa la femme. Elle devait faire des efforts pour parler. Elle agitait la tête et Erlendur eut l'impression qu'elle devait se concentrer énormément pour prononcer chaque mot. Ce n'était qu'à ce prix qu'elle parvenait à parler. L'une des mains était rentrée dans la manche et on ne la voyait pas. Elle avait un pied bot qu'on entrevoyait en bas de son long manteau vert, elle penchait un peu sur la gauche, comme si elle était atteinte d'une scoliose. Elle avait probablement soixante-dix ans bien sonnés, une apparence solide, une chevelure grise et épaisse qui lui tombait sur les épaules. Son visage était à la fois amical et empreint de tristesse. Erlendur nota qu'elle ne dodelinait pas de la tête seulement quand elle parlait mais que ce mouvement était constant. Sa tête était secouée de légers soubresauts, comme si elle recevait de petits coups à intervalles réguliers. Elle semblait constamment en mouvement.

– Vous avez été élevée ici, sur la colline, alors ? demanda Erlendur.

– Et voilà que maintenant la ville vient étendre ses tentacules jusqu'ici, dit-elle, sans répondre à la question d'Erlendur. On n'aurait jamais pu imaginer que ça arrive.

– Oui, c'est vrai qu'elle s'étend de tous les côtés, cette ville, convint Erlendur.

– C'est vous qui vous occupez de l'affaire des ossements ? demanda-t-elle tout à coup.

– C'est exact, répondit Erlendur.

– Je vous ai vu au journal télévisé. Il m'arrive de venir me promener ici de temps en temps, surtout au printemps. Le soir, quand tout est silencieux et qu'il y a cette magnifique clarté printanière.

– C'est vrai que c'est très beau ici, convint Erlendur. Vous êtes peut-être originaire de la colline ou des environs ?

– En fait, je m'apprêtais à vous rendre visite, annonça la femme toujours sans répondre à la question qu'Erlendur lui avait posée. J'avais l'intention de vous contacter demain. Mais, bon, c'est une bonne chose que vous m'ayez trouvée. Il était largement temps.

– Largement temps ?

– Que tout cela soit découvert.

– Quoi donc ?

– Nous habitions ici, à côté de ces arbustes. La maison a depuis longtemps disparu, je ne sais pas exactement comment mais elle a pourri petit à petit avant de tomber en ruine avec les années. Ma mère avait planté des groseilliers ; à l'automne, elle faisait de la confiture avec les baies mais ce n'était pas seulement pour la confiture qu'elle les avait plantés. Elle voulait faire un jardin potager avec des plantes et de jolies fleurs orienté vers le sud, la maison aurait servi à protéger contre le vent du nord. Il ne l'a pas autorisée à le faire, pas plus que tout le reste.

Elle regardait Erlendur et sa tête dodelinait pendant qu'elle racontait.

– Ils me portaient jusqu'ici quand il faisait soleil, poursuivit-elle avec un sourire. Mes frères. Rien ne me plaisait plus que d'être assise dehors quand le soleil brillait et je hurlais littéralement de joie quand ils m'emmenaient dans le jardin. Et nous nous amusions. Ils trouvaient toujours de nouvelles façons de jouer avec moi car j'avais énormément de mal à bouger. A cause de mon handicap, qui était nettement pire à cette époque-là. Ils tenaient ça de notre maman. Tous les deux, enfin, au départ.

– Quoi donc ?

– La bonté.

– Un vieil homme que nous avons interrogé nous a dit qu'une femme vêtue de vert venait parfois ici sur la colline pour entretenir les groseilliers. La description vous correspond. Nous pensons que cette personne avait peut-être habité dans la maison d'été qui s'élevait ici autrefois.

– Vous connaissez l'existence de la maison d'été ?

– Oui, et même l'identité de certains de ses locataires, mais pas de tous. Nous pensons qu'une famille de cinq personnes l'a occupée pendant la guerre et que cette famille a été confrontée à des violences de la part du père. Vous avez parlé de votre mère et de vos deux frères, ils étaient deux, c'est bien ça ? Et si vous êtes le troisième enfant de cette famille, alors, cela concorde parfaitement avec les renseignements dont nous disposons.

– Il vous a parlé d'une femme habillée en vert ? demanda-t-elle en souriant.

– Oui, d'une femme verte.

– Le vert est ma couleur. Il en a toujours été ainsi. Du plus loin que je me souvienne, il n'en a jamais été autrement.

– N'affirme-t-on pas que les gens qui aiment le vert sont terre à terre ?

– C'est bien possible.

Elle fit un sourire.

– Je suis très terre à terre.

– Cette famille vous dit quelque chose ?

– C'est nous qui habitions dans la maison qui se trouvait ici.

– Et la violence familiale ?

La femme regarda intensément Erlendur.

– Oui, il y en avait, de la violence…

– Et elle provenait de…

– Comment vous vous appelez ? interrompit la femme.

– Erlendur.

– Et vous avez une famille, Erlendur ?

– Non, enfin, si, une sorte de famille, enfin, je pense.

– Vous n'en avez pas l'air très sûr. Vous êtes gentil avec cette famille ?

– Je pense…

Erlendur hésita. Il ne s'attendait pas à ces questions et ne savait pas trop quoi répondre. S'était-il montré gentil avec sa famille ? A peine, se dit-il.

– Vous êtes peut-être divorcé, dit la femme en toisant les vêtements élimés d'Erlendur.

– En fait, oui, répondit-il. Je voulais vous demander… je crois que j'étais en train de vous poser une question sur ces violences conjugales.

– Voilà un mot bien édulcoré pour décrire l'assassinat d'une âme. Un terme politiquement correct à l'usage des gens qui ne savent pas ce qui se cache derrière. Vous savez ce que c'est, de vivre constamment dans la terreur ?

Erlendur ne répondait rien.

– De vivre dans la haine chaque jour sans que cela ne s'arrange jamais, quoi qu'on fasse, et on ne peut d'ailleurs rien faire pour arranger ce genre de chose, jusqu'à ce qu'on perde toute volonté et qu'on passe son temps à attendre et à espérer que la prochaine raclée ne sera pas aussi violente et douloureuse que la dernière.

Erlendur ne savait pas quoi dire.

– Petit à petit, les coups se résument à du pur sadisme parce que le seul pouvoir que l'homme violent détienne au monde, c'est celui qu'il exerce sur cette unique femme qui est son épouse, mais ce pouvoir n'a aucune limite puisque l'homme sait que la femme ne peut rien faire face à lui. Elle est totalement impuissante et complètement dépendante de lui parce qu'il ne se contente pas de la menacer elle, il ne se contente pas de la torturer avec la haine et la colère qu'il éprouve pour elle mais il la torture également avec la haine qu'il éprouve pour ses enfants en lui faisant clairement comprendre qu'il leur fera du mal si jamais elle essayait de se libérer de son emprise. Et pourtant, toute cette violence physique, toute cette souffrance et ces coups, ces os cassés, ces blessures, ces bleus, ces yeux au beurre noir, ces lèvres fendues, tout cela n'est rien comparé aux tortures que l'âme endure. Une terreur constante, absolument constante, qui jamais ne faiblit. Les premières années, quand elle montre encore quelques signes de vie, elle essaie de chercher de l'aide, elle essaie de s'enfuir mais il la retrouve et lui murmure qu'il a l'intention de tuer sa petite fille et d'aller l'enterrer dans la montagne. Et elle le sait capable de le faire, alors elle abandonne. Elle abandonne et remet sa vie entre les mains de cet homme.

La femme regardait en direction de la montagne Esja et vers l'ouest où l'on pouvait distinguer les contours du glacier en haut du volcan de Snacfcllsjökull.

278

– Alors, son existence n'est plus que l'ombre de celle de son mari, poursuivit-elle. Toute résistance l'abandonne et avec la résistance, c'est aussi son désir de vivre qui s'évanouit, sa vie à elle se confond avec sa vie à lui, du reste, on ne peut plus dire qu'elle soit en vie car, en fait, elle est morte et elle erre, comme une créature de l'ombre à la recherche d'une échappatoire. Afin d'échapper aux coups, à cette torture de l'âme, et à l'existence de cet homme, parce qu'elle ne vit plus sa vie à elle et qu'elle n'existe plus qu'à travers la haine qu'il lui porte. Pour finir, c'est lui qui remporte la victoire. Parce qu'elle est morte. Et qu'elle est un zombie.

La femme marqua une pause et passa sa main sur les branches dénudées.

– Jusqu'à ce printemps-là, pendant la guerre.

Erlendur ne disait rien.

– Y a-t-il quelqu'un pour condamner le meurtre d'une âme ? demanda-t-elle. Pouvez-vous me le dire ? Comment peut-on porter plainte contre un homme parce qu'il a assassiné une âme, est-il possible de le traîner devant un juge et de le faire reconnaître coupable ?

– Je ne sais pas, répondit Erlendur, qui ne comprenait pas trop où voulait en venir la femme.

– Vous avez exhumé les ossements ? demanda-t-elle, d'un air absent.

– C'est pour demain, répondit Erlendur. Vous savez quelque chose à propos de la personne qui repose là-bas ?

– Et puis, il est apparu qu'elle était un peu comme ces groseilliers, continua la femme d'un ton triste.

– Qui donc ?

– Comme ces groseilliers. Ils n'ont pas besoin qu'on les entretienne. Ils sont incroyablement robustes, supportent tous les temps et les hivers les plus froids, et reverdissent toujours avec le même éclat et la même beauté pendant l'été, et les baies qu'ils portent sont toujours aussi rouges et gorgées de jus, comme si rien n'était jamais arrivé. Comme s'ils n'avaient jamais connu le moindre hiver.

– Excusez-moi, mais comment vous appelez-vous ? demanda Erlendur.

– C'est le soldat qui l'a fait revenir à la vie.

La femme se tut et regarda intensément les groseilliers, on aurait dit qu'elle avait disparu dans un autre monde, dans une autre époque.

– Qui êtes-vous ? demanda Erlendur.

– Maman adorait le vert. Elle affirmait que c'était la couleur de l'espoir.

Elle revint à elle.

– Je m'appelle Mikkelina, répondit-elle. Puis elle sembla prise d'une hésitation. C'était un monstre, dit-elle. Ivre de haine et de colère.

23

Il allait bientôt être dix heures, l'air s'était mis à fraîchir sur la colline et Erlendur demanda à Mikkelina s'ils ne feraient pas mieux d'aller s'installer dans sa voiture. Ou bien, ils pouvaient poursuivre cette discussion le lendemain. Il se faisait tard et...

— Allons nous asseoir dans votre voiture, répondit-elle en se mettant en marche. Elle gravit lentement la colline et effectuait comme un plongeon vers la gauche à chaque fois qu'elle mettait son pied bot à terre. Erlendur la précédait de peu, il l'accompagna jusqu'à la voiture, lui ouvrit la porte et l'aida à s'asseoir. Ensuite, il contourna le véhicule en passant par l'avant. Il ne voyait pas comment Mikkelina était parvenue à se rendre sur la colline. Elle ne semblait pas être en voiture.

— Vous êtes venue ici en taxi? demanda-t-il en s'asseyant à la place du conducteur. Il fit tourner le moteur. Il était encore chaud et ils se réchauffèrent rapidement.

— C'est Simon qui m'a déposée, répondit-elle. Il ne va pas tarder à venir me chercher.

— Nous avons essayé de nous procurer des éléments sur ceux qui habitaient ici. Je suppose qu'il s'agit de votre famille, et certaines des choses qui nous ont été racontées, surtout de la bouche des personnes âgées, étaient plutôt bizarres. L'une de ces choses concerne l'usine à gaz qui se trouvait à Hlemmur.

– Il la faisait enrager avec cette histoire, expliqua Mikkelina, mais je ne pense vraiment pas qu'elle ait été conçue là-bas dans cette débauche de fin du monde dont il parlait. Il aurait tout aussi bien pu s'agir de lui. Je crois que quelqu'un a dû le faire enrager avec ça en l'accusant de la même chose, peut-être dans sa jeunesse, peut-être plus tard, et il a retourné ça contre elle.

– Donc, vous croyez que votre père a été conçu à l'intérieur de l'usine à gaz ?

– Ce n'était pas mon père, répondit Mikkelina. Mon père a disparu en mer. Il était marin et ma mère l'aimait. C'était ma seule consolation dans la vie quand j'étais petite. Le fait que ce n'était pas mon père. Il me détestait particulièrement. Moi, l'estropiée. Parce que j'étais dans cet état-là. Je suis tombée malade à l'âge de trois ans et je suis devenue handicapée, j'ai perdu la parole. Il me prenait pour une imbécile. Il me surnommait la débile. Mais j'avais toute ma tête. Toujours. En revanche, je n'ai jamais fait de rééducation, contrairement à ce qui se pratique systématiquement aujourd'hui. Et je ne disais jamais un mot car je vivais dans la terreur permanente de cet homme. Le fait qu'un enfant se renferme, voire qu'il perde la parole après un traumatisme, n'a rien de nouveau. Je suppose que c'est ce qui m'est arrivé. Ce n'est que bien plus tard que j'ai appris à marcher et que je me suis mise à parler et à étudier. Je suis titulaire de diplômes universitaires, en psychologie.

Elle fit une pause.

– Je n'ai jamais découvert l'identité de ses parents, continua-t-elle. J'ai fait des recherches. Afin de comprendre ce qui s'est passé, de comprendre la nature du phénomène que nous avons subi et surtout le pourquoi. J'ai essayé de trouver des éléments de réponse en recherchant dans sa jeunesse. Il avait été garçon de ferme ici et là et travaillait à Kjosin à l'époque où lui et

282

maman se sont connus. La partie de son enfance qui m'a le plus intéressée, c'est l'époque où il a été élevé dans la province de Myrar, dans une petite ferme qui s'appelait Melur. Cette ferme a aujourd'hui disparu. Le couple qui l'occupait avait trois enfants et ils prenaient chez eux des enfants pour lesquels la communauté leur versait de l'argent, il n'y a pas si longtemps que ça, il y avait encore des enfants à la charge des provinces. Ce couple était connu pour être particulièrement dur avec les enfants qu'on leur confiait. Les gens des fermes voisines en parlaient. Ils ont été traînés en justice parce qu'un enfant placé sous leur autorité est mort des suites de malnutrition et de mauvais traitements. L'enfant a été autopsié à la ferme selon des méthodes très sommaires, même par rapport aux techniques de l'époque. Il s'agissait d'un garçon de huit ans. Ils ont fait sauter une porte de ses gonds et s'en sont servis comme d'une table de dissection. Ils lui ont rincé les intestins dans le ruisseau. Leur conclusion fut qu'il avait subi des traitements d'une violence inutile, comme on disait à l'époque. Enfin, il a assisté à toutes ces choses-là. Peut-être même que lui et ce garçon étaient amis. Il était placé à Melur à la même époque. Il est fait mention de lui dans les minutes du procès : il est dit qu'il souffre de malnutrition et de blessures sur le dos et les jambes.

Elle fit une pause.

– Je ne suis pas en train d'essayer de lui trouver des excuses pour ce qu'il a fait ou pour la façon dont il nous a traités, ajouta-t-elle. Il n'y a aucune justification à ce qu'il a fait. Mais je voulais savoir qui il était.

Elle fit une nouvelle pause.

– Et votre mère ? demanda Erlendur. Il sentait bien que Mikkelina allait lui raconter tout ce qu'elle considérait comme important mais qu'elle entendait le faire à sa façon à elle. Il ne voulait pas la bousculer. Il fallait lui accorder le temps dont elle avait besoin.

– Elle n'a pas eu de chance, déclara Mikkelina de but en blanc, comme si c'était la seule conclusion logique possible. Elle a eu le malheur de tomber sur cet homme. C'est aussi simple que ça. Elle n'avait personne sur qui compter mais avait tout de même reçu une bonne éducation à Reykjavik, elle était bonne à tout faire dans une maison bourgeoise au moment de leur rencontre. Je n'ai pas non plus réussi à découvrir l'identité de ses parents. Si tant est que cette information ait été consignée quelque part, alors les documents ont disparu.

Mikkelina lança un regard à Erlendur.

– Cependant, elle a connu le véritable amour avant qu'il ne soit trop tard. Je crois que cet homme a fait son entrée dans sa vie au bon moment.

– Quel homme? Qui est arrivé dans sa vie?

– Et Simon, mon frère. Nous ne soupçonnions pas à quel point il souffrait de tout ça. Nous n'imaginions pas la pression qu'il a ressenti pendant toutes ces années. Personnellement, j'intériorisais le traitement que mon beau-père infligeait à ma mère et j'en souffrais beaucoup, cependant j'étais moins fragile que Simon. Mon Dieu, le pauvre Simon. Et puis, il y avait Tomas. Il tenait énormément de son père. Il était empli de haine.

– Excusez-moi, mais je suis en train de perdre le fil. Qui est entré dans sa vie, dans la vie de votre mère?

– Il venait de New York. C'était un Américain, de Brooklyn.

Erlendur hocha la tête.

– Maman avait besoin d'amour, elle avait besoin qu'on lui témoigne de l'amour sous une forme ou une autre, besoin qu'on la respecte, qu'on reconnaisse son existence et qu'on la reconnaisse en tant qu'individu. C'est Dave qui lui a rendu son amour-propre. Qui l'a reconstruite en tant qu'individu. Longtemps, nous nous sommes demandé ce qui le poussait à passer autant de temps avec maman. Qu'est-ce qu'il lui trouvait alors que personne ne la regardait, sauf mon beau-père, pour lui taper dessus ? Et puis, il l'a expliqué à maman. La raison qui le poussait à se porter à son secours. Il a dit qu'il avait senti ça immédiatement la première fois qu'il l'avait vue alors qu'il apportait des truites, il allait souvent pêcher au lac de Reynisvatn. Il avait expliqué qu'il connaissait tous les signes de la violence conjugale. Voilà ce qu'il avait vu en ma mère, il l'avait vu dans son regard. Sur son visage, dans ses mouvements. Il ne lui avait fallu qu'un instant pour connaître toute l'histoire de cette femme.

Mikkelina fit une pause et regarda en direction de la colline et des groseilliers.

– Dave connaissait bien cela. Il avait été élevé dans les mêmes conditions que Simon, Tomas et moi-même. Personne n'a jamais porté plainte contre son père et ce dernier n'est jamais passé en jugement, il n'a jamais eu la moindre punition pour avoir battu sa femme jusqu'à ce qu'elle meure. Et Dave a vu sa mère mourir. Ils vivaient dans une grande pauvreté, elle a attrapé la tuberculose et c'est ce qui l'a tuée. A ce moment-là, Dave était déjà un jeune homme mais il n'avait pas le dessus sur son père. Il a quitté le foyer familial le jour où sa mère est morte et n'y a jamais remis les pieds. Quelques années plus tard, il s'est engagé dans l'armée. Avant que la guerre ne soit déclarée. Il a été envoyé ici, à Reykjavik, pendant la guerre et sur cette colline, il est entré dans un taudis où il a revu le visage de sa mère.

Erlendur et Mikkelina gardèrent un instant le silence.

– Mais, cette fois-ci, il était assez grand pour faire quelque chose, continua Mikkelina.

Une voiture passa lentement devant eux et se gara à côté des fondations. Un homme en descendit et regarda en direction des groseilliers.

– Voilà Simon qui arrive pour me chercher, annonça

Mikkelina. Il se fait tard. Ça ne vous gêne pas de continuer demain ? Vous n'avez qu'à venir chez moi, si vous voulez.

Elle ouvrit la porte de la voiture et appela l'homme qui se retourna.

– Vous connaissez la personne qui est ensevelie là-bas ? demanda Erlendur.

– Demain, répondit simplement Mikkelina. Je vous dirai ça demain.

L'homme était arrivé à la voiture d'Erlendur et il aidait Mikkelina à sortir.

– Merci beaucoup, mon petit Simon, dit-elle en sortant du véhicule. Erlendur s'allongea sur le siège du passager afin de mieux voir le visage de l'homme qui soutenait Mikkelina. Puis, il ouvrit la porte de son côté et sortit.

– Mais il est impossible que ce soit Simon, dit-il à Mikkelina en regardant l'homme qui la soutenait. Celui-ci n'avait pas plus de trente-cinq ans.

– Comment ? fit Mikkelina.

– Simon, c'était bien votre frère ? demanda Erlendur en regardant toujours l'homme.

– Oui, répondit Mikkelina, comprenant tout à coup la surprise d'Erlendur. Ce n'est pas ce Simon-là, dit-elle avec un petit sourire. Lui, c'est mon fils et je l'ai baptisé ainsi en l'honneur de mon frère.

24

Le lendemain matin, Erlendur convoqua Elinborg et Sigurdur Oli à une réunion dans son bureau pour leur parler de Mikkelina et leur dire ce qu'elle lui avait raconté. Il avait l'intention de se rendre chez elle plus tard dans la journée. Il était persuadé qu'elle lui dévoilerait l'identité de la personne enterrée sur la colline et lui dirait le nom de celle qui l'avait placée là et pour quelle raison. Ensuite, les ossements seraient exhumés dans la soirée.

— Pourquoi tu ne le lui as pas demandé hier? reprocha Sigurdur Oli qui s'était réveillé frais comme un gardon après une soirée tranquille en compagnie de Bergthora. Ils avaient parlé de l'avenir, des enfants et s'étaient mis d'accord sur la façon la plus raisonnable de mener leur vie; ils avaient aussi discuté du voyage à Paris et de la voiture de sport qu'ils voulaient louer. Histoire de terminer enfin cette enquête dénuée d'intérêt, ajouta-t-il. J'en ai ma claque de cette histoire d'os. J'en ai marre de la cave de Benjamin et j'en ai par-dessus la tête de vous deux.

— Je veux t'accompagner chez elle, annonça Elinborg. Tu crois qu'il s'agit de la petite fille handicapée que Hunter a vue dans la maison quand il est venu arrêter cet homme?

— Il y a toutes les chances que ce soit le cas. Elle avait

deux demi-frères, elle a mentionné leur nom : Simon et Tomas. Ce qui correspond aux deux garçons que Hunter a vus. Elle a aussi mentionné un soldat américain du nom de Dave qui leur est venu en aide, si l'on peut dire. Je vais en parler à Hunter, mais je n'ai pas son nom de famille. Je me suis dit qu'il était plus intelligent de ménager cette femme. Elle nous dira tout ce que nous voulons savoir. Il est inutile de se précipiter au risque de tout gâcher.

Il regarda Sigurdur Oli.

– Tu as fini d'explorer la cave de Benjamin ?

– Oui, j'ai terminé hier. Je n'ai rien trouvé.

– Il est exclu que ce soit sa fiancée qui se trouve là-haut ?

– Oui, enfin, je crois bien, elle s'est sans doute vraiment jetée dans la mer.

– On a un moyen quelconque de vérifier le viol dont elle a été victime ? demanda Elinborg, en réfléchissant tout haut.

– Je crois bien que la preuve gît au fond de la mer, répondit Sigurdur Oli.

– Quelle expression elle a utilisée, déjà ? demanda Erlendur. « Voyage d'été à Fljót » ?

– « Amours campagnardes », répondit Sigurdur Oli avec un sourire narquois.

– Crétin des Alpes ! tonna Erlendur.

Hunter vint accueillir Erlendur et Elinborg à la porte de son domicile et les invita à entrer dans le salon. La table était couverte de documents concernant les entrepôts à provisions : des fax et des photocopies jonchaient le sol ; des journaux de bord et d'autres livres étaient ouverts partout dans la pièce. Erlendur se fit la réflexion qu'il avait effectué un travail de recherche monumental. Hunter feuilleta l'un des tas qui se trouvaient sur la table.

– J'ai ici quelqu part une liste de ceux qui ont

travaillé à la base, des Islandais, précisa-t-il. J'ai reçu ça de l'ambassade.

– Nous avons retrouvé l'un des occupants de la maison dans laquelle vous êtes allé, annonça Erlendur, je crois qu'il s'agit dc la petite fille handicapée.

– Bien, répondit Hunter, concentré. Parfait. Voilà, c'est ça.

Il tendit à Erlendur une liste rédigée à la main qui portait les noms de neuf Islandais ayant travaillé à la base. Erlendur reconnut la liste. Jim la lui avait lue à haute voix au téléphone et avait dit qu'il lui en ferait parvenir une copie. Il se souvint tout à coup qu'il avait oublié de demander à Mikkelina le nom de son beau-père.

– Et j'ai retrouvé le nom de celui qui nous a tout dit. Celui qui a donné les voleurs. L'un des camarades que j'avais dans la police militaire ici, à Reykjavik, habite aujourd'hui à Minneapolis. Nous avons toujours gardé le contact malgré quelques interruptions et je lui ai passé un coup de fil. Il se rappelait bien de cette histoire et il a appelé quelqu'un d'autre, finalement, il a trouvé le nom de l'informateur.

– Et c'était qui ? demanda Erlendur.

– Il s'appelait Dave, il était originaire de Brooklyn. David Welch, soldat deuxième classe.

Mikkelina avait mentionné le même nom, pensa Erlendur.

– Il est encore en vie ? demanda-t-il.

– Nous n'en savons rien. Mon ami est en train d'essayer de le retrouver par le biais du ministère américain de la Défense. Mais il est possible qu'il ait été envoyé au front.

Elinborg demanda à Sigurdur Oli de l'aider à enquêter sur ceux qui avaient travaillé à la base afin de savoir où ils se trouvaient, eux ou leurs descendants, mais

Erlendur demanda à nouveau à la voir dans l'après-midi avant qu'ils n'aillent, tous les deux, rendre visite à Mikkelina. Il devait d'abord passer à l'hôpital pour voir à Eva Lind.

Il pénétra dans le couloir des soins intensifs et jeta un regard dans la chambre de sa fille, toujours allongée, immobile et les yeux clos. A son grand soulagement, Halldora n'était pas là. Il regarda vers le fond du couloir où il s'était égaré l'autre jour et avait eu cette étrange conversation avec la petite femme à propos du garçon perdu dans la tempête de neige. Il s'avança à pas prudents dans le couloir jusqu'à la dernière chambre et constata que celle-ci était vide. La femme en manteau de fourrure avait disparu et le lit dans lequel l'homme était allongé, entre la vie et la mort, était également vide. La femme qui avait prétendu être médium s'était, elle aussi, évanouie et Erlendur se demanda si l'événement qu'il avait vécu appartenait au domaine du réel ou bien à celui du rêve. Il resta un moment debout dans l'embrasure de la porte, tourna les talons et entra dans la chambre de sa fille en refermant doucement derrière lui. Il aurait volontiers verrouillé mais la porte ne fermait pas à clef. Il s'assit au chevet d'Eva Lind. Demeura silencieux à côté de son lit en pensant au garçon dans la tempête de neige.

Un long moment s'écoula avant qu'il ne parvienne à rassembler son courage. Enfin, il soupira profondément.

– Il avait huit ans, dit-il à Eva Lind. Deux ans de moins que moi.

Il repensa aux paroles du médium qui lui avait dit que le petit garçon était en paix, que ce n'était la faute de personne. Ces simples mots lancés en l'air n'avaient rien évoqué en lui. Il avait passé toute sa vie plongé dans cette tempête de neige et le temps n'avait fait que la rendre plus violente.

– J'ai lâché prise, dit-il à Eva Lind.

Il entendit à nouveau ces cris dans la tempête.

– Nous ne nous voyions même pas, continua-t-il.
Nous nous tenions par la main, nous étions collés l'un à
l'autre et pourtant je n'arrivais pas à le voir à cause de
la tempête. Et puis, j'ai lâché prise.

Il marqua un silence.

– Voilà pourquoi tu ne dois pas partir. Voilà pourquoi
tu dois vivre, revenir d'où tu te trouves, saine et sauve.
Je sais bien que ta vie n'est pas une partie de plaisir
mais tu la bousilles comme si elle n'avait pas la
moindre valeur. Comme si toi, tu ne valais rien. Mais
ce n'est pas vrai. Tu as tort de croire une chose pareille.
Et tu ne dois pas croire que c'est le cas.

Erlendur regardait sa fille, baignée dans la clarté
blafarde de la lampe posée sur la table de nuit.

– Il avait huit ans. Je te l'ai déjà dit, peut-être ?
C'était un petit garçon comme tous les autres petits
garçons, rigolo et souriant, et nous étions amis. Ce ne
sont pas des choses qui coulent de source. En général,
il y a toujours quelques petits tiraillements. Des
bagarres, des rivalités, des disputes. Mais rien de tout
ça entre nous. Peut-être parce que nous étions tellement
différents l'un de l'autre. Les gens l'adoraient. Ils n'y
pouvaient rien. Il y a des gens comme ça. Pas moi.
Mais ces gens-là ont le pouvoir de briser toutes les
défenses des autres parce que leur façon d'être reflète
parfaitement ce qu'ils sont vraiment, ils n'ont rien à
cacher, ne prennent pas de faux-fuyants, ils sont eux-
mêmes, purs et vrais. Les enfants de cette sorte…

Erlendur fit une nouvelle pause.

– Tu me fais penser à lui, de temps en temps. Je ne
m'en suis rendu compte que plus tard. Lorsque tu m'as
retrouvé après toutes ces années. Il y a quelque chose
en toi qui me fait penser à lui. Quelque chose que tu
t'emploies à détruire et c'est pour cela que ça me fait

tellement mal de voir la vie que tu mènes sans que je puisse y changer quoi que ce soit. Face à toi, je suis tout aussi impuissant qu'au moment où j'ai lâché prise dans cette tempête de neige. Nous nous tenions par la main, je l'ai lâché et, à ce moment-là, je me suis dit que c'était fini. Que nous allions mourir tous les deux. Nous ne sentions plus nos mains engourdies et nous n'arrivions plus à nous agripper l'un à l'autre. Je n'ai senti ma main qu'à ce bref instant où je l'ai lâché.

Erlendur se tut et baissa les yeux par terre.

– Je ne sais pas si c'est la raison qui pourrait expliquer tout ça. J'avais dix ans à ce moment-là et je m'en suis toujours voulu. Je ne m'en suis jamais libéré. Je refuse de m'en libérer. La souffrance a bâti comme une forteresse autour de ce deuil que je ne veux pas oublier. Peut-être que j'aurais dû m'employer depuis longtemps à faire quelque chose de la vie qui a été épargnée pour lui donner un but. Mais ça n'arrive simplement pas et il y a peu de chances, au point où j'en suis, que ça se produise. Nous ployons tous sous un fardeau. Le mien n'est peut-être pas plus lourd que celui que portent les gens qui ont perdu leur moitié, mais je suis totalement incapable de m'en libérer.

«Il s'est produit un événement qui m'a éteint. Je ne l'ai jamais retrouvé mais je rêve constamment de lui et je sais qu'il est encore là-bas, quelque part, et qu'il erre à travers la tempête, seul, abandonné et frigorifié jusqu'à ce qu'il tombe à cet endroit où je ne le retrouve pas et où personne ne le retrouvera jamais, la tempête lui souffle dans le dos et, en un instant, le voilà englouti sous la neige et, en dépit de mes cris, de mes appels, de mes recherches, je ne le trouve pas, il ne m'entend pas et je l'ai perdu pour l'éternité.

Erlendur regarda Eva Lind.

– C'est comme s'il était monté tout droit vers Dieu. On m'a retrouvé. On m'a retrouvé, j'ai survécu et je

292

l'ai perdu. J'ai été incapable de leur dire quoi que ce soit. Incapable de dire l'endroit où je me trouvais au moment où je l'ai perdu. Je ne voyais pas à un mètre à cause de cette saloperie de neige. J'avais dix ans, j'étais presque mort de froid et j'étais incapable de leur dire quoi que ce soit. Alors, ils ont lancé des hommes à sa recherche, ils ont passé la lande au peigne fin avec des lanternes du matin au soir pendant des jours entiers, ils l'ont appelé, ont enfoncé dans la neige de longues verges, se sont séparés en plusieurs groupes, ont emmené avec eux des chiens dont on pouvait entendre les aboiements mêlés aux cris des hommes, mais cela n'a rien donné. Jamais.

«Il n'a jamais été retrouvé.

«Et puis, j'ai rencontré cette femme, là, dans le couloir, qui vient me raconter qu'elle a pour moi un message du garçon dans la tempête. Et elle m'affirme que ce n'est pas ma faute et que je n'ai rien à craindre. Qu'est-ce que ça veut dire ? Je ne crois pas à ces choses-là mais que faut-il en penser ? Toute ma vie, cela a été ma faute à moi bien que j'aie compris depuis bien longtemps que j'étais trop jeune pour pouvoir me reprocher quoi que ce soit. Pourtant, le remords vous ronge, comme des métastases cancéreuses qui finissent par avoir raison de vous.

«Parce que, tu vois, le garçon dont j'ai lâché la main n'était pas un garçon comme les autres.

«Parce que, tu vois, le garçon dans la tempête…

«C'était mon frère.»

Leur mère referma la porte d'un coup sec sur le vent glacial de l'automne et distingua dans l'obscurité de la cuisine la silhouette de Grimur, assis à la table en face de Simon. Elle ne voyait pas bien son visage. Elle ne l'avait pas revu depuis qu'il avait été emmené dans la jeep des militaires, pourtant, dès le moment où elle sentit sa présence à l'intérieur de la maison et où elle le vit dans l'obscurité, la peur l'envahit à nouveau. Elle l'avait attendu tout l'automne mais ne savait pas précisément quand il serait libéré. En voyant Tomas courir vers elle, elle avait tout de suite compris ce qui se passait.

Simon osait à peine faire un geste mais il tourna la tête pour regarder en direction de la porte, il vit sa mère qui le fixait. Elle avait lâché la main de Tomas qui se faufila dans le couloir où se trouvait Mikkelina. Elle lut de la terreur dans les yeux de Simon.

Grimur était assis sur une chaise de la cuisine sans bouger et ne manifestait aucune réaction. Quelques instants s'écoulèrent ainsi, pendant lesquels on n'entendait nul autre bruit que le hurlement du vent de l'automne et la respiration de leur mère, haletante après la course sur la colline. La peur que lui inspirait Grimur s'était atténuée depuis le printemps mais voilà maintenant qu'elle refaisait surface avec autant d'intensité et, en l'espace d'un instant, leur mère redevint ce qu'elle avait été. Comme si rien ne s'était passé pendant toute son absence. Elle sentit que ses jambes se dérobaient sous elle, la douleur qu'elle avait au ventre augmenta de plus en plus, son visage perdit à nouveau sa majesté, elle rentra la tête dans ses épaules, se fit aussi petite qu'elle le pouvait. Résignée. Obéissante. Prête à affronter le pire.

Les enfants remarquèrent le changement qui se produisit chez elle alors qu'elle se tenait dans l'embrasure de la porte.

– Simon et moi avons eu une petite discussion, annonça Grimur en se plaçant à nouveau sous la lumière, la brûlure qu'il avait au visage devenant ainsi visible. Leur mère écarquilla les yeux quand elle regarda son visage et vit la blessure cramoisie. Elle ouvrit la bouche, comme si elle s'apprêtait à dire quelque chose ou à pousser un cri, mais il n'en fut rien et elle resta à fixer Grimur d'un air incrédule.

– Tu ne trouves pas ça joli ? demanda Grimur.

Il y avait chez Grimur quelque chose d'étrange. Une chose dont Simon ne comprenait pas parfaitement la nature. Il avait gagné en assurance. Et en autosatisfaction. C'était lui qui détenait le pouvoir, et cela se voyait dans l'ensemble de son comportement à l'égard de sa famille, comme ç'avait toujours été le cas, mais il y avait quelque chose de plus, quelque chose de plus dangereux, et Simon se demandait ce que cela pouvait bien être lorsque Grimur se leva lentement de sa chaise.

Il s'approcha de leur mère.

– Simon m'a parlé du soldat qui vient ici avec des truites, un certain Dave.

Leur mère se taisait.

– C'est aussi un soldat qui s'appelle Dave qui m'a fait ça, dit-il en montrant la cicatrice. Je ne peux plus ouvrir l'œil complètement parce qu'il a trouvé drôle de me lancer du café à la figure. D'abord, il a fait chauffer la cafetière jusqu'à ce que le café soit si chaud qu'il devait se servir d'un torchon pour la saisir et, au moment où j'ai cru qu'il allait nous servir un café à tous les deux, alors il m'a envoyé du café à la figure par le bec de la cafetière.

Leur mère cessa de regarder Grimur, elle baissa les yeux à terre sans dire un mot.

– Ils l'ont fait entrer pendant que j'étais menotté les mains dans le dos. Je crois qu'ils savaient ce qu'il avait l'intention de me faire.

Il se dirigea d'un air menaçant en direction de Mikkelina et de Tomas, dans le couloir. Simon était comme cloué sur sa chaise à la table de la cuisine. Grimur se retourna vers leur mère et se dirigea vers elle.

– On aurait dit qu'ils lui donnaient sa récompense, dit-il. Tu sais peut-être pourquoi ?

– Non, répondit leur mère à voix basse.

– Non, reprit Grimur en imitant leur mère. Bien trop occupée à te faire sauter !

Il afficha un sourire.

– Ça m'étonnerait pas trop qu'on le retrouve à flotter sur le lac. Comme s'il était tombé dans l'eau en pêchant la truite.

Grimur se tenait tout près d'elle et il plaça tout à coup sa paume sur le ventre de la femme.

– Tu crois qu'il a laissé des traces de son passage ? demanda-t-il d'une voix profonde et menaçante. Un petit souvenir des ornières à côté du lac ? Tu crois ? Tu crois qu'il t'a laissé un souvenir ? Je veux que tu saches bien que s'il t'a laissé quelque chose en souvenir, cette chose-là, je la tuerai. Et tiens, peut-être même que je la brûlerai, comme il m'a brûlé la figure.

– Ne dis pas des choses comme ça, répondit leur mère.

Grimur la dévisagea.

– Comment cette ordure a su pour le vol ? demanda-t-il. Qui donc a bien pu aller lui raconter ce que nous faisions ? Tu le sais ? Peut-être qu'on ne faisait pas assez attention. Peut-être qu'il nous a vus. Ou bien, peut-être qu'il a apporté des truites à quelqu'un et qu'en voyant tous ces trucs entassés dans la maison, il s'est demandé d'où ils pouvaient venir, alors il a posé la question à la petite putain qui habite ici.

Grimur serra plus fort le ventre de la femme.

– Vous ne pouvez pas voir un uniforme sans écarter les jambes !

Simon se leva lentement derrière le dos de son père.

– Et que dirais-tu d'un petit café ? proposa Grimur à leur mère. Que dirais-tu d'un petit café matinal pour se réveiller ? Avec la permission de Dave, bien sûr. Tu crois qu'il voudra bien ?

Grimur se mit à rire.

– Peut-être même qu'il en prendra une tasse avec nous ? Tu attends peut-être sa visite ? Tu attends peut-être qu'il surgisse ici pour te sauver ?

– Arrête, dit Simon dans le dos de Grimur.

Grimur lâcha leur mère et se tourna vers Simon.

– Arrête ça tout de suite, reprit Simon.

– Simon ! gronda sa mère. Arrête !

– Fiche la paix à ma mère, continua Simon d'une voix tremblante.

Grimur se tourna à nouveau vers leur mère. Mikkelina et Tomas suivaient la scène depuis le couloir. Il se pencha vers elle et lui murmura à l'oreille :

– Ou peut-être bien qu'un jour, tu vas disparaître comme la petite amie de ce pauvre Benjamin !

Leur mère regardait Grimur, prête à faire face à une attaque qu'elle savait inéluctable.

– Tu as quelque chose à voir dans cette histoire ?

– Il y a des gens qui disparaissent. Toutes sortes de gens. Et aussi des gens de bonne famille. Alors, une pauvre fille comme toi peut bien disparaître aussi. Qui veux-tu qui vienne s'inquiéter de savoir où tu es ? A moins que ta maman de l'usine à gaz ne se mette à ta recherche. Tu crois peut-être ça possible ?

– Laisse-la tranquille, dit Simon, toujours debout de l'autre côté de la table de la cuisine.

– Simon ? fit Grimur. Je croyais que nous étions copains, toi et Tomas et moi.

– Laisse-la tranquille, répéta Simon. Il faut que tu arrêtes de lui faire du mal. Il faut que tu arrêtes et que tu partes d'ici. Que tu partes de cette maison et que tu n'y reviennes jamais.

Grimur s'était approché de Simon et le fixait comme s'il s'était agi d'un parfait inconnu.

– Mais, je suis parti. Je suis parti pendant six mois et voilà l'accueil qu'on me réserve. Ma bonne femme s'est dégotée un Amerloque et mon Simon veut jeter son papa à la rue. Tu te crois peut-être assez grand pour avoir le dessus sur ton père, Simon ? Tu crois ? Est-ce que tu t'imagines qu'un jour, tu seras assez grand pour t'attaquer à moi ?

– Simon ! commanda sa mère. Tout va bien. Emmène Tomas et Mikkelina à Gufunes et attendez-moi là-bas. Tu m'entends, Simon ? Fais ce que je te dis !

Grimur adressa un rictus à Simon.

– Et c'est la bonne femme qui porte la culotte. Non mais, pour qui elle se prend ? Nom de Dieu, que de changements en si peu de temps !

Grimur jeta un œil dans le couloir.

– Et, au fait, comment va le monstre ? Est-ce que l'éclopée va, elle aussi, ouvrir sa gueule ? Pu, pu, pu, pu, putain d'éclopée, il y a des années que j'aurais dû lui tordre le cou, à celle-là ! C'est comme ça qu'on me remercie ? C'est ça le remerciement ? hurla-t-il en direction du couloir.

Mikkelina disparut de l'embrasure de la porte et se réfugia dans l'obscurité du couloir. Tomas ne bougea pas et regardait Grimur qui lui fit un sourire.

– Mais nous, Tomas, on est des copains, annonça Grimur. Tomas, lui, n'irait jamais trahir son papa. Viens ici, mon petit garçon. Viens voir ton papa.

Tomas alla le rejoindre.

– Maman a téléphoné, déclara Tomas.

– Tomas ! cria leur mère.

25

– Je ne crois pas que Tomas avait l'intention de l'aider. Je pense plutôt qu'il s'imaginait aider maman. Il voulait effrayer son père d'une manière ou d'une autre et se porter ainsi au secours de maman. Mais je crois surtout qu'il n'avait pas conscience de ce qu'il faisait. Il était encore tellement petit, le pauvre enfant.

Mikkelina se tut un instant et regarda Erlendur. Lui et Elinborg se trouvaient assis dans le salon et venaient de l'entendre retracer l'histoire de sa mère et de Grimur sur la colline, elle avait raconté leur première rencontre, décrit les premières fois qu'il l'avait battue et la façon dont la violence avait augmenté avec le temps. Elle avait aussi expliqué que sa mère avait tenté de s'enfuir par deux fois mais qu'elle avait été retrouvée par Grimur qui l'avait menacée de tuer ses enfants. Elle leur avait décrit l'existence quotidienne sur la colline, les soldats, la base, le vol et Dave qui allait pêcher au lac. Elle leur avait raconté cet été au cours duquel le père avait été jeté en prison et où leur mère et le soldat étaient tombés amoureux, avait parlé de ses frères qui l'emmenaient prendre le soleil dehors, de Dave qui les emmenait en pique-nique et de cette froide matinée d'automne où son beau-père était rentré à la maison.

Mikkelina avait pris tout le temps nécessaire afin de n'omettre aucun des détails qu'elle considérait comme importants dans l'histoire de la famille. Erlendur et Elinborg écoutaient, assis à boire du café que Mikkelina leur avait préparé et à se régaler d'un gâteau qu'elle leur dit avoir confectionné parce qu'elle savait qu'Erlendur allait venir. Elle avait chaleureusement salué Elinborg en lui demandant s'il y avait beaucoup de femmes dans la police criminelle.

– Pratiquement aucune, avait répondu Elinborg avec un sourire.

– C'est dommage et honteux, remarqua Mikkelina en l'invitant à s'asseoir. Les femmes devraient être présentes sur tous les fronts, et en première ligne.

Elinborg avait adressé à Erlendur un sourire béat. Elle était passée le prendre à son bureau dans l'après-midi, elle savait qu'il rentrait juste de l'hôpital et lui avait trouvé un air plutôt déprimé. Elle lui avait demandé des nouvelles d'Eva Lind, en se disant que, peut-être, son état avait empiré mais il avait répondu qu'il n'y avait pas d'évolution. Et quand elle lui avait demandé comment il se sentait et si elle pouvait lui être utile d'une manière ou d'une autre, il s'était contenté de secouer la tête en disant qu'il n'y avait rien d'autre à faire qu'attendre. Elle s'était fait la réflexion que cette attente commençait à se voir de plus en plus sur lui mais ne s'était pas risquée à aborder le sujet, sachant d'expérience qu'Erlendur ne ressentait pas le besoin de se confier aux autres.

Mikkelina habitait au rez-de-chaussée d'un petit immeuble situé sur la colline de Breidholt. Son appartement était petit mais chaleureux et, pendant qu'elle préparait le café dans la cuisine, Erlendur parcourait le salon en regardant des photos de sa famille ou, du moins, de gens dont il s'imagina qu'ils faisaient partie de sa famille. Les photos n'étaient pas nombreuses et il lui sembla qu'aucune n'avait été prise sur la colline.

Elle commença par leur parler un peu d'elle-même pendant qu'elle s'affairait dans la cuisine ; on entendait le son de sa voix jusqu'au salon. Elle avait commencé sa scolarité tardivement, peu avant d'avoir vingt ans, et, à la même époque, elle avait bénéficié des premiers traitements pour son handicap et les progrès avaient été fulgurants. Erlendur se dit qu'elle passait bien vite en revue sa propre histoire et qu'elle ne se perdait pas en digressions. Mikkelina avait fini, avec le temps, par devenir bachelière en suivant des cours du soir, puis elle était allée à l'université où elle avait obtenu un diplôme de psychologue. Elle avait alors une bonne trentaine d'années. Aujourd'hui, elle avait cessé d'exercer.

Juste avant de commencer ses études à l'université, elle avait adopté un petit garçon, qu'elle avait baptisé Simon. Son désir de fonder une famille connaissait certains obstacles liés à des difficultés qu'il ne lui était peut-être pas nécessaire de développer en détail, avait-elle dit avec un sourire ironique.

Elle déclara qu'elle se rendait régulièrement sur la colline au printemps et l'été, qu'elle allait entretenir les groseilliers dont elle cueillait les baies pour faire de la confiture. Il lui restait encore un tout petit peu de celle qu'elle avait faite l'automne dernier dans un bocal et elle leur en fit goûter. Elinborg, qui s'y connaissait en cuisine, la couvrit d'éloges. Mikkelina lui dit d'emmener le reste du pot en s'excusant qu'il soit presque vide.

Elle leur raconta qu'elle avait assisté à l'expansion de la ville au fil des ans et des décennies. Reykjavik s'était d'abord étendue jusqu'à la colline de Breidholt puis avait traversé la baie de Grafarvogur pour s'engouffrer dans la vallée menant à Mosfellsbaer, avant d'escalader la butte de Grafarholt où Mikkelina avait autrefois vécu et d'où provenaient les plus douloureux souvenirs de toute son existence.

– Je n'ai gardé de cet endroit que de mauvais souvenirs, dit-elle. A part ceux datant de ce court été.

– Le handicap dont vous souffrez est de naissance ? demanda Elinborg. Elle avait essayé de formuler la question avec autant de tact que possible mais s'était rendu compte qu'il n'y avait aucun moyen de le faire.

– Non, répondit Mikkelina. Je suis tombée malade à l'âge de trois ans. On m'a envoyée à l'hôpital. Maman m'a expliqué qu'on interdisait aux parents de rester au chevet de leurs enfants admis au service médecine. Maman ne comprenait rien à cette règle impitoyable et ignoble qui interdisait aux parents de rester auprès de leur enfant malade ou même aux portes de la mort, cloué sur un lit d'hôpital. Maman a mis plusieurs années à se rendre compte qu'il était possible de récupérer ce que j'avais perdu par de la rééducation mais mon beau-père lui interdisait de s'occuper de moi, de m'envoyer voir un médecin ou de chercher un remède. Il me reste un souvenir d'avant ma maladie mais je ne saurais dire s'il s'agit d'un rêve ou de la réalité ; en tout cas, le soleil brille et je me trouve dans un jardin, probablement celui de la maison où maman travaillait comme domestique, et je cours à toutes jambes en poussant de petits cris comme si ma mère était en train de jouer à me poursuivre. Je ne me souviens de rien d'autre. Je me rappelle juste que je courais sans aucun problème.

Mikkelina fit un sourire.

– J'ai souvent fait des rêves de ce genre. Dans lesquels je suis en parfaite santé, je peux me déplacer comme bon me semble, je ne remue pas constamment la tête de droite à gauche en parlant et je contrôle tous les muscles de mon visage qui ne me déforment plus la figure dans tous les sens.

Erlendur reposa sa tasse.

– Vous m'avez dit hier que vous aviez donné à votre fils le nom de votre frère, Simon, n'est-ce pas ?

– Simon était un garçon adorable. C'était mon demi-frère. Il n'avait absolument rien hérité de son père. En tout cas, pas à ce que je voyais en lui. Il avait tout de maman. Il était doux, compréhensif et serviable. Il ne supportait pas de voir la souffrance, le pauvre petit. Il haïssait son père et c'est cette haine qui l'a détruit. Il n'aurait pas dû avoir à détester quoi que ce soit. Et il était comme nous tous, il avait passé toute son enfance dans la terreur. Parfois tétanisé d'épouvante devant les colères de son père. Il voyait notre mère se faire malmener. Moi, je me cachais la tête sous la couette mais j'ai remarqué que, parfois, Simon se forçait à regarder les coups qui pleuvaient, un peu comme s'il voulait s'endurcir pour pouvoir intervenir plus tard, quand il serait assez grand et assez fort pour maîtriser son père. Parfois, il essayait de s'interposer. Il se plaçait devant ma mère et opposait résistance à son père. Maman redoutait cela encore plus que les coups eux-mêmes. Elle était horrifiée à l'idée que quelque chose puisse arriver à ses enfants. Un garçon tellement adorable et doux, ce cher Simon.

– Vous parlez de lui comme s'il était toujours enfant, demanda Elinborg. Il est décédé ?

Mikkelina demeura silencieuse et fit un sourire.

– Et Tomas ? demanda Erlendur. Vous n'étiez que trois enfants, n'est-ce pas ?

– Ah oui, Tomas, répondit Mikkelina. Il était très différent de Simon. Notre père l'avait bien vu.

Mikkelina fit une nouvelle pause.

– Au fait, à qui votre mère avait téléphoné ? demanda Erlendur. Avant de rentrer sur la colline.

Mikkelina ne répondit pas à sa question mais alla jusqu'à sa chambre. Elinborg et Erlendur échangèrent un regard. Quelques instants plus tard, Mikkelina revint au salon avec un morceau de papier plié dans les mains. Elle le déplia, lut ce qui était écrit et le tendit à Erlendur.

– Maman m'a donné ce morceau de papier, dit-elle. Je me rappelle parfaitement le moment où Dave l'a fait glisser jusqu'à elle à travers la table de la cuisine, pourtant elle ne nous a jamais raconté ce qu'il disait. Ce n'est que bien plus tard qu'elle me l'a montré. Bien des années plus tard.

Erlendur lut le message.

– Dave a trouvé un Islandais ou un soldat qui parlait la langue pour l'aider à rédiger le message. Maman l'a toujours conservé et je l'emporterai évidemment avec moi dans la tombe.

Erlendur regarda le papier. Les mots étaient écrits en capitales d'imprimerie maladroites mais parfaitement lisibles.

JE SAIS CE QU'IL VOUS FAIT SUBIR.

– Maman et Dave en ont discuté et ils ont convenu qu'elle appellerait Dave dès que mon beau-père sortirait de prison, alors Dave viendrait l'aider. Je ne sais pas exactement comment ils comptaient s'y prendre.

– Elle ne pouvait pas demander de l'aide aux gens de Gufunes ? demanda Elinborg. Il devait y avoir beaucoup d'employés là-bas, non ?

Mikkelina la dévisagea.

– Vous savez, ma mère a dû supporter la violence de son mari pendant une bonne quinzaine d'années. Cette violence était physique, il la battait, tellement qu'elle était parfois clouée au lit pendant des jours, quelquefois plus. Mais cette violence avait également un caractère psychologique, ce qui était peut-être encore pire, car, comme je l'ai dit hier à Erlendur, cette violence-là a réduit ma mère à néant. Elle s'était mise à éprouver autant de dégoût pour elle-même que son mari le faisait, elle a pendant longtemps eu des idées suicidaires mais, principalement à cause de nous, à cause de ses enfants, elle n'a jamais mis ses plans à exécution. En l'espace des six mois qu'elle a passés avec lui, Dave est parvenu à réparer énormément de choses mais elle n'aurait jamais été capable d'aller demander de l'aide à quelqu'un d'autre que lui. Jamais elle n'avait parlé à personne de ce qu'elle endurait depuis toutes ces années et je crois bien qu'elle était prête à supporter de recevoir encore une raclée de plus si c'était nécessaire. Au pire, il allait la battre comme plâtre et tout redeviendrait comme auparavant.

Mikkelina regarda Erlendur.

– Dave n'est jamais venu.

Elle s'adressa à Elinborg.

– Et rien n'est redevenu comme auparavant.

– Elle a téléphoné ?

Grimur prit Tomas dans ses bras.

– Et qui elle a appelé, Tomas ? Nous n'avons aucun secret l'un pour l'autre. Ta maman s'imagine qu'elle peut avoir des secrets mais elle se trompe. Ça peut être très dangereux d'avoir des secrets.

– Je t'en prie, ne te sers pas de lui, dit leur mère.

– Et voilà maintenant qu'elle voudrait me commander, répondit Grimur en massant les épaules de Tomas. Nom de Dieu, que de changements ! Jusqu'où est-ce que ça ira ?

Simon prit place à côté de sa mère. Mikkelina se traîna jusqu'à eux. Tomas se mit à pleurer. Une tache sombre se dessina dans l'entrejambe de son pantalon.

– Et quelqu'un a répondu ? demanda Grimur, qui avait cessé de sourire ; il n'avait plus son ton ironique et son visage était redevenu sévère. Ils ne quittaient pas des yeux la cicatrice sur son visage.

– Personne n'a répondu, déclara leur mère.

– Alors, pas de Dave qui va venir te tirer d'affaire, hein ?

– Pas de Dave, répondit leur mère.

– Ou peut bien se trouver cette sale donneuse ? demanda Grimur. Un bateau est parti de chez eux ce matin. Plein à craquer de soldats. Ils sont en manque de soldats en Europe. Ils ne peuvent quand même pas tous se la couler douce en Islande où il n'y a rien d'autre à faire que baiser des bonnes femmes. A moins qu'ils ne l'aient attrapé ? C'était un trafic bien plus gros que je ne l'aurais cru et des têtes sont tombées. Des têtes nettement plus grosses que la mienne. Des officiers. Ça, on peut dire qu'ils étaient pas contents du tout.

Il repoussa Tomas d'un geste.

– Pas contents du tout.

Simon se tenait tout près de sa mère.

– Il y a juste un truc dans tout ça qui me turlupine, dit Grimur qui s'était maintenant approché de leur mère ; une odeur rance et aigre émanait de lui. Je n'arrive pas à comprendre ça. Ça m'échappe complètement. Je comprends facilement que toi, tu te sois couchée sous le premier type qui t'a regardée pendant que j'étais absent. Après tout, tu n'es qu'une putain. Mais, lui, qu'est-ce qui lui est passé par la tête ?

Ils se touchaient presque.

– Qu'est-ce qu'il a bien pu te trouver ?

Il lui enserra la tête de ses deux mains.

– A toi, à une espèce de grosse vache comme toi.

– Cette fois-ci, nous pensions bien qu'il allait la battre à mort. On s'attendait à ce que ça arrive. Je tremblais de peur et Simon ne se sentait pas mieux que moi. Je me demandais si j'arriverais à attraper les couteaux de la cuisine. Mais il ne se passa rien. Ils se regardèrent longtemps dans les yeux et, au lieu de se jeter sur elle, il recula.

Mikkelina fit une pause.

– Je n'ai jamais eu aussi peur de ma vie. Et Simon

n'a plus jamais été le même après ça. Il s'est de plus en plus éloigné de nous. Pauvre Simon.

Elle baissait les yeux.

— Dave a disparu de notre vie aussi vite qu'il y était entré, poursuivit-elle. Maman n'a plus jamais eu aucune nouvelle de lui.

— Son nom de famille était Welch, précisa Erlendur. Nous sommes en train de rechercher ce qu'il est devenu. Quel était le prénom de votre beau-père ?

— Il s'appelait Thorgrimur, mais on l'appelait toujours Grimur, répondit Mikkelina.

— Thorgrimur, reprit Erlendur. Il se rappelait ce nom-là, il figurait sur la liste des Islandais travaillant à la base.

Son portable se mit à sonner dans la poche de son imperméable. C'était Sigurdur Oli qui se trouvait sur le chantier de fouilles.

— Tu ferais bien de venir ici, déclara Sigurdur Oli.

— Ici ? Où donc ? demanda Erlendur. Tu es où ?

— Enfin, sur la colline, répondit Sigurdur Oli. Ils ont dégagé l'ensemble des ossements et je crois bien que nous savons enfin qui est enterré là.

— Qui est enterré là ?

— Oui, enfin, dans la tombe.

— Alors, de qui il s'agit ?

— De la fiancée de Benjamin.

— Quoi ? !

— La fiancée de Benjamin.

— Pourquoi ? Qu'est-ce qui te fait dire qu'il s'agit d'elle ?

Erlendur s'était mis debout et était parti dans la cuisine pour être au calme.

— Rejoins-moi ici et viens voir toi-même, répondit Sigurdur Oli. C'est impossible que ce soit quelqu'un d'autre. Viens voir par toi-même.

Sur ce, il raccrocha.

26

Erlendur et Elinborg étaient arrivés sur la colline quinze minutes plus tard. Ils prirent congé de Mikkelina avec précipitation et, stupéfaite, elle les regarda passer la porte. Erlendur ne lui avait rien rapporté des paroles de Sigurdur Oli au téléphone à propos de la fiancée de Benjamin. Il avait simplement déclaré devoir se rendre sur la colline où l'on était en train d'exhumer les ossements et lui avait ainsi demandé de patienter pour leur raconter la suite de son histoire. Il s'en était excusé auprès d'elle. Mais ils reparleraient de tout cela plus tard.

– Vous voulez que je vous accompagne ? demanda Mikkelina dans l'entrée alors qu'ils sortaient en vitesse de l'appartement. J'ai…

– Pas maintenant, interrompit Erlendur. Nous reparlerons de tout cela, mais de nouveaux éléments viennent d'apparaître.

Sigurdur Oli les attendait et les accompagna pour aller voir Skarphédinn qui se tenait au bord de la tombe.

– Ah, Erlendur, salua l'archéologue. Voilà, nous y sommes enfin. Finalement, ça n'a pas pris si longtemps que ça.

– Et qu'avez-vous trouvé ? demanda Erlendur.

– Il s'agit d'un individu de sexe féminin, annonça Sigurdur Oli d'un ton grave. Il n'y a pas de doute.

– Et pourquoi donc ? rétorqua Elinborg. Depuis quand tu es médecin ?

– Pas besoin d'être médecin pour ça, répondit Sigurdur Oli. Ça crève les yeux.

– Il y a, en effet, deux squelettes dans la tombe, précisa Skarphédinn. L'un appartient à un adulte, probablement une femme, et l'autre est celui d'un enfant, d'un très jeune enfant, peut-être même encore dans le ventre de sa mère. Le squelette est placé dans une position qui le suggère.

Erlendur le dévisagea, estomaqué.

– Deux squelettes ? !

Il regarda Sigurdur Oli, fit deux pas en avant, examina la tombe et comprit immédiatement ce que Skarphédinn voulait dire. Le plus grand des deux squelettes avait pratiquement été mis au jour et il se présentait à lui avec la main tendue en l'air, la mâchoire grande ouverte, pleine de terre et les côtes cassées. Il y avait aussi de la terre dans les orbites vides, des mèches de cheveux lui tombaient sur le front et la chair du visage n'était pas encore complètement décomposée.

Au-dessus, il y avait un autre squelette, extrêmement petit, tout recroquevillé sur lui-même, comme s'il était en position fœtale. Les archéologues l'avaient dégagé de la terre qui l'enserrait à l'aide de brosses. Les os des bras et des cuisses étaient de la taille d'un crayon à papier, la tête de celle d'une petite balle. Il reposait juste au-dessous des côtes du grand squelette, la tête orientée vers le bas.

– Peut être qu'il s'agit de quelqu'un d'autre ? demanda Sigurdur Oli. Ce n'est pas la fameuse fiancée ? Elle était enceinte, non, comment elle s'appelait, déjà ?

– Solveig, répondit Elinborg. Sa grossesse était si avancée que ça ? demanda-t-elle comme si elle se posait la question à elle-même en observant les squelettes.

– On parle d'enfant ou bien de fœtus à ce stade-là ? demanda Erlendur.

– Je n'en ai pas la moindre idée, répondit Sigurdur oli.

– Moi non plus, dit Erlendur. Nous avons besoin d'un spécialiste. Pouvons-nous emmener ces squelettes dans cet état-là afin de les faire examiner à la morgue de Baronstigur ? demanda-t-il à Skarphédinn.

– Que voulez-vous dire par «dans cet état-là» ? demanda Skarphédinn.

– Dans cette position, imbriqués l'un dans l'autre.

– Il nous reste à nettoyer le squelette adulte. Si nous retirons un peu plus de terre en y allant à la brosse et au pinceau et que nous arrivons à l'atteindre par la face inférieure, en faisant attention, nous devrions pouvoir soulever le tout sans problème, oui. Je pense que c'est possible. Vous ne voulez pas que le médecin vienne les examiner ici ? Dans cet état-là ?

– Non, je préfère que cela soit fait en laboratoire, répondit Erlendur. Nous devons pratiquer l'examen dans les meilleures conditions possibles.

Les squelettes furent extraits de la terre dans leur totalité à l'heure du repas du soir. Erlendur assista à leur convoiement accompagné de Sigurdur Oli et d'Elinborg. Les archéologues s'occupèrent de tout et Erlendur trouva qu'ils faisaient preuve de beaucoup de professionnalisme. Finalement, il ne regrettait pas de les avoir recrutés pour ce travail. Skarphédinn dirigea l'opération avec la même fermeté que celle qu'il avait montrée au cours des fouilles. Il confia à Erlendur qu'ils s'étaient tous pris d'une certaine affection pour ce squelette qu'ils avaient surnommé l'homme de Thusöld en l'honneur d'Erlendur, le squelette allait leur manquer. Leur tâche n'était cependant pas achevée. Skarphédinn, qui avait maintenant développé un certain intérêt pour la criminologie, avait l'intention de continuer avec ses hommes à chercher dans le terrain des indices susceptibles d'éclairer ce qui s'était produit sur la colline bien des années plus tôt. Il avait fait filmer les fouilles sous tous les angles, à la fois en vidéo et en 16 millimètres, et affirmait que cela pourrait donner lieu à de passionnantes conférences à l'université, surtout si Erlendur réussissait à découvrir de quelle manière ces ossements étaient parvenus jusque-là, avait-il ajouté en un sourire, laissant apparaître ses défenses.

On emmena les squelettes à la morgue de Baronstigur où ils allaient être examinés sous toutes les coutures. Le médecin légiste était en vacances en Espagne avec toute sa famille et ne devait pas rentrer en Islande avant au moins une semaine, avait-il expliqué à Erlendur au téléphone dans la soirée ; cuit par le soleil, il se rendait à une fête du cochon et il avait un coup dans le nez, s'était dit Erlendur. Le médecin-chef du district de Reykjavik assista à l'exhumation des ossements ainsi qu'à leur convoiement en voiture de police jusqu'à la morgue.

Conformément à la requête d'Erlendur, les deux squelettes ne furent pas séparés l'un de l'autre mais emmenés tels quels. Afin de les conserver autant que possible dans la même position, les archéologues avaient laissé beaucoup de terre autour. C'était par conséquent un tas plutôt informe posé sur la table de dissection devant Erlendur et le médecin-chef qui se tenaient côte à côte, baignés par la lumière crue des néons de la salle de dissection. Les squelettes étaient enveloppés d'un grand drap blanc que le médecin-chef avait retiré. Les deux hommes examinaient les ossements.

– Ce qui nous manque en premier lieu, c'est une fourchette d'âge de ces deux squelettes, observa Erlendur en regardant le médecin.

– Oui, une fourchette d'âge, reprit le médecin, pensif. Vous savez qu'il n'existe que des différences minimes entre le squelette d'un homme et celui d'une femme, seuls les os pelviens présentent des différences mais le petit squelette et la terre entre les deux nous interdisent de les voir clairement. J'ai l'impression que le squelette adulte a conservé ses deux cent six os. Il a des côtes cassées, comme nous le savons. C'est le squelette d'un individu d'assez haute taille, celui d'une femme plutôt grande. Enfin, à première vue mais je ne peux pas vous donner plus de précisions. Ça presse ? Vous pouvez patienter une semaine ? Je ne suis pas spécialiste en autopsie ni en datation. Toutes sortes de détails pourraient échapper à mon attention alors qu'ils sauteraient aux yeux d'un légiste sachant les déceler et les interpréter pour en tirer des indices. C'est pressé ? Vous ne pouvez pas patienter un peu ? répéta-t-il.

Erlendur remarqua que des gouttes de sueur perlaient sur le front du médecin et il se souvint qu'un jour, quelqu'un lui avait dit que cet homme était un tire-au-flanc.

– Pas de problème, répondit Erlendur. Rien ne presse. En tout cas, je ne pense pas. A moins que cette découverte d'ossements ne déclenche un processus quelconque dont nous ne savons rien et qu'il s'ensuive une catastrophe.

– Vous voulez dire que quelqu'un aurait pu suivre de près cette découverte, qu'il sache exactement de quoi il retourne et que cela entraîne toute une série d'événements ?

– Nous verrons bien, répondit Erlendur. Attendons le retour du légiste. Ce n'est pas une question de vie ou de mort. Enfin, voyez ce que vous pouvez faire pour nous. Examinez ça en toute tranquillité. Peut-être serez-vous en mesure de dégager le squelette plus petit sans avoir à sacrifier des indices.

Le médecin-chef hocha la tête comme s'il n'était pas certain de la meilleure décision à prendre.

– Je vais voir ce que je peux faire, annonça-t-il finalement.

Erlendur décida d'aller sur-le-champ voir Elsa, la nièce de Benjamin Knudsen, au lieu d'attendre le lendemain et demanda à Sigurdur Oli de l'accompagner pour aller lui parler le soir même. Elsa vint les accueillir à la porte et les invita dans son salon. Ils s'assirent. Erlendur se dit qu'elle avait l'air plus fatiguée que lors de sa précédente visite et il redoutait sa réaction quand elle apprendrait que l'on avait mis au jour deux squelettes ; il s'imaginait que c'était pénible pour elle de voir cette vieille histoire refaire surface après toutes ces années, d'autant plus que son oncle Benjamin était maintenant soupçonné de meurtre.

Erlendur lui expliqua ce que les archéologues avaient trouvé sur la colline ; il s'agissait probablement de la fiancée de Benjamin.

Elsa regardait Erlendur et Sigurdur Oli à tour de rôle pendant qu'Erlendur achevait ses explications et il était visible qu'elle n'en croyait pas ses oreilles.

– Je ne vous crois pas, soupira-t-elle. Vous êtes en train de me dire que Benjamin aurait assassiné sa fiancée, c'est bien ça ?

– Il y a des probabilités pour que…

– Et qu'ensuite, il serait allé l'enterrer là-haut sur la colline à côté de leur maison ? Je n'en crois pas un mot. Je ne comprends pas pourquoi vous vous acharnez sur cette piste. Il doit bien y avoir une autre explication à tout ça. Il doit y en avoir une. Et je vais vous dire, Benjamin n'était pas un meurtrier ! Je vous ai laissés aller et venir dans cette maison et farfouiller dans la cave autant que vous le vouliez mais, là, vous dépassez les bornes. Vous croyez peut-être que je vous aurais permis de vous installer à demeure dans ma cave si moi ou ma famille avions eu quelque chose à cacher ? Non, vous dépassez vraiment les bornes. Il vaut mieux que vous partiez d'ici, dit-elle en se levant. Et maintenant !

– Mais ce n'est pas comme si vous aviez quelque chose à voir dans cette affaire, la rassura Sigurdur Oli. Erlendur et lui restaient vissés à leur chaise. Ce n'est pas comme si vous aviez été au courant de quelque chose et que vous nous l'aviez intentionnellement dissimulé, n'est-ce pas ?

– Qu'est-ce que vous vous voulez dire ? demanda Elsa. Que j'aurais su des choses ? Vous êtes en train de m'accuser de complicité ou quoi ? Vous allez peut-être m'arrêter, pendant que vous y êtes ? Et me jeter en taule ? Non, mais qu'est-ce que c'est, ces façons ?

Elle fixait Erlendur.

– Calmez-vous, répondit Erlendur. Nous avons découvert le squelette d'un enfant avec le squelette adulte. Nous savons que la fiancée de Benjamin était enceinte. Il n'est pas illogique d'en déduire qu'il puisse s'agir d'elle. Vous ne trouvez pas ? Nous ne suggérons rien du tout. Nous nous employons seulement à essayer de comprendre quelque chose dans toute cette affaire. Vous nous avez beaucoup aidés dans notre enquête et nous vous en sommes reconnaissants. Tout le monde ne se serait pas montré aussi coopératif. Et cela ne change rien que le suspect numéro un devienne votre oncle Benjamin, maintenant que les ossements ont été exhumés.

Elsa continua à regarder Erlendur d'un air méprisant comme s'il avait été un intrus dans sa maison. Puis elle eut l'air de se calmer un peu. Elle regarda Sigurdur Oli, puis Erlendur et décida finalement de se rasseoir.

– Il s'agit d'un malentendu, dit-elle. Et vous le comprendriez si vous aviez connu Benjamin comme moi. Il n'aurait pas fait de mal à une mouche. Jamais.

– Il a appris que sa fiancée était enceinte, reprit Sigurdur Oli. Ils avaient prévu de se marier. Il était visiblement très épris d'elle. Tout son avenir était fondé sur cet amour, sur la famille qu'il voulait construire, sur son commerce et sur la place qu'il occupait dans la bonne société de la ville. Il a reçu un choc. Peut-être qu'il a dépassé la limite. On n'a jamais retrouvé le corps de la jeune femme. On a dit qu'elle s'était jetée dans la mer. Elle a disparu. Peut-être que c'est elle que nous avons découvert.

– Vous avez déclaré à Sigurdur Oli que Benjamin ne savait pas qui était le père de l'enfant de sa fiancée, continua prudemment Erlendur. Il se demanda s'ils n'allaient pas un peu trop vite en besogne et s'ils n'auraient pas mieux fait d'attendre le retour d'Espagne du médecin légiste. Ils auraient peut-être mieux fait de remettre cette visite chez Elsa à plus tard. D'attendre une confirmation.

– C'est exact, répondit Elsa. Il n'en savait rien.

– Nous avons appris que la mère de Solveig est venue le voir plus tard et qu'elle lui a tout expliqué. Même s'il était trop tard. Après la disparition de Solveig.

Une expression de surprise apparut sur le visage d'Elsa.

– Ah, je ne savais pas, répondit Elsa. Ça s'est passé quand ?

– Plus tard, répondit Erlendur. Je ne sais pas exactement quand. Et puis, Solveig n'a rien dit sur l'identité du père de l'enfant. Elle a gardé ça secret pour certaines raisons. Elle n'a pas raconté à Benjamin ce qui s'était passé. Elle a rompu les fiançailles sans préciser le nom du père de l'enfant. Peut-être afin de protéger sa famille. Et la réputation de son propre père.

– Comment ça, la réputation de son propre père ?

– Le neveu de son père a violé Solveig alors qu'elle était en vacances dans sa famille à Fljót.

Elsa s'affaissa sur son siège et porta involontairement sa main à ses lèvres, totalement incrédule.

– Je n'arrive pas à vous croire, soupira-t-elle.

Au même instant, de l'autre côté de la ville, Elinborg annonçait à Bara la découverte faite dans la tombe et lui expliquait que la théorie la plus plausible était qu'il s'agisse de Solveig, la fiancée de Benjamin. C'était probablement Benjamin qui l'avait enterrée à cet endroit. Elinborg précisa qu'elle émettait des réserves : la police n'avait pour l'instant d'autres preuves que celles-ci : Benjamin était la dernière personne à l'avoir vue en vie, et en même temps que le squelette adulte, on avait découvert celui d'un enfant. Il restait encore à pratiquer tous les examens nécessaires.

Bara écouta sans ciller. Elle était seule à la maison, comme l'autre fois, entourée de toutes ses richesses, et n'avait pas la moindre réaction.

– Notre père voulait qu'elle se fasse avorter, annonça-t-elle. Notre mère, elle, souhaitait qu'elle aille à la campagne avec elle pour donner naissance à l'enfant, ensuite elle l'aurait abandonné à quelqu'un et serait rentrée à Reykjavik comme si de rien n'était pour épouser Benjamin. Mes parents avaient examiné la question sous toutes les coutures avant de convoquer Solveig.

Bara se leva.

– C'est maman qui m'a raconté tout cela plus tard.

Elle se dirigea vers un grand placard en chêne, ouvrit un tiroir dont elle sortit un petit mouchoir blanc qu'elle porta à son visage.

– Ils lui ont fait part de ces deux possibilités. Quant à la troisième, elle n'a jamais été envisagée. Elle aurait impliqué qu'elle garde l'enfant pour qu'il fasse partie de notre famille. Solveig avait bien essayé de la défendre mais ni papa ni maman ne voulaient en entendre parler. Ils ne voulaient pas que cet enfant vienne au monde. Ils refusaient d'en entendre parler, voulaient le tuer ou bien l'abandonner. Rien d'autre.

316

– Et Solveig ?

– Je ne sais pas, répondit Bara. La pauvre petite, je ne sais pas. Elle voulait mettre cet enfant au monde, il lui était impossible d'envisager une autre solution. Elle-même était encore une enfant. Rien qu'une enfant.

Erlendur regarda Elsa.

– Benjamin aurait pu interpréter ça comme une trahison ? demanda-t-il. Étant donné que Solveig refusait de lui dévoiler le nom du père.

– Personne ne sait ce qui s'est passé entre eux la dernière fois qu'ils se sont vus, répondit Elsa. Benjamin a raconté cela à ma mère dans les grandes lignes mais il est impossible d'affirmer qu'il n'ait pas omis des détails importants. Elle a vraiment été victime d'un viol ? Seigneur Dieu !

Elsa regardait Erlendur et Sigurdur Oli à tour de rôle.

– C'est vrai que Benjamin aurait pu interpréter ça comme une trahison, convint-elle à voix basse.

– Excusez-moi, que disiez-vous ? demanda Erlendur.

– Benjamin a peut-être pensé qu'elle l'avait trahi, répéta Elsa. Mais cela ne signifie pas pour autant qu'il l'ait assassinée et enterrée sur la colline.

– Parce qu'elle gardait le silence, ajouta Erlendur.

– Justement parce qu'elle gardait le silence, poursuivit Elsa. Et qu'elle refusait de dévoiler le nom du père. Il ne savait pas pour le viol. Je crois qu'il n'y a aucun doute là-dessus.

– Il aurait peut-être pu faire appel à quelqu'un pour l'aider ? demanda Erlendur. Pour faire le sale boulot ?

– Que voulez-vous dire, je ne comprends pas.

– Il louait la maison de Grafarholt à un homme violent qui s'était rendu coupable de vol. Enfin, ça ne veut rien dire, il ne s'agit que d'une donnée brute.

– Je ne vous suis absolument pas. Un homme violent ?

– Non, enfin, bon, ça suffit comme ça pour aujour-d'hui. Elsa, nous allons peut-être trop vite en besogne. Il vaut sûrement mieux que nous attendions le rapport du médecin légiste. Pardonnez-nous de…

– Mais non, bien au contraire, je vous remercie de me tenir au courant. Je vous en suis très reconnaissante.

– Nous vous ferons savoir s'il y a de nouveaux développements, dit Sigurdur Oli.

– Et vous avez la mèche de cheveux, précisa Elsa. Qui vous permettra de tout prouver.

– Oui, répondit Erlendur. Nous avons la mèche de cheveux.

Elinborg se leva. Elle avait eu une longue journée et voulait rentrer chez elle. Elle remercia Bara en lui demandant de l'excuser pour l'avoir dérangée si tard dans la soirée. Bara lui dit de ne pas s'inquiéter. Elle accompagna Elinborg à la porte et referma derrière elle. Un instant plus tard, la sonnette de la porte d'entrée retentit et Bara rouvrit.

– Est-ce qu'elle était grande ? demanda Elinborg.

– Qui donc ? répondit Bara.

– Votre sœur, précisa Elinborg. Elle était particulière-ment grande, de taille moyenne ou plutôt petite ? Quelle était sa corpulence ?

– Non, elle n'était pas grande, répondit Bara avec un léger sourire. Loin de là. Elle était même très petite. Tout le monde la trouvait extrêmement fine. Elle aurait tenu dans la paume de la main, comme disait maman. Et c'était un spectacle presque comique de la voir se promener avec Benjamin en le tenant par la main parce qu'il était tellement grand qu'il la surplombait comme une tour.

Le médecin-chef appela Erlendur aux alentours de minuit, il se trouvait au chevet de sa fille, à l'hôpital.

– Je suis toujours à la morgue, annonça-t-il, et j'ai séparé les deux squelettes, j'espère que je n'ai détruit aucun indice. Je n'ai vraiment rien d'un médecin légiste. Il y a de la terre partout sur la table et sur le sol, c'est assez dégoûtant.

– Et ? demanda Erlendur.

– Oui, excusez-moi. Donc, nous avons les ossements du fœtus qui, en réalité, devait avoir sept, huit, voire neuf mois.

– Mais encore, dit Erlendur, impatient.

– Mais il n'y a rien de spécial à dire, à part que…

– Oui ?

– Il était peut-être déjà né quand il est mort ou alors c'est un enfant mort-né. C'est impossible à dire. En tout cas, ce n'est pas la mère de l'enfant qui se trouve dessous.

– Attendez un peu, comment… ? Enfin, qu'est-ce qui vous fait dire ça ?

– Ce ne peut pas être la mère de l'enfant qui se trouve sous le petit squelette ou qui est enterrée avec.

– Pas la mère de l'enfant, comment ça ? Qui est-ce, alors ?

– Ce n'est pas la mère de l'enfant. L'hypothèse est absolument exclue.

– Et pourquoi donc ?

– Il n'y a aucun doute, annonça le médecin-chef. Ce sont les os pelviens qui nous le prouvent.

– Les os pelviens ?

– Le squelette adulte est celui d'un individu de sexe masculin. C'est un homme qui se trouvait sous l'enfant.

27

L'hiver sur la colline fut long et difficile.

La mère des enfants continua à travailler à la laiterie de Gufunes et les garçons prenaient le bus du ramassage scolaire tous les matins. Grimur retourna travailler comme livreur de charbon. L'armée ne voulait pas le réemployer après l'affaire des vols. Les entrepôts furent fermés et la base ainsi que tous les baraquements transférés dans le quartier de Hálogaland. Il ne restait que les clôtures et les poteaux ainsi que le petit parking goudronné qui avait autrefois été devant les baraquements. Le gros canon avait été enlevé du fortin. Les gens disaient que la fin de la guerre approchait. Les Allemands battaient la retraite en Russie et le bruit courait que bientôt, ils allaient subir une opération de grande envergure sur le front de l'ouest.

Grimur accorda à peine un regard à leur mère au cours de cet hiver. Il ne lui adressait guère la parole sauf pour lui cracher des jurons à la figure. Ils faisaient maintenant chambre à part. Leur mère dormait avec Simon et Grimur voulait que Tomas dorme avec lui. Tous, Tomas mis à part, remarquèrent à quel point leur mère grossissait au cours de l'hiver jusqu'à ce que son ventre pointe en l'air, comme le souvenir doux-amer de ce qui s'était passé pendant l'été et le rappel terrifiant de ce qui allait se produire si Grimur mettait ses menaces à exécution.

Elle tentait du mieux possible de dissimuler son état. Grimur la menaçait régulièrement. Il disait qu'elle ne pourrait pas garder cet enfant. Il allait même parfois jusqu'à affirmer qu'il le tuerait à la naissance. Que l'enfant serait un imbécile comme Mikkelina et qu'il valait donc mieux le liquider immédiatement. Espèce de pute à Ricains ! concluait-il. Cependant, il ne la frappa pas au cours de cet hiver. Il s'était calmé et se glissait autour d'elle en silence comme un prédateur qui se prépare à fondre sur sa proie.

Elle avait essayé de parler de divorce mais Grimur lui avait ri au nez. Elle cachait son état et ne parlait pas de sa grossesse à ses collègues de la laiterie. Peut-être, se disait-elle ces derniers temps, que Grimur allait s'occuper d'elle, qu'il n'y avait rien de sérieux derrière ses menaces et qu'une fois le moment venu, il ferait fi de ses grandes déclarations et tiendrait lieu de père pour l'enfant.

Mais finalement, elle décida d'avoir recours à une solution radicale. Pas dans le but de se venger de Grimur, même si elle aurait largement eu des raisons de le faire, mais pour se protéger, elle et l'enfant qu'elle portait.

Mikkelina ressentait très fort la tension croissante entre sa mère et Grimur au cours de ce difficile hiver et elle percevait également de grands changements chez Simon, ce qui lui faisait tout aussi peur. Il avait, certes, toujours été collé à sa mère mais, maintenant, il ne la lâchait pas d'une semelle dès qu'il rentrait de l'école et qu'elle était rentrée de son travail. Il se montrait encore plus nerveux qu'avant, après que Grimur fut sorti de prison, cette glaciale matinée d'automne. Il se tenait à distance de son père autant que possible et son inquiétude pour sa mère grandissait de jour en jour et se faisait toujours plus pressante. Mikkelina l'entendait parfois parler tout seul, et parfois elle l'entendait aussi parler avec quelqu'un qu'elle ne voyait pas et qui ne se trouvait pas dans leur maison, quelqu'un qui n'existait pas. Elle l'entendait parfois décrire à haute voix la façon dont il allait défendre leur mère et l'enfant qu'elle portait, l'enfant de son ami Dave. Et dire qu'il était de sa responsabilité de protéger sa mère contre Grimur. Dire qu'il était de sa responsabilité que cet enfant vive. Qu'il ne fallait s'attendre à aucune aide extérieure. Son ami Dave ne reviendrait jamais. Simon prenait les menaces de Grimur très au sérieux. Il croyait dur comme fer que l'enfant ne vivrait pas. Que Grimur s'en emparerait et qu'ils ne le verraient plus jamais. Que Grimur allait l'emmener dans la montagne et revenir seul.

Tomas se montrait aussi taciturne qu'avant mais Mikkelina perçut également des changements chez lui à mesure qu'avançait l'hiver. Grimur l'avait autorisé à dormir avec lui la nuit, après avoir interdit à leur mère l'accès à la chambre conjugale et l'avoir envoyée dans le lit de Tomas, trop petit pour elle et inconfortable. Mikkelina ne savait pas ce que Grimur avait dit à Tomas mais il commença bientôt à se comporter avec elle d'une tout autre manière. Il ne voulait rien avoir à faire avec elle et s'éloigna également de Simon bien qu'ils se fussent toujours bien entendus. Leur mère avait tenté de parler à Tomas mais il s'était détourné d'elle, furieux, muet, inabordable.

– Simon devient assez bizarre, avait-elle un jour entendu Grimur dire à Tomas. Il est en train de devenir à moitié cinglé, comme ta mère. Méfie-toi de lui. Fais bien attention de ne pas devenir comme lui. Autrement, toi aussi, tu deviendras cinglé.

Mikkelina entendit un jour que sa mère parlait à Grimur de l'enfant et ce fut bien la seule fois où il l'avait laissée donner son point de vue, à sa connaissance. Elle avait vraiment beaucoup grossi et il lui avait interdit d'aller travailler à la laiterie.

– Tu n'as qu'à arrêter là-bas en disant que tu dois t'occuper de ta famille, entendit Mikkelina.

– Mais tu pourrais dire que c'est ton enfant à toi, répondit leur mère.

Grimur lui rit au nez.

– Tu pourrais le faire.

– Tais-toi donc.

Mikkelina remarqua que Simon épiait également leur conversation.

– Tu pourrais parfaitement dire que tu es le père de l'enfant, dit leur mère, enjôleuse.

– N'essaie pas ça avec moi, répondit Grimur.

– Personne n'a besoin de savoir quoi que ce soit. Personne n'a besoin de découvrir quoi que ce soit.

– Il est trop tard maintenant pour essayer de te tirer d'affaire. Tu aurais dû y penser pendant que tu te vautrais dans les bruyères avec ta saloperie de Ricain.

– Je pourrais aussi donner l'enfant à adopter, avança-t-elle timidement. Je suis loin d'être la seule dans cette situation.

– Ça, c'est sûr, convint Grimur, il y a bien la moitié de la ville qui s'est couchée sous ces gars-là. Mais ne va pas t'imaginer que tu es moins coupable pour autant.

– Tu n'auras même pas à le voir, je l'abandonnerai dès qu'il viendra au monde. Tu n'auras pas à le voir.

Mais tout le monde sait que ma femme est une pute à Ricains, répondit Grimur. Tout le monde sait que tu t'es faite sauter par les soldats.

– Non, il n'y a personne qui le sache, répondit-elle. Personne. Personne ne savait pour moi et Dave.

– Et comment tu crois que moi, je l'ai su, espèce d'idiote ? Parce que tu me l'as dit, peut-être ? Tu t'imagines que ce genre de chose ne s'ébruite pas ?

– Oui, mais personne ne sait qu'il est le père de l'enfant. Cela, personne ne le sait.

– Tais-toi donc, dit Grimur. Tais-toi ou bien sinon…

Ainsi, ils passèrent cet hiver à attendre ce qui allait se produire et qui, d'une manière terrifiante, était totalement inéluctable.

Cela commença lorsque Grimur tomba malade.

Mikkelina fixait Erlendur.

– C'est au cours de cet hiver qu'elle a commencé à l'empoisonner.

– A l'empoisonner ? demanda Erlendur.

– Elle ne savait plus ce qu'elle faisait.

– Comment elle s'y prenait ?

– Vous vous souvenez de l'affaire de Dukskot à Reykjavik ?

– Oui, une jeune femme a empoisonné son frère en utilisant de la mort aux rats. Cette histoire remonte au début du XIX\ :sup:`e` siècle.

– Maman n'avait pas l'intention de le tuer avec le poison. Elle voulait juste le rendre malade. Pour pouvoir donner naissance à l'enfant et le mettre en sécurité avant qu'il ne s'aperçoive qu'il était trop tard et que l'enfant avait déjà disparu. La femme de Dukskot avait empoisonné son frère en mélangeant une importante dose de poison à son fromage blanc, elle l'avait même fait sous ses yeux mais il ne savait pas ce que c'était et il a même pu le raconter parce qu'il n'est mort que quelques jours plus tard. Elle lui avait aussi donné de l'eau-de-vie avec son fromage blanc afin d'atténuer le goût. Lorsqu'on a pratiqué l'autopsie, on a découvert qu'il s'agissait d'un empoisonnement au phosphore, qui produit une mort lente. Notre mère connaissait cette histoire. Je ne sais pas comment mais il s'agissait évidemment d'un meurtre célèbre à Reykjavik. Elle trouva de la mort-aux-rats à Gufunes. Et vola de petites quantités qu'elle mélangea à sa nourriture. Elle n'en mettait que très peu à la fois, ainsi il ne sentait aucun goût inhabituel ni quoi que ce soit qui aurait pu éveiller ses soupçons. Elle ne conservait pas le poison à la maison mais elle apportait uniquement la quantité dont elle avait besoin quotidiennement jusqu'à ce qu'elle arrête de travailler à la laiterie. Ce jour-là, elle avait emporté avec elle une dose importante qu'elle avait cachée à la maison. Elle n'avait pas la moindre idée des effets que cela produirait sur lui et ne savait d'ailleurs pas si cela aurait quelque effet que ce soit avec de si petites doses, mais après qu'elle lui eut fait prendre le poison pendant quelque temps, on aurait dit qu'il commençait à faire de l'effet. Grimur s'affaiblit, il était souvent malade ou fatigué, et il lui arrivait de vomir. Il ne pouvait pas aller à son travail. Il restait allongé dans le lit à souffrir le martyre.

— Il n'a jamais soupçonné quoi que ce soit? demanda Erlendur.

— Pas avant qu'il ne soit trop tard, répondit Mikkelina. Il ne faisait pas confiance aux médecins. Et, bien sûr, elle ne faisait rien pour l'encourager à aller se faire examiner.

— Et ce qu'il avait dit à propos de Dave, qu'ils allaient s'occuper de son cas? Il en a reparlé plus tard?

— Non, jamais, répondit Mikkelina. C'était juste du vent. Des âneries qu'il avait dites pour effrayer maman. Il savait qu'elle était amoureuse de Dave.

Erlendur et Elinborg étaient assis dans le salon de Mikkelina et l'écoutaient raconter son histoire. Ils lui avaient dit que le squelette qui se trouvait dans la tombe de la butte de Grafarholt sous les restes de l'enfant était celui d'un homme. Mikkelina secoua la tête; elle aurait pu le leur apprendre elle-même s'ils n'étaient pas partis de chez elle avec autant de précipitation sans lui donner la moindre explication.

Elle voulait en savoir plus à propos du petit squelette et quand Erlendur lui proposa d'aller le voir, elle déclina son offre.

– Mais je voudrais bien que vous me les rendiez lorsque vous n'en aurez plus besoin, ajouta-t-elle. Il est grand temps qu'elle puisse reposer en terre consacrée.

– Elle ? demanda Elinborg.

– Oui, elle, répondit Mikkelina.

Sigurdur Oli avait informé Elsa de la découverte du médecin-chef. Le cadavre dans la tombe ne pouvait pas être celui de Solveig, la fiancée de Benjamin. Elinborg avait appelé Bara, la sœur de Solveig, pour lui faire part de la même nouvelle.

Pendant qu'Erlendur et Elinborg se rendaient chez Mikkelina, Hunter avait appelé sur le portable d'Erlendur pour lui faire savoir qu'on n'était pas encore arrivé à découvrir ce qu'était advenu David Welch : il ne savait pas si ce dernier avait été envoyé loin d'Islande ni quand. Il annonça qu'il avait l'intention de poursuivre les recherches.

Plus tôt dans la matinée, Erlendur était encore une fois passé voir sa fille aux soins intensifs. Son état était stationnaire et Erlendur avait passé un bon moment assis à son chevet en continuant de lui raconter l'histoire de son frère qui s'était perdu dans les montagnes, non loin du village d'Eskifjördur, à l'époque où Erlendur avait dix ans. Ils accompagnaient leur père pour rassembler les moutons au moment où la tempête s'était abattue sur eux. Les frères s'étaient trouvés séparés de leur père et, bientôt, l'un de l'autre. Leur père regagna le monde civilisé à bout de forces. On envoya des patrouilles de recherche.

– Ils m'ont trouvé grâce à un sacré coup de chance, dit Erlendur. Je ne sais pas pourquoi. J'ai eu la présence d'esprit de m'enfouir dans la neige. J'étais plus mort que vif lorsqu'ils ont enfoncé un bâton qui est venu toucher mon épaule en traversant la plaque de neige. Nous avons déménagé. Nous ne pouvions plus habiter là-bas en le sachant là, quelque part dans la montagne. Nous avons essayé de recommencer une nouvelle vie, ici, à Reykjavik.

Sans succès.

A ce moment-là, un médecin entra dans la chambre et se dirigea vers Erlendur. Les deux hommes se saluèrent et parlèrent brièvement de l'état d'Eva Lind. Stationnaire, dit le médecin. Il n'y a aucun signe d'amélioration ni rien qui indique qu'elle sorte prochainement de ce coma. Ils se turent, se saluèrent. Le médecin se retourna vers Erlendur une fois dans l'embrasure de la porte.

– Il ne faut pas vous attendre à un miracle, dit-il en s'étonnant de voir Erlendur afficher un sourire froid.

Et maintenant, assis face à Mikkelina, Erlendur pensait à sa fille sur son lit d'hôpital, à son frère qui reposait dans la neige, et les paroles de Mikkelina se glissaient avec difficulté à l'intérieur de sa conscience.

– Ma mère n'avait rien d'un assassin, dit Mikkelina.

Erlendur la regardait.

– Elle n'était pas une meurtrière, répéta-t-elle. Elle se disait qu'elle pouvait sauver son enfant. Elle avait peur pour son enfant.

Elle regarda Elinborg du coin de l'œil.

– D'ailleurs, il n'en est pas mort, poursuivit-elle. Il n'est pas mort empoisonné.

– Pourtant vous nous avez dit qu'il n'avait eu aucun soupçon jusqu'à ce qu'il soit trop tard, observa Elinborg.

– Oui, répondit Mikkelina. Parce que, de toute façon, il était trop tard.

Le soir où ça s'est passé, on aurait dit que Grimur commençait à se remettre après avoir passé la journée alité à se tordre de douleur.

Leur mère avait eu des douleurs au ventre et, dans la soirée, elle avait été prise de contractions qui se rapprochaient de plus en plus. Elle savait qu'il était trop tôt. L'enfant allait naître avant terme. Elle demanda aux garçons de lui apporter les matelas de leur chambre et utilisa également le matelas de Mikkelina pour se confectionner une couche sur le sol de la cuisine où elle s'allongea à l'heure du repas du soir.

Elle demanda à Simon et à Mikkelina de lui préparer des draps propres et de l'eau chaude pour laver l'enfant. Elle avait déjà accouché trois fois à la maison et savait comment faire.

L'hiver était encore sombre mais il y avait eu un réchauffement inattendu et il avait plu ce jour-là, ce qui annonçait l'arrivée du printemps. Plus tôt dans la journée, leur mère s'était occupée des groseilliers qu'elle avait désherbés et dont elle avait taillé les branches mortes. Elle avait même dit qu'elles seraient sacrément bonnes, les groseilles que les buissons donneraient à l'automne et avec lesquelles elle ferait de la confiture. Simon ne la lâchait pas d'une semelle, il l'accompagna jusqu'aux arbustes et elle essaya de le calmer en lui disant que tout se passerait bien.

– Non, tout ne se passera pas bien, répondit Simon en répétant cette phrase plusieurs fois. Ça ne se passera pas bien. Il ne veut pas que tu mettes au monde cet enfant. Il te l'a interdit. C'est ce qu'il a dit et il a l'intention de tuer le bébé. C'est ce qu'il a dit. Quand est-ce qu'il va naître ?

– Ne t'inquiète donc pas inutilement, répondit sa mère. Quand il naîtra, je l'emmènerai en ville et il ne le verra jamais. Il est malade et il ne peut pas faire quoi que ce soit. Il est couché dans son lit tous les jours et ne peut rien faire du tout.

– Mais quand est-ce qu'il va naître ?

– Il peut naître n'importe quand, répondit sa mère

d'un ton apaisant. Espérons que c'est pour bientôt et comme ça, ce sera fini. Ne crains rien, mon petit Simon. Il faut que tu sois fort. Fais-le pour moi, Simon.

– Pourquoi tu ne vas pas à l'hôpital ? Pourquoi tu ne t'en vas pas pour accoucher ?

– Parce qu'il me l'interdit, répondit-elle. Il viendrait me chercher et m'ordonnerait d'accoucher à la maison. Il ne veut pas que ça se sache. Nous prétendrons que nous l'avons trouvé et nous le confierons à des gens bien. Voilà ce qu'il veut qu'on fasse. Et tout se passera bien.

– Mais il a quand même dit qu'il voulait le tuer.

– Il ne le fera pas.

– J'ai tellement peur, confia Simon. Pourquoi il faut que ça se passe comme ça ? Je ne sais absolument pas quoi faire. Je ne sais pas ce qu'il faut que je fasse, répéta Simon et sa mère sentit qu'il ployait sous le poids des soucis.

Et maintenant, il se tenait au-dessus de sa mère allongée sur les matelas dans la cuisine parce que c'était la seule pièce assez grande à part la chambre conjugale. Elle se mettait à pousser en silence. Tomas était dans la chambre avec Grimur. Simon était allé, à pas feutrés, jusqu'à la porte du couloir pour la fermer.

Mikkelina était allongée à côté de sa mère qui faisait de son mieux pour qu'on l'entende le moins possible. La porte de la chambre conjugale s'ouvrit et Tomas parut dans le couloir avant d'entrer dans la cuisine. Grimur s'était assis au bord du lit et il gémissait. Il avait envoyé Tomas lui chercher un bol de bouillie auquel il n'avait pas touché dans la cuisine. Il lui avait dit qu'il pouvait aussi en prendre un peu s'il voulait.

Tomas passa devant sa mère, Simon et Mikkelina, il regarda à terre, vit que l'enfant avait déjà sorti la tête et que leur mère s'employait de toutes ses forces à tirer dessus afin de faire passer les épaules.

Tomas pris le bol ainsi qu'une cuiller et tout à coup, sa mère constata qu'il allait en avaler le contenu à grosses bouchées.

– Tomas, pour l'amour de Dieu, ne touche pas à cette bouillie ! cria-t-elle, saisie de désespoir.

Un silence de mort régnait dans la maison et les enfants fixaient leur mère qui s'était assise et portait son nouveau-né dans les bras tout en fixant intensément Tomas, tellement retourné qu'il avait laissé tombé le bol à terre où il s'était brisé en morceaux.

Le lit fit entendre un craquement.

Grimur s'avança dans le couloir et entra dans la cuisine. Il baissa les yeux vers leur mère et le nouveau-né qu'elle tenait dans les bras et une expression de dégoût lui couvrit le visage. Il regarda Tomas et la bouillie renversée sur le sol.

– Est-ce que c'est possible ? dit Grimur à voix basse et frappé de stupéfaction, comme s'il trouvait brusquement la solution de l'énigme sur laquelle il se cassait la tête depuis un bon bout de temps. Il baissa à nouveau les yeux vers leur mère. Tu es en train de m'empoisonner ? ! demanda-t-il en haussant la voix.

Leur mère leva les yeux vers Grimur. Mikkelina et Simon n'osaient pas l'imiter. Tomas était debout, immobile, à côté de la bouillie renversée.

– Nom de Dieu, j'aurais dû m'en douter ! Cette fatigue perpétuelle. Ces douleurs. La maladie…

Grimur parcourut la cuisine à toute vitesse puis il se jeta sur le buffet en arrachant les tiroirs. Comme pris de folie furieuse. Il vida le contenu du buffet sur le sol. Attrapa un vieux sac de farine, l'envoya contre le mur sur lequel il éclata ; on entendit un petit bocal en verre tomber par terre.

– C'est ça ? hurla-t-il en attrapant le bocal.

Grimur se baissa vers leur mère.

– Depuis combien de temps tu fais ça ? siffla-t-il.

330

Leur mère le regarda droit dans les yeux. Une petite bougie scintillait sur le sol et elle s'était dépêchée d'attraper la grande paire de ciseaux qu'elle avait posée à côté d'elle et passée sur la flamme afin de pouvoir couper le cordon ombilical avant de l'attacher de ses mains tremblantes pendant qu'il était occupé à chercher le poison.

– Réponds-moi ! hurla Grimur.

Elle n'avait pas besoin de répondre. Il lut la réponse dans ses yeux. Il la vit sur son visage. Dans son expression. Dans son entêtement. Dans la façon dont elle l'avait toujours, au fond, provoqué, se montrant inflexible, peu importe à quel point il pouvait la battre, il voyait la réponse dans la résistance silencieuse qu'elle lui opposait, dans ce regard provocateur qu'elle lui lançait maintenant en tenant dans ses bras le rejeton tout sanguinolent du soldat.

Il lisait la vérité dans l'enfant qu'elle avait dans les bras.

– Laisse maman tranquille, dit Simon à voix basse.

– Donne-moi l'enfant ! cria Grimur. Donne-le-moi immédiatement, espèce de sale empoisonneuse !

Leur mère secoua la tête.

– Tu ne l'auras pas, répondit-elle à voix basse.

– Laisse maman tranquille, répéta Simon en haussant le ton.

– Donne-moi ça ! hurla Grimur. Sinon, je vous tue tous les deux. Je vous tue tous. Je vous fais la peau ! A vous tous !!!

Il écumait de rage.

– Espèce de sale putain ! Comme ça, tu voulais me faire la peau ! Tu t'imagines que tu peux me tuer !!

– Arrête-toi tout de suite !! hurla Simon.

Leur mère tenait l'enfant en le pressant fortement contre elle d'une main et, de l'autre, elle cherchait à tâtons les grands ciseaux mais ne les trouvait pas. Elle quitta Grimur des yeux pour chercher les ciseaux avec un regard désespéré : ils avaient disparu.

Erlendur regarda Mikkelina.

– Qui avait pris les ciseaux ? demanda-t-il.

Mikkelina s'était levée et se tenait debout à la fenêtre du salon. Erlendur et Elinborg échangèrent un regard. Ils pensaient tous les deux la même chose.

– Vous êtes le seul témoin vivant de ces événements ? demanda Erlendur.

– Oui, répondit Mikkelina. Il n'y a personne d'autre.

– Qui avait pris les ciseaux ? demanda Elinborg.

28

– Vous voulez faire la connaissance de Simon, demanda Mikkelina. Ses yeux étaient humides de larmes.

– Simon ? demanda Erlendur qui ne comprenait pas ce qu'elle voulait dire. Puis il se souvint. Il se souvint de l'homme qui était venu la chercher sur la colline. Vous voulez dire votre fils ?

– Non, pas mon fils, mon frère, souligna Mikkelina. Simon, mon frère.

– Il est donc vivant ?

– Oui, il est en vie.

– Alors, il faut que nous l'interrogions, observa Erlendur.

– Ça ne vous apportera pas grand-chose, répondit Mikkelina avec un sourire. Mais nous allons lui rendre visite. Il aime tellement qu'on aille le voir.

– Mais, vous ne voulez pas d'abord continuer à nous raconter ce que vous étiez en train de dire ? demanda Elinborg. Qu'est-ce que c'était que cette ordure ? Je n'arrive pas à le croire. Qu'un homme puisse faire des choses pareilles.

Erlendur la regarda.

Mikkelina se leva.

– Je vous raconterai tout cela en route. Allons, il faut que nous allions voir Simon.

– Simon ! cria leur mère.

– Laisse maman tranquille, hurla Simon d'une voix tremblante et, avant même qu'ils aient le temps de s'en rendre compte, Simon avait profondément enfoncé les ciseaux dans la poitrine de Grimur.

Simon ramena sa main à lui d'un mouvement brusque et ils virent que les ciseaux étaient enfoncés jusqu'à la garde dans la poitrine de Grimur. Il regardait son fils complètement stupéfait, comme s'il ne comprenait pas ce qui venait de se produire. Il baissa les yeux vers les ciseaux et sembla incapable de faire le moindre mouvement. Il regarda à nouveau Simon.

– Tu m'as tué ? gémit Grimur en tombant à genoux. Le sang giclait des ciseaux et coulait sur le sol, Grimur s'affaissa lentement en arrière et alla s'écraser à terre.

Leur mère maintenait l'enfant serré contre sa poitrine, muette et horrifiée. Mikkelina était immobile à côté d'elle. Tomas, debout, ne bougeait pas de l'endroit où il avait renversé la bouillie. Simon se mit à trembler, debout à côté de leur mère. Grimur était immobile.

Un silence sépulcral régnait dans la maison.

Jusqu'à ce que leur mère pousse un hurlement angoissé et déchirant.

Mikkelina se tut un moment.

– Je ne sais pas si l'enfant était mort-né ou bien si maman l'a serré tellement fort qu'elle l'a étouffé dans ses bras. Il est venu au monde bien avant terme. Il devait naître au printemps et nous étions encore en hiver au moment de sa naissance. Nous ne l'avons jamais entendu émettre le moindre son. Maman n'avait pas eu le temps de lui dégager les voies respiratoires et elle lui avait enfoncé le visage dans ses vêtements pour le protéger tellement elle avait peur de Grimur. Tellement elle avait peur qu'il le lui prenne.

Erlendur tourna et monta vers un bâtiment isolé tout simple en suivant les directives de Mikkelina.

– Son mari aurait été mort à l'arrivée du printemps ? demanda Erlendur. Elle s'attendait à ce que ce soit le cas ?

– Peut-être, répondit Mikkelina. Elle l'empoisonnait depuis trois mois. Ce n'était pas suffisant.

Erlendur s'arrêta dans l'allée menant au bâtiment et éteignit le moteur.

– Vous avez déjà entendu parler de l'hébéphrénie ? demanda-t-elle en ouvrant sa portière.

Leur mère regardait l'enfant sans vie dans ses bras et se balançait d'avant en arrière en poussant des cris déchirants.

Simon ne semblait pas la remarquer et regardait le cadavre de son père comme s'il ne parvenait pas à croire ce qu'il voyait. Une grande mare de sang avait commencé à se former sous le corps. Simon continuait à trembler comme une feuille.

Mikkelina essayait de consoler sa mère mais il n'y avait rien à faire. Tomas passa devant eux, alla jusqu'à la chambre et referma la porte sans dire un mot. Sans afficher la moindre expression

Un long moment s'écoula ainsi.

Bientôt, Mikkelina parvint à calmer un peu sa mère. Celle-ci reprit ses esprits, arrêta ses hurlements et regarda alentour. Elle vit Grimur qui gisait dans son sang, Simon qui tremblait de tous ses membres à côté d'elle et le visage angoissé de Mikkelina. Ensuite, elle se mit à laver son enfant avec l'eau chaude que Simon lui avait apportée et elle le lava minutieusement avec des gestes lents et prudents. On aurait dit qu'elle savait ce qu'il fallait faire sans avoir à réfléchir à tous les détails. Elle reposa l'enfant, se leva et prit Simon dans ses bras. Il n'avait pas bougé, le tremblement qui l'agitait cessa et il fut pris de violents sanglots. Elle l'amena jusqu'à une chaise où elle le fit asseoir dans une position où il ne voyait pas le cadavre. Elle alla jusqu'à Grimur, d'un coup sec elle retira les ciseaux de sa poitrine et les jeta dans l'évier.

Ensuite, elle s'assit sur une chaise, épuisée après l'accouchement.

Elle expliqua à Simon ce qu'ils devaient faire et donna quelques ordres à Mikkelina. Ils enveloppèrent le cadavre dans une couverture et le tirèrent jusqu'à la porte d'entrée. Elle sortit accompagnée de Simon, ils s'éloignèrent un peu de la maison et Simon commença à creuser un grand trou. Il y avait eu des éclaircies pendant la journée mais il s'était remis à pleuvoir, une froide et forte pluie hivernale. Le sol avait presque complètement dégelé. Simon se servit d'une bêche pour creuser la terre et au bout de deux heures de travail, ils allèrent chercher le cadavre et le tirèrent jusqu'à la tombe. Ils jetèrent la couverture dans la tombe et le cadavre y tomba, ensuite, ils tirèrent la couverture d'un coup sec pour la dégager de dessous le corps. Le cadavre s'était placé dans une position qui faisait qu'il semblait tendre la main en l'air mais ni Simon ni sa mère n'étaient d'humeur à toucher le mort.

Leur mère retourna à pas lents et lourds jusqu'à la maison pour y prendre l'enfant, elle le porta à travers la pluie glaciale et le déposa sur le cadavre.

Elle se préparait à faire un signe de croix sur la tombe mais se ravisa.

– Il n'existe pas, déclara-t-elle.

Sur ce, elle commença à recouvrir les cadavres. Simon restait au bord de la tombe et regardait la terre noire et détrempée tomber sur les corps qu'il voyait peu à peu disparaître. Mikkelina avait commencé à remettre de l'ordre dans la cuisine. Tomas restait invisible.

Une épaisse couche de terre recouvrait la tombe quand Simon crut tout à coup déceler un mouvement de Grimur. Il sursauta et lança un regard à sa mère qui n'avait rien remarqué, regarda à nouveau au fond de la tombe et constata, avec une horreur indicible, qu'à moitié recouvert de terre, le visage de Grimur bougeait.

Ses yeux s'ouvrirent.

Simon était absolument pétrifié.

Grimur le fixait depuis le fond de la tombe.

Simon poussa un hurlement d'effroi et sa mère interrompit sa besogne. Elle regarda Simon puis, en regardant au fond de la tombe, elle constata que Grimur était encore vivant. Elle se tenait immobile au bord de la tombe. La pluie les giflait et enlevait la terre du visage de Grimur. Ils se regardèrent un instant, jusqu'à ce que Grimur ouvre la bouche.

– Fais-le !

Puis il referma les yeux.

La mère regarda Simon, puis la tombe, puis à nouveau Simon. Ensuite, elle prit la pelle et reprit sa besogne comme si de rien n'était. Grimur disparaissait sous la terre et ils ne le voyaient plus.

– Maman, soupira Simon.

– Rentre à la maison, Simon, commanda leur mère. C'est fini maintenant. Rentre à la maison et aide Mikkelina. Allez, vas-y, mon petit Simon. Rentre à la maison.

Simon regarda sa mère qui, pliée sur la pelle et trempée jusqu'aux os sous cette pluie glaciale, s'était remise à combler le trou. Ensuite, il rentra à la maison en silence.

Une fois que tout fut terminé, un étrange silence planait dans la maison.

Leur mère était assise dans la cuisine, encore toute dégoulinante après cette pluie diluvienne, et regardait droit devant elle, ses mains pleines de terre posées sur la table sans accorder la moindre attention aux enfants. Mikkelina était assise à côté d'elle et lui caressait les mains. Tomas était encore dans la chambre et ne réapparaissait pas. Simon, debout à la fenêtre, regardait la pluie tomber pendant que des larmes lui coulaient sur les joues. Il regarda leur mère puis Mikkelina et se remit à regarder par la fenêtre où l'on distinguait la forme des groseilliers. Ensuite, il sortit.

Trempé et frigorifié, il tremblait sous la pluie en se dirigeant vers les buissons. Il se posta à côté d'eux et caressa leurs branches nues. Il leva les yeux vers le ciel, vers la pluie. Le ciel était noir et dans le lointain, on entendait le tonnerre.

– Je sais, dit Simon. Mais il n'y avait pas d'autre solution.

Il se tut, inclina la tête, la pluie venait le fouetter.

– C'était tellement dur. C'était tellement dur, ça faisait tellement mal et depuis tellement longtemps. Je ne sais pas pourquoi il était comme ça. Je ne sais pas pourquoi j'ai été obligé de le tuer.

– A qui tu parles, Simon ? demanda sa mère qui, sortie de la maison, l'avait rejoint et pris dans ses bras.

– Je suis un meurtrier, dit Simon. Je l'ai assassiné.

– Pas à mes yeux, Simon. Tu ne pourras jamais devenir un meurtrier à mes yeux. Tu ne l'es pas plus que moi. Peut-être était-ce la destinée qu'il s'était façonnée lui-même. Le pire qui pourrait arriver serait que tu souffres de ce qu'il était, maintenant qu'il est mort.

– Mais, maman, je l'ai tué.

– Parce que tu n'avais pas d'autre choix. Il faut que tu comprennes ça, Simon.

– Mais je me sens tellement mal.

– Je sais, Simon. Je sais.

– Je me sens tellement mal.

Elle regarda les groseilliers.

– A l'automne, ces buissons porteront des baies et alors, tout ira bien. Tu m'entends, Simon. Alors, tout ira bien.

29

Ils scrutèrent le hall d'entrée lorsque la porte du bâtiment s'ouvrit et un homme d'environ soixante-dix ans s'avança, les épaules tombantes, les cheveux blancs et clairsemés, avec un visage souriant et avenant, vêtu d'un joli tricot épais et d'un pantalon gris. Il était accompagné d'un employé qui avait été informé que le pensionnaire avait de la visite. L'employé leur tournait le dos et faisait face à la salle commune.

Erlendur et Elinborg se levèrent. Mikkelina alla à sa rencontre, lui donna une accolade, l'homme lui sourit et son visage s'illumina comme celui d'un enfant.

– Mikkelina, dit l'homme avec une voix d'une étonnante jeunesse.

– Bonjour, Simon, dit Mikkelina. Je suis venue avec des visiteurs qui ont envie de faire ta connaissance. Je te présente Elinborg, et le monsieur ici, c'est Erlendur.

– Je m'appelle Simon, dit l'homme en leur serrant la main. Mikkelina est ma sœur.

Erlendur et Elinborg hochèrent la tête.

– Simon est très heureux, expliqua Mikkelina. Même si nous ne le sommes pas et que nous ne l'avons jamais été, Simon, lui, est heureux et c'est tout ce qui compte.

Simon vint prendre place à côté d'eux, il tenait la main de Mikkelina en lui souriant, il lui caressait le visage et souriait à Erlendur et à Elinborg.

– Et qui sont ces gens ? demanda-t-il.

– Ce sont mes amis, répondit Mikkelina.

– Vous vous plaisez, ici ? demanda Erlendur.

– Comment vous vous appelez ? demanda Simon.

– Je m'appelle Erlendur.

Simon s'accorda un moment de réflexion.

– Et vous êtes étranger ? demanda-t-il.

– Non, islandais, répondit Erlendur.

Simon sourit.

– Je suis le frère de Mikkelina.

Mikkelina lui caressait la main.

– Simon, ces deux personnes sont des policiers.

Simon scruta Erlendur et Elinborg à tour de rôle.

– Ils savent tout ce qui s'est passé, annonça Mikkelina.

– Oui, maman est morte, répondit Simon.

– Oui, elle est morte, Simon, reprit Mikkelina.

– Toi, parle-leur, demanda Simon suppliant. Explique-leur. Il regardait sa sœur en évitant de regarder Erlendur et Elinborg.

Simon sourit et se leva, traversa le hall et disparut d'un pas lent dans le couloir menant aux chambres.

– Il souffre d'hébéphrénie, déclara Mikkelina.

– D'hébéphrénie ? demanda Erlendur.

– Nous ne savions pas non plus de quoi il s'agissait, précisa Mikkelina. Dans un certain sens, son développement a été stoppé. Il était toujours le même garçon gentil et doux mais son développement mental n'a pas suivi la croissance physique. L'hébéphrénie est une forme de schizophrénie. Simon est un peu comme Peter Pan. Cette maladie est parfois liée à l'adolescence. Mais il était peut-être déjà malade avant. Il a toujours été très sensible et lorsque ces terribles événements se sont produits, on aurait dit qu'il avait perdu pied. Il avait toujours vécu dans la peur et s'était senti responsable. Il sentait qu'il était de sa responsabilité de protéger notre mère, simplement parce qu'il n'y avait personne d'autre que lui pour le faire. Il était le plus âgé et le plus fort même si, tout compte fait, il était le plus jeune et le plus fragile de nous tous.

– Et il a été placé dans une institution tout jeune ? demanda Elinborg.

– Non, il a vécu avec nous jusqu'au décès de notre mère. Elle est morte il y a, attendez, vingt-six ans. Les patients comme Simon sont très faciles, la plupart du temps ils se montrent doux et leur présence est agréable, cependant ils ont besoin qu'on s'occupe énormément d'eux et constamment, et elle l'a fait jusqu'à sa mort. Il subvenait à ses propres besoins en travaillant comme éboueur et aussi à la municipalité quand il le pouvait. Il ramassait les papiers dans les rues avec une canne articulée. Il parcourait Reykjavik en long et en large en comptant les ordures qu'il ramassait dans son sac.

Ils demeurèrent silencieux quelques instants.

– Et David Welch, il n'a jamais plus eu de contact avec vous ? demanda Elinborg.

Mikkelina la regarda.

– Maman l'a attendu jusqu'à sa mort, répondit-elle. Mais il n'est jamais revenu.

Elle marqua une pause.

– Elle lui a téléphoné de la laiterie le matin où mon beau-père est rentré à la maison, dit-elle enfin. Et elle lui a parlé une dernière fois.

– Mais alors, demanda Erlendur, pourquoi il n'est pas venu sur la colline ?

Mikkelina fit un sourire.

– Ils s'étaient déjà fait leurs adieux, précisa-t-elle. Il était envoyé en Europe. Son bateau partait ce matin-là et elle ne lui avait pas téléphoné afin de lui faire part du danger qu'elle courait mais pour lui dire au revoir et lui faire savoir que tout allait bien. Il lui a promis de revenir. Mais je suppose qu'il est mort à la guerre. Elle n'a jamais eu aucune nouvelle de lui mais, voyant qu'il ne revenait pas après la guerre…

– Mais pourquoi elle n'a…

– Elle pensait que Grimur allait le tuer. Voilà pourquoi elle est remontée seule sur la colline. Elle ne voulait pas qu'il vienne l'aider. C'était son problème à elle.

– Il a quand même dû savoir que votre beau-père avait été libéré de prison et que les gens disaient que Dave et votre mère avaient une relation, objecta Erlendur. Votre beau-père le savait, il en avait entendu parler.

– En fait, Dave et ma mère ne pouvaient pas savoir tout ça. Leur relation amoureuse demeurait très secrète. Nous ne savons absolument pas comment mon beau-père l'a appris.

– Et l'enfant… ?

– Ils ne savaient pas qu'elle était enceinte.

Erlendur et Elinborg se turent un long moment en réfléchissant aux paroles de Mikkelina.

– Et Tomas ? demanda Erlendur. Qu'est-il devenu ?

– Tomas est décédé. Il avait juste cinquante-deux ans. Il a divorcé deux fois. Il avait trois enfants, des garçons. Je n'ai aucun contact avec eux.

– Pourquoi ? demanda Erlendur.

– Il était comme son père.

– Comment ça ?

– Il a mené une existence pitoyable.

– Ah bon ?

– Il est devenu le même genre d'homme que son père.

– Vous voulez dire que… ? demanda Elinborg en regardant Mikkelina d'un air surpris.

– Il était violent. Il battait ses épouses. Battait ses enfants. Il buvait.

– La nature de la relation qu'il a eue avec votre beau-père n'était pas de l'ordre de… ? N'est-ce pas ?

– Nous n'en savons rien, répondit Mikkelina. Mais je ne crois pas, enfin, j'espère que non. J'essaie de ne pas trop y penser.

– Que voulait dire votre beau-père par ses paroles du fond de sa tombe ? Fais-le ! Demandait-il à sa femme qu'elle lui vienne en aide ? Ou bien était-il en train d'implorer pitié ?

– Maman et moi en avons beaucoup discuté et maman avait une explication précise dont elle s'accommodait. Cette explication me convient également.

– Et c'était quoi ?

– Il savait parfaitement le genre d'homme qu'il était.

– Je ne vois pas ce que vous voulez dire, précisa Erlendur.

– Il savait le genre d'homme qu'il était et je pense qu'en son for intérieur, il savait également pourquoi il était comme ça, même s'il n'en parlait jamais. Nous savons qu'il a eu une jeunesse difficile. Cependant, il y a eu une époque où il avait été un petit garçon et il devait bien avoir conservé en lui des traces de ce petit garçon, une petite voix qui l'appelait depuis le fond de son âme. Et même quand il se mettait dans ses colères les plus violentes et les plus noires et qu'il ne respectait plus rien, il y avait toujours en lui cette voix qui le suppliait d'arrêter.

– Votre mère a été une femme extrêmement forte, dit Elinborg.

– Je pourrais aller lui parler ? demanda Erlendur au bout d'un moment de silence.

– Vous voulez dire, à Simon ? demanda Mikkelina.

– Cela ne vous dérange pas ? Que j'aille le voir dans sa chambre ? Seul ?

– Il n'a jamais parlé de ces événements. Pendant tout ce temps. Maman pensait qu'il valait mieux faire comme si tout cela n'était jamais arrivé. Après sa mort, j'ai essayé d'aider Simon à s'ouvrir et à en parler mais je me suis vite rendu compte que c'était sans espoir. On dirait que tous les souvenirs qu'il a conservés datent d'avant l'événement. On dirait que tout le reste a disparu de son esprit. Même s'il lui arrive de dire une phrase ou deux lorsque j'insiste vraiment, la plupart du temps il demeure complètement fermé. Il vit dans un monde totalement différent du nôtre, un monde beaucoup plus paisible qu'il s'est créé lui-même.

– Alors, cela ne vous dérange pas ? demanda Erlendur.

– Non, personnellement, je n'y vois aucune objection, répondit Mikkelina.

Erlendur se leva, alla jusqu'au sas d'entrée et pénétra dans le couloir menant aux chambres. La plupart des portes étaient ouvertes. Il vit que Simon était assis au bord de son lit, occupé à regarder par la fenêtre. Erlendur frappa à la porte et Simon lui accorda un regard.

– Je peux m'asseoir à côté de vous ? demanda Erlendur en attendant que Simon l'autorise à entrer dans la chambre.

Simon le regarda, hocha la tête et, se retournant vers la fenêtre, continua de regarder dehors.

Il y avait un fauteuil à côté du petit bureau dans la chambre mais Erlendur vint s'asseoir sur le bord du lit à côté de Simon. Sur le bureau, quelques photos. Erlendur reconnut Mikkelina sur l'une d'entre elles et, voyant un autre cliché représentant une femme d'âge mûr, il imagina qu'il s'agissait de leur mère. Il étendit le bras pour prendre la photo. La femme était assise sur une chaise devant une table de cuisine, elle portait le genre de vêtements qu'on appelait salopettes de Hagkaup autrefois, se souvint Erlendur, parce qu'on les trouvait dans cette chaîne de supermarchés, c'était une fine salopette de nylon avec un motif bariolé, elle souriait devant l'objectif, avec un petit sourire indéchiffrable. Simon était assis à côté d'elle et riait aux éclats.

345

Erlendur se dit que la photo avait probablement été prise dans la cuisine chez Mikkelina.

– C'est votre mère ? demanda-t-il à Simon.

Simon regarda la photo.

– Oui, c'est maman. Elle est morte.

– Je sais.

Simon se remit à regarder par la fenêtre et Erlendur reposa la photo sur le bureau. Ils restèrent assis en silence un long moment.

– Qu'est-ce vous regardez ? demanda Erlendur.

– Vous n'allez pas m'emmener avec vous ?

– Non, je ne vais vous emmener nulle part. J'avais juste envie de faire votre connaissance.

– Nous pourrions peut-être devenir amis ?

– Sûrement, répondit Erlendur.

Ils restèrent assis, silencieux, et regardaient maintenant tous les deux par la fenêtre.

– Et votre père, il était gentil ? demanda Simon tout à coup.

– Oui, répondit Erlendur. C'était un homme bon.

Ils se turent.

– Vous voulez me parler de lui ? demanda finalement Simon.

– Oui, je vous parlerai de lui un de ces jours, répondit Erlendur. Il…

Erlendur s'interrompit.

– Il… quoi ?

– Il a perdu son fils.

Les deux hommes regardaient par la fenêtre.

– Il y a juste une chose que j'avais envie de savoir, dit Erlendur.

– Oui ? demanda Simon.

– Comment elle s'appelait ?

– Qui ça ?

– Votre mère.

– Pourquoi vous voulez savoir ça ?

– Parce que Mikkelina m'a parlé d'elle mais elle ne m'a pas dit comment elle s'appelait.

– Elle s'appelait Margaret.

– Margaret.

A ce moment-là, Mikkelina apparut à la porte de la chambre et en la voyant, Simon se leva et s'avança vers elle.

– Tu m'as apporté des groseilles ? demanda-t-il. Tu m'as apporté des groseilles ?

– Je t'en apporterai à l'automne, répondit Mikkelina. Cet automne, je viendrai avec des groseilles.

30

Au même moment, une petite larme se formait dans l'un des yeux d'Eva Lind, allongée dans le noir au service des soins intensifs. La larme enfla jusqu'à se transformer en une grosse goutte qui, partie depuis le coin de l'œil, lui descendit lentement le long de la joue et s'infiltra sous le masque à oxygène avant d'arriver jusqu'à ses lèvres.

Et, quelques minutes plus tard, elle ouvrit les yeux.

RÉALISATION : PAO ÉDITIONS DU SEUIL
IMPRESSION : BRODARD ET TAUPIN, À LA FLÈCHE
DÉPÔT LÉGAL : JANVIER 2007 N° 92020-7 (44553)
IMPRIMÉ EN FRANCE